集英社オレンジ文庫

後宮戯華伝

宿命の太子妃と仮面劇の宴

はるおかりの

本書は書き下ろしです。

〔目次〕

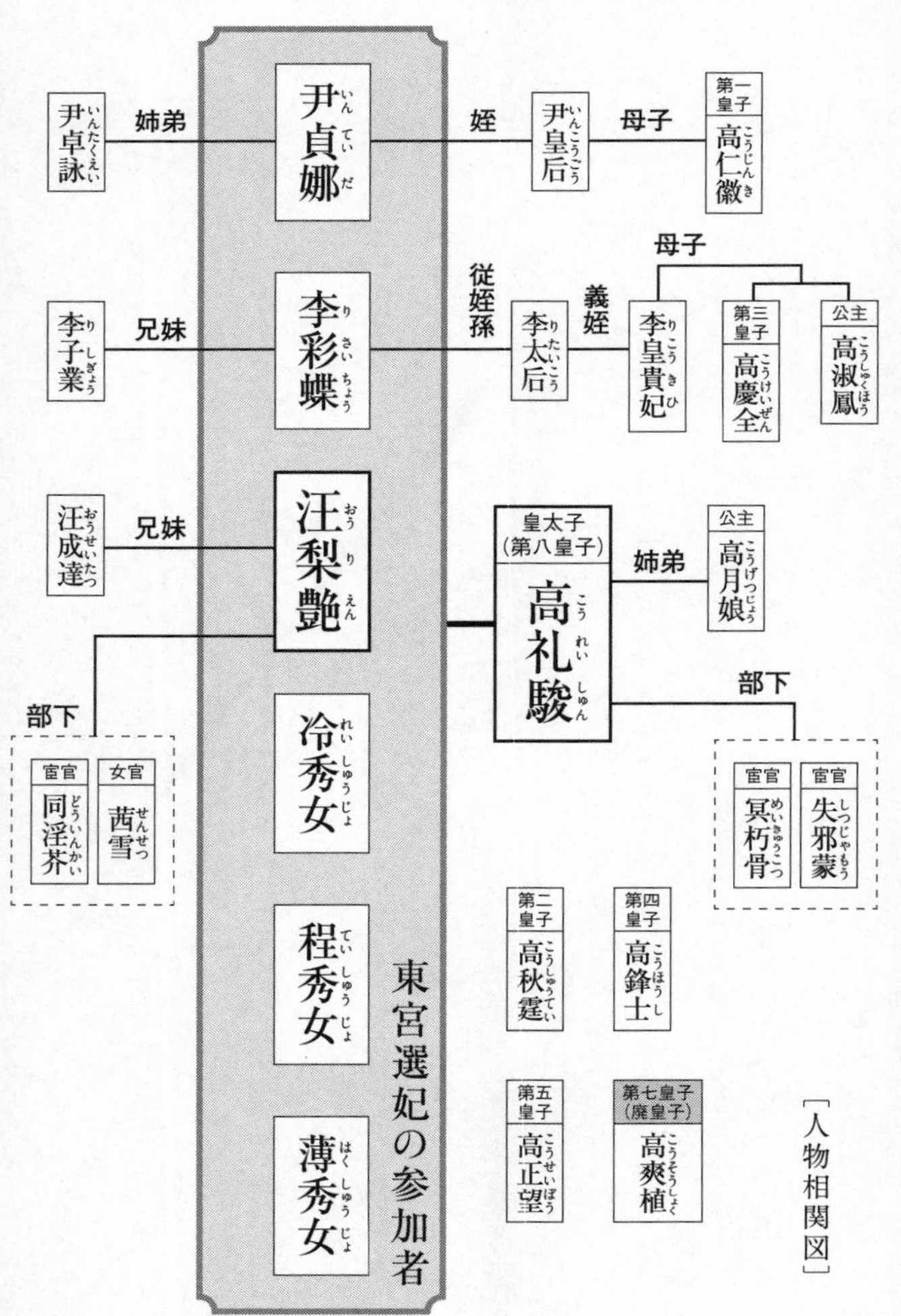
人物相関図
東宮選妃の参加者
尹貞娜
李彩蝶
汪梨艶
冷秀女
程秀女
薄秀女
尹卓詠
姉弟
李子業
兄妹
汪成達
兄妹
部下
宦官
同淫芥
女官
茜雪
姪
尹皇后
母子
第一皇子
高仁徽
従姪孫
李太后
義姪
李皇貴妃
母子
第三皇子
高慶全
公主
高淑鳳
皇太子
(第八皇子)
高礼駿
姉弟
公主
高月娘
部下
宦官
冥朽骨
宦官
失邪蒙
第二皇子
高秋霆
第四皇子
高鋒士
第五皇子
高正望
第七皇子
(廃皇子)
高爽植

後宮戯華伝
こうきゅうぎかでん
宿命の太子妃と仮面劇の宴

第一齣（せき）　花嫁たちの興宴（きょうえん）

男は月を貫くように立っていた。

筋骨隆々たる長軀（ちょうく）には黒地に金糸の龍が蠢（うごめ）く鎧（よろい）をまとい、同色の四本の小旗を背負っている。無数の絨球（たまぶさ）をつけたきらびやかな盔（かぶと）、いかめしい目つきを強調する紅の瞼譜（くまどり）、腰まで垂れた豊かな満髯（つけひげ）。男の身を飾るものは、戯台（ぎだい）を彩る役者のそれである。

ただし、斜めに断ち切られた満髯のむこうにさがっている半円型の首飾りと、鮮血が滴（したた）り落ちる腰刀（ようとう）は、華やかな宮廷で演じられる芝居に似つかわしくないものだ。

——どうしてこんなことになったの……？

地面にうずくまったまま、汪梨艶（おうりえん）は役者姿の逆賊（ぎゃくぞく）を呆然（ぼうぜん）と見あげていた。あちこちから悲鳴と剣戟（けんげき）の唸（うな）りが聞こえる。いたるところに血が飛び散り、無惨（むざん）な骸（むくろ）が転がっている。先刻まで中秋（ちゅうしゅう）の楽しみを貪（むさぼ）っていた宴席は、流血の巷（ちまた）と化してしまった。

——どうして……こんな。

男が血刀をふりあげる。梨艶は凍りついていた。まばたきもできずに。

大凱帝国の天子たちはたいそう芝居を好んだ。その証拠に歴代皇帝が暮らした九陽城には十二もの戯楼があったという。なかんずく名高い聚鸞閣は可動式の天井と床をそなえた三層構造の大型舞台で、節日のたびに大戯と呼ばれる長編劇が上演された。

この華麗な大舞台で演じられた芝居は数多くあれど、後世の人間にとっていちばん興味深い演目は「賞月の変」であろう。むろん、これは周余塵や牢夢死が書いた戯曲ではない。宣祐年間後期に起きた、怨天教徒による九陽城襲撃事件である。

宣祐二十九年、八月望日（十五日）。皇宮では中秋の宴がもよおされていた。

現世の歓楽を集めた天子の宴の目玉は、芝居をおいてほかにはない。

その夜の演目は、英雄后羿と月の女神嫦娥の悲恋物語『玉蟾秋』。深く愛し合いながらも、残酷な運命によって引き裂かれた夫婦の悲哀とひたむきな情愛を描く凱代戯曲の傑作は、役者になりすましていた怨天教徒たちが反逆の牙をむきだしにした瞬間、前代未聞の惨劇をかたちづくった舞台装置のひとつとして歴史に記憶されることになった。

『凱孝宗実録』によれば、この戦闘で宣祐帝の皇太子・高奕佑が活躍し、二百名あまりの賊徒は二日ほどで鎮圧されたという。

高奕佑、字は礼駿。のちの嘉明帝は、当時十七歳の青年である。

賞月の変が起きた宣祐二十九年には、東宮選妃が行われている。これは花嫁候補の人品を見極めて東宮妃妾の序列を決めるもので、太祖の勅命ではじまったが、隆定年間以降、行われなくなっていた。

忘れ去られた古の儀式が久方ぶりに復活したのは、宣祐帝の廃妃丁氏が関係している。皇太子時代の宣祐帝に嫁いだ丁氏は、夫の即位にともなって皇貴妃に立てられたものの、不義密通を犯して廃されたうえ、宣祐帝の暗殺をくわだて死を賜った。丁氏のような悪女を皇統に近づけてはならぬと、李太后は東宮妃妾を厳正に選別するよう宣祐帝に進言した。東宮選妃では人品に問題がある花嫁を道観送りにした例がある。第二の丁氏となりうる娘をふるい落とすことが李太后の狙いであった。

東宮選妃のため、九陽城には良家の令嬢たちが集められた。そのなかに最愛の伴侶となる孝綏皇后・汪氏がいることを、若き日の嘉明帝はまだ知らなかった。

「皇太子殿下のおなり」

失邪蒙が宣言すると、正庁に集った美姫たちはいっせいに平伏した。あざやかな上襦の袖が絨毯を染めぬき、それぞれの髻に挿された金歩揺がしゃらしゃらと鳴る。

――はてさて、このなかに何人の鬼女がいるだろうか？

いつもどおり笑顔の仮面を貼りつけ、邪蒙は主にむかってうやうやしく首を垂れた。東宮付き首席宦官たる邪蒙の主とは、言うまでもなく皇太子・高礼駿である。

礼駿は邪蒙の前を横切り、金漆塗りの宝座に腰かけた。いまだ少年と青年のあわいにいる若き皇太子は、引きしまった長軀を琥珀色の龍袍につつみ、玉をちりばめた豪奢な翼善冠をかぶっている。大袖の袍に縫いとられた龍の爪は五本。無上皇、太上皇、皇帝、皇太子、そして彼らの伴侶だけが身にまとうことを許された五爪の龍だ。

「立つがよい」

「感謝いたします、殿下」

儲君の朗々たる声音が響きわたると、美姫たちがしとやかに立ちあがった。

東宮は清寧殿、春のひざしに満ちた正庁。東宮選妃に参加する二十四名の令嬢たちが未来の夫である礼駿とはじめて顔を合わせた。

入宮から今日という日を迎えるまで、彼女たちは煩雑な手順を踏んでいる。まず、七日間の潔斎。身を浄めるかたわら、宮師に師事して宮中儀礼について学んだ。八日目から皇太后、皇帝、皇后の順で謁見。ひとりひとり御前に進み出、作法どおりのあいさつをした。さらには丸一日かけて道姑の祈禱を受けた。この間、彼女たちが起き臥ししたのは、東宮とは高い牆でへだてられた震宮だ。今日は入宮後十二日目である。令嬢たちはようやく東宮の敷居をまたぐことを許され、皇太子に目通りすることがかなった。

「内閣大学士次輔、尹閣老のご息女、尹秀女」

邪蒙は名簿をひろげて秀女の名を呼んだ。玉蘭文様の上襦を着た美姫がしずしずと進み出る。財政をつかさどる戸部尚書と、皇帝の諮問機関・内閣の次席大学士を兼ねる尹閣老の三女、貞娜である。芳紀まさに十八。皇后尹氏の姪にあたる。生母は権門宰家の生まれ。宰家は頻繁に降嫁を賜っているので、宗室の血も受け継いでいる。

「皇太子殿下にごあいさついたします」

優美な花のかんばせをふせ、貞娜は両手を左腰にあててかるく膝を折る万福礼をした。わずかな挙措にも奥ゆかしさがただよう、女訓書から抜け出してきたような佳人だ。

「ひさしいな、尹秀女」

楽にせよと命じたあとで、礼駿は親しげに声をかけた。なお、東宮選妃に参加する令嬢はみな、秀女と呼ばれる。

「最後に会ったのは三年前だったね。あのころから沈魚落雁の誉れ高かったが、歳月はそなたの美貌をますます磨いたようだ」

「おそれいります」

「立ち居振る舞いもさすが尹家の令嬢だ。そなたのたおやかさは母后を思わせるよ」

「わたくしなど、皇后さまの足もとにもおよびません」

「いや、まちがいなく血筋だな。由緒正しい尹家の血統が、たぐいまれな麗質のみならず、慈誠皇后に勝るとも劣らぬ気品をそなたに授けたのだろう」

婦人の鑑として名高い初代皇后にたとえられ、貞娜は恐縮したふうに一礼した。

「内閣大学士三輔、李閣老のご息女、李秀女」

はあい、と甘ったるい返事をした美姫は字を彩蝶という。儀礼や祭祀、科挙をつかさどる礼部尚書と、内閣の三席大学士を兼ねる李閣老の嫡女である。

年は十六。皇太后李氏の従姪孫、皇貴妃李氏の再従姪にあたる。生母は賊龍の案により廃された紹景帝――のちに叡徳王――の愛娘永倫郡主。叡徳王は先帝の実子なので、崇成年間、義昌年間に善政を敷いた名君、いまは亡き太上皇の流れをくむ深窓の令嬢だ。

「おひさしぶりですね、殿下。といっても、半月前にもお会いしましたけど」

「そなたはたびたび皇宮に来ているからね。李閣老がぼやいていたよ。そなたはすぐに九陽城へ飛んでいってしまうと」

「わたくしは未来の太子妃ですもの。九陽城になじんでおかなくちゃいけないでしょ？」

「気が早いな。もう如意を受けとったかのようだ」

「殿下はわたくしをお選びになるに決まっていますわ」

「たいそう自信があるんだね」

「だって、ごらんになってくださいませ。わたくしはこんなにも愛らしいのですよ？　殿下のとなりに立つ女人として、わたくし以上にふさわしいかたなんていませんわ」

可憐な容貌を得意げに輝かせ、彩蝶は踊るようにくるりとまわってみせる。愛嬌をふりまくその姿を、先ほどあいさつしたばかりの貞娜が冷然と見つめていた。

東宮妃妾には太子妃、良娣、才媛、令側、昭訓、奉衣、御華という位階がある。正室の太子妃は一名のみ、妾室の良娣から令側までは定員が決まっているが、昭訓以下は定員がない。秀女たちをどの位に封じるか決めるのが東宮選妃であり、太子妃には宝玉をちりばめた如意が、良娣以下の妃妾には身分に応じた意匠の手鐲が下賜される。

東宮選妃の期間にはさだめがない。過去には三日で決まったこともあるが、こたびは年末までに如意の持ち主が決まる予定だ。

——尹家と李家の一騎打ちだな。

皇后を輩出した尹家、皇太后と皇貴妃を輩出した李家。権勢を誇る有力な外戚が今度は太子妃の位を狙って掌中の珠を送りこんできた。両名以外の秀女たちは単なるにぎやかし。貞娜か彩蝶のどちらかが如意を賜るにちがいないと噂されている。

主役の紹介が終われば、引き立て役たちの顔見せだ。

「刑部尚書のご息女、程秀女」

「工部尚書のご息女、薄秀女」

「吏部右侍郎のご息女、安秀女」

「兵部左侍郎のご息女、許秀女」

着飾った美姫たちがかわるがわる進み出る。ある者は儚げな頬で片笑み、ある者は芙蓉のまなじりから色香を放ち、ある者は桜桃の唇をほころばせ、ある者はひたいの花鈿をきらめかせて微笑する。

「鎮遼衛中所副千戸の妹君、汪秀女」

邪蒙は最後の名を読みあげる。正庁はしんと静まりかえった。

「鎮遼衛中所副千戸の妹君、汪秀女」

くりかえしたが、返事はない。秀女たちがざわついた。前から四列目、むかって右の端にいる娘に物言いたげな視線が集まる。うつむき加減で立つ汪秀女は、字を梨艶という。北辺を守る鎮遼衛中千戸所にて従五品の官品を賜っている汪成達の異母妹である。

一言で片づけるなら、地味な娘だ。よく見れば目鼻立ちはととのっているが、いかんせん華がない。牡丹か薔薇かという美女ぞろいの秀女たちとならぶと、不憫なほどに見劣りする。なお悪いことに二十歳をふたつも越えている。世間では行き遅れといわれる年齢であり、妙齢の女子ばかりが集められた秀女たちのなかでは最年長だ。

「汪梨艶どの、あなたの番ですよ」

「……えっ、あ……は、はいっ……」

邪蒙が字で呼びかけると、汪秀女は弾かれたように顔をあげた。主人に呼びつけられた下婢のようなあわただしさで、宝座の前まで駆けてくる。

「で、殿下にごあいさつを……」

弱々しい口上は途中で打ち切られた。汪秀女が長裙の裾を踏んで前のめりに転倒したのだ。ぐらりとかたむいた髻から絹花が抜け落ち、絨毯の上を転がる。当の汪秀女は床に身を投げだした格好で固まっていた。なにが起きたのかわからないというふうに。

くすくすと憫笑がつぶてのごとく降る。その声に悪意がないのは、秀女たちが汪氏を軽んじている証拠だろう。朝廷のお歴々をうしろ盾に持つ彼女たちにとって、辺境の一衛所官の妹として入宮してきた年増の秀女など、敵視する価値もないのだ。

「……も、申し訳ございません」

はたとわれにかえった汪秀女が立ちあがった。急ごしらえの万福礼をして、かたどおりの口上を述べる。なおもひそやかな憫笑がやまないのは、天藍色の長裙が乱れて、錦鞋につつまれた右足があらわになっているせいだ。高貴な女人は他人に足を見せない。ことに良家の令嬢は鞋先すらも裙のなかに隠す。人前で足首までさらして平気な顔をしているのは、ひねもす泥にまみれて働く農婦くらいのものである。

粗相をした犬のように笑われながら、汪秀女は不安そうにおもてをふせて肩を強張らせていた。ぱっとしないのは容姿だけではないらしい。頭の回転も鈍そうだ。

「——冷艶　全く雪を欺き」

礼駿が宝座から立ちあがった。龍袍の裾をはらって屈み、絹花を拾いあげる。

「余香　乍ち衣に入る」

汪秀女の髻に絹花を挿し、山水を描いた扇子の陰で低くささやく。

「春風　且く定まること莫かれ――」

汪秀女がびくりとして長裙をととのえた。あわてて足首を隠したのは、礼駿にそうせよと耳打ちされたからだろう。

「どうやら春風が強すぎたようだな。怪我はなかったかい」

「は、はい……」

「あとで太医に診てもらいなさい。玉の肌に傷が残ってはいけないよ」

礼駿がやんわりと微笑みかけるや否や、秀女たちは汪秀女を見た。今度は鏃のような敵意が縮こまった汪秀女の背中を射貫いている。

――この娘の弱さは仮面か、素顔か。

前者であれば、将来有望だ。わざと失態を演じて礼駿の関心を買ったのだとしたら、なかなかの策士である。しかし後者なら、前途多難と言わざるを得ない。よしんば東宮選妃をやり過ごしたとしても、末路は見えている。寵愛を受ければ妬まれ、受けなければ蔑まれる。いずれにせよ、頼りになるのは己ひとり。弱さはわが身を殺すだけだ。

自分を守るために、禁城の人びとは仮面をかぶる。皇帝も群臣も、皇后も妃嬪侍妾も、宦官も女官も、名もなき奴婢たちも、言うまでもなく皇太子も。

素顔では生きられない場所。それが金光燦然たる皇宮——九陽城なのだ。

謁見が終わり、秀女たちは退室を命じられた。来たときとおなじように四列にならび、それぞれの側仕えを引きつれ、仙女のような足どりで長廊を歩いていく。

「驚きましたわ」

しゃなりしゃなりと歩みながら、許秀女は袖で口もとを隠して柳眉をひそめた。

「御前で故意に転倒して殿下の気をひくなんて。悪知恵が働くこと」

「汪秀女なりの処世術なのでしょう。あのかたの母君は女優らしいですから」

となりを歩く安秀女が訳知り顔で答える。

「女優ですって？　では、嫡室の娘ではありませんの？」

「先代の汪家の主が女優に産ませた娘だと聞きましたわ。汪家のご令嬢はあらかた嫁いでしまっていて、東宮選妃にふさわしい年ごろの娘がいないので、老太太——汪副千戸のご母堂が養女になさったのだとか」

「どうりで殿方を誘惑する手練手管におくわしいはずですわ。女優の娘なら、ねえ？」

許秀女と安秀女が侮蔑もあらわにちらりと梨艶をふりかえった。梨艶は針をのむように唾をのみこんで、うつむけた顔をさらにふせる。

「汚らわしい。女優の娘が秀女になるなんて、世も末だわ」

氷のような言葉を吐いたのは、程秀女だった。

「敬事房はいったいなにをしているのかしら。下賤の女子を殿下に近づけるなど、恐ろしいことよ。わたくしたち秀女の品格まで貶められるわ」

「汪副千戸が敬事房に付け届けをしたのでしょう。さもなければ、女優の娘が——しかも二十二にもなった行き遅れが東宮選妃に名をつらねるはずはありませんもの」

反駁したいことはたくさんあるのに、梨艶の喉からはなにも出てこない。

——私の入宮が認められたのは、お兄さまが武功を立てたからよ。

昨年、北方の蛮族蚩頭との戦で、兄成達が敵将を討ちとった。今上は華々しい戦功を喜び、数ある褒賞のひとつとして汪家の娘を秀女の名簿にくわえよと命じた。

「謁見の日に人目もはばからず媚びを売るのですもの、よほどふしだらなのでしょうね。殿方に慣れていなければ、あそこまで恥知らずな真似はできませんわ」

「ひょっとして黄花ではないのでは」

「当然そうでしょう。女優の娘が貞操を守っていたら仰天しますわ」

宮中では生娘のことを黄花閨女という。黄花はその略称である。

「堕落した女が恥知らずにも黄花のふりをして入宮するとは、あきれますわね」

「どうやって秘瑩をごまかしたのかしら？　黄花でなければ秘瑩でわかるはずでしょう」

「賂をはずんだのでしょう。宦官など、袖の下をわたせばどうとでもなりますわよ」

「母親譲りの媚態で宦官を籠絡したのではなくて？」

「あさましい。宦官に色目をつかうなんて、まるで娼妓ですわ」

臙脂で染められた唇から、毒まみれの言葉が矢継ぎ早に飛びだしてくる。

――ごまかしてないわ。

入宮前、秀女は秘瑩と呼ばれる身体検査を受ける。秘瑩では丸裸にされ、髪質からはじまり、肩や腰、臀部のひろさ、手足や指の長さ、持病やほくろの数、骨、肉、爪にいたるまで太医、産婆、敬事房の女官と宦官にくまなく調べられ、なにかしらの不具合がある者は落第する。龍種を宿す女人は完璧な肉体を持っていなければならないからだ。

もっとも重要なものは純潔である。男と情を通じていないかどうか、念入りに検査され、純潔と認められればその証として右腕に黄色い塗料で花文を描かれる。これが黄花の由来だ。生娘でなくなれば黄花の文様が消えるなどと巷間ではまことしやかにささやかれているが、黄花が薄れるのは単に塗料が落ちたためであり、貞操の有無には関係がない。慣例として、婚礼の夜までは毎日、黄花を描くことになっていると宮師が語っていた。

――こんな身体だけど、私だって、黄花を描いてもらったもの。

梨艶は上襦の上から右腕にふれた。秘瑩の結果、生娘と判定された証がそこにある。人並みの身体でないことは恥だが、すくなくとも貞操は失っていない。

「いったいどうやって宦官を籠絡したのかしらね」

「わたくしには想像もできませんわ。宦官というのはその……殿方ではないのですよね？」

「あら、宦官も妻妾を娶るそうですわよ。相手は女官が多いとか」

「汪秀女も女官になればよかったのに。きっと宦官たちが先を争って求婚するでしょう」

冷笑が耳朶を打つ。梨艶は唇を噛んだ。

「いい加減にしなさい」

ぴしゃりと言い放ったのは、最前列にいる貞娜だった。ゆるりと立ちどまり、流れるようなしぐさでふりかえって、冷ややかな目つきで秀女たちを見やる。

「あなたたち、ここをどこだと思っているの？　恐れ多くも皇太子殿下の御居所で、よくもそのようなはしたない話題を口にできるわね。品性を疑われるわよ」

恥を知りなさいと叱られ、秀女たちは気まずそうに黙った。

「あなたにも問題がありますわよ、汪秀女。侮辱されているのに、どうして言いかえさずに黙っているのです？　反駁せずに黙っていると、それが事実だと勘違いされますわ。事実でないことを言われているのなら、はっきり否定しなくては」

「……申し訳ございません」

「謝っていただきたいわけではありません。侮辱されても黙っているのは、ご自身のためにならないと申しているのです。東宮選妃に名をつらねるからには、秀女として矜持を持つべきですわ。身におぼえのない中傷にやすやすと屈してはいけません」

はい、と梨艶はうなだれる。秀女たちの視線が痛い。太子妃の有力候補である貞娜にかばってもらったことで、目をつけられてしまったのだろうか。

――目立ちたくないのに。

存在しないもののように存在して、周囲の波風から遠いところで息をひそめて生きる。梨艶はそうして露命をつないできた。東宮でもおなじように暮らしていくつもりだったのに、入宮早々、失態を犯すとは、魯鈍な自分が怨めしい。

「ねえねえ、汪秀女」

重い足を引きずって歩く梨艶のとなりに、最前列からやってきた彩蝶がならんだ。

「あなた、女優の娘ってほんと？」

梨艶がうなずくと、彩蝶は宝玉のような瞳をきらきらと輝かせた。

「素敵ねえ！　お母さまはどこの劇班の女優なの？」

「母は汪家に仕える家班の女優でした」

富家のお抱え劇班を家班という。家班の多くは容色の優れた女の役者で構成され、主人を芝居で楽しませるだけでなく、求められれば枕席に侍る。

「あなたも舞台に立つの？　これまでどんな役を演じた？　文戯と武戯ではどちらが得意？　好きな演目は？　筋斗はできる？　瞼譜って描ける？」

次から次に質問が飛んできて答えるいとまもない。

「わたくし、芝居が大好きなの。よく邸を抜けだして戯楼に行ったわ。散座から観たいから、いつも庶民の身なりで出かけていたの。散座のほうが官座から観るよりずっと舞台に近くて楽しいわ。いっぱい掛け声をかけて、いっぱい拍手をして、お気に入りの俳優が亮相ときは手巾をふって大声で叫ぶのよ。わたくしと結婚してーって」

戯楼では一階席を散座、二階席を官座と呼ぶ。官座は料金が高いので貴人しか座れない。庶民は安い散座に腰かけ、茶を飲んだり点心を食べたりしながら芝居を楽しむ。

「でも、もう市井の戯楼には行けないわね。その代わり皇宮の戯台でお行儀よく芝居見物することになるんだわ。あーあ、つまんない。東宮選妃なんか参加したくなかったわ」

「えっ……そ、そうなのですか？」

礼駿の前では、太子妃に選ばれるのは自分だと豪語していたはずだが。

「皇宮って規則だらけなんだもの。あれもだめ、これもだめ、窮屈な決まりに縛られてなんにもできないんだから。ときどき遊びに来るくらいなら変なしきたりも面白いと思えるけど、一生ここで暮らすなんて想像するだけでぞーっとするわ」

華奢な肩をぶるりと震わせて、彩蝶はため息をついた。

「まあでも、入宮しちゃったものはしょうがないじゃない？　どうせ東宮に嫁ぐなら太子妃を目指すわ。太子妃になって宮中のくだらない規則を片っ端から変えるつもり」

「太子妃に規則を変える権限はなくてよ、李秀女」

貞娜がちらりと彩蝶を睨んだ。

「太子妃のつとめは宮中のしきたりに従い、妃妾たちの手本となること。伝統を軽んじるわけにはいかないのよ。あなたも太子妃を目指すなら、己の責務を自覚して――」

「ねえねえ、尹秀女。あなた、年をごまかしてるの？」

「なんですって？」

「年寄りくさいことばっかり言うんだもの。十八って言ってるけど、二十歳くらいさしひいてるんじゃない？　ほんとは三十八でしょ」

「ふざけないでちょうだい」

「わあ、怖い顔！　ますます老けて見えるわよ」

まなじりをつりあげた貞娜を無視して、彩蝶はくるりと梨艶にむきなおる。

「ここで出会ったのもなにかの縁だわ。仲良くしましょうね、汪秀女」

「汪秀女はあなたより年上なのよ。もっと敬意を払った話しかたをすべきだわ。もちろん、わたくしにも敬語を使いなさい。わたくしはあなたより二つ年上よ」

「やーよ。敬語なんか面倒くさいわ。かたくるしいのは大嫌いなの」

言い争う尹秀女と李秀女のそばで、梨艶はへどもどしていた。

――やっぱり、入宮したのは間違いだったかも……。

後悔が頭をもたげた。汪家に残ったほうがましだったかもしれない。たとえ一生、嫡母に生殺与奪の権を握られているとしても。

政が行われる場を外朝、天子が政務をとる場を中朝、后妃侍妾が暮らす場を内朝という。内朝はいわゆる後宮である。後宮の東側には青朝が、西側には白朝がある。前者は皇太子が暮らす東宮、後者は玉座を退いた太上皇や無上皇の隠居所だ。

東宮にて、秀女たちはおのおの殿舎を賜った。建物の規模は家格で決まっており、内装や調度もそれに準ずる。秀女のなかでもっとも家格の低い梨艶が賜ったのは流霞宮。用意された殿舎のなかでは最低のものらしいが、緑琉璃瓦が葺かれた前殿や後殿は汪家の邸が茅屋に見えるほど立派で瀟洒なつくりだった。

とりわけ梨艶が驚いたのは、化粧殿なる建物があることだ。これは湯殿と遊廊でつながっており、身支度をするためだけに使うものらしい。汪府で暮らしていたときは、家班の女優たちと化粧部屋を共有していたので、分不相応な贅沢をしている気分になる。

「あなたってほんとうにどじですね」

側仕えの茜雪が梨艶の髪を香油でととのえながら、とげとげしい声で言った。

「あんなに歩きかたの練習をしたのに、よりにもよって殿下の御前で大失敗するんですから。うしろで見ていたあたしがどんなに恥ずかしい思いをしたかわかります？」

「……すみません」

「女官たちもみんな笑っていたんですよ。あたしは大恥をかきましたわ。まったく、今日の失態をなんと報告すればよいのやら。老爺に合わせる顔がありません」

茜雪が言う老爺とは、長兄成達のことである。茜雪はもともと成達付きの侍女だったが、梨艶付きの側仕えとして入宮せよと兄に命じられ、汪秀女付き首席女官となった。

梨艶とおなじ年齢で背格好も似ているが、目鼻立ちのととのった器量よしで、梨艶よりもずっと華がある。ふたりがならんで立つと、どちらが令嬢かわからない。

「だいたい、その『すみません』がだめですと何度言えばわかるんですか。あなたは聖楽年間からつづく歴史ある武門汪家のご令嬢で、主上の覚えめでたい汪副千戸の妹君で、皇太子殿下に嫁ぐご身分なんですよ。たかだか一女官にすぎないあたしにむかって馬鹿丁寧に敬語を使ってどうするんです。下婢のようにびくびくするのはおやめなさい」

「すみま……わ、わかったわ」

「母親の出自がどうであれ、汪家令嬢として東宮に入ると決まったからには、お役目にふさわしいふるまいを身につけてください。あなたが醜態をさらせば、兄君である老爺が面目をなくすんです。老爺は卑しい女優の娘にすぎないあなたを妹として大切にしてくださったかたでしょう。ここでご恩返しをしなくていつするんです。恩知らずと呼ばれたくないなら、汪家のため、老爺のために、令嬢らしく気品と威厳のある言動を――」

茜雪の小言はとまらない。梨艶は悄然とうなだれていた。

――気品も威厳もあるわけないわ。急ごしらえの令嬢だもの。

東宮選妃の名簿に汪家の娘がくわえられるという話を聞いたのは、一年前のこと。汪家の誉れだと嫡母たる比氏(ひし)は大喜びしていたが、梨艶にとっては他人事(ひとごと)だった。なぜなら東宮選妃の名簿に載る汪家令嬢は、自分ではないと確信していたから。

梨艶は先代の主が家班(かはん)の女優荷氏(かし)に産ませた娘だ。父は母を妾(めかけ)にしようとしたが、正妻の比氏が断固として許さなかったため、母の身分は死ぬまで一女優のままだった。ゆえに梨艶は妾腹の娘の頭数に入っておらず、身分は母とおなじ。父とは主と下婢の関係であり、腹違いの兄弟姉妹は主家の子女であって、彼らから親族とは見なされていなかった。

汪家の娘であって、汪家の娘ではない。中途半端な自分の立ち位置に戸惑うことはあったが、梨艶は事実に抗(あらが)おうとはしなかった。こういうふうに生まれついたのだから仕方ない。自分は一生、女優として、下婢として、生きていくのだろうと思っていた。

一族から秀女を出すと色めきたつ汪府のなかで、梨艶は家班の女優らしく芝居の稽古(けいこ)をして過ごしていた。それが梨艶の日常であり、すべてだった。

しかし、思いがけないことが起きた。家長である成達が妾腹の妹たちではなく、梨艶を入宮させると言いだしたのだ。

「八妹は病弱だ。東宮の暮らしになじめず、三妹のように夭折(ようせつ)するかもしれない」

七年前、比氏の実子である三番目の姉が侍妾(じしょう)の身分で後宮に入っている。三姉はほんの数回、龍床に侍ったが、二年前に病死した。蒲柳の質だったから、寵愛をめぐる熾烈な争いに耐えられず憔悴してしまったのだろう。

「もし八妹に不幸が起きたら、母上――あなたの血をひく娘はいなくなりますよ」

かつては妃嬪を輩出したこともある比家から嫁いできた嫡母は、愛娘を皇宮の住人にしたいと願っていた。そうすることで母たる自分の値打ちもあがると信じていた。さりとて、わが子を野望の駒として使い捨てる非情な鬼女でもなかった。天子の箱庭で早世した娘のために毎日欠かさず経をあげるくらいには、母の情を持ち合わせている。

比氏が産んだのは二男二女。成達の弟は幼少時に亡くなっているので、生きているのは成達と八妹だけ。東宮に娘を嫁がせる栄誉は捨てがたいが、血をわけた娘をまた喪いたくはない。比氏は逡巡した。

そこで成達は提案したのだ。梨艶を養女にして嫁がせてはどうかと。

「梨艶は身体が丈夫です。かならずや御子を産んで、汪家に名誉をもたらすでしょう」

女優の娘など、と比氏は一蹴した。夫の寵愛をほしいままにした荷氏は、比氏にとって唾棄すべき女狐。その娘である梨艶に親しみを感じるはずがない。現に成達が梨艶を妾腹の妹として嫁がせようとするたび、比氏が妨害した。比氏にしてみれば、梨艶を妾腹の娘とすることは荷氏を妾として認めることになるので、許すわけにはいかないのだ。

かたくなな比氏を翻意させたのは、八妹の喀血だった。齢十六の愛娘が血を吐いて苦しんでいるのを見ると、比氏は天子に嫁がせたばかりに死に目にも会えなかった嫡女を思い出した。皇宮に嫁げば、実の母であろうと容易に面会はかなわない。愛娘が病臥しても看病すらできないのだ。やむを得ず、比氏は八妹の入宮をあきらめた。八妹でないなら梨艶しかいない。妾腹の娘たちはみな笄礼前で、入宮の資格がない。

ここに来てはじめて、事の次第が梨艶の耳に入った。梨艶は愕然とした。

「私は家班の女優です。東宮に嫁ぐことができる身分ではありません」

「おまえを母上の養女にしてもらう。そうすれば、嫡出の娘として嫁ぐことができる」

「で、でも……私、もうとっくに行き遅れですよ？　汪家が恥をかくのでは……」

わかってくれ、と成達は気遣わしげに梨艶を見おろした。

「この機を逃せば、おまえは一生、汪府の下婢のままだ」

荷氏を憎みつづける限り、比氏は梨艶の婚姻を認めない。

「汪府の下婢のままでいるということは、母上に生殺与奪の権を握られているということだ。これまではできる限り私が守ってきたが、今後もそうできるとは言い切れない。こたびの戦で思い知った。ひとたび出陣すれば、生きて故郷の地を踏める保証はどこにもない。私が戦死したら、おまえはどうなる？　だれが私の妹を守ってくれるんだ？」

六つ年上の成達は、汪一族でただひとり、梨艶を肉親としてあつかってくれた人だ。妹と呼んでくれ、なにくれと世話を焼いてくれ、梨艶のことをいつも案じてくれた。男児を欲しがっていた母に軽んじられても、母を憎む比氏に女優の娘と蔑まれても、成達がかばってくれたから耐えられた。成達がいるから、つらくて苦しいときをやり過ごすことができたのだ。やさしい長兄は梨艶の心のよりどころだった。もし成達がいなかったらと思うと、恐ろしさで全身がすくむ。それほどに兄の存在は大きかった。

「おまえは嫁がなければならない。おまえを守ってくれる男のもとに」

「……それが皇太子殿下だと？　無茶です。私、絶対に寵愛なんかされませんし……」

「寵愛争いに勝てとまでは言わない。何事にもひかえめなおまえにそこまで望むのは酷だろう。もとより汪家の名誉のために提案したことではないんだ。あくまでおまえを下婢の身分から解放し、母上から遠ざけるための入宮だ。東宮では分をわきまえて身を慎んでいればいい。分不相応な栄華を求めなければ、禍を得ることはないはずだ」

　梨艶、と成達はささやくように妹の字を呼んだ。

「おまえのことが気がかりだと戦場で十分な働きができない。どうか東宮に嫁いで、大兄を安心させてくれ。頼む」

　慕わしい兄に頭をさげられて、むげに断れるはずはない。梨艶は入宮を承諾した。

　それからせわしない日々がはじまった。正式に比氏の養女となり、令嬢教育を受けた。比氏の手ほどきで女訓書を読み、若いころ女官だったという官僚夫人から宮中の礼儀作法を学び、裁縫や機織り、琴棋書画など、令嬢に求められる教養を身につけるべく励んだ。

物心ついたときから歌舞音曲には親しんでいるので、その点は問題なかったが、礼教や書法についてはずぶの素人だったので苦労した。手厳しく比氏に叱られ、くじけそうなときは兄に励まされて、やっとのことで苦難に満ちた一年を乗り越えたというのに、ここぞというときに大失敗してしまうとは。自分の不甲斐なさに打ちのめされる。

「ぼんやりしてますけど、あたしの話をちゃんと聞いてるんですか？」

「ええ、聞いているわ」

茜雪の小言をちょうだいしているあいだに、髪型が出来上がっていく。後頭部にいくつかの輪をかさねた髻をつくり、余らせた髪をひとつにくくって片方の肩に流す垂鬟分肖髻は未婚女子の髪型である。秀女は婚礼を迎えるまで黄花なので、髪をすべて結いあげることが許されない。人妻らしい髻を結えるようになるのは、婚礼後だ。

「今夜は絶対に失敗しないでくださいね」

茜雪が髻に牡丹の金簪を挿してくれた。いくえにもなった牡丹の花びらは薄く研磨された珊瑚。真珠でつくられた花芯とともに、黒髪をあざやかに染めあげる。

「宴の席には、皇太后さまや主上、皇后さまもお見えになるんです。これ以上、老爺のお顔に泥を塗らないでください」

「……気をつけるわ」

秀女の入宮を祝って、夕刻から宴がひらかれる。場所は後宮。今上をはじめとした天子一族が勢ぞろいする席で、醜態をさらすわけにはいかない。

「支度できましたかー？」

屏風の陰からひょっこり出てきた人物がいる。甘い微笑をうかべた端整なおもては芝居に登場する美青年のそれだが、彼を青年と呼ぶのは語弊がある。彼が着ている蟒服――蟒は龍に似た四本爪の大蛇――は高級宦官だけに許された衣だ。なお、高級宦官の位階は上から太監、内監、少監といい、蟒服の色はそれぞれ紫紺、紅緋、群青である。

「うわあ、すみません！　部屋をまちがえました！」

おどけたしぐさで屏風の陰にひっこみ、ついでそろりと顔を出す。

「俺、広寒宮に迷いこんじゃったみたいですね？」

「はあ？　なにをとぼけているんです」

「だってほら、嫦娥さまがいらっしゃるから」

彼が梨艶をそっと指さすので、茜雪はうんざりしたふうにため息をついた。

「あなたね、くだらない小芝居をする暇があったら、すこしは仕事をなさい。汪秀女の湯浴みも身支度も、あたしがとりしきったんですからね。ただでさえ流霞宮は奴婢がすくないのに、汪秀女付き首席宦官のあなたはいったいどこでなにをしていたんです？」

「いやあ、実は義妹に呼びだされまして」

宦官の言う義妹とは恋人をさす。ちなみに相手が年上でも義姉とは言わないそうだ。

「また女官と乳繰りあっていたんですね！　宦官のくせに汚らわしい！」

「いやいや、玉梅観の道姑ですよ。彼女、さびしがりやで」

群青の袖をひらひらさせて笑う彼は同淫芥という。年齢は二十七。宦官学校・内書堂で学び、うしろから三番目の成績で修業したと当人が自慢げに語っていた。秀女付き首席宦官はみな少監だが、内書堂出身の二十七歳の少監は出世が遅いほうだ。

「俺ね、最近やっと少監になったんですよ」

とは本人談だが、よく聞いてみると「最近」とは今回の東宮選妃のことだった。

「俺もそろそろ少監になりたいなぁと思ってたんですよ。ほら、蟒服って見栄えがするでしょ。蟒服を着てるだけで腐肉にたかる蛆みたいに女人が寄ってくるし。ここだけの話、上官のを失敬して着てみたことはあるんですけど、やっぱり自分のが欲しくなりましてねえ。一念発起して敬事房太監の葬太監に胡麻すりしてみました。どうなったと思います？おまえみたいな怠け者に秀女付きはつとまらないって門前払いされましたー。でも、俺には秘策がありましてね。なんだと思います？　西域の春宮画ですよ。とびっきりえげつないやつ。これが効果覿面でねえ！　いちばん下っ端の秀女ならいいだろうと言われたんで、晴れて汪秀女付きの少監になりましたー。というわけでよろしくお願いします！　勤務中よく消えますが、心配しないでくださいね。美人としけこんでるだけなんで」

主との顔合わせでそんなことをのたまうのだから、出世が遅れるのも道理である。

「道姑ですって⁉　いやらしい！　道観の門をくぐっておきながら騾馬と情を通じるなんて、とんだ狐狸精道姑がいたものですわね！」

「彼女を悪く言わないでくださいよ。俺の閨技がすごすぎるのがいけないんですから」

茜雪に汚物を見るような目で睨まれても、淫芥はのんきそうに笑っている。

「ともあれ、汪秀女が嫦娥さまみたいにおきれいなのは事実ですよ。しっとりとした色香がいいなあ。十六、七の小娘ではこうはいきません。殿下くらいの年ごろの男は年上の美人に弱いんですよ。汪秀女がちょっと流し目をすればいちころですね！」

「なにがいちころですか。あたしは汪秀女が主上の御前で転倒しないか心配ですわ」

「べつに転んだっていいでしょう。なんでもかんでもそつなくこなす完璧な令嬢なんてつまらないですよ。ちょっと不器用で可愛げのある女人のほうが男心をそそります」

「汪秀女は〝ちょっと不器用〟どころではありません。四六時中びくびくしていて、救いようがないほど臆病で、すさまじくどんくさいのです」

なにひとつ反論できず、梨艶はうつむいていた。

「さて、支度はすみましたね。遅刻しないよう、早めにまいりましょう」

「あ、あの……ま、待って。書房に寄っていくわ」

「またですか？　もたもたしている暇はないんですからね、急いでくださいよ」

茜雪に急かされながら書房に行き、多宝格から朱漆塗りの文箱を取りだす。

文箱の中身は成達からの文だ。折にふれて、成達は北辺から文を送ってくれた。払いがかすれがちな癖のある文字と、妹の身を気遣うあたたかい言葉に何度慰められたか知れない。慕わしい手蹟を目でなぞれば、春日を浴びて溶ける氷のように不安がやわらぐ。

――お兄さまのためにがんばるわ。

できれば寵愛を受けて汪家に名誉をもたらしたいが、この身体では無理だろう。まずは汪家の恥にならないように行動することが長兄への恩返しだ。

後宮、紅采園。牡丹園とも呼ばれるこの園林には毎年、晩春になると、多種多様な牡丹が妍を競い、仙界の景色があらわれるという。さりとて今宵は、牡丹の花期にはすこし早い。早咲きの牡丹をのぞけば、燃えさかる火のような緋桃の独擅場だ。

宴席は緋桃の林をとおりぬけた先にある迎喜斎にもうけられた。迎喜斎の前殿には小規模の戯台がある。宝形造の屋根をいただく四阿式舞台は、南の蛮国から献上された黄花梨を用いて組まれ、竹垣の隔扇門を三方にそなえている。天井には妖艶な花房を垂らす紫藤、左右の壁には青々とした松柏、舞台奥の壁には百花の王たる牡丹の麗姿が画聖の筆致で描きだされており、室内でありながら、春たけなわの園林にいるような心地にさせてくれる。咲き乱れる富貴の花を従え、つねならば役者たちが芝居を演じる舞台で、いま、ひとりの美姫が月季紅の舞衣をひるがえしていた。玉笛が歌い、箏が音の雨を降らせるなか、美姫は蝴蝶のように舞う。赤い霞のような水袖が宙をたゆたうたび、そのあでやかな残像は宴席に集った貴人たちを鮮麗な花吹雪の幻に溺れさせた。

「すばらしい」

舞曲が途絶えるのを待たず、今上は大きく手を叩いた。

「さながら紅衣仙女が舞っているかのようだった。ずいぶん上達したな」

今上、宣祐帝・高隆青は御年五十。明黄色の龍袍につつまれた体躯は芝居に登場する古の英雄のように筋骨逞しく、小冠をいただく髻は黒々としている――そうだ。というのも、恐れ多くて顔をあげられないので、梨艶が見たのは龍袍の裾だけなのである。

「喜んでいただけてうれしいですわ。主上にお見せするために稽古しましたの」

得意げに胸を張ったのは、舞姫に扮した彩蝶だ。星屑を散らしたような歩揺冠、瑞花文を染めぬいた水袖、金泥の蝴蝶が舞う長裙。どれも天上のものとしか思われないほどきらびやかなのに、彩蝶が見せる極彩色の笑顔はそれらにまったくひけをとらない。

「余のためではなく、礼駿のためだろう」

「いいえ、主上のためですわ。最終的に太子妃をお決めになるのは主上でしょう？　美しい舞で主上のご機嫌とりをしておいて損はありませんわ」

「身もふたもないことを。はしたないですよ、彩蝶」

李太后が絹団扇の陰からたしなめた。その口調は言葉ほどきびしくはない。先帝の皇后であった九十路の老婦人は、天真爛漫な従姪孫を目に入れても痛くないほど溺愛しているらしい。李太后の一声があれば、如意は彩蝶のものになるともっぱらの噂だ。

「だって、太子妃になりたいんですもの。東宮選妃なんて面倒なことをしなくても、わたくしに如意をくだされればいいのに」

「あなたは自分が太子妃にふさわしいと思うの？」

「もちろん！　秀女たちのなかでわたくしがいちばん美しいのだから、太子妃にふさわしいのはわたくしですわ」

　かすかに失笑した者がいた。尹皇后のとなりに座す貞娜だ。

「太子妃は容色だけではつとまらぬのではなくて？」

「容色以外になにが必要だっていうのよ？」

「四徳をそなえ、道理をわきまえ、なにごとにも慎み深く、聡明な女人でなければ、東宮妃妾の筆頭として、みなの尊敬を集めることはできなくてよ」

「太子妃のいちばん大切な仕事は政務で疲れていらっしゃる殿下を癒すことよ。四徳だの、道理だの、かたくるしいことばかり言う人がそばにいたら、殿下の御心がちっともほぐれないわ。あかるくて、にぎやかで、楽しい女人が太子妃になるべきよ」

「にぎやかしの女人なら教坊に大勢いるわ。あなた、宮妓になりたいの？」

　貞娜と彩蝶の口論はおさまる気配がない。

――こ、怖くないのかしら……。主上や皇太后さまの御前で喧嘩するなんて。叱責が飛んでこないかと、他人事ながらひやひやして生きた心地もしない。

「ふたりとも場所柄をわきまえよ」

今上のかたわらに座した礼駿がぱちりと扇子を閉じた。貞娜は神妙な面持ちで謝罪し、彩蝶はぷりぷりしながら舞台から降りて自分の椅子に座る。

「父皇の偉大さをあらためて痛感いたします。後宮を御していらっしゃる父皇には、たった二人の秀女すら持て余している私がさぞや頼りなく思われるでしょう」

「後宮を御しているのは余ではないぞ。皇后と皇貴妃だ」

今上は笑いふくみに尹皇后と李皇貴妃をさし示した。

「後宮の平穏はわたくしの功績とはいえませんわ。皇貴妃が上手に差配してくれますので、いつも助けられていますの」

おっとりと微笑んだ尹皇后は齢四十七。優艶と柔和を具現したような婦人で、たおやかな声音は神々のなかでだれよりも慈悲深いといわれる碧霞元君のもののようだ。

――皇后さまは殿下の生母ではいらっしゃらないのよね。

皇帝に仕える三千の佳麗は后妃侍妾と総称される。こまかく分類すれば、皇后、妃嬪、侍妾となる。妃嬪は十二妃と上下九嬪、侍妾は六侍妾、五職、御女をいう。

自称事情通の淫芥曰く、礼駿の生母万氏は最高学府たる国子監に籍を置く国子助教の娘だそうだ。東宮時代の今上に嫁ぎ、今上の即位にともなって五職の第二位弘姫に封じられ、礼駿を産んで六侍妾の最下位楚人に進んだ。十年前、火難で亡くなったため六侍妾の第四位淑人を追贈され、礼駿の立太子を受けて下九嬪の最下位充華に追封されている。万氏の死から数年後、礼駿は嫡母尹皇后の養子になった。これは立太子を視野に入れた措置だ。尹皇后は皇長子仁徽を産んでいるが、ある事情で仁徽は立太子できないので、品行方正で今上に目をかけられている礼駿が養子に選ばれたのだ。

「国子助教なんて、副千戸よりもずっと下の従八品ですよ？　そんな下級官人の娘ですら、次期皇帝を産んだおかげでゆくゆくは皇后を追贈され、諡号もつけてもらえるんです。汪秀女だって望みはありますよ。がんばって！」

淫芥は無責任に鼓舞していたが、梨艶には縁のない話だ。

「私は皇后さまのご威光におすがりしているだけですわ。いわば虎の威を借る狐です」

絹団扇を片手に微笑む李皇貴妃は、今上最愛の寵妃といわれている。年齢は今上とおなじ五十路。しっとりと落ちついた色香と、打てば響くような聡明さだけでなく、後宮を平穏無事におさめる手腕が評価されてのことらしい。

「わたくしが虎ですって？　みなはわたくしのことをおとなしい猫だと思っているのに」

「皇后さまのたくみな芝居に騙されているのです。私は皇后さまが虎のごとく胆力のあるかただと存じていますわ。ことに先日の幽鬼騒ぎのときには……」

「やめてちょうだい、皇貴妃。恥ずかしいわ」

尹皇后が笑ってたしなめると、李皇貴妃は心得たふうに黙る。不自然な沈黙を貫きつつも、ふたりは由ありげに視線をかわしあって笑みがこらえきれない様子だ。

尹皇后と李皇貴妃の仲睦まじさは語り草である。それぞれの親族が廟堂で年がら年中いがみ合っているのとは対照的だという。

「そろそろ芝居の時間ですね。演目はなんでしょうか、母后」

「『春園記』よ。秀女たちのために月輪班を呼んだの」

月輪班という単語が耳をかすめただけで、梨艶の胸が轟いた。月輪班は女優のみで演じる蘭劇の一座としては、天下でならぶものがない。梨艶も何度か聴きに行ったが、そのたびに大感激して、邸に帰ってからも興奮が冷めず眠れない夜を過ごしたものだ。

――月輪班が演じる『春園記』はきっとすばらしいでしょう。

『春園記』は著名な文士双非龍の弟子周余塵が書いた才子佳人劇である。

物語の舞台は澄王朝時代。名門令嬢として生まれ、きびしい教育を受けて育った陶玉娟はなにひとつ自由にならない窮屈な生活に鬱々としていた。

あるとき、彼女は後院を散歩し、春の陽気に誘われて亭でうたた寝する。夢のなかで、玉娟は見事な枝垂れ緋桃を見つける。はらはらと舞い散る紅の雨のむこうには美しい青年がいた。ふたりは一瞬で恋に落ち、甘いひとときを過ごす。

夢から醒めても、青年のことが忘れられない玉娟は病の床に臥した。死期を悟った彼女は自分の姿絵を描き、後院の築山にそれをおさめるよう言い遺して死んでしまう。父親は愛娘を後院の枝垂れ緋桃の下に埋葬し、そこに道観を建てさせ、桃花観と名づけた。

三年後、桃花観に謝賀成という青年が訪れる。賀成は科挙受験のために上京する道中、山賊に襲われて桃花観で療養することになった。怪我を手当てしてもらったあと、賀成は桃花観の後院で玉娟の姿絵を見つける。画中の美人をひと目見るなり、彼の脳裏に三年前見た夢の光景がよみがえった。彼こそが、玉娟が恋い焦がれた幻の青年なのだ。

寝ても醒めても姿絵の美人が頭から離れない賀成の前に、玉娟があらわれる。ふたりは再会を喜び、逢瀬をかさねるが、玉娟の花顔は日ごとに曇っていく。玉娟は自分が幽鬼であることを賀成にうちあけるべきか迷っていた……。

結論から言えば、玉娟は生きかえって賀成と結ばれるのだが、大団円にいたるまでに数々の試練が用意されている。観客はふたりの恋の行方から目が離せない。

銅鑼が鳴った。舞台に道袍をまとった役者が登場する。副末と呼ばれる脇役だ。

「本日上演いたしますは、『陶玉娟春園記』にございます」

これから演じる芝居のあらましを、副末は独特な唱腔をつけて紹介する。

「太守陶宗伯の娘玉娟は春の物思いに誘われ、夢に出会いし若者にひと目で心奪われました。あわれにも恋の病に侵され、みずからの姿絵を描き遺して、うら若き乙女のまま葬られてしまいます。それから三年。玉娟の心を奪いし若者、謝賀成があらわれ……」

舞台正面向かって左側の出入口を上場門、向かって右側の出入口を下場門という。原則として、役者が登場するのは上場門、退場するのは下場門である。

副末が口上を述べ終わって下場門の台簾をくぐれば、上場門から正旦が出てくる。旦は女役の総称。年齢や身分、性格によって呼称がちがう。正旦はしとやかな女人役だ。『春園記』の正旦はむろん玉娟である。玉娟役の女優は立ち襟の淡粉の長衣に、四季の花々が刺繍された帔をかさね、紅梅色の外套をはおっている。髪型は片子と呼ばれるつけ毛で顔の輪郭をふちどった大頭。卵型の花顔に白粉を塗り、目もとは臙脂で赤く染めている。のびやかに歌う横笛に合わせ、嫋々たる足どりで玉娟は舞台中央に立つ。

春とおなじ色の衣をまとい
彩なす雲のごとき髻に玉の簪を挿して
甘やかに香る花と咲き競うも
桃のかんばせ　見る人もなく

緋桃の蕾を思わせる唇から、たおやかな美声があふれ出た。琵琶の旋律と調和する優雅な声はどこか憂いを帯びている。自由にあこがれる彼女の心は、鶯が歌い、燕が舞い、草木がきらきらと輝く春爛漫の景色を眺め、いまだ恋を知らぬわが身を嘆く。

皇宮の要人たちが同席していることも忘れ、梨艶は『春園記』の世界に没頭した。

ふたりがひと目惚れする場面では、一緒になって胸を高鳴らせる。玉娟が恋わずらいで死んでしまう場面では胸がつぶれそうになり、幽鬼になった玉娟が自分の正体を賀成にうちあけるべきか悩む場面では、せつなくてたまらなくなる。玉娟と賀成が歌うたび、深まっていくふたりの愛が心にひびいてくる。幾多の試練をのりこえ、親族に祝福されて婚儀をあげる大団円は、涙なしには観られない。

芝居が終われば宴も終わる。今上や李太后らを見送ったのち、秀女たちが宴席をあとにする。梨艶は離れがたい気持ちを引きずりながら、最後に迎喜斎を出た。

「よかったですね」

そばを歩く茜雪が言うので、梨艶は大きくうなずいた。

「ほんとうにすばらしかったわ！　とくに正旦の歌声は天女でさえおよばないほどよ。秘密の逢瀬が冥官にばれて冥府に連れ去られるときの唱はもらい泣きしたし、冥府で獄卒に責めたてられてもけっして屈しない玉娟には惚れ惚れしたわ。でも、愛する賀成と会うときは、もじもじしているのよね。恥ずかしがるときの水袖の動きや扇子で顔を隠すしぐさがすごく可愛いの。そうそう、小生も素敵だったわ！　道姑の手助けで賀成が冥府まで玉娟を迎えに行くところ、凛々しくてうっとりしたわ。あの歌声は媚薬ね。玉娟への激しい恋心を根底にただよわせながら、あらゆる音が調和したまろやかな甘い声……！　いったいどうしたら、あんな声で歌えるのかしら？　それに婚礼の場面では――」

「『春園記』のことじゃありませんわよ。芝居のことです」

「え？　だから『春園記』のことでしょう」

「ひょっとして、皇太后さまのお話を聞いてなかったんですか？」

　はあ、と茜雪が聞こえよがしにため息をついた。

「皇太后さまが秀女たちに芝居を演じさせるとおっしゃったんですよ。それもひとりひとりではなく、秀女全員でひとつの作品をつくりあげるようにって」

　発表は三月後。満足のいく出来映えなら、李太后が褒美を出すという。

「いつそんな話をなさったの？」

「芝居の最中ですよ。秀女たちに蘭劇を演じさせたら面白いんじゃないかって、急に思いついて仰せになったんです。あなたは聞いてなかったみたいですけど」

　全然気づかなかった。芝居を聴いているときは、ほかの音は耳に入らなくなるのだ。

「演目は秀女たちで話し合って決めよともおっしゃいましたわ。いっそ皇太后さまが決めてくださったほうが楽でしたわね。演目を決めるだけで相当もめますわよ」

　貞娜と彩蝶が好きな演目をあげて口論していたという。

「ただし、秀女全員がなんらかの役柄で舞台に立つことが条件ですって。数名だけが表に出て、残りは裏方というのはだめってことですね。よかったではありませんか。芝居は汪秀女の唯一の取り柄。ここで活躍しておけば、初日の大失態も吹き飛びますわ」

「……そうかしら」

活躍するのは権門出身の秀女たちだろう。梨艶は錦をまとった背景にすぎない。

翌日、秀女たちは東宮内の園林、啼鳥園の水榭に集まった。演目を決めるためである。

「わたくしは『守節記』がよいと思うわ」

優雅に蓋碗をかたむけてひと息ついたあと、貞娜が口火を切った。

「ご存じのとおり、燎王朝時代の丞相于諧と妻馮氏の物語よ。とても道徳的で、婦道を称える内容だから、東宮選妃の趣旨に合っているわ。どんな苦難に見舞われても夫を信じ、姑に孝養を尽くし、子どもたちを守り育んだ馮氏の善心と献身は、秀女全員が見習わなければならないものよ。わたくしたちも馮氏のように、殿下に一身をささげて――」

「『守節記』なんか冗談じゃないわ。あんな古くさくて退屈な話、絶対いやよ」

彩蝶は桃花酥餅をかじりながら思いっきり顔をしかめた。

「于諧って、年老いた母親を馮氏に押しつけて上京して科挙を受けて状元になって、結婚してることを隠して丞相の娘婿におさまった最低の男じゃない。馮氏が飢饉で苦しみながら姑と子どもたちの面倒を見てるとき、于諧は新妻と贅沢三昧に暮らしてたのよ。おまけに自分を頼って上京してきた妻を邪険にあつかったわ。岳父に重婚がばれるとまずいからって、はした金をわたして追いかえそうとした忘八蛋よ。なのに、最後は新妻の霍氏が于譜を許してあげて、馮氏を正室にして、自分は妾として于譜に仕えることで大団円よ？　あれのどこがめでたしめでたしなの？　あんな不実な狗東西に尽くす馮氏も霍氏も大馬鹿女だわ。下種野郎に貞節をささげることを賛美する三文芝居なんかお断りよ」

「ひどい言い草ね。『守節記』は太祖がお褒めになったという傑作なのよ。巷間でも上演が奨励されて、みなが馮氏の貞心に感激したと史書にも記されているわ」

「もしもーし？　いまがいつなのか知ってる？　宣祐年間よ？　太祖の時代に流行った芝居なんか、とっくの昔にすたれてるわよ。どうしても上演するなら、時流に合わせてだいぶ筋を変えなくちゃいけないわ。そうね、馮氏が于譜を見限って後宮に入り、皇帝に見初められて寵妃になって元夫を見返してやるって話なら当世風だわ」

「『守節記』は熙代に書かれた伝統劇なのよ。勝手に内容を変えられないわ」

「じゃ、没ね。わたくしは『炎姫征西』を推すわ。巷で大流行している武戯よ。みんなも一度くらい観たことあるでしょ？　拓王朝の女英雄柴晶妍が西戎討伐で大活躍する話なんだけど、見ものは大槍を使った武打！　駿馬で颯爽と戦場を駆けぬけ、西戎の兵たちをばっさばっさとなぎ倒していく姿はしびれるほどかっこいいわよ！」

「女英雄ですって？　野蛮だわ。皇太后さまにお見せするものではないわよ」

「皇太后さまだって説教くさい文戯より派手な武戯のほうがお好きよ。さて、配役を決めなくちゃね。もちろん、晶妍を演じるのはわたくしよ。わたくし、武戯が大好きだから、有名な劇班から役者を招いて武工の稽古をつけてもらってるの。武打なら任せてちょうだい。晶妍の副官役は有能な参謀だから、賢そうな人がいいわねー。そうだ、薄秀女に演じてもらおうかな。冷秀女は晶妍の夫役がよさそうね。背がすらりとしていて見栄えがするから。尹秀女と程秀女は西戎王と将軍の役が似合いそうよ。人を射貫くようなその凶悪な目つき、見るからに蛮族の武人という感じがするわ」

「お待ちなさい。勝手に話を進めないで。みなの意見を聞かなければいけないわ」

「みんなも『炎姫征西』がいいわよね？　文句がある人いる？　薄秀女はどう？」

「……わたくしは、ええと……」

　薄秀女はぎこちなく笑顔をつくった。年齢は彩蝶と同年。花のかんばせの持ち主だが、陽光のような彩蝶とくらべると、いささか印象が薄い。

「わたくしも武戯がよいと思いますわ。李秀女がおっしゃるように武打が華やかですし、巷間で流行しているものには皇太后さまもご興味を持ってくださるかと」

「ほらね、薄秀女はわたくしの味方だわ。許秀女はいかが？」

「おふたりと同意見です。皇太后さまもありきたりな演目には飽きていらっしゃるでしょうし、市井の民がどんな芝居を面白がっているのか、お見せするのも一興でしょう」

「そうよねえ。賈秀女はどう思う？」

「昨年は蚩頭との戦で凱軍が快勝しました。その戦勝を祝う意味でも、夫にふりまわされる薄幸な妻の苦労話より、女将軍が勇ましく戦う武戯のほうがふさわしいのでは？」

彩蝶が指名した秀女たちは例外なく『炎姫征西』を推した。

「尋ねる相手が偏っているのではなくて？　李家と懇意にしている一族の娘の意見しか聞かないのは、公平とは言えなくてよ」

貞娜がゆるりと絹団扇を動かすと、となりに座る程秀女が大きくうなずいた。

「李家とゆかりの深いかたがたは浅慮でいけませんわ。皇太后さまの御前で巷間の卑しい芝居を演じるなど、言語道断ですわよ。皇宮には皇宮の格式というものがございます。宗室に嫁ぐわたくしたちは、皇家の品格にかなう言動を心がけなければなりません。したがって、下民を熱狂させている低俗な芝居ではなく、あまたの烈女たちが受け継いできた婦徳を教え諭す『守節記』をこそ演じるべきです。もちろん、馮氏役にふさわしいかたは尹秀女ですわ。わたくしたちのなかで――いえ、国じゅうの女子のなかで、婦徳、婦言、婦巧、婦容、すべてをかねそなえた完璧なかたは尹秀女だけですから」

神経質そうな美貌に陶酔をにじませ、程秀女は一心に貞娜を見つめていた。程家は尹家の姻戚なので、ご機嫌とりに終始しているのだろうか。それとも、心から貞娜を崇拝しているがゆえの発言なのか。梨艶には区別がつかない。

「程秀女のおっしゃるとおりですわ。下々の者にもてはやされる芝居など、俗悪な内容に決まっています。秀女であるわたくしたちが演じられるはずがないでしょう」

「そもそも女英雄自体がはしたないわ。女だてらに大槍をふりまわすなんておぞましい」

「本来、芝居とは聖人の教えを伝えひろめるためにつくられたものです。女の身で戦場に出るのは、婦道にそむく下劣な行い。それを称賛する物語は、芝居ともいえません」

尹家と親しい家筋の秀女たちはこぞって尹秀女の味方をする。

「ちょっと尹秀女！　あなたこそ、尋ねる相手が偏っているんじゃないの？」

「あら、わたくしは尋ねていないわ。みなが自由に自分の意見を言っているだけよ」

火花を散らさんばかりに彩蝶と貞娜が睨み合う。

「らちがあかないわ。李家にも尹家にも因縁のない人に意見を言ってもらいましょうよ」

「いいわよ。お愛想ぬきの公平な考えを聞いてみましょう」

汪秀女、とふたりの声がかさなった。

「どちらがよいとお思いになって？　忌憚なきご意見をお聞かせください」

「遠慮しなくていいわ。言いたいことをはっきり言っていいわよ」

四十六の瞳がいっせいに梨艶を射貫く。

「……わ、私は……その、ど、どちらも……」

「どちらもよいとはおっしゃらないでくださいね」

「『守節記』か『炎姫征西』か、ふたつにひとつよ」

早く答えてと急かされる。しばし逡巡したが、梨艶は意を決して口をひらいた。

「ど、どちらも……よくないと思います。『守節記』は八人、『炎姫征西』は六人しかいません。これではほとんどの人が」

「待って待って。なんの話をしているの？」

「あ……ごめんなさい。配役の話です。『守節記』は于諧、その母甄氏、妻馮氏、三人の子どもたち、霍丞相、その娘霍氏の八人、『炎姫征西』は柴晶妍、その夫孫飛熊、晶妍の副官柳可法、飛熊の父孫孟巌、西戎王速天梟、西戎の総大将阿不賜の六人しか名前のついた役がありません。皇太后さまは秀女全員がなんらかの役で舞台にあがるようにとおっしゃいましたが、『守節記』や『炎姫征西』ではその条件を満たせません」

「べつに名前がなくてもいいんじゃない？　晶妍や阿不賜の部下を増やせばいいわ」

「皇太后さまは秀女全員で協力してひとつの芝居をつくりあげよ、とおっしゃいました。これは『東宮で寵愛争いをせず、おのおのが天寵を受けられるよう自分たちで工夫し、互いに譲り合うことを心がけよ』という意味ではないでしょうか。一部の秀女だけが目立って、残りの秀女は名もなき背景に甘んじるのは、『協力せよ』と仰せになった皇太后さまのご意向にそむきます。……ですから、できるだけ多くの役がある演目を選ぶべきです。みなで正旦を演じることはできませんが、名前つきの配役はめいめいに見せ場が用意されているものですから、だれもが一度は観客の注目を浴びることができます」

梨艶が口を閉じると、水榭は奇妙な沈黙につつまれた。

「……一理ありますわね」

静寂を破ったのは貞娜だった。

「では、どちらもやめましょう」

そんなあ、と彩蝶が不満そうな声をあげる。貞娜はかるく息をついた。

「秀女は二十四人いるのよ。あなたのひとり舞台ではないわ」

「しょうがない。『炎姫征西』はあきらめるわ。じゃあ、配役がたくさんある作品から選びましょ。『玲瓏殿』なんかどう？　宮中の話だから登場人物は多いわ」

『玲瓏殿』は梧王朝を舞台にした皇帝と貴妃の愛情物語である。

「あ、あの……皇帝や后妃が登場する作品は避けたほうがよいかと。皇太后さまの御前で演じるのですから……いろいろと障りがあります」

うまく演じすぎれば不遜だし、下手に演じれば揶揄しているように見える。万一、逆鱗にふれるようなことになれば、帝室に対する不敬罪で罰せられかねない。

「皇太后さまは寛容なかたよ。細かいことはお気になさらないわ」

「いいえ、汪秀女の言うとおりよ。皇太后さまがいくら寛容なかたでも、礼儀は守らなければならないわ。だれが演じるにせよ、不敬罪に問われる事態は避けなければ」

「それなら、『相思扇』はいかがでしょう？　配役は多いし、皇族は出ませんわ」

薄秀女が提案したのは、熙朝滅亡の動乱を背景に文士と妓女の悲恋を描いた物語だ。

「悲劇はあまり好ましくありません。できれば大団円となるもののほうが……。それに王朝の滅亡をあつかった作品は、皇宮で演じるには不吉かと……」

「『幻化冤』は？　波乱はありますが、最後はまるくおさまりますわよ」

貞娜は冤罪で処刑されるも死後に名誉が回復される烈女の物語をあげた。

「冤罪を主題としたものは、市井では喜ばれますが、政に手落ちがあると非難しているようにも解釈できますので、皇宮で披露すべきかどうか迷います」

「汪秀女はあら探しばかりなさるのね」

程秀女に鋭く睨まれ、梨艶は肩を強張らせた。

「あら探しではないのですが……家班では、観客となる主人の顔色をうかがうことが第一でした。家班の女優は主人を楽しませるために演じるのであって、自分たちが好きな芝居を演じるわけではないのです。どんなにすばらしい芝居を演じても、主人のご機嫌を損ねれば罰を受けます。勘気をこうむらないため、主人がどのような内容を好むか、あるいは好まないかについて、女優たちで十分に話し合ってから演目を決めていました」

「なるほどー。観る人のことを考えなきゃだめってことね」

彩蝶は金柑の蜜餞をかじりなら大きくうなずいた。

「いままでの条件をまとめると、配役が多くて、皇族が登場しなくて、大団円で終わる作品ってことでいい？　それ以外の条件はある？」

「声腔（ふしまわし）がやさしいものがよいと思います。準備期間は三月しかありませんから」

「これらの条件にあてはまる作品をどなたか挙げてくださる？」

　貞娜が尋ねたが、秀女たちは黙りこんでいる。あの、と梨艶は声をあげた。

「提案なのですが……こういう方法はいかがでしょうか。それぞれがよいと思う戯曲をひとつ選んで、その作品のいちばん面白い部分をみなの前で朗読するんです。各人は演じたいと思ったものに票を投じます。ただし、ひとりにつき一票だけで、自分の作品に投票してはいけません。得票数が多かったものを採用します」

「それぞれって、二十四人もいるのですよ。全員が朗読すれば時間がかかりすぎて、はじめのものがどんな内容だったか忘れてしまうでしょう」

「ひとりずつではなく、ふたり一組にすれば十二回ですみます」

　それならいいでしょう、と貞娜は納得した。

「異存のあるかたは？　いなければ、くじ引きでふたり組を決めますわよ」

「はいはーい！　わたくしがくじをつくるわ」

　彩蝶が女官に藤紙（とうし）と筆墨（ひつぼく）を持ってこさせる。紙に数字を書き、器用に小さく折った。蝴蝶（こちょう）のようなかたちにたたんだそれらを螺鈿（らでん）の合子（ごうす）に入れ、一同を見まわす。

「ここからひとつ取って。おなじ数字が出たふたりが組よ。取ってもすぐには開けないでね。わたくしがいいと言ったら、みんなで一緒に開けるから」

合子が順番にまわされ、梨艶もひとつ手に取った。彩蝶が「開けて！」と言うので、ひらいてみる。書かれていた数字は九。

「一の人は手をあげてー！　薄秀女と程秀女ね。次、二の人はだれとだれー？」

九で手をあげたのは、梨艶と冷秀女だった。

「じゃ最後、十二の人はー……はあい！　もうひとりは――うそ、待って。まさか」

「……わたくしよ、李秀女」

貞娜がしぶしぶ名乗りをあげる。彩蝶は不満そうに唇をねじ曲げた。

「これで相手が決まったわね。ふたりで話し合ってどの作品にするか決めてちょうだい。発表は三日後、この場所で。異存はないわね？」

東宮の建物には緑琉璃瓦が葺かれている。五行説において、東は成長をあらわす緑色に属しているからだ。しかし、なかには黒色琉璃瓦が葺かれた建物もある。およそ十八万巻の書物を所蔵する文綾閣がそれだ。文綾閣の入母屋造の屋根に黒い琉璃瓦が用いられているのは、水をあらわす黒が火災を防ぐと信じられているためである。

「冷秀女ったら、いったいどういうおつもりなのかしら」

梨艶が書架の前にしゃがみこんで戯曲を選んでいると、となりで茜雪がぼやいた。

「わざわざこちらから出向いたのに、汪秀女が持ってきた戯曲に目も通さないで『どれでもいいよ』ですって。しかも午睡するから帰ってくれって汪秀女を追いだして。そもそも客人が来ているのにお茶のひとつも出さないなんて信じられませんわ。どうしてあんな無礼な人が秀女に選ばれたんでしょう。きっとご実家が賂を積んだんでしょうね」

いまがた、戯曲選びのために冷秀女を訪ねた。入宮する際に持ってきた戯曲をいくつか持参し、相談しようとしたが、冷秀女の態度はそっけなかった。

「面倒くさいな。君が勝手に決めてくれ」

あくびを嚙み殺しながらそう言った冷秀女は夜着姿だった。とうに正午を過ぎているのにようよう寝床から出てきたところらしく、漆のような髪を無造作に垂らしていた。秀麗な顔には化粧もしていないが、玉の膚は透きとおるような白さで、切れ長の目もとは涼しげで美しい。不機嫌そうな表情すらも画聖が描いた絵のよう。しなやかな長身といい、落ちついた声音といい、男装すれば絶世の小生になりそうな麗人だ。

「冷秀女ほどの美貌なら、賂を積まなくても秀女に選ばれて当然だわ」

「美貌だけで秀女になれるものですか。不愛想で、礼儀知らずで、ぐうたらで、おまけに言葉遣いはぶっきらぼうで女らしさのかけらもない。冷家は内閣大学士を輩出したほどの名門なのに、どうしてあんな不良令嬢が出来上がったのかふしぎでなりませんわ」

茜雪がぶうぶう文句を言うので、梨艶は気が気ではない。女官の発言は主のそれにひとしい。だれかに聞かれたら梨艶が冷秀女をそしっていたと悪評が流れてしまう。

「ね、ねえ、茜雪。選ぶのに時間がかかりそうだから、先に帰ったらどう？」

「ひとりで大丈夫ですか？　流霞宮（りゅうかきゅう）まで道に迷わずに戻れます？」

「大丈夫よ。道順はおぼえているわ。あなたは先に戻って淫芥（いんかい）を監督して。きっとまた仕事を怠（なま）けているわよ。よその女官を連れこんでいるかもしれないわ」

「いかにもありそうなことですわね。暇さえあれば女といちゃついているんですから」

茜雪の背中を見送って、梨艶は書架を行ったり来たりした。何冊か気になるものを見繕（みつくろ）い、係の宦官（かんがん）に貸し出しの手続きをしてもらったあと、内院（なかにわ）に出る。

吉祥文の鋪地（ほち）が敷かれた内院は、春日（はるひ）に濡れてきらきらと輝いていた。手前には青柳にふちどられた池が翡翠色の水をたたえ、その奥には立ちのぼる龍と瓜二（うりふた）つの奇岩がならんでいる。奇岩の彼方（かなた）に亭（あずまや）らしき宝形造の屋根が見えた。亭で戯曲を読もうと思いたち、梨艶はつややかな緋桃（ひとう）の枝を眺めながら小径（こみち）を歩きだした。

いずこから燕（つばめ）が飛んできた。つがいなのだろうか、黛藍（まゆずみいろ）の翼をひるがえして飛びまわっている。まるで『春園記』に出てくる風景のようだと微笑（ほほえ）ましく思いつつ歩いていると、怪石をかさねた築山（つきやま）のそばから人の声が聞こえてきた。

「尹秀女だと？　あれは衣を着た女訓書（じょくんしょ）だぞ。立ち話するだけでも息がつまる」

吐き捨てるような声色が梨艶の足を凍りつかせた。荒っぽい青年の声だ。聞いたことがあるような気がするが、思い出せない。

「では、李秀女をお好みで？」

澄んでいるが、女の声ではない。宦官のものだろうか。

「騒々しい娘だ。好き勝手にふるまって場の雰囲気(ふんいき)を乱す。太子妃向きじゃないな」

「程秀女は？」

「歩く女訓書の腰巾着(こしぎんちゃく)だろ。尹秀女を太子妃にするのと変わらぬ」

「それなら、薄秀女はいかがでしょう」

「あのおとなしい娘か？　李家のお転婆娘(てんばむすめ)の言いなりになるだけで芸がない」

東宮選妃なんか糞(くそ)くらえだよ、と青年はため息まじりに言った。

「紅白粉(べにおしろい)を塗りたくった人形どもが大挙して押し寄せてきた。連中の背後には欲得ずくの親族が手ぐすね引いて待っていやがる。下手(へた)を打てば、こちらが急所を握られる。なんにせよ、尹家と李家の女は端(はな)から不可だ。どちらかを選べば角が立つ」

聞きおぼえがあると思ったら、礼駿(れいしゅん)の声だ。話の内容から察してもまちがいない。

――変ね……。殿下はもっとおやさしい話しぶりでいらっしゃったような。

別人のような粗野な口調に面食らってしまう。

「うしろ盾を得るには、尹秀女か李秀女を太子妃にするしかないのでは」

「外戚頼みの政はもう古い。そもそも外戚を優遇するから、やつらが調子に乗って政を壟断するんだろうが。月燕の案で族滅された栄氏一門も、断腸の案で滅びた呉氏も、二十年ほど前に誅滅された蔡氏もそうだ。尹家と李家は大きくなりすぎた。これ以上のさばらせておけば、凱の腸を喰い破るぞ。父皇も外戚どもの権勢を疎んじていらっしゃるからこそ、東宮選妃などというくだらぬ猿芝居をはじめられたんだ。試されているのは秀女たちじゃない。この俺さ。だれを太子妃に選ぶかで、俺が東宮に値するかどうかがわかる。もし進んで尹家や李家の傀儡になるようなら、遠からず廃太子されるだろうよ」

「まさか」

「ありえないと言えるか？　俺は嫡子じゃないんだぞ。母后の養子にはなっているが、血縁はない。生母は庶民同然の下級官族の娘にすぎず、頼みの綱は父皇と母后の寵愛だけ。不要になれば、いつでも切り捨てられる。太子妃選びで失敗すればおしまいだ」

「では……どなたを太子妃になさるおつもりで？」

どいつもお断りだ、と礼駿はぞんざいに言い捨てた。

「まあ、おいおい考えるさ。女どもの足の引っ張り合いを見物しながらな」

聞いてはいけないことを聞いてしまった気がする。血の気が引いて、梨艶はそろそろとあとずさった。静かに立ち去るつもりが、持っていた書物を落としてしまう。

「何者だ！」

宦官が鋭く誰何した。梨艶はしゃがみこんで書物を拾う。足音が近づいてくる。間に合わない。逃げる前に見つかってしまう。どうしようどうしようと思考が空転する。立ち聞きしていたと思われたら厄介だ。叱責だけですむだろうか。厳罰を受けるだろうか。汪府に送りかえされるだろうか。あるいは、道観送りにされるだろうか。

拾った書物を抱いておろおろする。走って逃げようにも、足が萎えて立ちあがれない。鋪地を踏みしめる足音がすぐそこまで迫った刹那、梨艶は甲高い悲鳴をあげた。

「たっ、助けて……！　だれか！」

「何事ですか⁉」

駆けてきたのは細身の宦官だった。女人のように華奢な肢体は紅緋の蟒服につつまれている。皇太子付き次席宦官の冥内監だろう。

「へ、蛇がいたのです！　あそこに……！」

地面にへたりこんだまま、梨艶は瑞香花の茂みを指さした。青くなってぶるぶる震えていると、礼駿が駆け足でやってくる。

「蛇だって？　朽骨、追い払え」

朽骨と呼ばれた冥内監がすぐさま茂みを調べる。

「見当たりません。逃げたようです」

「そうか。もう大丈夫だよ、汪秀女」

礼駿は初対面のときのような物柔らかな口調で梨艶に語りかけた。

「顔が青いけれど、もしかして蛇に嚙まれたのかい？」

「……い、いえ。驚いただけです。茂みから突然、出てきて、私……動転してしまって。あ、あの……お騒がせして、申し訳ございません。どうか、お赦しください」

「気にしないで。そなたが無事でよかったよ」

梨艶が立ちあがろうとすると、礼駿は手をさしだして助けてくれる。厚意をむげにはできないのでおとなしく彼の手につかまると、心の臓が跳ねた。甘いときめきのためではない。純粋な恐怖のためだ。梨艶は嘘をついた。よりにもよって東宮の主に。

「ありがとうございます、殿下。それでは……失礼いたします」

深々と首を垂れて立ち去る。鋭利な視線を背中に感じつつも、ふりかえらずに。


「それで、どうなの？」

琴音のような美声が礼駿の思考を断ち切った。

黒檀の椅子に腰かけた婦人がたおやかに微笑んでいる。大袖の上襦には七彩の鸞鳥が、白藤色の長裙には折枝牡丹文が縫いとられ、花霞を織りだしたような披帛が足もとまで流れ落ちている。人妻らしく宝髻に結われた黒髪では銀の梳篦と点翠の簪がきらめきわたり、白玉蘭のような耳朶では緑松石の耳墜が繊細な光を放つ。

　さりながら、彼女の持ちもののなかでもっとも輝いているのは、月宮殿（げっきゅうでん）に暮らす嫦娥（じょうが）もかくやという玉のかんばせだ。白磁（はくじ）の肌に遠山の眉（まゆ）、清らかな色香をにおわせる瞳、やさしい曲線でふちどられた唇。夜空を照らす満月そのものの清艶（せいえん）な美貌（びぼう）は、礼駿の胸裏に慕情の火をともす。そう、慕情だ。亡き母と相対しているかのような。

「なんのお話ですか？」

「東宮選妃のことに決まっているでしょう。意中の人はいて？」

「いえ、とくには」

「秀女たちはみな仙女のような美姫（びき）だと聞いているわよ」

「羊頭狗肉（ようとうくにく）ですね。姉上とくらべれば、どれも退屈な野花ですよ」

「いやね、お世辞（せじ）ばかり上手になって」

「世辞ではありませんよ。俺が美しいと思う女人は、母妃（ははうえ）と姉上だけですから」

　まあ、としとやかに笑う婦人は、封号（ほうごう）を和慎（わしん）、字（あざな）を月娘（げつじょう）という。父帝の三女で、礼駿の同腹姉である。今年で三十路（みそじ）になるが、生母万氏（ばんし）と生き写しの花顔（かがん）は年々輝きを増す一方だ。十八のとき、建国以来つづく名門宰（さい）家に降嫁したので、いまは京師（みやこ）・煌京（こうけい）の一等地にかまえた公主府（こうしゅふ）で暮らしているが、ときおりこうして東宮を訪ねてくれる。

「母妃はたしかにお美しかったけれど、いつまでも面影（おもかげ）に囚われていてはいけないわ。あなたは母ではなく、妃を選ぶのだから」

「その妃というものに興味がないんです。如意を狙って目をぎらつかせる秀女たちは屍肉に群がる禽獣と変わりません。似合いもしない綺羅をまとって骨身に染みついた悪臭をごまかしている姿は滑稽ですね。端から見ているぶんには愉快ですが、いずれはあの女狐どもと床をともにしなければならないと思うと反吐が出ます」

「困ったこと。あなたの口の悪さはあいかわらずね」

「これが性分なのです。人前では気をつけていますが、姉上の前ではつい本音が出ます」

「ほどほどになさい。わたくしの前ではなにを言ってもいいけれど、父皇や皇后さまの御前でうっかり口をすべらせたら大ごとよ。品行方正な皇太子であるはずのあなたが、実は宮中一の毒舌家だなんて、だれにも知られてはいけないわ」

「宮中一は褒めすぎでしょう。俺程度なら、うしろから二番目くらいですよ」

「いいえ、きっといちばんだわ。あなたは昔から口が悪くて、母妃を困らせていたもの。いまでもおぼえているわ、あなたが五つのころよ。臘日の宴で許寧妃の――当時は麗妃でいらっしゃったわね――髻を指さして言ったでしょう。『どうして頭に鶏をのせているんですか?』って。思わず噴きだしてしまったわよ。許麗妃が奇天烈な髪型をしていることには気づいていたけれど、まさか笑うわけにはいかないから我慢していたのに、あなたったらずばり言ってしまうのだもの」

「あれは子どもらしい無邪気な問いでしたよ。ほんとうに鶏を頭にのせているように見えたんです。それも絞め殺されようとして必死で抵抗している鶏に」

　無邪気な、とかたづければ嘘になる。許麗妃が母の装いを地味だと嘲ったので、意趣返しとして、本人が自慢にしていた奇抜な髪型をからかって恥をかかせてやったのだ。

「あなたに『鶏がかわいそうなのでおろしてあげてください』って言われたときの許麗妃の顔は忘れられないわ。後日、鶏の仕返しで五弟から意地悪されて書物をとりあげられたでしょう。五弟はあなたが泣きだすと思っていたようだけれど、あなたはほかの書物もまとめて五弟のところに持っていったわね。『私は暗記してしまいましたが、五兄はまだおぼえていらっしゃらないみたいなので、さしあげます』って」

「悪意ではなく親切心からしたことですよ。実際、五兄には必要なものでしたから」

　許寧妃が産んだ皇五子正望はおぼえが悪く、教育熱心な許寧妃が山ほど書物を買い与えてもまるで頭に入らない様子で、しだいに勉学を疎んじるようになった。

「憎まれ口ばかり叩いていた小さな弟がいまや前途洋々たる儲君。時が経つのは早いわね。すっかり大人になって、とうとう妃を娶るのですものね。東宮の主をつとめているあなたを母妃に見せたかったわ。さぞや誇らしくお思いになったでしょうに」

　開け放たれた窓から、金衣鳥の歌声が流れこんでくる。姉弟はしばし沈黙した。

　十年前の晩秋の夜、母は横死した。失火で殿舎が炎上した際、礼験を守るために炎にまかれて犠牲になったのだ。

――あれは失火ではない。

後宮の事件事故を捜査する衙門・宮正司は偶然が招いた火難として処理したが、礼駿はそれを信じていない。あの一件には不審な点が多すぎた。にもかかわらず、早々に事故と判ぜられ、捜査は打ち切られた。あたかもはじめから筋書きがあったかのように。

――母妃は殺されたのだ。

礼駿は母の横死から漠とした陰謀のにおいを嗅ぎとった。荒唐無稽な話ではない。後宮にいる限り、だれであろうと奸計の犠牲になりうる。たとえ権力争いの舞台から遠く離れた、取るに足らない存在だったとしても、命の保証はどこにもないのだ。

いつか母の死の真相を暴く。怨敵に相応の――それ以上の報いを受けさせてやる。

母の仇を討つと決意した瞬間、礼駿は頑是ない童子であった自分と決別した。不作法な口調をあらため、好戦的な気性を巧妙に隠して、くだらないと歯牙にもかけなかった経学に励み、古聖を敬うふりをして、礼儀正しく温和な人柄を演じた。

すべては〝理想的〟になるため。父帝にとっては理想的な息子に、廟堂にとっては理想的な皇子に、後宮にとっては理想的な男子に。非の打ちどころがない、だれにとっても理想的な人物を演じた目的は、前の皇太子・奕信が薨御した宣祐四年以来、空位のままであった東宮の主の座を手に入れることだ。

母を亡き者にしたのは雲上人にちがいない。侍妾とはいえ、皇子の母を葬っておきながら宮正司に罪を暴かれなかったのは、彼あるいは彼女の身分ゆえ。ならばこちらも身分を手に入れなければ。皇子というだけではなにもできない。寵愛される母を持たない皇子は、ただでさえ身の置き場がない。粗暴で不勉強とくれば、なおさら疎んじられる。ありのままの自分では怨敵と戦えない。父帝が望む皇子を演じる必要があった。

母方の親族の援助を期待できず、母が寵愛されていたわけでもなく、皇八子にすぎない礼駿が東宮の主におさまったのは、さまざまな幸運がかさなったためだが、最大の要因は尹皇后に気に入られたことだろう。東宮時代の父帝に嫁ぎ、即位に伴って立后された尹皇后は皇子をふたり産んでいる。一人目は奕信、二人目は仁徽だ。奕信はわずか三つで立太子されたが、三年後に薨御している。そののち生まれた仁徽は、本来なら無条件で東宮の主となるはずだった。権門出身の母を持つ皇長子なのだから、当然のことだ。

ところが、仁徽は十二のとき、不注意で階から転落し、足を負傷した。太医院が全力を尽くしたものの、元通りに治すことはできず、一生杖なしでは歩けない身体になってしまった。一天四海の主は十全な肉体を持っていなければならない。人品に問題はなかったが、父帝は仁徽を皇太子候補から外さざるを得なかった。

皇長子を立太子できない場合、順当にいけば最有力候補は皇三子慶全である。母親は天寵を一身に受ける李皇貴妃で、李家は尹家に比肩する名門。廟堂の未来はさだまったかに見えたが、父帝は立太子に難色を示した。慶全の行状がすこぶる悪かったせいである。幼いころから軽佻浮薄で、努力や勤勉とは縁遠く、無軌道な言動が目立ち、長じてのちは酒色にふけってたびたび醜名を流した。不品行が過ぎて父帝に禁足を命じられたことも一度や二度ではなく、東宮の主に最適な人物とは言いがたい。

有力な皇長子と皇三子がともに世継ぎにふさわしくないとなれば、それ以外の皇子から適任者を選ばなければならない。皇子たちとその母親たちは色めき立ったが、礼駿は彼らが騒ぎだすまえに手を打っていた。尹皇后に取り入ったのである。

母の死後、礼駿は危昭儀に養育された。実子である皇十二子を亡くしたばかりの危昭儀は礼駿を鍾愛したが、九嬪の後見では東宮に手が届かない。

うしろ盾のない庶皇子が立太子される最短の道は、皇后の養子になることだ。

芝居好きで知られる尹皇后の気をひくため、礼駿は芝居を学んだ。芸は独学で身につかないから、危昭儀に頼んで鐘鼓司の宦官を教師につけてもらい、尹皇后が近ごろ凝っているという覇劇の声腔を習った。やがて危昭儀をとおして、礼駿が覇劇の稽古をしていることが尹皇后の耳に入る。尹皇后は興味を持ち、礼駿の芝居を観たいと言いだす。

思惑どおりに事は運び、礼駿は尹皇后の御前で折子戯――長編の芝居から見せ場の多い場面をとりだして上演するもの――を披露した。

演目は燎王朝の創成期を描く歴史小説『燎史演義』に題材をとった『天城牢』。のちに太祖の腹心となる英雄、黄路塵が悪逆無道な太守を懲らしめるという単純な筋だが、それゆえにわかりやすく痛快で、なおかつ尹皇后の好きな演目だ。

「勇ましい黄将軍だったわ。ずいぶん稽古したのでしょう」

尹皇后は礼駿の芝居をたいそう気に入った。これを機に、礼駿は皇后の殿舎・恒春宮に足しげく通うようになる。その後、危昭儀が身ごもったのは僥倖だった。とはいえ、まったくの偶然とも言い切れまい。尹皇后は父帝に礼駿の芝居を観るよう勧め、自然な流れで危昭儀が龍床に侍る機会が増えた。うら若い危昭儀に皇胤が宿るのは、時間の問題だったわけだ。危昭儀が皇十八子を産んだことで、礼駿が尹皇后の養子になる土壌は整った。そのころには殊勝な孝子の仮面が板についていた。

齢十二にして、正式に尹皇后の養子となった。嫡三子の地位を手に入れた礼駿はますます謙虚になり、父帝と尹皇后に孝養を尽くし、つねに長兄を立て、庶母である妃嬪たちに敬意を払い、兄弟姉妹と仲睦まじくつきあい、麟子鳳雛と称賛されるに至った。

そして二年前、冠礼と同時に立太子された。

しかし、まだ道半ば。皇太子になっただけでは、仇敵を討つことはできない。まずは東宮の主として足場をかためなければ。慎重に準備をして、いつか十分に機が熟したときに、策謀を弄して母を殺めた黒幕に真実の刃で復讐するのだ。その日が来るまでは、本来の自分を押し殺し、他人が求める皇太子を演じつづける。別人の仮面をかぶることがどれほど息苦しくても耐えてみせる。それが亡き母を追福する唯一の方法なのだから。

「いかがなさいましたか、姉上」

「なんでもないの。ただちょっと、母妃のことを思い出して」

いつの間にか涙ぐんでいた月娘が手巾で目じりを拭った。

「母妃はあなたの成長を楽しみにしていらっしゃったわ。立派な男子になったあなたをごらんになれなくて、どれほど無念でしょう」

「母妃の無念は俺が晴らします。どんなことをしても、かならず」

怨敵を討つ。そのために礼駿は生きている。


「調べはついたか」

月娘を見送ったあと、礼駿は朽骨に目交ぜした。

「不審な点はありません。身上書にあったとおりの内容です」

朽骨がさしだした調書には汪梨艶の来歴が記されている。さっと目をとおしたが、気になる点はない。東宮選妃の名簿を作る際に用意された身上書の内容とおなじだ。

「なるほど。有能な密偵は来歴に傷を残さぬものだ」

「汪秀女はほんとうに密偵でしょうか？　単なる臆病な娘に見えますが」

「それがあの女の手口だ。最初の召見で、主の部屋に迷いこんだ間抜けな下婢のように醜態をさらしたから、どんくさい女だと思ったが、あれこそが油断を誘う策なんだろう。こちらは手もなく騙されたわけだ。おかげで汪梨艶に身辺を探られる羽目になった」

文綾閣の内院で梨艶は礼駿と朽骨の会話を盗み聞きしていた。蛇を見て驚いたなどと言ってごまかしていたが、文綾閣の内院に蛇が出たことはない。そもそも秀女が側仕えも連れずにひとりで行動していること自体が不自然だ。なんらかの目的で礼駿の身辺を嗅ぎまわっているのだろう。すぐにそう判じたが、あの場で問いただすことはしなかった。密偵は軽々に捕まえるものではない。泳がせているほうが役に立つこともある。

「雇い主は恵兆王でしょうか」

慶全は恵兆国に封じられているので、恵兆王と呼ばれる。

「三兄ではないだろう。あのかたはすでに邪蒙を送りこんでいるからな」

宦官は師弟関係によって複雑につながっている。ひとたび師弟の契りを交わせば、その絆は生涯つづく。礼駿付き首席宦官・失邪蒙は、李皇貴妃付き首席宦官・削太監の弟子。削太監の走狗として東宮に送りこまれ、礼駿の動向を逐一師父に報告している。

「では、整斗王でしょうか。もしくは、登原王か、充献王か……」

「妃嬪侍妾ということも考えられる。俺になにかあったとき喜ぶ者は多いからな」

立太子されても、登極するまではその地位は安泰ではない。暗殺されることもある。失脚させられることもある。廃太子されることもある。まさに一寸先は闇だ。

「意外な人物ではないことだけはたしかだ。みなが東宮の主の座を狙っている。そこらじゆうに密偵がいる。俺のしくじりを見逃すまいと、目を光らせて」

礼駿は椅子の肘掛けにもたれて息を吐いた。

「まったく、覚悟はしていたが難儀だな。首席宦官すらも敵方なら、だれも信用できぬ」

「私は殿下の忠実な奴僕です」

朽骨が女のような細面をうやうやしくふせた。

「そうだな。おまえだけだよ。東宮で信頼できるのは」

二年前から東宮付きになった邪蒙とちがい、童宦時代から母に仕えてきた朽骨は礼駿とも付き合いが長い。ひと回り年上であるせいか、幼いころの礼駿にとっては兄のような存在だった。年をかさねるにつれて、皇子と宦官という身分の隔たりを意識せずにはいられなくなったが、いまだに気兼ねせず付き合える数すくない相手のひとりだ。

「汪秀女の監視をつづけろ。そのうち尻尾を出すだろう」

女優の娘として入宮した行き遅れの秀女。あの女には、なにかある。


最初の会合から三日後、秀女たちはふたたび啼鳥園の水榭に集った。

「断っておくけれど、わたくしたちは発表しないわ」

閑雅なしぐさで蓋碗を卓に置き、貞娜はきっぱりと言い放った。

「李秀女がわがままを言うから、戯曲が決まらなかったの」

「わたくしのせいにしないでよね。あなたが強情なのがいけないんじゃない」

彩蝶は蜜餞（さとうづけ）の梅花を散らした鶏蛋糕（むしカステラ）をほおばりつつ抗議する。

「強情なのはあなたでしょ。『香瑞君（こうずいくん）』のような低俗な戯曲がいいと言い張って」

「あなたこそ、『懐恩記（かいおんき）』とかいう黴（かび）くさい戯曲を演じたいって言い張ってたくせに」

「東宮選妃には伝統を重んじた格式の高い芝居がふさわしいわ」

「その格式とやらが時代遅れだって言ってるのよ。楽しい芝居がいいに決まってるわ」

「あなたが推薦（すいせん）する戯曲は楽しいどころか下品で下劣（げれつ）なの。観るに堪えなくてよ」

「観るに堪えないのは年寄りくさい芝居のほうよ。退屈すぎて死んじゃうわ」

口論は終わる気配がない。秀女たちは互いに顔を見合わせた。

「あ、あの……とにかく発表をはじめてはいかがでしょうか」

梨艶がおずおずと口火を切ると、貞娜はため息をついた。

「早く発表に移りましょう。まずは手順を説明します。発表するかたは、席（せき）を立って前に進み出てください。戯曲の題名と梗概（こうがい）、読みあげる場面が第何齣にあたるかを述べたあとで、朗読していただきます。どの組がどの戯曲の第何齣を読んだかは、わたくしの側仕えが記録します。質問はございませんね？　では、一の組から。薄秀女、程秀女」

貞娜に促され、薄秀女と程秀女が席を立った。

「『重烈記（ちょうれつき）』の第二十二齣を読みます」

ふたりが朗読した戯曲は、『守節記』と似通った道徳的な内容だった。おそらく、薄秀女の提案ではない。薄秀女は押しが弱そうなので、程秀女が決めたのだろう。

「わたくしたちは『簫三娘』の第十八齣を読みますわ」

許秀女と安秀女が進み出た。こちらは許秀女の意向が通ったようだ。いかにも彩蝶が好みそうな、女侠客の物語である。

朗読は順調に進んでいく。ふたり組が推薦する戯曲を紹介するたび、貞娜と彩蝶はおのおの感想を述べ、鋭い舌鋒で火花を散らし合った。

「あーもう、さっさと次に行きましょ。えーっと、九の組だっけ？」

「汪秀女と冷秀女よ。どうぞ、はじめてください」

貞娜が梨艶に目配せした。梨艶はうなずいて、冷秀女とともに席を立つ。

「私たちは『絶華姻縁』を読みます」

「『絶華姻縁』？　聞いたことないわ。どんな芝居なの？」

「河伯の娘たちが花婿選びをするという神仙劇です」

物語は河伯の妻青靄夫人の嘆きから動きだす。河伯が行方をくらましてから百年。青靄夫人が女手ひとつで育ててきたふたりの娘たちも嫁ぐ年ごろになった。婿選びをどうすればよいか悩んだ青靄夫人は夫の弟である雨師に相談し、雨師は天地四方から婿を募ってはどうかと提案する。かくして河伯の娘たちの婿選びがはじまった。各地からわれこそはと名乗りをあげた神仙がやってきては、河伯の娘たちに求婚する。娘たちはさまざまな難題を出して求婚者たちを試し、神仙は神通力を用いて要求にこたえようとするものの、みな失敗してすごすごと引き下がる羽目になってしまう。

一方、雷公のもとにも河伯の娘たちの婿選びの噂が聞こえてくる。好色な雷公は河伯の娘たちがいずれ劣らぬ美女だと耳にして、姉妹を妾にしようともくろむ。ところが、雷公には嫉妬深い妻雷母がいた。雷母は夫が河伯の娘たちに求婚しようとしていることを知ると悋気の炎を燃やし、あの手この手で夫の浮気を断念させようとする。

河伯の娘たちの婿選びを軸に、個性豊かな神仙をかわるがわる登場させ、雷公と雷母の攻防を織りまぜながら面白おかしい語り口で物語は進行していく。あまたの波乱のあとには、勇敢で誠実な人間の兄弟が河伯の娘たちの心を射止め、行方知れずになっていた河伯も無事に帰還し、見事な大団円となる。作者は牢夢死という無名の文士。市井で上演されたことはないが、山あり谷ありの筋立てといい、豊富な古籍の知識を駆使した歌詞といい、いたるところにちりばめられた滑稽味といい、惚れ惚れするほど秀逸な出来栄えで、世間でもてはやされていないことがふしぎでならない。

「花嫁選びの席に婿探しの話なんて不道徳ではなくて?」

「そこが面白いところじゃない。わたくしはとっても気に入ったわ」

梗概を聞いたあと、貞娜と彩蝶は正反対の意見を言った。

「では、第四十九齣を読みます」

第四十九齣は、河伯の娘たちに求婚するもけんもほろろにあしらわれた雷公が青靄夫人の美貌に惚れこんで、彼女を熱心に口説く場面だ。雷公はいかつい顔に似合わぬ甘い言葉をささやくが、貞潔な青靄夫人はぴしゃりとはねつける。

青靄夫人　あなたにはご正室がおありでしょう。わたくし、妾はいやですわ。
雷公　あの鬼婆のことなら心配ご無用。今晩にでも叩き出してやります。
青靄夫人　仮にも千年連れ添った妻にひどいおっしゃりよう。
雷公　連れ添ってなどおりません。あれは勝手に家に居ついた行きずりの婆さんで。
青靄夫人　なんてこと。行きずりの婆さんに八男八女を産ませるなんて。

ふたりの言葉の応酬は軽快な音律を背景に展開され、畳みかけるような調子が絶妙なおかしみを感じさせる。とりわけ笑いを誘うのは、焦れた雷公が青靄夫人を雷の檻に閉じこめて連れ去ろうとしたとき、怒髪天を衝くとばかりに憤った雷母があらわれ、夫を懲らしめるところだ。雷公は雷母の剣幕に気おされてへどもどし、下手な言い訳をしてますます妻を怒らせ、雷母が放った稲光に髯を焼かれる。そしてしまいには雷母をなだめるために青靄夫人を解放し、今後は浮気心を起こさないと誓わされてしまう。

梨艶は雷公と雷母の台詞（せりふ）を、冷秀女は青靄夫人の台詞を読んだ。

「すごーい！　ほんとうに雷公と雷母がしゃべってるみたい！」

朗読が終わるなり、彩蝶が大きく手を叩いた。

「雷公ったらいい気味だわ。雷母っていうしっかり者の良妻がいるのに浮気心を起こすから、こてんぱんにやっつけられるのよ」

「雷公が好き者なのは事実としても、雷母はすこし嫉妬が過ぎるのではないかしら？　殿（との）方（がた）が多くの妻妾（さいしょう）を持つのはふつうのことよ。なにもあそこまで腹を立てなくても」

貞娜は気性の荒い雷母に否定的な見方をしたが、青靄夫人のことは気に入ったようだ。

「夫が行方知れずになって百年経っても操（みさお）を守りつづける青靄夫人はまさしく烈婦（れっぷ）だわ。誘惑をはねつけて婦道を守りとおしたからこそ、最後には夫と再会できるのね」

いたく感心した様子で、『絶華姻縁』を受けとってしばらく眺めていた。

残り二組の発表が終わると、投票がはじまった。ひとり一枚ずつ藤紙（とうし）が配られ、よいと思った戯曲を紹介した組の数字を書く。それを彩蝶が集めて開票していった。

「『絶華姻縁』に八票入ったわ。これで決まりね」

「みな、異存はありませんね？」

貞娜が尋ねると、秀女たちは一様にうなずいた。

「婿選びの騒動はともかく、青靄夫人の貞心は称賛に値するわ。離れ離れになっていた夫婦の再会も描かれているし、皇太后さまにごらんいただいても問題ないわね」

彩蝶と貞娜、どちらも好みそうな題材がつまっているからこそ、梨艶は『絶華姻縁』を選んだのだ。また、登場人物のほとんどが神仙というのも好都合である。皇族や官僚は姿を見せないので、李太后の御前でもはばかることなく演じられる。

「戯曲を人数分、用意しなければならないわね。文綾閣には何冊あるのかしら？」

「文綾閣には二冊しかありませんが、版木は経廠庫に保管されているそうです」

宦官二十四衙門の首たる司礼監はさかんに典籍の出版を行っており、版木は経廠庫で保管することになっている。

「三十冊足らずならば、数日で印刷できるそうです」

あらかじめ調べておいた梨艶が言うと、貞娜はうなずいた。

「さっそく手配しましょう。刷りあがりしだい、みなに配ります。おのおのが作品を読んだら、配役を決めますわ」

配役決めは思いのほかもめなかった。

貞娜は河伯の長女瑞蘭、彩蝶は河伯の次女瑞蓮、程秀女は瑞蘭と結ばれる青年武官喬星流、薄秀女は瑞蓮と結ばれる青年文官喬星海、青靄夫人は許秀女と順調に話がつき、瑞蘭と瑞蓮に仕える侍女、雨師や婿選びに参加する神仙もすんなり決まる。

浄となる好色な雷公と、その恐妻である雷母だけが最後まで余った。

「冷秀女は背が高くて見栄えがしますわ。雷公役にぴったりでは？」

程秀女が提案すると、進行役の貞娜は「無理強いはいけないわ」と言った。

「本人の気持ちを聞いてみましょう。冷秀女、いかがかしら？」

「べつにいいですよ」

「浄でも？」

ええ、と冷秀女は他人事のように答える。

「では冷秀女に雷公役をお任せしますわ。最後に残ったのは雷母役ですが……まだ配役が決まっていないかたはいらっしゃって？」

「あ、あの、私です」

梨艶がひかえめに声をあげると、秀女たちがいっせいにこちらを見た。ずっと黙っていたせいで存在を忘れられていたようだ。

「汪秀女なら雷母役がお似合いだわ。先日の朗読もすばらしかったもの」

「女優の娘なのだから、恐妻の演技もお手の物でしょう」

秀女たちはそこはかとなく毒気のある言葉を吐いてくすくす笑う。

「決めつけるのはおよしなさい。汪秀女の考えを聞きましょう。雷母を引き受けてくださるかしら？　もしどうしても不満なら、雷母は鐘鼓司の宦官に演じさせ、汪秀女にはほかの役を演じていただくこともできますが」

「いえ、私が演じます」

「よろしいのですか？　雷母は丑旦ですわよ？」

丑旦とは女の道化役である。滑稽な化粧をするので、あまり好まれる役ではない。

「かまいません。私に演らせてください」

丑旦に限らず、丑というのは難しい役だ。だからこそ、演じる値打ちがある。


芝居は唱、念、做、打、舞という五つの要素から構成されている。なかんずく注目されるのは唱だ。ひと口に唱と言っても、多種多様な声腔がある。

精妙でおだやかな雪精腔、荒っぽく豪放な丹崖腔、素朴でのびのびとした満耳腔、甲高く激しい烈魄腔、荘厳な響きの鳳翼腔など、各地方で独自に発展したさまざまな声腔が三百を超える劇種を生んだ。女人だけで演じる蘭劇、風刺喜劇に秀でた背劇、庶民の日常を描く野劇、勇ましい武戯を得意とする覇劇、神前に奉納される祝劇等、枚挙にいとまがないが、昨今、宮中で好まれるのはもっぱら翠劇である。

還州翠山地方で育まれた翠劇は洗練された優雅な音調で士大夫を魅了した。彼らはこぞって役者を雇って家班をつくり、翠劇を教えこんでみずから楽しむだけでなく、その歌声で客人をもてなした。良家の子女が教養として翠曲を熱心に学ぶことからも、並々ならぬ人気がうかがえる。翠曲の流行は古めかしい雑劇が重んじられてきた宮中にまでおよび、いまでは一部の儀礼的な芝居をのぞき、大半の御宴で翠劇が演じられるという。『絶華姻縁』も翠曲の声腔を用いて書かれている。秀女たちは翠曲の清唱を習っているので、ずぶの素人というわけではない。けれども稽古がはじまると、汪府で梨艶が一緒に演じてきた家班の女優たちとはだいぶ勝手がちがうことがわかってきた。

たとえば定腔。これは役者が自分の役を把握し、その解釈を唱法として表現することだ。唱法に工夫を凝らしていない唱は生気のない空疎な唱と見なされる。役者が命を吹きこまなければ、人情の機微に通じた歌詞も観客の胸には響かない。

しかし困ったことに、貞娜や程秀女は徹頭徹尾、曲譜どおりに歌おうとする。曲譜の指示をひとつでも変えることなど、あってはならないとばかりに。

ために貞娜が演じる河伯の長女瑞蘭は歌う人形のように味気なく、程秀女が演じる青年武官喬星流からは歌詞につづられた恋の情熱がみじんも感じられない。

「あ、あの……もっと感情をこめたほうがよいのではないでしょうか」

ふたりの唱が終わるころ、梨艶はおずおずと言った。

「たとえば音の強弱をはっきりと出して星流に惹かれる瑞蘭の動揺をあらわしたり、しだいに拍子を速くしながら声量を増やすことで星流の恋心の高まりを表現したり……。とくに尹秀女は歌いかたが硬すぎるので、もっとやわらかく、恋に浮かれる気持ちを――」

「まるで師匠のような口ぶりですわね、汪秀女」

程秀女の言葉が冷酷な刃のごとく梨艶の声を断ち切った。

「尹秀女は著名な宮妓に師事して唱を習得なさいましたのよ。家班の女優風情に指導していただく必要はございませんわ」

「た、たしかに尹秀女は天女の歌声を持っていらっしゃいますが……尹秀女の歌いかたは清唱――つまり、演技をせずに唱だけを歌うときのやりかたで、劇唱――芝居を演じるために歌う唱とは勝手がちがうんです……。舞台で歌うときには曲にこめられた情を歌わなくてはなりません。情とは曲によってつむがれる物語です。この場合は、瑞蘭と星流がお互いに惹かれ合うという筋立てですね。傲慢なくせに意気地がない神仙に幻滅した瑞蘭は、地上に降りて星流と出会い、胸のときめきをおさえられなくなってしまいます。でも、これまでの経験から用心深くなっているので、星流も神仙のような上辺だけの好男子ではないかと疑います。簡単に心を許してはならないと自分を戒めながらも、彼に惹かれずにはいられない。揺れる心の動きが瑞蘭の歌声にはあらわれるはずで……」

「そのようなことは、あなたに指摘されるまでもなく尹秀女もご存じですわよ」

「いいえ、汪秀女は正しいわ」

貞娜は程秀女の声を遮った。

「ご指摘のとおり、わたくしは清唱しか学んでいません。きれいに歌いあげることしか頭になくて、瑞蘭の心の動きなど、考えてもいませんでしたわ」

「清唱でも劇唱でも、唱なのですから、きれいに歌うのが第一ではございませんの？」

「きれいなだけで情がなければ、無情の曲と言われてしまいます。単なる唱ではなく、あくまでも芝居のなかの唱であることを忘れてはいけません。歌い手は役柄になりきって、劇中人物の気持ちを自分自身の感情であるかのように歌いあげるんです。そうすれば歌声は真に迫り、観客を劇中の世界に没頭させることができます。唱腔や発音が正しいことよりも、情がこめられているかどうかが劇唱の出来不出来を決めるんです」

程秀女に睨まれつつも梨艶がひと思いにそう言うと、貞娜は興味深げに首肯した。

「劇唱は芝居の一部。芝居から浮きあがってはいけないということですわね。以後、気をつけますわ。有益なご助言に感謝いたします」

「感謝なさるようなことではございませんわ。相手はたかが女優ですわよ」

「女優であればこそ、芝居の経験も知識も豊富でいらっしゃるわ。皇太后さまの御前で醜態をさらさぬためにも、玄人の意見を聴いておくべきではなくて？」

「まあ、驚いた。尹秀女にしてはまともなことを言うじゃない」

飛び跳ねてやってきたのは、貞娜が歌っているあいだ、居眠りしていた彩蝶である。

「芝居のことなら役者に訊くのがいちばんよ。汪秀女、わたくしの唱はどう？　問題があったら、遠慮なく指摘して」

彩蝶が意気揚々と歌いだす。勇猛で逞しい男性との結婚を夢見る河伯の次女瑞蓮の情がたっぷりこもっているのはよいのだが、いかんせん唱腔や歌詞がでたらめである。どうやらちゃんとおぼえていないようだ。ところどころ鼻歌になり、はなはだしい場合は自分で唱腔も歌詞も勝手気ままに創作してしまう。それが全体の調和を壊さない程度ならまだいいが、本筋の物語に影響しそうなほど大きく変えてしまうので厄介だ。

「李秀女はまず曲譜をおぼえたほうがよいと思います」

と言おうとしてためらう。貞娜は道理を説けばすんなりわかってくれたが、彩蝶の性格を考えると、理屈をこねれば反発してくるだろう。

「すばらしいです。唱腔にあやがついていて華やかな唱法ですね」

「でしょ？　わたくしが独自に編みだしたの」

梨艶が拍手して褒めると、彩蝶は得意げに胸をそらした。

「しっかり韻を踏めば、李秀女の唱法がいっそう映えると思います」

「韻ってきらーい。面倒くさいもの」

「でしたら、曲譜を丸暗記なさってはいかがでしょう。いちいち考えるより、いったん全部、頭に入れてしまったほうが楽ですよ」

「うーん、暗記は苦手なのよねえ」

「そんなはずはありません。李秀女なら、丸暗記くらい簡単にできます」

「なんでそう思うの？」

「自分なりのあたらしい唱法をつくるのは、丸暗記よりずっとずっと難しいんですよ。先ほどのような華麗で複雑な唱法を完璧に歌いこなす李秀女に、暗譜できないはずがありません。その気になりさえすれば、曲譜なんてあっという間におぼえられます」

「まあ、わたくしが本気を出せば暗譜くらいは簡単だけど」

まんざらでもなさそうな彩蝶をさらにおだて、「そうだわ」と膝を打つ。

「李秀女独自の唱法を曲譜に書きこんではいかがです？　記録しておいて、あとで印刷するというのは？　とても興味深い唱法なので李秀女一代限りで終わらせてしまうのはもったいないです。印刷しておけば、翠曲の清唱として残すこともできますよ」

「いいわね、それ！　みんながわたくしみたいに歌えるよう、記録してあげるわ」

彩蝶はいそいそと椅子に腰かけて曲譜をひらいた。筆を片手に読みはじめる。

自分の唱法を書き入れるのには特殊な記号を用いる。当然、曲譜を読みこまなければ記号を書き入れられない。定腔する際は何度も曲譜を読むものだ。彩蝶も独自の唱法を書き入れるためにくりかえし曲譜を読むだろうから、そのうちおぼえるだろう。

「汪秀女、わたくしの唱も聴いてくださる？」

「自分なりに定腔をしてみましたの。助言をいただけないかしら」

「『花』の部分につく唱腔に装飾をつけたいのですが、どちらがより美しいでしょうか」

貞娜と彩蝶がきっかけをつくったためか、秀女たちは先を争って梨艶に助言を求めた。殺到されて戸惑いつつも、梨艶は懇切丁寧に答えていく。

みな、すばらしい芝居にしたいという思いが強いのだろうか。もしくは単に梨艶の知識や経験を重んじる貞娜と彩蝶の意向に従ってのことだろうか。

秀女たちの真意はわからない。梨艶はよい芝居をつくるために励むだけだ。

皇宮の十二の戯楼のほとんどが内廷にある。錦河宮の聚鸞閣、紅采園の迎喜斎、恒春宮の霓裳殿、東宮の神迷閣など、いずれ劣らぬ絢爛華麗な戯台のなかで、秀女たちが芝居を披露するのは、後宮は綺羅園にある瓊音閣と決まっていた。

聚鸞閣ほど大掛かりではないが、瓊音閣は可動式の床と天井を持つ二層建ての戯台で、神仙戯を演じるのに適していることから、秀女たちの晴れ舞台に選ばれた。

この日、秀女一行は瓊音閣に向かった。実際に舞台に立って稽古するためだ。案の定、彩蝶がはしゃぎまわり、それを咎める貞娜とひと悶着あったものの、稽古はおおむね順調に進み、おのおの自分の立ち位置を確認しながら台詞を言い、唱を歌った。

雀色時、秀女たちは綺羅園をあとにした。ふつうは輿に乗って帰るが、「よい演技をするには体力も必要です」と梨艶が言ってしまったために、移動の際にはなるべく輿を使わないよう貞娜が秀女たちに促したので、みな徒歩である。

「ねえ、あの宦官、様子が変ではなくて？」

「宦官ではありませんわ。龍袍をお召しですから、皇族のかたでしょう。親王殿下は母君のご機嫌うかがいのため、後宮への出入りが許されているそうです」

「親王殿下なら、側仕えがお供をしているはずでは？」

「言われてみれば……。宦官が随行していないのは妙ですわね」

秀女たちの列にふらふらと近づいてくる青年がいた。年のころは十七、八。痩せぎすな長身に木賊色の龍袍をまとい、髻には小冠をつけている。奇異に映ったのは側仕えを連れていないことだけではない。蹴躓きそうな危なっかしい足どりと、病的な青白い顔、何事かをぶつぶつとつぶやく唇も剣呑なものを感じさせた。

秀女一行がさりげなく距離をとって青年のそばを通り過ぎようとしたときだ。

「……金玲！」

青年のうつろな瞳が暗い光を孕んで見ひらかれた。

「やっと！　やっと会えたね、金玲！」

青年はまっしぐらに駆けてきて梨艶の手を握った。

「よかった……！　ずっと君を捜していたんだ。心配したよ。元気だったかい？」

微笑みかけられ、梨艶はうろたえた。純朴そうな白皙のおもてに見覚えはない。

「こうしてはいられない。追手に捕まる前に逃げよう。ふたりで皇宮を出て、どこか遠いところで暮らすんだ。大丈夫、手はずは調っているよ。さあ、行こう」

「えっ……ちょっ、ちょっと待ってください。私、なんのことか……」

ぐいと手を引っ張られ、思わずたたらを踏んだ。とたん、ぱっと青年が離れる。

「金玲！　ここにいたんだね！」

今度は冷秀女の手を握る。冷秀女は柳眉(りゅうび)をはねあげ、不快そうに青年を見やった。

「約束どおり、君を迎えに来たよ。さあ、おいで。ふたりで逃げるんだ」

「離してください、殿下」

「長いあいだ、待たせてすまなかったね。これからはずっと一緒だよ。だれも私たちを引き離すことはできない。永遠に君は私のものだ」

冷秀女が怪訝(けげん)そうに顔をしかめた瞬間、青年は彩蝶に目を向けた。

「金玲！　どうしてもっと早く気づかなかったんだろう。君はここにいたのに」

急(せ)かされたように彩蝶の手をつかむ。

「ああ、金玲……君のいない世界は地獄だ。見わたす限りの闇なんだ、君という光がなければ。ようやく再会できた。私は夢を見ているのかな？　いや、断じて夢ではない。だって君はここにこうして存在している。私たちはふたたびめぐり会ったんだ」

矢継(やつ)ぎ早(ばや)に口走ったかと思うと、視線を貞娜に飛ばす。

「金玲！　私を忘れたんじゃないだろうね？　君の夫になる男だよ。いや、君の夫である男だと言わなければ。なにを言うんだい、君は私以外のだれにも嫁いでいないよ。だって君が貞操を捧げたのは私だろう？　君の最初で最後の男は、この高爽植だ」

青年がささやいた名に秀女たちがざわめいたとき、蟒服姿の宦官たちが駆けてきた。

「殿下！　寄り道なさってはいけません。急ぎ寒亞宮へお戻りを」

「私にさわるな！　賤しい騾馬どもめ！」

「お気をたしかに。早くお戻りにならなければ、主上の逆鱗にふれます」

「主上！　父皇！　あのかたは人でなしだ！　血も涙もない暴君だ！」

「なにとぞ、お静まりください。後宮で騒ぎを起こしてはいけません」

「怨んでやる怨んでやる怨んでやる！　怨嗟の声が玉京に届けば、聖明天尊が下生なさるんだ！　暴虐なる天子を、憎きわが父を裁いてくださる！」

「聖明天尊よ！　どうか父皇を弑してください！」

殺気立って暴れる青年を宦官たちが腕ずくでおさえつけ、無理やり輿に乗せる。

忌まわしい悲鳴はぷっつりと途絶えた。宦官が青年に猿轡をかませたのだ。

「あー……そりゃあ廃皇子ですよ」

淫芥が爪やすりで梨艶の爪を整えながら言った。

「廃皇子ってのは通称ですけどね。正式名称は粛戒郡王です」

「郡王殿下だったの……？　でも、主上のことを父皇とお呼びになっていたような」

冠礼を迎えれば、皇子は親王に封じられるものだ。郡王は親王に次ぐ位で、親王の息子や異姓の功臣、外藩の国主に与えられる。

「以前は親王でしたよ。えーっと、簡巡国に封じられてたから、簡巡王ですね」

「親王でいらっしゃったのなら、殿下のご兄弟なのね」

「兄君ですよ。皇七子ですから」

生母は徐英姫。二年前、鬼籍に入っているが、諡号はない。

「はい、次の質問はわかってますよ。『どうして親王から郡王に落とされたのか』っておっしゃりたいんでしょう。よくぞ訊いてくれました。面白いいきさつがありましてねえ。俺、この手の話が大好物なんですよー。これを目当てに宮仕えしてるようなもんで」

「前置きはいいからさっさと言いなさい」

梨艶の髪を梳っている茜雪が苛立たしげに淫芥を睨んだ。

「まあ、想像はつきますけど。あなたが好きな話というからには艶聞でしょう」

「あたり！　しかもあれです、とびっきりやばいやつ！　わかりますよね!?」

淫芥は言いあてられるのを期待してわくわくしている。梨艶は小首をかしげた。

「手がかり一、後宮。二、侍妾。三、密会。四、宮正司。五、懐妊。六、堕胎」

「無駄ですわよ。どんくさい汪秀女にわかるはずがありませんわ」

「そ、そんなことないわ。私にもわかったわよ」

淫芥がならべた単語と、爽植がくりかえし口にしていた金玲という女人の名。それらが導きだす答えは、不義密通しかあるまい。

「恥知らずの侍妾がいたものですわね。龍床に侍りながら親王を誘惑するなんて」

「いえ、魏承姫――魏金玲は龍床に侍ってませんよ。お召しがなかったので」

金玲は漏刻博士の娘である。漏刻博士は天文や暦をつかさどる官署・欽天監に籍を置く官人としては最下位の従九品。つまり、うしろ盾などないにひとしい立場だ。

「魏金玲が入宮したのは十五のときです。三年前――宣祐二十六年の春でした」

「なぜお召しがなかったの？　若くて美しかったのでしょう？」

「後宮には掃いて捨てるほど美人がいるんです。右を向いても左を向いても美人ばかりなんですよ？　若さや美貌以上の才幹と運がなけりゃ、主上の視界にすら入りません」

妃嬪は各位階一名ずつと決まっているが、侍妾――六侍妾、五職、御女――には定員がない。金玲とおなじく承姫を賜った娘も大勢いただろう。

「魏金玲は汪秀女みたいなどんくさい……ちょっと不器用な娘だったようで。ほかの侍妾たちから馬鹿にされていじめられていました。ま、後宮ではよくあることですがね。侍妾ってね、めったにお召しがかからないんで暇なんですよ。で、憂さ晴らしに適当な同輩を狙いさだめて嬲り者にするんです。反撃したり、うまいこと妃嬪に取り入ってうしろ盾を得たりすれば標的からはずされますが、じっと耐えているとやられ放題です」

内気な金玲は、同輩たちの悪意に立ち向かうことができなかった。

「ある夏の日、魏金玲は黄昏園を駆けずりまわっていました。同輩たちに繡鞋を隠されたんです。その繡鞋は亡き母が縫ってくれたもので、魏金玲にとっては宝物でした」

酷暑であった。太陽が放つ灼熱の火矢に射貫かれながら捜しまわったせいで、金玲は気分が悪くなり、園林の隅で倒れてしまう。

「そこに例の廃皇子が登場します。魏金玲に会いに来たんじゃないですよ。廃皇子は絵画が趣味でしてね、黄昏園に絵を描きにいらっしゃったんです」

病床に臥せっていた徐英姫の見舞いで後宮を訪ねた爽植は、帰り道に黄昏園に立ちよった。病身で散歩もできない母のため、園林の風景を画紙に写そうとしたのだ。

「目を覚ましたとき、魏金玲は蓮池に張りだした水榭にいました。廃皇子が彼女を介抱していたんです。頭を冷やしたり、水を飲ませたりしてね。魏金玲から事情を聴いた廃皇子は彼女に同情し、夕刻になるのを待って、一緒に繡鞋を捜してくれました」

やっとのことで見つけた繡鞋は、ずたずたに引き裂かれていた。

「それがきっかけになってふたりは逢瀬をかさねるようになります。逢瀬といっても、しょっちゅうじゃないですけどね。母親の見舞いという口実があるとはいえ、冠礼をすませた皇子は頻繁に後宮に入れません。せいぜい月に一度会えるかどうかってところでしょう。

しかしねえ、廃皇子は十五、魏金玲も十五。若い恋はあっという間に燃えあがります」

やがて金玲は身ごもってしまう。

「魏金玲自身は懐妊に気づいてませんでしたが、太医の脈診を受けたことで発覚しました。ご存じですね？　太医は定期的に后妃侍妾を診察します。懐妊や体調不良を早期に発見するためでもありますが、姦通による懐胎を迅速に見抜くためでもあるんです」

金玲は一度も夜伽をしていない。身ごもったのはまちがいなく姦夫の胤である。

「ここから先はご想像のとおりですよ。宮正司が魏金玲を尋問した結果、不義の相手が廃皇子――そのかみの簡巡王であったことが発覚。主上は激昂なさり、魏金玲を堕胎させたうえで浣衣局送りに。愛し合う恋人たちは非情な後宮の掟により引き裂かれ……」

「変ね。密通した后妃侍妾は冷宮送りにされるのではないの？」

姦通は大罪だ。その報いとして位を剝奪され、後宮の外にある冷宮に送られて生涯幽閉、場合によっては死を賜ることもある。

「宗室の体面を守るため、密通の件は公にされなかったんです。だってまずいじゃないですか。こともあろうに皇子が父帝の侍妾を寝取ったなんざ。魏金玲は皇后さまの逆鱗にふれて浣衣局に落とされたことになりました。『なんで皇后さま？』なんて訊いちゃだめですよ。後宮の諸問題に責を負うのは主上ではなく、後宮の主たる皇后さまです。天威が損なわれぬよう、皇后さまは懿旨によって魏金玲を排除なさったんです」

嫡妻とはそうでなくてはならないと女訓書が教えている。最優先事項は夫と婚家の名誉。そのために進んで悪役になり、みずから手を汚し、自分を犠牲にする。

「密通の件は公にされなかったのに、どうしてあなたは知っているの？」

「俺だけじゃありません。後宮のみんなが知ってますよ。公然の秘密ってやつですねえ」

「浣衣局送りなんて生ぬるいんじゃありませんか？　最低でも賜死にすべきですわ」

「うーん、生ぬるいと言っていいかどうかは微妙な問題ですねえ。浣衣局でもひどくいじめられたそうですし、最終的には自害していますから」

「まあ、自害なさったの……」

「あたらしい同輩につらく当たられたことが原因ってわけじゃないみたいです。魏金玲に同情する宮女もいたようですし。自害の直接の原因は浣衣局太監ですね」

好色な浣衣局太監は金玲の美貌に目をつけた。彼女を口説いて義妹にしようとしたが、いっこうになびかないので金玲に媚薬を盛って手籠めにした。

「腐人というのはまさに禽獣ですわね。骨の髄まで腐っていますわ」

「宦官が禽獣だってのは否定しませんがね、これまたよくある話なんですよ。妃嬪侍妾が一宮女に転落すると、熟した果実にたかる虫のごとく宦官たちが群がってくるんです」

汚らわしいこと、と茜雪が蛆虫を見るような目で淫芥を射貫く。

「宦官だって犬馬よろしく酷使され、心身ともにすり減ってるんです。地獄のような日常のなかで、せめてだれかと愛し愛される仲になりたいと思うのが人情じゃないですか」

「でも、どうして妃嬪侍妾が一宮女に転落すると……なの？　妃嬪侍妾が位を落とされるのを待たなくても、近くにいる宮女と恋仲になればよいのでは？」

「手近な相手で間に合わせる輩もいますけどね。いちばん人気は元妃嬪侍妾です。なんたって、いったん妃嬪侍妾になってるんだから、相当な美貌の持ち主ってことは証明ずみ。いわば雲の上から落ちてきた女だ。そこらの宮女とは物がちがいますよ」

宦官に辱めらめたことで金玲は絶望し、わが身を恥じて縊死した。

「魏金玲が浣衣局送りになった直後、廃皇子は箇巡国に就藩するため出京しました。もちろん、主上の勅命です。侍妾を寝取った親王を京師に置いておくのは外聞が悪いですからねえ。ところが翌年、徐英姫が亡くなり、廃皇子は葬儀のために急いで戻ってくることになります。廃皇子が入京したのは、魏金玲が死んでから三日後のことでした」

さる宮女が金玲からあずかっていた遺書を爽植にわたした。

「遺書の内容まではさすがの俺も知りませんが、『今世では縁がなくて結ばれなかったけれども、来世ではあなたの妻になりたい』とかなんとか涙なしには読めない文句が書いてあったんでしょうねえ。金玲の朋輩から事情を聴いた廃皇子は逆上し、浣衣局太監を棒で殴り殺しただけでなく、止めに入った数人の宦官も滅多打ちにして殺しました」

本件は今上の耳に入ったが、とりたてて爽植に処分が下ることはなかった。殺されたのが宦官だからだ。九陽城において、宦官の命は塵芥も同然である。

「廃皇子は……といっても、この段階ではまだ箇巡王ですがね。あのかたが郡王に落とされたのは宦官を惨殺したからじゃなくて、怨天教に入信したからなんです」

浣衣局の事件後、爽植は箇巡国に戻った。厄介払いされたかたちだったが、半年後、ふたたび帰京することになる。今度は母親の葬儀のためではなかった。

「怨天教に浄財をおさめてたことが発覚したんで、勅命で連行されたんですよ」

「……怨天教って、あの禁教の？」

怨天教なる淫祀は狂虐の天子とあだなされた第七代皇帝・灰壬帝の御代に誕生したといわれている。灰壬帝は酒色よりも殺戮を好み、無慈悲に官民を虐殺したため、天下には怨嗟の声が絶えなかった。猖獗をきわめる暴政の土壌で妖教が芽吹き、人びとに怨みを忘れるなと説いた。憎しみを燃やせば、その嘆きの声が玉京におわす聖明天尊のお耳に届き、かの御仁は虐げられる衆生を救うため、かならずや下生してくださると。

暴君の治世で怨憎を持て余す人びとは先を争って怨天教の信徒となった。その勢力は国教を脅かすほどで、朝廷から危険視されるようになる。

灰壬帝が弑逆されたのちも怨天教は残ったが、仁啓帝、光順帝、崇成帝と名君がつづき、政道が安定するにつれて邪神の魔力は衰えていった。

太平の世にのみこまれて消えるはずの瀕死の邪教が息をふきかえしたのは、紹景年間に入ってからだそうだ。のちに廃帝となる紹景帝の御宇はわずか六年であったが、海内には波乱が絶えず、怨天教はひそかに信徒を増やしていた。

「禁教も禁教、淫祀名簿の筆頭ですよ。半金烏を持ってるやつを見たら、それが親兄弟であろうと妻子であろうと即通報しろってのが官府のお達しですからねえ」

怨天教徒は日蝕で上半分だけを残した太陽を半金烏と呼んで尊んでいる。古籍によれば、日蝕で太陽が下から欠けるのは天子が民を失うことをあらわすが、怨天教はこれを「皇帝が民心を失う」と解釈し、「海内が乱れて上天に半金烏があらわれるとき、聖明天尊が濁世にくだって衆生を救う」と教えている。聖明天尊の下生を渇仰する怨天教徒は半金烏をかたどったものをなにかしら身につけ、信仰の証としているという。

「親王殿下ともあろうかたが不埒な邪宗に入信するなんて、世も末ですわね」

「きっと魏金玲を喪った悲しみが深すぎたのよ。天を怨まずにいられないほどに」

「だからって、よりにもよって怨天教なんかに入らなくてもよいのに」

茜雪がことさら忌ま忌ましそうに言い捨てるのには理由がある。

十年前、彭羅生の乱が起きた。二百万人を超える信徒を有していた怨天教の教主・彭羅生が、聖明天尊の神勅を受けたと宣言して晟稜地方で蜂起したのだ。

彼らは昇竜の勢いで次々に城肆を攻略し、住民に改宗を迫った。従わない者は情け容赦なく惨刑に処され、おびただしい流血が川をなしたという。読書人であった茜雪の父と兄たちも改宗を拒んで凌遅に処されたが、このとき十二歳だった茜雪だけは危うく難を逃れた。官軍が奇襲してきたため、彼女の処刑が中断されたのだ。

処刑台に縛りつけられていた茜雪は先陣を切って突入した若い官兵に救出された。その官兵こそが父とともに従軍していた梨艶の異母兄成達である。親族を殺され孤児になってしまった茜雪は成達を命の恩人と敬慕するかたわら、怨天教を忌み嫌っている。

――私も怨天教を憎むべきなのでしょうけれど。

妖賊との激しい戦闘のさなか、父は討ち死にした。賊軍が放った矢に頭を射貫かれたのだという。父の悲惨な最期を伝え聞いても、梨艶は泣きくずれなかった。それどころか葬儀でも涙ひとつこぼれずに、たいへん気まずい思いをした。

父の死が余所事に思えたのは、父とのかかわりが希薄だったからだろう。父にやさしくされた記憶どころか、話しかけられた記憶さえない。比氏の意向で父を「お父さま」と呼ぶことも禁じられていた。父は母である荷氏を寵愛したが、荷氏が産んだ梨艶を可愛がろうとはしなかった。虐げていたのでも、避けていたのでもない。単に視界に入れる価値がなかったのだ。梨艶が男子であればすこしは目をかけたかもしれないが、女優が産んだ娘など、これといった使い道もない。ゆえに存在しないものとしてあつかった。

父は梨艶に名すらつけなかった。梨艶は十五になるまで家班の女優たちに阿雀とあだ名で呼ばれていた。梨艶という字は兄がつけてくれたものだ。

　父の記憶が薄すぎて、不倶戴天の仇であるはずの怨天教にはさしたる敵意を感じない。ただ茜雪の経験から察するに、過激な集団であることはまちがいなさそうだ。

「簡巡王は王禄の大半を怨天教の道観に貢いでいたうえ、うさんくさい儀式にも参加していたとか。皇族が淫祀に浄財をつぎこむのは前代未聞というほどじゃないものの、宗室の汚点にはちがいありません。簡巡王は親王位を剝奪され、郡王に落とされました」

　粛戒とは、戒めのためにつけられた封号である。

「以来、白朝の寒亞宮に幽閉されてますが、年に一度、徐英姫の忌日だけは後宮にある玉梅観に参詣することが許されています。ご本人はもう正気じゃないみたいですけど。目に映る女人はみんな魏金玲に見えるみたいで、先日のような騒ぎになるんですよ」

「お気の毒に……」

「気の毒なものですか。自業自得ですわよ。魏金玲と情を通じなければ、魏金玲は浣衣局に落とされることもなかったし、騾馬に辱められることもなかったはずです。粛戒郡王の軽率な行動が不幸を呼びよせたのですわ。親王でありながら侍妾を孕ませただけでも皇祖皇宗を辱める大罪だというのに、身勝手な感傷に溺れたあげく、天下大乱の原因になった淫祀にまで手を出して。どこまで無分別なんでしょう。同情の余地はありませんわ」

「いやあ、実に辛辣だなあ！　でも、歯に衣着せぬ物言いが茜雪どのの魅力ですねえ。可憐な唇から飛びだしてくる刃物のような言葉にしびれるなあ」

淫芥が熱っぽく見つめると、茜雪は反吐が出ると言わんばかりに顔をしかめた。

「卑猥な目つきをおやめなさい。さもないと殴りますよ」

「うれしいなあ。美人に殴られるの大好きなんですよ」

「気持ち悪い」

「その蔑みの目、見るたびにぞくぞくしますねえ」

「あたしはあなたを見るたびに殺意を感じますわ」

「殺意！　淫靡な響きだなあ。茜雪どのになら殺されてもいいですよ。茜雪どのご愛用の虎柄の内裙でぎゅーっと首を絞めちゃって」

「ちょっと！　どうしてあなたがあたしの内裙の模様を知ってるんです⁉」

「実は俺、透視能力があるんですよー。いまだってほら、あれやこれやが透けて見えて」

「嘘おっしゃい！　洗濯物を見たのでしょう！」

茜雪がまなじりをつりあげても、淫芥は「虎柄って色っぽいなあ」とふざけている。

——もしこれが芝居なら、粛戒郡王と魏金玲は幸せな結末を迎えるのに……。

茜雪の言うことは正論だ。爽植は金玲と慇懃を通じてはいけなかった。たとえ彼女に恋をしたとしても、自制心を働かせて互いの立場をわきまえた行動をすべきだった。金玲も断固として拒むべきだった。彼を慕っていればこそ、恋に溺れてはいけなかった。

ふたりとも過ちを犯した。だから報いを受けた。

因果は理解できるが、それでも芝居のような大団円になってほしかったと願ってしまうのは、梨艶が宮中というものに慣れていないせいだろうか。

――怖いところだわ、ここは。

たった一度の恋が命取りになる。皇宮とは、そういう場所なのだ。

「これから秀女たちの稽古を見物に行きますが、よろしければ大兄もいかがですか」

恒春宮の内院を散策しながら、礼駿はとなりを歩く長兄を見やった。

いつものように尹皇后のご機嫌うかがいをしてきたところである。尹皇后を訪ねていた長兄と居合わせたので、連れだって客庁をあとにした。

「秀女たちは『絶華姻縁』という芝居を演じるんだったね？」

「ええ。なんでも雷公の娘たちが花婿を選ぶ話だそうで。滑稽喜劇のようですね」

「楽しそうじゃないか。喜んでお供させてもらうよ」

皇長子仁徽は柔和な目もとに木漏れ日のような笑みを刻んだ。御年二十二の痩軀は文人らしく風雅に楝色の道袍を着こなしている。落ちついた立ち居ふるまいも、偉ぶらず温良な人柄も、思慮深いまなざしも、皇長子として申し分ない美点だが、右手に握られている紫檀の杖は天子の嫡男として生まれた長兄を東宮から遠ざけた。

仁徽にしてみれば、皇庶子にすぎない礼駿に皇太子の座を横取りされたかたちになるが、修羅を燃やすようなそぶりは、いっさいない。それどころか、礼駿が尹皇后の養子になったときも、立太子されたときも、わがことのように喜んだ。

「私に代わり、世継ぎとして責務をまっとうしてくれ」

立太子式のあとで、仁徽は礼駿に激励の言葉をかけた。その真摯な声音に嘘偽りはふくまれていなかった。あたかも本心を語っているかのように。

――聖人君子とは大兄のことだな。

仁徽が己の高徳を見せつけるたびに、礼駿は疑念を深めていった。皇長子として生まれながら、身体的な問題ゆえに立太子されない。それがどれほど屈辱的な事態か容易に想像がつくだけに、みじんも怨みを感じさせない言動はいっそ不気味だ。

「戯台にむかうときはどうしても浮き立ってしまうな」

綺羅園の門前で輿からおりると、仁徽は声を弾ませた。

「大兄の芝居好きは母后譲りですね」

「君ほどじゃないよ。私は聴く専門だからね。実演は門外漢だ」

「私は下手の横好きですから」

「謙遜はやめなさい。君もなかなかの技量だよ。また近いうちに君の芝居を聴きたいね」

仁徽が視線をあげた。瓊音閣の屋根が見えてきたのだ。緑の円柱で支えられた戯台と広場をはさんで向かい合う恰好で、二層建ての楼閣がそびえている。扁額に記された文字は凝英楼。楼内には宝座がもうけられており、貴人たちはここから観劇する。

「稽古の邪魔をしたくないな。ここで聴こうか」

凝英楼の東回廊のなかばで仁徽は立ちどまった。ちょうど木陰になっているため、戯台からはこちらが見えにくい。

「あの秀女はとてもいい声をしているね。だれだろう」

仁徽が舞台を見やる。礼駿もその視線を追った。

——あんな女いたか……？

舞台で歌っている秀女は癇癪を起こした大年増そのものだった。甲走った声で腹立たしげにまくしたて、舞台上でせかせかと動きまわっている。ときおり手をひるがえす妙なしぐさが笑いを誘うが、おどけたふうにゆがんだ薄化粧の顔には見覚えがない。

——いや待て。あれは……汪秀女じゃないか？

召見の場で叱責される下婢のように縮こまっていた気弱そうな女人とは似ても似つかない。声色はもちろんのこと、表情や立ち居ふるまいがまるで別人だ。

「彼女は汪秀女ですよ。生母は家班の女優と聞いています」

「なるほど。どうりで筋がいいわけだ」

仁徽は梨艶の歌声にいたく聴き入っている。

「雷公の好色ぶりを罵る声は嵐のように荒々しいが、どこか愛嬌がある。夫を心底好いているからこそ、嫉妬してしまうんだ。自分以外の女人に夢中になる雷公が怨めしくてたまらないのに、浮気者の夫を見限ることはできない。その一途さが雷母の滑稽さを際立たせ、同時にいじらしく思わせる。汪秀女は雷母の情をしっかりつかんでいるね」

梨艶の声は高らかに響き、装飾音のついた声腔で雷母の胸中を歌いあげる。だんだん拍子が速くなり、畳みかけるように雷公の不実を非難するものの、仁徽が言うように、ひょうきんなしぐさや悔しげな声音は稚気に富んでいて憎めない。

「この芝居をごらんになったことがあるのですか？」

「いや、演じられるのはこれがはじめてじゃないかな。無名の文士の作品だから。私は一度読んだことがあるんだよ。興味深い内容だったのでおぼえていたんだ」

無名の作品まで読みあさっているとは、仁徽の芝居好きも相当なものである。

稽古が一段落したところで、礼駿は長兄をともなって東回廊から広場におりた。

「皇太子殿下だわ！」

彩蝶が真っ先にこちらに気づいた。階を駆けおりて走ってくる。

「わたくしの唱をお聴きになりました？　素敵だったでしょう？」

「まずはあいさつをなさい、李秀女。無礼よ」

悠然と歩いてきた貞娜がちくりと彩蝶を睨み、気品のある所作で万福礼した。

「皇太子殿下、松月王殿下にごあいさついたします」

ほかの秀女たちがそれにならう。礼駿が「楽にせよ」と言いかけたときだ。こけつまろびつ駆けてくる者がいた。浅蘇芳の上襦をひるがえして走ってきたのは梨艶である。

「で、殿下に……両殿下にごあいさついたします」

貞娜のうしろで立ちどまり、梨艶はあわただしく万福礼のかたちをとった。先刻までは雷光を放たんばかりに憤る烈婦だったのに、いまや十人並みの野暮ったい女だ。

——舞台の上と下でこうも変わるものか？

舞台で歌っていた彼女と、ぎこちなく万福礼をしている彼女がうまくつながらない。顔かたちも背格好も衣服も変わっていないはずなのに、なにもかもちがう。

礼駿が「楽にせよ」とみなに命じると、秀女たちはいっせいに礼をといた。

「君だね、雷母を演じていたのは」

仁徽に声をかけられ、梨艶は目を白黒させた。蚊の鳴くような声で「はい」と言う。

「すばらしい唱だったよ。雷母が乗り移ったのかと思った」

「そ、そんな……わ、私なんて全然だめです……」

「いや、見事だったよ。つい聴き惚れてしまった。雷母はこの芝居でいちばん重要な役どころだ。演じられる役者はおるまいと思っていたが、君がいたとはね」

仁徽が手放しで褒めるので、梨艶はますます恐縮する。

「誇りに思いなさい、汪秀女。芝居に関して大兄はかなり辛辣でね。鐘鼓司の役者はいつもやっつけられている。こうも激賞なさるのはめずらしいことだ」

「やっつけているつもりはないけれどね。鐘鼓司の役者は単調な唱腔ばかり使うからいけない。芝居の要はなんといっても唱だ。唱が面白くなければ、聴く値打ちはないよ」

やはり辛辣ですね、と笑ったあと、礼駿は思い出したように言った。

「ああ、そうだ。汪秀女に贈りものがあったんだ」

懐からつがいの喜鵲が刺繍された荷包をとりだし、梨艶にわたす。

「蛇除けの護符が入っている。身につけていなさい。そなたを守ってくれるよ」

「えっ……あ、あの……」

「また蛇に出遭ってはいけないからね。そなたの柔肌が傷ついてしまうのは耐えられない」

礼駿が甘ったるい微笑をこぼすと、秀女たちが憎らしそうに梨艶を睨んだ。

故意に人前でとくべつあつかいした。梨艶が秀女たちに嫉妬されて怨まれ、密偵の仕事を続行しづらくなるように。

――おまえの正体はわかっているぞ。

微笑みの下に敵意を隠し、礼駿は青ざめておろおろする年増女を見おろした。

まことの悪女は、手弱女の仮面をかぶっているものだ。

「……ずいぶんご機嫌ね」

梨艶は湯船のなかで膝を抱えた。背後では茜雪が鼻歌まじりに髪を洗ってくれている。

「ご機嫌ですとも。うちのどんくさい小姐が皇太子殿下に見初められたんですから」

「見初められてないわ」

「いーえ、見初められたんです。じゃなきゃ、喜相逢の荷包をくださいませんわ」

つがいの喜鵲をむかいあわせに配した喜相逢は、夫婦のかたい契りをあらわす。

「どうやって気をひいたんです？　色仕掛けでもなさったのですか？」

「そんなことできるわけがないでしょう。女として魅力なんかないのに」

地味な顔立ちに禽獣の身体。比氏は梨艶をそう評した。入宮しても龍床に侍ることはないだろうと覚悟していたほどだ。礼駿が異性として梨艶に興味を持つはずがない。

「いっそのこと、さっさとお手付きになってしまわれたら？　だれよりも早く床入りなされば、大手をふって寵妃を名乗れますわよ」

「秀女は殿下の閨に侍ってはならないと決まっているわ。床入りは婚礼後よ」

「そんな大昔の規則はお忘れなさい。汪秀女が殿下に寵愛されれば汪家にとってこれほど名誉なことはありませんわ。たとえ尹秀女や李秀女に如意を譲ったとしても、寵妃になりさえすれば勝ったも同然です。孝襄皇后、孝懿皇后、そして皇太后さま。みなさま最初から皇后でいらっしゃったのではなく、天寵を一身にお受けになったために、のちのち鳳冠をいただくご身分におなりあそばしたのです。殿下が見初めてくださったからには、汪秀女にも大いに芽はあります。どんどん誘惑して、とっとと床入りしましょう」

鼻息の荒い茜雪に気おされ、梨艶は肩をすぼめて縮こまった。

——誤解されてしまったわ。

礼駿に声をかけられて以来、秀女たちの態度が一変した。いままでは稽古もそれなりにうまくいっていたのだが、秀女たちが急に梨艶の言うことを聞かなくなり、あてつけのように好き勝手な行動をしはじめた。ふだんならたしなめてくれる貞娜が冷ややかなそぶりなので、秀女たちは稽古そっちのけでここぞとばかりに梨艶を中傷する。

「女優の娘の面目躍如ですわね。おとなしそうな顔をしているけれど、わたくしたちがいないところで殿下に色目をつかっているのですから」

みな、梨艶が抜け駆けして礼駿と懇意になったと勘違いしているのだ。礼駿とはまったく親しくないと弁明しても、秀女たちは信じてくれない。

梨艶は完全に孤立してしまっていた。それでも稽古が順調に進んでいればかまわないが、秀女たちは芝居への興味を失ったようで、稽古にも身が入らない。

「そうだわ。どのようにすれば殿下のお心をがっちりつかめるか、同少監に相談しましょう。あのかたは色の道に精通していますから、きっと有益な助言を聞けますわ。さて、善は急げです。同少監を呼んでこなければ。あとはご自分でできますね？」

梨艶の頭を泡だらけにしたまま、茜雪はそそくさと湯殿を出ていってしまう。ひとり残された梨艶は湯船にもぐって泡を洗い落とし、髪を絞って浴槽を出た。汪家では一女優として暮らしていたのだから、身のまわりのことは自分でできる。

濡れた身体を布で拭いていると、湯殿の外で茜雪の甲走った声が聞こえた。

「なんですって⁉　汪秀女の書房が荒らされた⁉」

「は、はい……。お部屋のなかのものが壊されたり、破られたりしていて……」

「何者かが侵入したということね？　門衛はなにをしているのかしら。警備は厳重で……待って。外部の者とは限らないわね。流霞宮の奴婢がやったとも考えられるわ」

「わ、わたくしではございません！　秀女さまのお部屋を荒らすなんて、とんでもない」

「それはあとで調べるわ。とにかく現場を見なければ」

茜雪と婢女のやりとりを、梨艶はぼんやりと聞いていた。汪秀女と呼ばれ、婢僕にかしずかれる暮らしにいまだ慣れない。とりわけいたたまれないのが湯浴みと更衣だ。前者では女官の手で身体のすみずみまで洗われるし、後者では浄房のなかにまで女官がついてくる。あたかもよちよち歩きの嬰児のようにあつかわれ、気づまりなことこのうえない。自分のことは自分でできるのだから、放っておいてくれたほうがありがたいのだが。

身体を拭いて夜着に袖をとおし、帯を結ぼうとする。そのときである。心の臓が跳ねた。湯上がりの火照った頭を凍てつく氷の矢で射貫かれたかのように。

次の瞬間、梨艶は湯殿を飛びだした。

「……汪秀女！　なんですか、その恰好は⁉　はしたないですわよ！」

遊廊ですれちがった茜雪が叫んだが、返事をする余裕はなかった。濡れた足のせいで滑りそうになりつつ、なんとか踏みとどまって書房に駆けこむ。

室内は天地がひっくりかえったようなありさまになっていた。書物という書物が書棚から引っ張り出され、あちこちに紙切れが散乱している。梨艶は真っ先に多宝格へ駆けよった。酸枝木製の扉を開けて短く悲鳴をあげる。朱漆塗りの文箱がない。周囲を見まわすと、香几の下に打ち捨てられているのを見つけた。ふたが開けられ、文箱は空になっている。

梨艶は床にしゃがみこんで、散らばっている紙片を拾いあげた。

——そんな……どうして。

慕わしい兄の手蹟でつづられた文。それらは千々に引き裂かれていた。


「うわあ、ひどいですねえ。だれでしょう、こんなことをするやつは」

「『だれでしょう』ではありません‼」

淫芥がのんきそうに小首をかしげると、茜雪はまなじりをつりあげた。

「あなたはいまのいままでどこでなにをしていたんですか⁉　帳簿でもつけているのかと思って後罩房に呼びにやりましたが、部屋はもぬけの殻でしたわよ！」

「いやあ、面目ない。野暮用で外出してまして」

「また逢引きですか！」

「だとよかったんですがねえ。義妹に浮気がバレてとっちめられてたんです。ぶっ叩かれるくらいならいいんですけど、刃物で襲われましてね、危うく殺されるところでした」

殺されていればよかったのに、と茜雪は吼える。

「殿下が汪秀女にくださった荷包が剪刀でずたずたに切り刻まれていますわ。ほかの物よりも念入りに切り刻まれていますから、下手人の狙いはこれでしょう」

「ははあ、動機は嫉妬かあ。じゃ、秀女たちのだれかが犯人ですねえ」

「不審な侵入者はいないと門衛が申していますから、下手人は流霞宮の内部の者ですわ。汪秀女が殿下にお声をかけていただいたことを妬んで、何者かが流霞宮の奴婢を買収して部屋を荒らさせたのでしょう。みなを集めて尋問しなければなりません。罪を認めないなら白状するまで杖刑に処してやります」

「騾馬どもなら死ぬまで痛めつけてもかまいませんが、女官や婢女はかわいそうですよ。杖刑じゃなくてべつの方法で責めましょうよ。たとえば狎具なんかどうです？　俺の蒐集品を持ってきましょうか。いろいろそろってますよ。芋虫大から馬並みまで」

「……それはだめよ」

梨艶が言うと、茜雪は「あたりまえです」と声を荒らげた。

「なにが馬並みですか、いやらしい。そんなものより杖刑のほうが簡便かつ適切ですわ」

「杖刑もだめだわ。事を荒立てないで」

梨艶は引き裂かれた兄の手蹟を拾い集め、文箱に戻した。

「下手人を見つけたって、なんの意味もないわ」

「意味ならありますわよ。春正司に訴えて黒幕の秀女を捕らえさせます」

春正司は東宮における宮正司である。

「訴え出ても春正司は動かないわ」

どうしてですか、と言いかけた茜雪が口をつぐんだ。

――首謀者が権門の令嬢なら、真相は解明されない。

皇宮では、真実は無価値だ。だれを裁くかは、力を持つ者が決めること。

「私は如意からいちばん遠い秀女よ。味方しても得がないわ。春正司は見て見ぬふりをするでしょう。最悪の場合、殿下の気をひくための自作自演と言われるかもしれない」

「殿下に直接訴えてはいかがです?」

「何度も言っているけれど、殿下は私のことなんかなんとも思っていらっしゃらないのよ。気まぐれでお声をかけてくださっただけ。私の味方じゃないわ」

「じゃあ、泣き寝入りするんですか? 裏切り者が流霞宮にいるのに」

「表立って調べるのはやめたほうがいいと思うの。敵方に悟られて、次の手を打たれるかもしれない。ただ、監視はしたほうがいいでしょう。不審な行動をしている婢僕がいないか、あなたたちが目を光らせていて」

汪府でも梨艶の立場はつねに不安定で厳しいものだったが、ふりかえってみれば、あのころは幸せだったのだ。梨艶は守られていた。どれほど比氏に虐げられても、兄がかばってくれたから最悪の事態は避けられた。家班の女優たちも事あるごとに味方をしてくれたし、孫娘のように可愛がってくれる老僕もいた。

さりながら、東宮に梨艶を守ってくれる者はいない。わが身は己の力で守るしかない。それができなければ、どこまでも落ちていくだけだ。

今日は平生より早く解散となった。稽古がはかどったからではなく、貞娜の機嫌が悪かったからだ。以前は梨艶の助言を聞き入れて情を歌うようにつとめていた唱も元通りの冷たい唱になり、そこに不機嫌までくわわって、恋しい星流と結ばれて幸せの絶頂にいるはずの瑞蘭が癇癪を起こしてわめいているような唱になってしまっていた。

「……瑞蘭は喜びで胸がいっぱいのはずです。もっと幸せそうに……」

梨艶は言葉を選びつつ諫めたが、貞娜は聞く耳を持たなかった。

「互いに自分の役を演じ切ることに集中しましょう。他人に口出しせずに」

貞娜に睨まれると、自分が令嬢の衣を着た下婢であることを思い知らされる。本物の令嬢たる貞娜には生来の威がそなわっているが、偽物の梨艶には賤しさ以外なにもない。

「元気がないわね、汪秀女」

瓊音閣を出てとぼとぼ歩いていると、彩蝶が近づいてきた。秀女たちは梨艶をつまはじきにしているが、彩蝶だけは初対面のときと変わらず気安く話しかけてくれる。

「部屋を荒らされたって聞いたけど、春正司はもう下手人を見つけたの？」

「いいえ、捜査はお願いしていません。なにも盗まれてはいませんから」

「でも、めちゃくちゃにされたんでしょ？　だったら、十分すぎるほど被害は受けてるわ。汪秀女が言いにくいなら、わたくしが春正司に訴えてあげましょうか？」

「お心遣いには感謝しますが、ほんとうに大丈夫ですから……」

梨艶は力なく微笑した。彩蝶の親切はうれしいが、彼女を頼るということは李家と懇意になるということだ。李家と対立する尹家と、その取り巻きに敵視されかねない。

「そんなに落ちこんでるんだもの、よほど大事なものを壊されたのね。なにを壊されたの？　歩揺？　指甲套？　菱花鏡？　襦裙？　繡鞋かしら？」

「おもに書物や筆墨です。それから文も……」

「まあ、文⁉　ひどいわね！　だれからの文だったの？　恋人？」

「こ、恋人なんかいません。送り主は兄です。ほとんど全部、破かれていて……」

思い出すと胸が痛んだ。兄が信箋にこめてくれた真心まで引き裂かれたかのようだ。

「かわいそうに。どれくらいあったの？」

「これくらいの文箱いっぱいです。たぶん、百通余りあったかと」

「百通も!?　人が大切にしている文を破るなんて最低ね！」

下手人が地獄に落ちるよう願うわ、と彩蝶はわがことのように腹を立てた。

「百通も文を送ってくれるなんて、汪副千戸はやさしいのね。わたくしには兄が六人いるけど、わたくしのために文を書いてくれたことなんかないわよ。飲み仲間や妓女にはせっせと書いているくせに。とくに六番目のお兄さまはひどいのよ。曲酔から脂粉のにおいがぷんぷんする文が山ほど届くんだけど、それにいちいち返信を書いてるの。恋文の添削を頼まれてるんだって毎回言い訳してるけど、眉唾物ね。根っからの浪子で、十四のときから恵兆王と連れだって曲酔に出かけてるもの。そのくせ、二十一にもなって独り者よ。妾すらいないの。状元になったときに方々から縁談が来たけど、子業兄さまったら策を講じて破談になるように仕向けたのよ。妻帯させて落ちつかせるつもりだったお父さまはかんかん。でも、本人はけろりとして、『古礼には、男子は而立になったら妻帯すべしとあります。私は古の教えを守って齢三十までは妻妾を娶りません』ですって。あの調子じゃ、たとえ名家から完璧な良妻を迎えても浮気癖は治らないでしょうね」

彩蝶が言う六番目の兄とは、李家の六男である李子業のことだろう。才物が多い李家令息のなかでも俊英の誉れ高く、二年前に状元となった。現在は翰林院に籍を置いて国史編纂にたずさわり、今上にも目をかけられているという。

「子業兄さまみたいな男の人をなんて言うんだっけ？　色魔？　女殺し？　狒々爺？　なんでもいいけど、わたくしは子業兄さまみたいな移り気な殿方は嫌いだわ。結婚するなら、絶対に浮気しない人がいいの。よその女に目移りしないで、ずーっとわたくしだけをひたむきに愛してくれる殿方じゃなきゃだめ。汪秀女もそう思うでしょ？」

「……私には、よくわかりません」

梨艶が嫁ぐのは皇太子だ。礼駿は二十四人の秀女たちと婚儀をあげたあとも、続々と妃妾を娶る。しかるべき時が来て践祚すれば、後宮には三千の美姫が集められる。梨艶はそのうちのひとり。寵愛争いに参加することさえできない、背景の一部だ。

「たとえ話として考えてみて。もし、家柄や立場とかいう、面倒くさいこと全部抜きにして自分の意思で自分の夫を選べるとしたら、どっちがいい？　大勢の妻妾がいてあちこち渡り歩いてる不実な人？　あなただけを愛してくれる誠実な人？」

「……まず、自分の夫を自分で選ぶということが想像もつかないのですが……」

「想像くらいできるはずだわ。芝居にはそんな話いっぱいあるじゃない。『絶華姻縁』だってそうだわ。瑞蘭と瑞蓮は自分で自分の夫を決めたでしょ」

「あれは芝居ですから。現実では起こりえない話です」

観客が大団円を望むのは、現世では見られない夢に酔いたいからだ。善人が報われ、悪人が成敗され、死者は生きかえり、恋人たちは結ばれる、理想の世界に。

「なるほど、わかったわ。あなたって恋したことないのね？　だから好きな人と結婚することが想像できないんでしょう」

「……すみません」

「謝ることじゃないわよ。たまたま縁に恵まれなかっただけでしょう。機会があれば、一度くらいは経験してみることをおすすめするわ。恋ってとても素敵なものだから」

「素敵、ですか？　殿下のお立場を考えると、つらいことのほうが多そうですが」

自分だけを愛してくれる男がいいと思うなら、儲君たる礼駿は最悪の相手だろう。たとえ寵愛されたとしても、龍床から恋敵を排除することはできないのだから。

「殿下？　あ、うん、そうね。つらいことも多いわよ。会えない時間のほうがずっと長いし、言葉をかわすのにだって人目を気にしなくちゃいけないもの。離れ離れになっているときに恋しい人のことを考えると胸が熱くなって、せつなくてたまらないけど、同時に勇気がわいてくるわ。あのかたと再会するまではなにがあってもがんばろうって」

熱っぽく語る彩蝶の瞳は夕映えをとらえてきらきらと輝いている。琥珀のようなそのきらめきに見惚れていると、胸の奥が毒針でつつかれたかのようにちくりと痛んだ。

――私には縁のない話だわ。

恋をしていると素直に語ることができる彩蝶がうらやましい。梨艶にとっては、恋なんて芝居のなかにしか存在しないものだ。

「汪秀女ぉ、まだやるんですかー？」

舞台袖で艶本を読んでいる淫芥が寸刻前にも聞いた台詞をくりかえした。

「稽古なら流霞宮でできるでしょう。なにもこんな場所でやらなくても」

「舞台で稽古したほうが、雰囲気が出るのよ」

梨艶は絹団扇をふりまわしながら、雷母の歩きかたを練習していた。絹団扇は雷母が稲光を放つために用いる鏡をあらわし、歩調に合わせて雷母の憤怒を表現するのに使う。

時刻は亥の刻にさしかかったころだろうか。薄墨を流したような夜空には若い柑子に似た月がぽつねんと浮かんでいる。

ここは啼鳥園の北にある漣猗閣という戯台だ。淫虐の天子とあだ名された波業帝が皇太子のために造らせたという。白朝の聚鸞閣同様、三層建ての大掛かりな戯台で、床面には複数の地井までそなえている。波業年間にはさかんに大戯が演じられたそうだが、東宮の主が代わるにつれて人びとの記憶から薄れていった。紹景年間に神迷閣が建てられてからはなおもってにぎわいが遠ざかり、当世では訪れる人もいない。

否、訪れる人はいるようだ。ただし、観劇のためではない。

「漣猗閣は逢引きにもってこいですよ！」

梨艶が漣猗閣について耳にしたのは、淫芥の駄弁からである。

「三層建てですから、いろんな高さから楽しめるんですよねえ。戯台なんで開放感があるし。宮灯に火を入れれば、昼間みたいにあかるくなってすみずみまで見えますよ！」

神聖なる戯台を邪な楽しみのために使う淫芥に小腹が立ちつつも、梨艶は建築に通暁していた波業帝がみずから設計して造らせたという戯楼に興味を持った。

実際に舞台に立ってみると、床下になんらかの仕掛けがあるのか、声の響きがすばらしく、波業年間にここで芝居を演じた役者が妬ましいほどであった。

「想像した以上によく声がとおるわね。歌っていて気分がいいわ」

「ですよねえ。俺もそこがいちばん気に入ってるんですよ」

「まあ、あなたも唱を歌うの？」

「いやいや、歌うのは俺じゃなくて義妹です。そりゃあもう、いい声の持ち主でして」

「義妹ということは恋人ね。どんな唱が得意なの？　一度、聴いてみたいわ」

「ご希望とあればいつでも。なんなら明晩にでもどうです？　見物なさっては」

「いいの？　うれしいわ。そんなに素敵な声なら、一緒に……」

遅ればせながら自分と淫芥の言葉の食いちがいを悟り、梨艶は顔を赤らめた。

「あ、やっとわかりました？　可愛いなあ。汪秀女って女優らしくもなく初心ですねえ。俺が知ってる市井の女優は狐狸精ばっかなんですが。家班出身だからですかねえ？」

「……家班の女優は主の持ち物だから。主に無断で殿方と親しくなってはいけないのよ」

「へえ、どうりで。しかし、残念だなあ。秀女じゃなかったら口説くのに。いっそ適当になにかやらかして落ちてきてくれませんか？　そしたら堂々と口説けるんで」

「……不祥事を起こした秀女は道観送りにされるんじゃなかったの？」

「じゃ、婚礼後でいいんで、ぱーっと派手になんかやらかしちゃってください。浣衣局送りになったら、いろいろお世話しますよー手とり足とり」

「私は家名を背負っているのよ。浣衣局送りになるようなことは絶対にしないわ」

「みなさん最初はそうおっしゃるんですけど」

行儀悪く卓子に腰かけ、淫芥はにやけ顔で煙管をくわえた。

「初志貫徹できるかたはひと握りですよ。大半の女人は遅かれ早かれ落ちていきます。さびしさをこらえきれずに不貞を働いたり、嫉妬のあまり短慮を起こしたり、懐妊するために呪術に頼ったり、はたまたなーんにもやってないのに落っこちたり」

「なにもやってないのに……？」

「冤罪ってやつですよ。不貞してなくても不貞したと言われ、嫉妬してなくても嫉妬したと言われ、呪詛してなくても呪詛したと言われる。証拠なんてものはいくらでも捏造できますからねえ。自力で疑いを晴らせないなら、そのまま真っ逆さまだ」

「……そういう人をたくさん見てきたの？」

「俺は宮仕え歴十数年ですから、たいした数は見てません。師父の易太監は反吐が出るほど見てきたって言ってましたよ。浣衣局や冷宮に落ちた者も、内安楽堂に入った者も、刑場送りになった者も。もっと手っ取り早く、その場で殺された者も。せっかく美貌を買われて入宮したってのに、もったいない話ですよ」

淫芥が吐いた紫煙を見るともなしに見ていると、東回廊のほうから、ふたつの明かりが近づいてくるのに気づいた。ゆらゆら揺れているから彩灯だろう。

「ほら見なさい。わたくしたちは遅刻組だわ。あなたが寄り道するからよ」

「だってー、宦官たちが面白そうな遊びをしてたんだもの」

聞き覚えのあるふたつの声が口論している。ほどなくして、月光の漣が立つ方塼敷きの広場に貞娜と彩蝶があらわれた。ふたりとも女官と宦官をひとりずつ連れている。

「あら？　もしかして、わたくしたちが一番乗り？」

彩蝶がぐるりと広場を見まわした。貞娜は不機嫌そうな目で梨艶を睨む。

「いったいどういうおつもりですの？　こんな夜更けに稽古なんて」

「えっ、稽古してはだめですか？」

「夜更けでなくてもいいでしょうと申しているのです。わたくしはやすむところでしたのよ。湯浴みもすませたのに、身支度をしなおす羽目になりましたわ」

「やーねー、尹秀女って文句ばっかり言って。夜稽古も面白いじゃない。月明かりの下で歌ったら昼間よりきれいな声が出そうだし、黄金の扇子も暗がりに映えるわよ」

「夜稽古自体はかまわないけれど、荒れ果てた戯台でやらなくてもいいはずよ。明かりもついていなくてどこもかしこも真っ暗。気味が悪いわ」

「ふーん。わたくしがさっき怪談を話したから怖くなったんでしょ？」

「こ、怖いですって？　馬鹿馬鹿しい。どんな内容だったかも忘れたわ」

「じゃあ、もう一回聞かせてあげる。昔々、波業年間末のこと、皇太子の寵妃だった閑氏の遺体が漣猗閣で発見されたの。いま汪秀女が立ってるあたりでね。閑氏は目も当てられないほど残虐に殺されていたそうよ。首を絞められ、身体じゅうに鞭打たれた形跡があったんだって。だから漣猗閣には出るのよ。土気色の顔をした、血まみれの女が——」

「やめてちょうだい！」

「そこにいるわ！　尹秀女のうしろに……！」

「やめてと言ってるでしょ！　しつこいわね！」

彩蝶にからかわれ、貞娜は目を三角にして叫んだ。顔つきは怒っているふうだが、しきりに背後を気にする動作には隠しきれない怯えがにじんでいる。

「……ねえ淫芥、閑氏の話ってほんとうなの？」

「らしいですねえ。もっとも俺は気にしませんけど。度量が広いんですよ、俺。たいていの女人は美人に見えるんで、土気色の顔でも血まみれでも大歓迎です」

「……幽鬼が出るなら、もっと早く教えてほしかったわ」

いわくつきと知っていたら漣猗閣には近寄らなかったのに、とほぞを嚙む。

「ところで、おふたりはなぜここにいらっしゃったんですか」

「なぜですって？　あなたがわたくしたちを呼びだしたのでしょう？」

「秀女たちみんなで集まって夜稽古するんじゃなかったの？」

「そんなこと、だれが言ったんです？」

「汪秀女ではありませんの？　遣いの者がまいりましたわよ」

「そうそう、女官が来たわ。亥の初刻から稽古をするから漣猗閣に来るようにって」

「え？　私……遣いなんて送っていません」

「でも、ここで稽古していらっしゃるではありませんか」

「これは私だけの稽古です。だれも呼んでいません」

貞娜と彩蝶は怪訝そうに顔を見合わせた。

「おふたりのもとへ行ったという女官は茜雪でしたか？」

「茜雪って、目つきがきつい女官よね？　ちがうわ。おとなしそうな感じだったし」

「はじめて見る顔でしたわ。流霞宮の者だというから、てっきり汪秀女の遣いだと」

これはこれは、と淫芥が煙管をくわえたまま楽しげに肩を揺らした。

「偽の使者、偽の呼びだし。絵に描いたような罠ですねえ。さてさて、次に起きるのはなんでしょう？　暴漢ないし刺客のご登場ってとこですか」

「どういうことなの、淫芥」

「まだおわかりにならないんで？　尹秀女と李秀女は謀(はか)られたんですよ。まあ、如意(にょい)に近すぎることが要因でしょう。おふたりがいなくなって得をするやつが黒幕だ」

「……ちょっと待って。おふたりがいなくなるって、まさか」

「ここで貞操(ていそう)を汚すつもりか、息の根をとめるつもりか、どっちにしてもおふたりをまとめて東宮選妃から脱落させるのが狙いでしょうねえ」

「じゃ、じゃあ、私も漣猗閣におびきよせられたということ……？」

「それはありえませんよ、汪秀女。あなたがいなくなってもだれも得しません。要するに狙う理由がない。黒幕にとっても、あなたがここにいるのは計算外でしょう」

　まったく反駁(はんばく)できないのが悲しい。

「わたくしになにかあれば、尹家が黙っていませんわ」

「だれかがわたくしにかすり傷でも負わせたら、お父さまが激怒するわよ」

「そうでしょうとも。ですからとっくに首謀者(しゅぼうしゃ)は用意されているはずです。尹家と李家の怨(うら)みを一身に受ける、おあつらえむきの下手人(げしゅにん)がね」

「ふん、上等だわ。暴漢でも刺客でも、出てくるなら出てきなさい。わたくしは武技を習っているのよ。こてんぱんにやっつけてやるわ」

「おやめなさい、李秀女。あなたの武技なんか役に立たないわよ」

「役に立つわよ。わたくしの蹴りは大の男でも倒せるほどすごいんだからね」

「あー……まずいですよ！　みなさん急いで舞台から離れてください！」

「離れる？　どうして？」

なにげなく問いかえした刹那、梨艶は疾風にぶつかったような感覚に襲われた。こちらに駆けてきた淫芥がさらうようにして梨艶を横抱きにしたのだ。その直後、ひときわ強烈な浮遊感に全身をつつまれる。淫芥が舞台から飛びおりたせいだ。

爆音が響きわたった。背後だけではない。前方でもだ。炙るような熱風に頭を殴られ、地面にぶつかる衝撃を予期して梨艶はぎゅっと目を閉じた。一弾指ののち、淫芥に抱かれたまま着地する。首を絞められたように息が詰まったが、覚悟していたほど激しい衝撃ではなかった。きつく抱かれて四肢がきしむけれど、頭部を打った気配はない。

「な、なんなのよ……これは……」

爆発に驚いたらしい貞娜が地面にへたりこんで両耳をおさえていた。彼女の黒い瞳は舞台の一階からごうごうと噴き出す炎の色に染まっている。

「舞台だけじゃないわ！　楼閣も爆発したわよ！」

やはり地面にうずくまった彩蝶が舞台と向かい合って建つ楼閣を指さした。波業年間には貴人たちが観劇したであろう楼内はけばけばしい火焔に塗りつぶされている。

苛烈な炎はみずからの意思を持つかのように燃えひろがっていく。その凶暴な紅蓮の舌が回廊の円柱にからみついたとき、またしても爆発音が耳をつんざいた。

今度は先刻ほど大きくはないが、二度、三度、四度と立てつづけに起こる。東西の回廊はまたたく間に炎にのみこまれ、広場は猛火に取り囲まれてしまった。

「手がこんでるなあ。暴漢でも刺客でもなく、火薬を使いやがるとは」

梨艶の身体の下で口笛まじりの声が響いた。地面に叩きつけられずにすんだのは、淫芥が下敷きになってくれたからなのだ。梨艶はあわてて彼から離れた。

「ご、ごめんなさい。大丈夫？　怪我(けが)しなかった？」

「ご心配なく。こんなこともあろうかと身体は鍛えてるんで」

淫芥はひょいと起きあがった。かろやかな身のこなしに安堵(あんど)を覚える。

「汪秀女はご無事で？　お怪我させてたら茜雪どのに殺されちまうんですが」

「私は大丈夫よ。助けてくれてありがとう。でも、なぜ爆発に気づいたの？」

「舞台後方から火薬のにおいがしたんですよ。どうやら楽屋に仕掛けがあったようですね。しっかし派手だなあ。地獄の業火みたいじゃないですか」

「感心している場合ではないでしょう！　わたくしたち、焼け死んでしまいますわよ！」

「まいったなあ。俺と汪秀女はまきこまれただけなんですけど」

「ぼやいてもしょうがないわよ！　とにかく逃げなくちゃ！」

貞娜と彩蝶がかわるがわる叫んだ。生きもののように蠢(うごめ)く烈火が狼狽(ろうばい)するふたりの横顔を赤々と照らしている。側仕えたちも恐れおののいて立ちすくんでいた。

戯台、楼閣、回廊。ことごとく紅蓮の炎につつまれ、前後左右に逃げ場はない。広場で火が弱まるのを待つのも危険だ。燃え朽ちていく戯台と楼閣がこちらへ倒れてくるかもしれないし、充満した煙にまかれる恐れもある。一刻も早く退避しなければ。

「汪秀女……⁉　なにをなさっているのです⁉」

「通路の入り口を探しているんです」

梨艶は西回廊のそばにある夔龍像の裏をのぞいた。

「通路⁉　そんなものがあるの⁉」

「波業年間には大仕掛けの舞台が流行りました。舞台には多くの地井が造られ、そのうちのいくつかは広場の地下から内院にはりめぐらされた通路につながっています。広場には秘密の出口があり、そこから役者が登場して観客を驚かせたんです。出口はたいてい石像のようなもののうしろにあって……」

石造りの台のまわりには枯葉が散らばっている。火の粉をよけながら枯葉を払いのけると、下から銅製の扉門が出てきた。門環を握って開けようとしたが、長いあいだ使われていなかったせいか、なかなか開けない。苦戦していると、淫芥が手伝ってくれた。

「開きました！　なかに入れそうです。ここに退避しましょう」

西回廊を燃やす焔が闇の底を照らす。ぽっかりと口を開けた暗がりには梯子段がおりていた。ゆるやかな傾斜の先は石畳の通路になっている。

「……大丈夫ですの？　ずいぶん使われていないようですが、汚いのではなくて」

「贅沢言えないわ！　焼け死ぬよりはましよ！」

不審そうな貞娜をよそに、彩蝶はわれ先にと梯子段をおりていく。彩蝶の側仕えたちがあわてふためいてあとにつづいた。

「さあ、尹秀女もお早く。急がなければ、回廊の円柱が倒れてきますよ」

梨艶が急かすと、貞娜はためらいつつ梯子段をおりていった。貞娜の側仕えたちが地下の薄闇にのみこまれるのを待ち、梨艶は最初の段に足をのせる。薄墨色の闇に身体をひたすと、ひんやりとした湿っぽい空気が衣服のなかにしみいってきた。

最後の段から石畳の地面におりたって周囲を見まわす。左右の壁と天井は花模様の方塼で覆われている。通路の高さは淫芥の長軀がすっぽりおさまってなお余裕があるくらい、幅は大人の男が両腕をひろげられるくらいで、かつては火が揺らめいていたであろう石製台座の路灯がたがいちがいにならんでいた。

「こいつはいいや。逢引きにうってつけですねえ」

「……こんな場所が？」

「こういうところのほうが盛りあがるんですよ」

淫芥の軽口を聞いているあいだに、彩蝶たちはどんどん先へ行ってしまう。梨艶は彩灯を持っていない。舞台に置いてきたのだ。彩蝶たちの側仕えが遠ざかると、明かりも遠ざかってしまう。じめじめした暗闇に取り残されては困るので、急いで追いかけた。

「で、どうするんです？」

「逃げるのよ」

「逃げたあとのことですよ。黒幕は尹秀女と李秀女の暗殺をたくらんでいるんです。おふたりが助かってしまったら、次の手を打ってきますよ」

「春正司が捜査してくれるでしょう」

「そりゃあ連中は尹秀女と李秀女を守るでしょう。おふたりとも外戚のご令嬢ですからね。しかし、汪秀女はどうです？　春正司が守ってくれるでしょうかねえ？」

「私はだれかに狙われるほど重要人物ではないわ」

「重要であろうとなかろうと、狙われる理由ができちまったんですよ。尹秀女と李秀女が助かったのは、汪秀女がいたからだ。黒幕はあなたを怨みますよ」

「……私がいなくなっても得をする者はいないと言ったじゃない」

「人が人を殺すのは利益のためとは限りません。怨みを晴らすためにも殺すんです」

「どうすればいいの？」

「単純な話ですよ。やられるまえにやれ、です」

通路のつきあたりにまた梯子段があった。彩蝶は先頭をきってずんずんとのぼり、天井にある扉門を開けようとする。

「待ってください」

梨艶がとめると、彩蝶だけでなく梯子段の下にいた貞娜もふりかえった。

「尹秀女と李秀女にお願いがあります」

「いまそれどころじゃないのよ。あとにしてちょうだい」

「いいえ、いま聞いてください」

淫芥が言うとおり、春正司は梨艶を守ってくれない。自分の身は自分で守らなければ。

「おふたりには死んでいただきたいんです」


「いったいなんの騒ぎだ」

鉛のように重いまぶたを開けつつ、礼駿は錦の褥に半身を起こした。

父帝に任された案件のために励んでいた書き物を終え、寝床に入ったのはわずか一刻前。

訪れかけた浅い眠りは床帷のむこうからかけられた邪蒙の声に破られた。

「漣猗閣にて火の手があがった模様です。目下、消火を急がせております」

「そんなことで私を起こしたのか？」

苛立ちまじりにため息をつき、礼駿は髪をかきあげた。

「漣猗閣といえば宦官の密会場所だろう。火の不始末でもしていたのではないのか」

小火騒ぎはめずらしいことではない。夜が更けると宦官たちは思い思いの場所に義妹を連れこんで逢瀬を楽しむので、灯燭などの不始末で小火になることもある。

「それが小火ではないそうで。爆発が起こったとの報告を受けております。戯台と楼閣、回廊までもが炎上しており、あたり一帯が火の海になっているとのことで」

「爆発だと？　この東宮で？」

「子細はわかりかねますが、尹秀女と李秀女が現場にいらっしゃったようでして」

「尹秀女と李秀女が？　なぜ漣猗閣に？」

礼駿が片眉をはねあげたとき、套間から入室の許可を求める宦官の声がした。邪蒙は床帷越しに揖礼していったんさがり、まもなく戻ってくる。

「尹秀女付きの宦官が殿下にお目どおり願いたいと申しております」

「炊少監か？」

「いえ、炊少監の配下の争監丞です」

少監よりひとつ下の位階を監丞という。

「とおせ」

邪蒙が入室を促すと、小柄な宦官がおもてをふせたまま寝間に入ってくる。そのまま倒れこむようにひざまずいて拝礼しようとするので、礼駿はかるく手をふった。

「礼はよい。漣猗閣でいったいなにが起きたのか報告せよ」

「つつしんで申しあげます。私は……争監丞ではございません」

礼駿は耳を疑った。説明を求めて邪蒙を見ると、邪蒙も怪訝そうに眉をひそめている。

「身分を偽って御前に参上することが万死に値する罪であることは重々承知のうえですが、焦眉の急を告げる事態でございますので、ほかに方法がなく……」

「言い訳をするな、奸賊め」

鞭打つように言い放ち、邪蒙は不審な宦官を蹴りつけた。

「おまえは何者だ？　なにゆえ殿下を謀った？　白状せねば東廠にひきわたす」

「……お、お赦しください、失太監。差し迫った状況で、炊少監を遣わすわけにはいかず、わ、私が争監丞になりすまして御前にまかりこすことに……なにとぞ、ご容赦を」

「御託はけっこうだ。正体を明かせ。いったいだれの差し金でここまで来た。返答の内容によっては、この場で東廠式の鞫訊を行うことになるぞ」

「やめよ、邪蒙」

ふたたび蹴りつけようとする邪蒙を、礼駿は吐息まじりにとめた。

「そなたは気が短いのが玉に瑕だ。私の前で荒事はひかえよ」

「申し訳ございません。うかつにも奸賊を寝間に招き入れてしまった私の失態です。お叱りはのちほど賜りますので、まずはこの者を別室にて尋問させていただきたく」

邪蒙が配下を呼ぼうとしたとき、床にひれ伏していた宦官が顔をあげた。

「ま、待ってください……！　わ、私、宦官ではないんです！」

「早く連れていけ。耳障りだ」

「ほんとうです！　宦官じゃなくて秀女なんです！　殿下は私のことなんておぼえていらっしゃらないと思いますが、何度かお目にかかっていますし……そ、そうだわ。身体をごらんになってください。宦官の身体ではないとおわかりいただけるはずです」

宦官は若葉色の貼里の領をはだけ、襯袍をあらわにした。さらには襯袍を脱いで粉紅色の内衣姿になる。やけに派手な色だと思ったものの、宦官の内衣とやらにうといため、これが異様なのかどうか判別がつかない。

「やめよ、見苦しい。そなたが何者であろうと申し開きは私ではなく、春正司に……」

台詞が途切れたのは、宦官が手早く内衣を脱いだからだ。思ったより細い胸回りにはきつく布が巻きつけられている。なぜそんなことをしているのだろうといぶかったとき、宦官が布をほどきはじめた。制止する間もなく、するすると縛めがとかれていく。

「おわかりいただけましたか？」

礼駿は絶句した。床帷のむこうに浮かびあがった白い裸体。そのなまめかしい豊かな曲線美は、宦官のものとは似ても似つかない。

「全部脱がないとだめですか……？」

沈黙を肯定と解釈したのか、女は立ちあがって下肢まであらわにしようとした。

「……も、もうよい！」

声が上ずってしまい、自分でも驚いた。柄にもなく動転しているのだろうか。いや、そんなはずはない。女体など、春宮画と人形で見慣れている。

宗室の子孫繁栄のため、皇族男子は冠礼を迎えると床入りの作法を学ぶ。色あざやかな春宮画と交接の状態をあらわした裸の人形を用いて仰々しく講義する宮師はなぜか宦官なのだが、とにもかくにも、礼駿もひととおりのことは習っている。いまさら女人の裸を見たくらいで動揺するはずがない。……ないのである。

――女体がなんだ。あんなもの、ただの肉の塊じゃないか。

春宮画や人形を見る限り、白くてのっぺりした肉塊だ。この女のそれはむやみにでこぼこしているが、だからといって胸が早鐘を打つほどの珍品ではあるまい。きっと不意打ちだったせいだ。予期せぬ出来事だったので、虚をつかれたのだ。冷静になってみれば、いままで見てきた代物とおなじ退屈な物体であることがわかるだろう。

「伏してお詫び申しあげます、汪秀女」

礼駿が深呼吸して落ちつこうとしていると、邪蒙が女にむかって揖礼した。

「知らぬこととはいえ、宦官になりすました私がいけないんです」

「い、いえ、先ほどは手荒な真似を……ひらにご容赦くださいませ」

「お怪我をなさったかもしれません。太医を呼びましょう」

「大丈夫です。たいしたことありませんから」

「いけません。玉の肌に傷が残ったとあれば、私が殿下より厳罰を受けます」

「お気遣いには感謝しますが、騒ぎになっては困るんです。漣猗閣の火事の件でまいりました。殿下にお願いしたいことが――」

「……待て、邪蒙。その女人は汪秀女なのか？」

はい、と邪蒙はこともなげに答える。

「汪秀女なら、なぜ入室させるときに争監丞だと私を謀ったのだ」

「謀ったつもりは毛頭ございません。あのときは争監丞だと思いましたので」

「東宮付き太監のくせに、宦官と秀女の見わけもつかぬのか」

「お怒りはごもっともですが、汪秀女には見えなかったのです。言葉遣い、目遣い、身のこなし、それらがまちがいなく争監丞のものでした」

「しかし、顔立ちがちがうだろう。背格好だって……」

「背格好はもともと似ていらっしゃいますが、顔立ちはよく見ればちがいますね。争監丞のほうがもっと間延びした造作をしています」

「顔を見ておきながら、なんの違和感も抱かなかったのか？」

汗顔の至りです、と邪蒙は如才(じょさい)なく首(こうべ)を垂れた。

「お身体を拝見するまで、汪秀女とは夢にも思いませんでした。もっと注意して見れば、顔かたちのちがいに気づいたでしょうが、あまりに雰囲気が似通っていたので……」

「おい待て。……裸を見て汪秀女だと気づいたのか？」

「さようでございます」

「顔を見てもわからぬのに、なぜ裸を見ればわかるのだ？」

「秘瑩に立ち会っておりますので。汪秀女の裸身も拝見しております」

「だからといって……おぼえているものか？」

「おぼえねばならぬのです。ご婚儀のあとで秀女が龍床に侍る際、替え玉が送りこまれぬよう、東宮付き太監は秀女の身体について所見を記録することになっております。汪秀女は非常に目立つ特徴をお持ちですので、とくに印象に残っておりました」

「……目立つ特徴……」

めずらしい黒子でもあるのだろうか。ふしぎなかたちの痣があるのか。

「あの……殿下」

考えこんでいると、梨艶がおずおずと声をかけてきた。

「お話の途中で申し訳ないのですが、そろそろ本題に入らせていただいても……」

「本題というのは漣猗閣の――」

うっかり梨艶に視線を投げてしまい、礼駿は頭を殴られたように顔をそむけた。

「……そなたはいつまでそんな恰好をしているんだ！　衣を着なさい！」

「あっ……も、申し訳ございません……！」

梨艶は布を胸に巻きつけようとしたが、うろたえすぎて布がからまってしまう。

「……えっ、どうしてこうなるの。ご、ごめんなさい。すぐになんとかしますから……」

涙目になりつつ、からまった布をほどこうともがく。礼駿は見かねて邪蒙に命じた。

「私の披風を着せてやれ」

「で、でも、私などが殿下のお召し物を着るなんて……」

「いいから肌を隠しなさい。その姿では話ができぬ」

邪蒙が衣桁から披風をとって梨艶の肩にかける。においたつような雪の膚が紺瑠璃の衣に覆い隠されると、やっと人心地がついて彼女を直視できるようになった。

「さて、漣猗閣の件だったな。そなたが私に話したいこととはなんだい」

漣猗閣で起きた事件の一部始終を、梨艶がかいつまんで説明した。

「下手人をあぶりだすため、殿下のご協力を仰ぎたく存じます」

「なにか策があるようだね」

はい、と梨艶は力強くうなずいた。

「ひと芝居打ちます」


漣猗閣が全焼した事件から数日後、秀女たちは玉梅観に集められた。

玉梅観は賢后と称えられる慈誠皇后が後宮内に建立させた道観だ。紅琉璃瓦が葺かれた壮麗な宮観には、およそ三百人の道姑が仕えている。彼女たちが毎朝掃き清めている庭院には塵ひとつなく、湧き水で洗われた鋪地は陽光に照り輝いていた。

砕いた水晶を散らしたような小径を、凶服に身をつつんだ秀女たちがしずしずと歩いていく。模様のない純白の襦裙も、白絹でくくった垂髻も、死者を悼む装いだ。

「信じられませんわ。尹秀女と李秀女が身罷られたなんて」

「炎に焼かれ、亡骸は見るに忍びないご様子だったとうかがいましたわ」

「おいたわしい。でも、どうして漣猗閣などにいらっしゃったのかしら」

「ご存じないの？　おふたりは汪秀女の遣いに呼びだされたそうですわよ」

「まあ！　汪秀女がおふたりのお命を狙ったのですか？」

「いいえ。下手人は汪秀女の遣いを名乗っておふたりを漣猗閣におびきよせたのだとか」

「汪秀女も漣猗閣にいたのでしょう？　逃げ遅れたせいで大やけどを負って臥せっているらしいですが、下手人だからその場に居合わせたのでは？」

「本物の下手人なら現場にはいませんわ。だって自分までやけどしては困りますもの。汪秀女は不運にもたまたま居合わせただけのようです」

お気の毒に、と秀女たちは舌先で同情を示した。

「春正司によれば、火元である楽屋の燃え殻から簪が見つかったとか。その簪はとある秀女に仕える女官の持ち物だったそうですわ」

「とある秀女？　どなたですの？」

「ここにいらっしゃらないかたです。ただし、汪秀女はのぞいて」

秀女たちは邪推深い目つきで互いの顔を見やる。

「あら？　程秀女がいらっしゃらないわ。まさか……」

「そのとおり。程秀女は春正司に身柄を拘束されているのですって」

なんてこと、と桜桃の唇から驚きと恐怖が入り混じった声がこぼれる。

「おぞましい。程秀女がそれほど残忍なかただとは思いもしませんでしたわ」

「よほど如意が欲しかったのでしょう。尹秀女と李秀女がご健在なら、程秀女が太子妃に選ばれることはけっしてありませんもの」

「これで程秀女は生涯、道観に閉じこめられることになりますわね」

「道観送りですむかしら？　尹家と李家を敵に回したのですよ？」

「程一族はおしまいでしょうね。宗室のみならず、外戚にまで怨まれては」

「思いかえしてみれば、程秀女は居丈高で鼻持ちならないかたでしたわ。いつもご自分の才知を誇って、わたくしたちを見下していらっしゃったでしょう」

「一方で尹秀女のご機嫌とりに汲々となさっていましたわね。あれほど尹秀女に忠実なふりをしながら、本心では殺したいほど憎んでいらっしゃったなんて、怖いかたですわ」

「不幸な事件でしたが、程秀女の罪が暴かれたのは幸いですわ。もし黒幕が見つからないままだったら、次に狙われたのはわたくしたちかもしれません」

秀女たちはぞっとするというように肩をすぼめた。

「ところで、東宮選妃はどうなるのでしょうか。中断されたりしませんよね？」

「東宮選妃はいったんはじまったら太子妃が決まるまでつづけられることになっていますわ。中断されるのは皇太子殿下が廃されたときだけだと古籍にあります」

「では、尹家と李家からあたらしい秀女が入宮なさるのでしょうね」

「両家とも尹秀女と李秀女以外に年頃の令嬢はいらっしゃいませんわよ」

「いちばん有力な尹家と李家の令嬢がいらっしゃらないのなら、わたくしたちのだれかが如意を賜ってもおかしくはないということかしら？」

「どなたが選ばれても怨みはしませんわ。寛容なかたであれば、どなたでも」

「鳳冠をいただくかたはわたくしたち妃妾の主なのですから、大らかで情け深いお人柄でなければ困ります」

「その点、尹秀女と李秀女はあまり望ましいとはいえませんでしたわ。尹秀女はしかつめらしくて圭角のあるかたでしたし、李秀女は騒がしくて傍若無人でしたもの」

「かようなことを申したくはありませんが、おふたりが太子妃候補から外れたのはわたくしたちにとっては幸いでしたわね」

ほんとうに、と秀女たちは涼やかな声音で忍び笑いをした。

やがて一行は白牡丹の花びらのような裳裾を引きずりながら正殿に入った。

殿内にはゆかしい伽羅が焚かれ、墨染の衣に身をつつんだ道姑たちが神妙な面持ちで経を読んでいる。祭壇前には白絹をかけた櫃の柩が二基、安置されていた。柩には尹貞娜と李彩蝶の亡骸がおさめられているが、いまはふたが閉められているので、焼け爛れた死に顔が秀女たちの目にふれることはない。

「殿下に拝謁いたします」

礼駿が正殿の敷居をまたぐと、秀女たちはしとやかに凶拝した。

「楽にせよ」

低く命じ、礼駿は秀女たちの前をとおりすぎた。雲龍文の彩色蠟燭が灯る祭壇のそばまで来ると、悲愴な面持ちで二基の柩を見やる。礼駿が凶服の裾をはらって坐団の上に跪坐すれば、秀女たちもそれにならって、おのおの坐団に腰をおろした。

銅製の香炉がもうもうと香煙を吐き、道姑たちの読経の声が藻井にわだかまる黄金の応龍を打ち震わせる。横死した美姫たちの葬儀は粛々と進行した。礼駿が霊前で祭文を読みあげ、秀女たちは哭礼を行う。殿内には線香のにおいとともに哀悼の声が満ちる。

うら若き乙女たちの夭折に昊天上帝も哀れをもよおしたのか、葬儀が終盤にさしかかるころには、正殿の外で雨音が響きはじめた。雨脚はしだいに強まり、ついには鋪地に覆われた地面を叩き割らんばかりに雨つぶてが降り注ぐ。

しめやかな葬儀はなおもつづく。道姑たちが鼎を模した香炉で紙銭を焚いていると、稲光が白刃のごとく格子窓を切り裂いた。けたたましい雷鳴が轟き、秀女たちは悲鳴をあげて両耳をおさえる。その直後、灯燭という灯燭がいっぺんに消えた。

騒然とする殿内で、紙銭を焚く香炉だけが赤々と光を放つ。

「……なっ、なんの音？」

がたがたと気味の悪い音がする。いったいなんだろうと、秀女たちはざわめく。

「ひ、柩ですわ……！　柩のふたが……っ！」

香炉で燃える炎のむこうに行儀よくならんだ二基の柩。純白の絹をかけられたふたつのふたが下から叩かれているかのように不穏な軋り音をあげている。

「そ、そんな……なっ、亡骸が……!?」

秀女たちが震えあがった瞬間、左右のふたが柩から落ちた。だれかの悲鳴が藻井をつんざき、絹を裂くような叫び声が連鎖する。

雷が炸裂した。同時に殿内に残された唯一の火が一瞬にして沈黙し、あたりは一面の闇になる。雨音はいっそう激しさを増す。地面を打擲する音が正殿を包囲していた。

「……あ、あれは……」

歯の根が合わないほど震えながら、ひとりの秀女が右の柩を指さした。否、柩そのものではない。柩のそばに立つ人影を指さしたのだ。

白装束の女だった。長い黒髪は結いあげず流れるままに任せ、両腕をだらりと垂らしている。覆いかぶさった髪のあいだからのぞくおもては、烈火のごとく真っ赤だ。暗闇に慣れつつある秀女たちの目に、その異様な色彩が鋭く焼きついた。

女はぶつぶつとなにかつぶやいている。地の底から這いあがってくるような不気味な声音がすさまじい雨音のあわいで切れ切れに聞こえた。

「何者だ！」

礼駿が坐団から立ちあがってきびしく誰何した。

「……殿下、殿下……」

ひどくかすれた声だった。爛れた喉から絞りだしたかのような。

「わたくしをお忘れですか」

雷光に照らされ、華奢な肢体をつつむ白装束が妖しく浮かびあがる。

「あなたの……殿下の正妃となるはずだった女です」

恨みがましい嗚咽。ふりみだされる黒髪。いびつに揺れる白い袖。

「けれどもはや、それはかないませんわ。殿下のおそばに侍ることさえ……。姦計の炎に焼かれ、二目と見られぬ姿になってしまった、いまとなっては……」

祭壇の燭台に火がついた。かすかな炎のゆらめきが女の顔半分を照らす。むごたらしい猛火の爪痕を目の当たりにし、秀女たちは怖気立った。

「……まさか……尹秀女なのか？　馬鹿な、そなたはもう――」

礼駿は断ち切られたように言葉をのんだ。

「うら若き身で非業の死を遂げ、さぞかし無念だろうね。しかし、案ずることはない。そなたを謀殺した程氏は処刑するつもりだ。そなたは母后を生んだ尹家の令嬢。母后の姪であり、私の従姉であるそなたを殺めた罪は皇族殺しに匹敵する。程氏は凌遅に処し、程家の九族を誅す。怨敵は私が成敗するから、安心して黄泉へ下りなさい」

「いいえ、いいえ……！」

女は頭をふる。黒い尾のような髪が歯がゆそうに揺れ動いた。

「程秀女ではありませんわ……！　わたくしの顔を業火で焼いたのは……」

「なんだって⁉　程秀女ではないなら、いったいだれが――」

突如として格子窓が開いた。雨粒まじりの烈風が祭壇の灯燭をかき消す。

「……殿下、殿下」

いまがたよりもわずかに高い声が涙まじりにささやく。

「お願いします。わたくしをこんな姿にした下手人をけっして赦さないで」

「わかっているとも、尹秀女。そなたの無念は私が晴らす。だからどうか、そなたを焼き殺した者の名を教えてくれないか。程秀女以外にだれがそなたを――」

「ひどい、殿下ったらひどいわ！　わたくしのことをお忘れになるなんて！」

女はまたしても頭をふり、駄々をこねるように身体を揺らした。

「邪謀の猛火に焼かれたのは、尹秀女だけじゃありません。わたくしだって、殿下に捧げるはずだったこの身体を……汚らわしい炎に蹂躙されたんです」

熱い熱い、とつぶやいて、苦しげに喉をかきむしる。

「いまも全身を焼かれているよう……！　皮膚を焦がされ、肺腑に熱した鉄を流しこまれるみたいに苦しくて苦しくて……ああ、助けてください……どうか、どうか！」

「そうか……そなたは李秀女なのか」

礼駿は両のこぶしをかたく握りしめた。

「そなたたちの怨みは私の怨みだ。下手人を八つ裂きにしてやる」

「殿下が八つ裂きになさる前に、わたくしたちがあの者を生きながら焼きますわ」

「灯燭ひとつそばにあれば十分です。炎となったわたくしたちの手があの者を捕らえます」

「あの者の手足は焼け爛れ、顔じゅうに火ぶくれができて、髪は灰になるでしょう」

稲光が暗闇を引き裂き、祭壇の前にならんだふたりの女を照らしだす。炎になぶられて痛ましく変わり果てたおもてには、紅蓮の怨憎が煮え滾っている。

「絶対に逃しはしませんわ」

「かならず報いを受けさせますわ」

「それまでは東宮を離れません」

「憎い憎い仇をこの手で討つまでは」

荒れくるう雷公が咆哮し、喰いちぎられんばかりに格子窓が暴風にあおられる。秀女たちはうずくまって震えていた。ほかにどうすることもできずに。


温和で心やさしい令嬢。私の主は世間にそう思われている。

――みんな騙されてるんだわ。

主の御前に侍るたび、私は胸のうちで毒づいた。

「……申し訳ございません、小姐」

いったい何度、私はこうして床にひたいをこすりつけただろう。

主に出した茶がぬるかったとき、逆に熱すぎたとき、主の着替えを持っていくのが遅れたとき、主が見たいと言いだした季節はずれの花を持ち帰れなかったとき、主の牀榻の褥に小さなしわが寄っていたとき、主が飼っている知更鳥が私の不在中に死んだとき。

必死で謝罪する私を見おろして、主は聞こえよがしにため息をつくのだ。

「おまえはほんとうに役立たずね」

「役立たずで申し訳ございません」

「母親に似たのかしらね。おまえの母親ものろまで、お母さまによく叱られていたわ」

「はい、おっしゃるとおりです。私は母に似てのろまです」

「いやな子ね。実の母親を悪しざまに言うなんて。孝道というものを知らないの」

「申し訳ございません。私は無知ですから、孝道を存じません」

「孝の文字も知らないのなら、おまえは禽獣ね」

「はい、私は禽獣です」

私は主の朱唇から吐き出される侮言を馬鹿みたいに復唱する。さもなければ、主付きの侍女に棒で殴られてしまう。

「では、これからは裸足で働きなさい。卑しい禽獣に鞋なんてもったいないわ」

仰せのとおりにいたしますと答え、歯を食いしばって涙をこらえる。顔をあげたとき、床に涙痕があったら罰を受けるのだ。それはただでさえ粗末な食事を抜かれることだったり、明日までには到底終わらない量の洗濯物だったり、老爺が可愛がっている凶暴な犬の世話だったり、古井戸の底に落ちた針を拾うことだったりした。しかしそれでも、罰がわが身だけですむのならまだよいほうだ。最悪の場合は、幼い弟が私の代わりに痛めつけられる。父母亡きあと、弟は私の唯一の肉親だというのに。

――いつか思い知らせてやる。

いまの私は一介の家婢にすぎない。けれど、いつの日か、主をひざまずかせるほどの権力を手に入れる。そのために、私は入宮を切望した。もちろん、妃嬪になろうというのではない。家婢にすぎない私が主の許可なく入宮するなどありえないことだし、たとえ幸運に恵まれて入宮したとしても、今上の視界にすら入るまい。そもそも私が入りたかったのは後宮ではなく、東宮だった。なぜならそこが復讐への近道だからだ。

数年のうちに、主は東宮に嫁ぐため入宮する。その際、随行する側仕えのなかに私も入るのだ。東宮の婢女になれば、皇太子の目にとまることもあるかもしれない。見初められて一度でも龍床に侍れば、妃妾に封じられる。男子を産みさえすれば、さらなる高みすら望むことができる。いや、それが見果てぬ夢だとしても、高級宦官の情婦になりさえすれば主を見返してやれる。そうだ、そのほうがずっと現実的だ。

太監、内監、少監――いわゆる三監と呼ばれる上級宦官は、天子より賜った蟒服の裾を得意げにひるがえして宮中を闊歩し、金榜に名をつらねた高官にさえ道を譲らせるという。彼らは情婦を義妹や菜戸と呼び、掌中の珠のごとく溺愛して、方々から搾り取った賄賂で権門の夫人のような贅沢な生活をさせてやるらしい。騾馬の慰み物になるのは名誉とはいえないが、彼らがほしいままにする財力や権力には大いに心惹かれる。

三監の情婦になれば、主の命運を握ることもできる。皇太子の寵愛を得るために便宜を図ってやり、その代償として私の足もとに主をひざまずかせるのだ。主は私に頭があがらなくなり、私の顔色をうかがうようになるだろう。長年、私を虐げたことを必死で詫びるだろう。そのときこそ復讐が完成する。今度は私が主を虐げる番だ。

「私も東宮にお連れくださいませ。大恩ある小姐のために犬馬の労を尽くします」

主の入宮が決まったとき、私はいち早く懇願した。

「連れて行ってあげてもよいけれど、その前にいまから言いつける仕事を全部、明日までに終わらせなさい。できなければ、おまえはここに残るのよ」

例によって主は無理難題をならべたてたが、私は死力を尽くしてひとつひとつこなしていった。邸に残っても一生家婢で終わるだけ。皇宮に入って三監を籠絡すれば、富貴の身分を得られる。邸に残る理由はどこにもなかった。

「よくできたわね。約束どおり、おまえも連れていくわ」

仕事が終わると、主は上機嫌で私を褒めた。この時点で気づくべきだったのだ。温和な令嬢の仮面で本性を隠しつづけている主に、付け焼刃の芝居は通じないと。

「さあ、まずは支度をしなくちゃね」

主が命じると、奴僕たちが私を押さえつけた。主付きの侍女が手にしているのは、真っ赤に焼けた烙鉄。

「すこし痛むでしょうけど、我慢なさい」

どうしてこんなことをするのかと問う私に、主はおっとりと微笑んだ。

「おまえが駙馬の慰み物にならないように、顔を焼いておくのよ」

自分の肉が焼け焦げるにおいを嗅いだとき、己の愚かさを呪った。私の浅知恵など、主はとうに見透かしていた。これで私は死ぬまで主の賤女だ。三監どころか、下級宦官にすら見向きもされないだろう。醜く焼け爛れた顔の女はだれからも相手にされない。財力や権力はもとより、ほんのわずかな慰めにさえありつけないだろう。

主にもてあそばれる玩具。それが——私の生涯にあてがわれた役柄だ。

「なにをしているの⁉　早く火を消して‼」

投げつけられた香炉が私のひたいに直撃した。私はかるくうめいてうずくまったが、主は気にもとめない。牀榻の上で衾褥にくるまって震えている。

「湯浴みの支度がととのいました。湯殿へどうぞ」

私がうつむいたまま言うと、主は「湯浴みですって⁉」と金切り声をあげた。

「湯浴みなんかしないわ！　明かりを消して！　わたくしの視界に灯燭を入れないで！」

玉梅観から殿舎に戻るなり、主は出迎えた私が持つ彩灯を叩き落とした。いくら主が私をいたぶることを楽しみとしているとはいえ、こんなことははじめてだ。

とまどう私に、主は遊廊の宮灯をすべて消すよう命じた。雷雨は去ったものの、とっぷりと日が暮れていたので、宮灯がなければ遊廊は真っ暗になってしまう。そのように説明したが、主は明かりが消えるまでは遊廊をとおらないと言い張った。

仕方がないので命令どおりにすると、今度は部屋じゅうの明かりを消せと命じられた。

ふだん主がくつろぐ居室や寝間は、朱漆塗りの座灯や卓灯に火が入れられ、夜が更けても昼間のようにあかるいのだが――さもないと主は不機嫌になるのだ――、どういうわけか今夜は平生と正反対の命令をする。わけがわからないけれど、言われたとおりにするのが私の仕事だ。すくなくとも弟が邸で使役されているあいだは主に逆らえない。

「明かりはすべて消しました」

「殿舎じゅう全部⁉」

はい、と答えれば、主は衾褥の隙間からそろりと顔を出す。

「湯浴みをなさらないなら、お召しかえを。御髪もほどかなくては、癖が――」

主の甲高い悲鳴が私の台詞を打ち消した。

「あそこに……！　あそこに灯燭があるわ！　早く消して！」

主は私の背後を指さしていた。ふりかえると、満月のようにくりぬかれた落地罩の先に灯燭がぼうっと光っている。あんなところに座灯があっただろうかといぶかしみつつ、消しに行こうとした刹那。灯燭がゆるゆるとこちらに近づいてきた。

主の絶叫が頭に突き刺さる。見れば、主は牀榻の隅で縮こまっていた。何事か私に命じているらしいが、ろれつがまわらず、なんと言っているのかまるでわからない。

「……ど、どうか、お赦しください……！」

かろうじて聞きとれた言葉は、つねならば私の喉から絞り出されるはずのものだった。

「わ、わたくし、どうしても太子妃になりたくて……ち、父が薄家の名誉のためにと……」

お赦しください、と滑稽なほど震える声でくりかえす。

「殺すつもりはありませんでしたわ……！　おふたりがやけどをして、太子妃候補から外れればよいと思っただけで……。だ、だって、そうしなければ、わたくしが如意を得られる見込みなんてなかったのですもの！　わたくしには尹秀女ほどの才徳も、李秀女のような華やかさもありません。父は、わたくしみたいに凡庸な女は、殿下に愛されるどころか、殿下の目にも映らないだろうと言いました。だから入宮したら人一倍、目立つようにふるまえと……で、でも、わたくしがどんなにがんばっても、尹秀女と李秀女には到底かなわないのです……！　いいえ、程秀女にだっておよびません！　あなたがたが生まれながらに持っていらっしゃる美点を、わたくしは持たないのですから……！」

涙まじりの叫びが寝間の夜陰を打ち震わせた。

「いいえ、いいえ、あなたがただけではありません。この奚児にさえ……！」

主が私を指さした。私は奚児ではない。薄府の奴僕であった父がつけてくれた名は嬉児という。奚児という蔑称は主が私に与えたものだ。

「父は……奚児がわが娘だったら皇太子さまに寵愛されただろうにと、口癖のように言っていました。奚児の器量はわたくしよりも優れているからと……。ですからわたくし、入宮前に奚児の顔を焼いてやりましたわ。皇太子さまが奚児をごらんにならないように。だって、わたくしをさしおいて奚児が殿下に見初められたら、わたくしの立場はどうなります？　いまでさえ、親の役に立たない不孝な娘と父に責められているのに……！」

瞋恚の焔を滾らせた双眸で、主は私を睨んでいた。

「婢女にすら劣るわたくしがまっとうな方法であなたがたを出しぬいて如意を手に入れることなど不可能ですわ。卑劣な手段に訴えるしか道がなかったのです。……でも、わたくし、小火程度だと思っていましたわ！　あ、あんな……大火事になるなんて予想もしていなくて……！　漣猗閣が炎上していると聞いて、わたくし、おふたりがご無事でいらっしゃいますようにって玉皇に祈りましたの！　ほ、ほんとうですわ！　本心から祈ったのです！　だって、こ、こんな大ごとになるはずでは——」

舌をひきぬかれたかのように、主が黙った。

ゆらゆらと揺れながら迫ってきていた灯燭が牀榻のすぐそばまで来たからだ。当然ながら、この灯燭は座灯ではない。白装束の女が持つ彩灯であった。ほのかな光の波紋が女の容貌を濡らす。そこは炎で炙ったように赤く爛れている。

「い、いや……っ！　こ、来ないで！」

壁に背をつけながら、主はなおもあとずさろうと手足をばたつかせた。

「なっ、なんでもします！　なんでもしますから、お願いですから殺さないで……！」

「なんでも？」

白装束の女は底冷えのする声音で尋ねた。

「え、ええ、ど、どんなことでもしますわ！　だから、だから――」

「では罪を償ってください、薄秀女」

打って変わって気の毒そうな声が降った。

「いまのあなたにできることは、それだけです」

白装束の女が顔に手をあてると、痛々しく糜爛したおもてがはがれる。

否、外したのだ。梨花のようなかんばせにかぶっていた、紅蓮の仮面を。

「薄秀女は自白しました。手荒な真似はしないでください」

女が背後を見やると、落地罩の陰から数人の宦官が出てきた。全員、蟒服を着ており、腰からさげた銅牌には飾り文字で〝春正司〟と刻まれている。

「……あ、あなた……だれなの⁉」

「汪副千戸の六妹、梨艶です」

「……えっ……汪秀女⁉　どうして⁉　あ、あなた、臥せっているはずでは……」

目を白黒させているうちに、主は宦官たちに両手を縛られてしまう。

「わたくしを騙したのね！　よくも、よくも……！」

主が叫んだ。喉を破裂させんばかりに。

――あなたは騙されたのではありません、小姐。

ある宦官が言っていた。九陽城には「騙された者」などいないのだと。

「そういう連中のことはこう呼ぶんだ」

片割れ月をふりあおぎ、その美しい騾馬は臙脂で汚れた唇をゆがめた。

「敗犬」


「この十年で最高の芝居だったたな！」

団龍文の大袖袍を着た美丈夫が軽やかに金碧山水の扇子をひらいた。

「なんといっても美人ぞろいなのがいい。正旦と花旦、老旦と貼旦、文小生と武小生、浄から末まで、天女と見まがう美姫ばかり。目の正月とはこのことだ」

「無教養な三兄らしい感想だな」

となりで煙管をくわえた青年も、両肩と胸背に団龍文が縫いとられた大袖袍をまとっている。いずれも龍の爪は親王の位をあらわす四本。

「秀女たちの美貌だけでなく、ほかにも感嘆すべきところがあるだろう。唱も舞もすばらしかったじゃないか。雷公もよかったが、雷母の絶唱は白眉だったよ。滑稽なあやのついた声腔はいうまでもなく、あの軽妙洒脱な歌詞には舌を巻いた。『絶華姻縁』を書いた牢夢死とやら、ただものではないぞ。無名の文士というのは嘘で、ほんとうは読書人なんだろう。ぜひ会ってみたいな。詩賦を肴にうまい酒が飲めそうだ」

「あきれたやつだな、おまえは。芝居を演じた美女たちをさしおいて、どこぞの三文文士を褒めやがるのか。牢夢死がにおいたつような美姫だったら話はべつだが」

「牢夢死の筆致から察するに君子だろう。女であるものか」

「だったらその話はやめだ。野郎の話題なんか聞くだけで耳が腐る」

「三兄は男に怨みでもあるのか？　自分は男のくせに」

「自分が男だから野郎の話なんざ聞きたくねえんだよ。女のおまえにはわかるまいがな」

そう言って荒っぽく酒杯を空にしたのは、恵兆王・高慶全である。齢二十一の堂々たる偉丈夫だが、だらしなく椅子に肢体をなげだした姿は自堕落な印象が強い。乱れた結い髪のせいで、さながら情事のあとのように見えるためだろうか。

「私が牢夢死に興味を持ったのは男だからじゃないぞ。当代随一の文士だからだ」

「たかが芝居ひとつで当代随一も糞もあるかよ」

「押韻ひとつをとっても天賦の才の持ち主とわかるじゃないか。豊富な古籍の知識を持ちながら、それをひけらかさず巧妙に歌詞に組み入れている。一見のびのびと思うさま歌わせているように聞こえるが、複雑に組みあわされた音は細部まで計算しつくされていて、一分の隙もない。この比倫なき典雅を感じとれないとは、三兄は損をしているぞ」

「損でけっこう。美人を大勢見られたから俺は満足だ。それより、おまえも芝居を習ってみたらどうだ？　青靄夫人みたいな色っぽいしぐさを学んで女を磨けよ」

「馬鹿馬鹿しい。磨くまでもなく私は女だ」

無造作に紫煙を吐いた青年――男装の麗人は、皇十女高淑鳳。慶全の同腹妹で、封号は寿英という。双子なので顔かたちは似ているが、似ているのはそれだけである。

慶全が度しがたい放蕩者なら、淑鳳は度はずれた学問好きだ。自分より学識の劣る男には嫁がないと言い張り、あまたの駙馬候補に議論を仕掛けてことごとく論破してきた。おかげでいまだに未婚であり、母妃李皇貴妃の殿舎たる芳仙宮で暮らしている。

「女だと自覚してるなら、女らしい恰好をしろ。ここ四、五年、おまえが公主らしい恰好をしてるのを見たのは、片手で数えられるほどだぞ。公主のくせに親王のなりでうろうろするな。しかも俺より見栄えがしやがるとは生意気だ。女官どもがおまえを追っかけてきゃあきゃあ騒いでいたが、ああいうことをされるのは本来、俺なんだからな」

「言っておくけれどね、私が女官たちと親しいのは詩賦を教えているからだ。彼女たちはすばらしい向学心の持ち主だよ。三兄とちがってね」

「女が詩賦なんか学んでも口が達者になるだけだ」

「だから学ぶのさ。三兄のようなならず者を黙らせるために」

「言いやがったな、こいつめ。妹のくせに兄を侮辱するとは不遜なやつだ」

「兄貴風を吹かせる前に鏡でも見たらどうだ？　腐った酒樽につかっていたような顔をしてるぞ。また明けがたまで曲酔に入り浸っていたな」

「今日が参内する日だってことを忘れてたんだよ。くそ、それもこれもおまえのせいだぞ、女状元。おまえが俺に銀子を貸さないから、俺は安酒で悪酔いする羽目になったんだ。すこしは心苦しく思えよ」

「それはこちらの台詞だ。恵兆王妃にあれほど叱られたのに、性懲りもなく勝てもしない博奕に入れこむからこういうことになる。すこしは失敗から学んだらどうだ」

「妹の分際で兄に指図するな」

「兄の分際で妹に無心するな」

慶全と淑鳳が不毛な口論をしているあいだに、秀女たちが舞台からおりてきた。

李太后はいたくご満悦で、めいめいにねぎらいの言葉をかけている。貞娜がつつましく受け答えするかたわら、彩蝶が調子に乗って叱られるのはいつものこと。

そのほかの秀女も思い思いの反応をしていたが、礼駿が凝視していたのは美々しい衣装を着た秀女たちのうしろで冴えない背景のように立っている、汪梨艶だった。

秀女劇班による『絶華姻縁』は盛況のうちに終わった。薄秀女が演じるはずだった青年文官・喬星海は梨艶が雷母と二役で演じた。ふたりが入れかわりに登場する際に化粧を変える時間がないため、雷母は仮面を用いることになったが、これがかえって雷母の妬婦ぶりを引きたてていた。地色に気性の激しさをあらわす青を用い、雷神であることからひたいには金色を塗り、逆立てた眉は赤々と燃えて、嫉妬にゆがむ唇を持つ雷母の仮面は、梨艶が嵐のような声を発し、荒々しい声腔で歌いだすと、動くはずのない表情がせわしない感情のうねりを見せるようで、目が離せなくなった。

それがどうしたことか、いまや梨艶は主人の大喝を待つ下婢よろしく身をすくめている。舞台をひっかきまわした天上の妬婦は、どこかに消えてしまった。

――玉梅観でもそうだった。

白装束の女を演じたのは梨艶である。あのときも彼女は仮面をかぶっていた。爛れた皮膚を表現するために赤く塗った仮面は、怨憎を滾らせた梨艶の声に呼応するように雷光を受けてぎらつき、祭壇前に集まった秀女たちを震えあがらせた。いや、秀女たちだけではない。礼駿ですら一瞬ひやりとした。本物の幽鬼に出遭ったかのように。

梨艶の芝居に恐れをなした薄秀女は殿舎じゅうの灯燭を消させた。怨霊となった貞娜と彩蝶が炎の手で復讐しに来ると本気で信じたのだ。

罪悪感に起因する不可解な行いが彼女の罪を白日の下にさらした。

――汪梨艶、おまえはいくつの顔を持っているんだ？

初対面ではおどおどした暗い女という印象を受けた。文綾閣ではとっさに蛇を見たと嘘をつく機転のきく女であった。喜相逢の荷包をわたしたときは愚鈍な年増女にすぎなかったが、連猗閣の事件では礼駿に直談判するため、争監丞になりすまして皇太子の寝間にやってくるという大胆不敵な行動さえしてみせた。

汪梨艶とはいったいどんな女なのか、考えれば考えるほどわからなくなる。

「やけに静かね、礼駿。秀女たちのお芝居は気に入らなかった？」

尹皇后に水を向けられ、礼駿は急ごしらえの微笑を作った。

「とんでもない。たいへん愉快な舞台でしたよ」

貞娜や彩蝶をはじめとした秀女たちを、ありったけの美辞麗句をつらねて激賞する。一方で梨艶には賛辞をひかえ、あえてそっけない言葉をかけるにとどめた。

――とくべつあつかいすると、また妬まれてしまう。

礼駿が荷包をわたしたせいで梨艶は秀女たちから爪弾きにされたと聞いている。嫉妬に駆られた薄秀女は流霞宮の奴婢を買収して彼女の部屋を荒らさせたそうだ。

梨艶が正真正銘の手弱女なのか、弱々しいふりをした図太い女なのか判然としないが、もし彼女が密偵のたぐいでないとすれば、孤立させることに意味はない。

秀女たちが席について宴がはじまってからも、われ知らず視線は梨艶に吸い寄せられていた。薄秀女の事件で距離が縮まったのか、梨艶は貞娜や彩蝶と親しげに談笑している。やわらかくほどけた表情は思いがけないほど可憐で、礼駿の胸に疑問がきざした。

どうして彼女はあの顔を礼駿に見せないのだろうか？

――そんなことより、汪梨艶が密偵なのかどうかたしかめねば。

戸惑いをのみくだすように、礼駿は蓋碗をかたむけた。知りたいのは、彼女の正体のみ。

それ以外のことは、考えてはいけない。復讐の邪魔になるだけだ。

「もう芝居は終わったのに、また稽古に行くんですか？」

「稽古は毎日しなければならないの。身体が鈍るから」

億劫そうに彩灯を持った淫芥を連れて、梨艶は流霞宮の大門を出た。

日没を迎えようとしている藍鉄色の空。その下で延々とつづく紅牆の路には石の台座に支えられた路灯が等間隔にならんでいる。灯燭係の宦官たちが玻璃の戸を開けて蠟燭に火を点せば、路灯がぽっと頰を赤らめて、縦長の薄暗がりに黄丹の花が咲く。

「稽古なら流霞宮でもできるでしょうに」

「茜雪に叱られたのよ。婢僕たちの気が散るから、よそでやれって」

先日のことだ。内院で翠劇の稽古をしていると、茜雪に大目玉を食らった。婢女や宦官が梨艶の稽古を見物して仕事を怠けているというのだ。梨艶は唱と舞に没頭していたので気づかなかったが、たしかに周囲には婢僕たちが集まっていた。

「茜雪どのって、昔からあんなに怒りっぽいんですか？」

「そうね。お兄さまの前だと借りてきた猫みたいなんだけど……。でも、働き者だし、意地悪じゃないわ。最近、茜雪の機嫌が悪いのはあなたがしょっちゅうからかうからよ」

「俺がいつ首席女官どのをからかったっておっしゃるんです？」

「とぼけないで。玉梅観でのことをいまでも話の種にしているじゃない」

尹秀女と李秀女の葬儀の最中にあらわれた白装束の女はふたりいた。ひとりは梨艶、もうひとりは茜雪である。当初、彩蝶本人が幽鬼役に名乗りをあげた。どうしてもやりたいと言うので試しに演じさせてみたが、案のごとく彩蝶は台詞を忘れて適当にごまかし、自分の言い間違いに噴き出す始末だったため、彼女には貞娜とともに柩のなかから柩のふたをがたぴし軋ませる〝大役〟を演じてもらうことにした。すると、困ったのがもうひとりの幽鬼役だ。貞娜と彩蝶は背格好が似ているので、梨艶とならんで背丈に差がある者では困る。そこで梨艶と身体つきが似ている茜雪に頼んだのだが、淫芥はそのことをしつこく笑いの種にしてふざけるから、茜雪はぷりぷり怒ってばかりいる。

「いやあ、あれはいい芝居だったなあ。茜雪どのの熱演には鳥肌が立ちましたよ」

「そう言いながら笑ってるじゃない。茜雪はからかわれるのが大嫌いで……」

梨艶はふと立ちどまった。来た道をふりかえる。

「さっきの宦官、どこかで見たような気がするわ」

いましがた、煤竹色の官服を来た細身の宦官とすれちがった。宦官は作法どおりに揖礼をして立ち去ったが、そのささいなしぐさに見覚えがある。

「そこらで見たんでしょう。あの色の官服は浄軍の次に多いですから」

最底辺の宦官を浄軍という。彼らの官服はおしなべて灰色だ。

「官服の色じゃないわ。しぐさに覚えがあるのよ。どこで見たのかしら……」

釈然としないまま、余絢園の大門をくぐる。多数の殿堂や高楼を有する啼鳥園とくらべればこぢんまりとした園林だが、この時期には見事な紫藤が咲くと聞いた。

「薄闇のなか紫藤を眺めながら……なんてのも乙ですからね！」

とは淫芥談である。ちょうど梨艶が稽古しているのは『煙花記』という演目で、正旦の還姫が花の下で剣舞を舞う場面がある。彼が意図したものとはちがうが、紫藤の下での稽古とは気がきいている。作中での花は海棠や李だが、紫藤というのも面白い。

いくつかの月洞門をとおりぬけると、評判の大樹が夜空を持ちあげるように枝をひろげていた。小さな蝴蝶をつらねたような紫の雨にひとしきり見惚れたあと、舞台用の剣を手にして台歩の稽古をはじめる。台歩は舞台上で歩くしぐさだ。あらゆる動作の基本であり、重心を上下させないことが肝要である。膝と膝はつかず離れず、つま先をあげ、かかとから地面につける。旦ならば歩幅は小さいほうが上品とされ、ときには半歩ずつ進む。歩く際にはすこしばかり衣服の裾を蹴りあげねばならない。そうすれば裾が美しく動くからだ。蹴るときの力加減が難しくて、幼いころはたびたび師匠に叱られた。

――もう還姫を演じることはないと思うけれど。

『煙花記』は『燎史演義』に題材をとった悲劇だ。燎王朝の高皇帝・応峻と天下の覇権を争った武将・厳鵬が迫りくる敵軍に追いつめられ、愛妃還姫の自刎を見届けたのち、戦場で華々しく討ち死にする。悲惨な物語だが、比氏が好んだため汪府では頻繁に上演され、梨艶も何度か還姫役を演じた。宮中では『煙花記』は上演されないだろうから、今後は還姫を演じることもないだろう。そう思うと、胸に穴があいたような心地になる。

梨艶にとって芝居は夢だ。舞台に立てば自分以外のだれかになれる。たとえば麗しい異国の公主に、勇名を馳せる猛将に、人間の男に恋をする蛇精に、不正を許さぬ名判官に、男勝りな妓女に、義俠心あふれる大盗賊に——汪府の下婢阿雀ではない何者かに。

ふだんは末にすらなれないけれど、舞台では歌い、舞い、おどけ、派手な立ち回りを披露して観客を楽しませることができる。配役の衣装をまとえば、梨艶はもはや取るに足らない非力な存在ではない。己のすべてで人の心を揺さぶる、ひとりの役者だ。

ふと、淫芥がいないことに気づいた。さっきまで築山に寄りかかって熱心に艶本を眺めていたはずだが。どこに行ったのだろうと、周囲を見まわした瞬間。

「同少監は下がらせたよ、汪秀女」

背中を叩いた声音に、梨艶は文字どおり飛びあがった。ふりかえると、紫の御簾を透かして東宮の主たる青年の姿がおぼめくように見えた。

「で、殿下に拝謁いた……」

万福礼をしようとしたが止められ、梨艶はうなだれたまま固まる。

「よい夜だね。還姫の剣舞を観るには」

平生と変わらぬ、おだやかでやさしい声。その響きがかえって梨艶を怯えさせる。なぜ彼がここにいるのか。偶然だろうか。だとしても、わざわざ梨艶に声をかける理由がない。あとをつけてきたのか。いったいなんのために？　すでに薄秀女の件は片付いている。礼駿が梨艶を気にかける理由など、どこにもないはずで――。

「……も、申し訳ございません、殿下」

あるはずのない理由に気づいて、梨艶はくずおれるように平伏した。

「いったいなんの話だい」

「……文綾閣で殿下に嘘をつきました。蛇はいなかったのに、蛇がいたと」

「なぜそんな嘘を？」

「殿下と冥内監のお話を耳にしてしまったので……。立ち聞きしたことでお咎めを受けると思って、とっさに出まかせを申しました。でも、偶然だったのです。本を借りたあとで内院を散策していたら、たまたま話し声が聞こえて……」

衣擦れの音が近づいてくる。鋪地の上にかさねた手がかたかたと震えた。

「耳にした内容は口外しておりません。ほんとうです。今後も話しません。秘密は守ります。……ですから、どうか、ご寛恕いただきますよう伏してお願い申しあげます」

秀女たちの面前で喜相逢の荷包を贈られたわけがわかった。

――立ち聞きしたことに対する罰なんだわ。

梨艶のつたない嘘を、礼駿はとうに見抜いていた。だからこそ、故意にとくべつあつかいして秀女たちの反感を買うように仕向けたのだ。

「信じられぬな。俺を謀った女の言葉など」

口調が一変し、冷え冷えとした声が耳に突き刺さった。

「もうだれかに話しているかもしれぬ」

「話していません」

「信じてもらいたければ、おまえの本性を見せろ」

「ほ、本性……とは、なんでしょう？」

「虚飾のない、ありのままの姿だ」

「……こ、ここで、お見せするのですか……？」

「ここでは見せられぬのか？」

混乱しすぎてめまいがした。喉がひりついて言葉が出ない。

「命令に従えないなら、おまえを道観送りにするだけだ」

「そ、そんな……私、ほんとうに――」

「だったら俺の眼前で本性をさらけ出せ。余すところなく」

「……で、……殿下は以前ごらんになっているはずで……」

「いつ俺が見たというんだ？　おまえのありのままの姿を、余すところなく？」

全身が凍りつく。おもてをふせたまま、梨艶はぎゅっと目を閉じた。

──道観送りになったら、汪家の恥だわ。

下手をすれば、兄の武功さえも打ち消されかねない。それだけは避けなければ。

「……わかりました。仰せのとおりにいたします」

意を決して半身を起こし、帯に手をかける。ひと思いにほどき、領をはだけて両肩を夜風にさらした。粉紅色の内衣を脱ぎ、胸回りに巻いた布の縛めをといていると、

「なっ、なにをしているんだ⁉」

先刻までとは似ても似つかない頓狂な声が降った。

「ありのままの姿をお見せしようとしています」

「は？　だからって、な、なぜ衣を脱ぐ必要が……いや、待て！　とにかくやめろ！」

礼駿が背をむける気配がする。

「……殿下のような高貴なかたにお見せできるものではないということは、百も承知です。老太太……嫡母には禽獣の身体だと言われていましたから……」

ふだんはきつく布を巻いて押しつぶしている乳房。みっともなくせり出したそのふくらみは、十年ほど前から徐々に存在を主張するようになった。比氏は家班の女優が無断で身籠ることをきらったので、半年ごとに女優の貞操を検査させていたが、梨艶はこの胸のせいで十三のときに懐胎を疑われた。相手はだれだとさんざん責めたてられ、堕胎薬まで飲

まされそうになった。比氏の主治医である女医が梨艶の潔白を証明してくれたので事なきを得たが、比氏には「禽獣じみた汚らわしい身体」だと言われた。

「できることなら、人並みの身体になりたいと思います。……でも、どうしようもありません。どんなに汚らわしくても、禽獣みたいでも、これが私の嘘偽りない姿です」

本音を言えば、生涯だれにも嫁ぎたくなかった。初夜の床で夫に素肌を見せることを考えただけで寒気がする。きっと顔をそむけられる。侮蔑され、嫌悪される。

――どうせ龍床には召されないと、安心していたのに。

秀女たちは若く美しい令嬢ばかり。梨艶のような行き遅れの年増女など、礼駿の目には映らないはず。龍床で恥をかくこともなく、ひっそりと暮らせると思っていたのに。

「……かような見苦しい姿で入宮いたしましたこと、万死に値します」

平伏すると、半分おろした黒髪がむき出しの肩をさらさらと流れた。

「厚かましいお願いではございますが、どうか罰は私だけにお与えください。兄は私の身体のことなど知らないのです。罪は私ひとりに……」

足音が近づいてきて、反射的に言葉をのんだ。足蹴にされることを予期した。あるいは悪罵されることを。そうされて当然なのだ。梨艶は賤しい禽獣なのだから。

しかし、恐れたことは起きなかった。その代わり、ふうわりとゆかしい香りが降ってくる。それが龍涎香のにおいだと気づいたときには、裸の肩を道袍につつまれていた。

「大げさな女だな、おまえは」

おそるおそる目線をあげると、襦袢姿の礼駿がこちらに横顔をむけて立っていた。

「その程度のことでいちいち罰するわけがないだろう」

「……お赦しくださるのですか？　禽獣の身体でも」

「まず言っておくが、〝禽獣の身体〟というのがまちがっている。女体とは、単なる肉の塊だ。禽獣ほど上等な代物じゃない」

「……私の身体はとびきり醜い肉の塊ですね」

「肉塊に美醜が関係あるか。かたちに微々たる差異はあれど、どれも似たり寄ったりだ」

「じゃあ……私はそこまでひどくありませんか……？」

「まあ、悪くはない。とりたてて褒めるほどではないが、欠点らしい欠点もないな」

「でも……不格好でしょう？　こんな……」

「しつこいぞ。よいと言っているだろう」

つぶてのような声を投げつけられ、梨艶はびくりとした。

「怒っているわけじゃない。ただ、なんと言うか……」

「……私を気遣っていらっしゃるのでしょう」

「自惚れるな。俺がおまえを気遣う理由などない」

力強く断言し、礼駿は不意打ちのように梨艶を見おろした。

かなどどうでもいいんだ。重要なのは、おまえがどう思うかということだ」

「早合点するな。色事に関心がないと言ったんだ。正直言って、女体の良し悪しなどわからぬ。それでも、おまえは醜くもないし、汚らわしくもないと思う。だが、俺がどう思うかなどどうでもいいんだ。重要なのは、おまえがどう思うかということだ」

「……私は、禽獣のようで……」

「禽獣とは嫡母の言葉だろう。自分の肉体だぞ、自分の言葉で語れ。他人はそいつの感情を言葉にしているにすぎぬ。それは唯一無二の真実でもなければ、天の啓示でもない。一介の人間が口走る痴れ言だ。そんなものにふりまわされるなど、笑止千万だぞ」

叱責するような、けれど情のこもった声が胸に響く。

「己の値打ちを他人に決めさせるな。おまえの真価を決めるのは、いつだっておまえ自身でなければならない。己を語るのに嫡母の言葉を用いる限り、汪梨艶は嫡母の賤女だ。東宮に嫁ごうと、如意を手に入れようと、その身分は永遠に変わらぬ。なぜだかわかるか。生まれ育ちのせいじゃないぞ。おまえ自身の心がおまえを賤女にしているからだ」

吹きぬけた夜風が礼駿の背後で紫の花房を揺らした。

「秀女として東宮に入ったからには、骨身にしみついた賤女根性を捨てろ。俺は下婢を娶るつもりはない。横柄な女は嫌いだが、卑屈な女はもっと嫌いだ。身にまとった綺羅にふさわしい矜持を持て。みずから賤女になりさがらずに」

月に隈取られた凜々しい面立ちに見惚れ、梨艶はまばたきもできない。

「いつまでも間抜けな姿をさらしていないで、さっさと衣を着ろ。矜持のある女はやすやすと素肌を見せぬものだ。たとえ相手が未来の夫であっても、辱めを受けてはならぬ。もし辱められそうになったら毅然と首をあげて言うんだ。自分は賤女ではないと」

言い捨てて、礼駿は梨艶に背をむけた。

「見ないでいてやるから、早くしろ。衣を着たら、道袍をかえせよ。いくら寝殿に行くだけだとしても、俺だって襯袍姿でうろうろするわけにはいかないんだからな」

憤然とした声が消えれば、花影だけが鳴り響く薄闇になる。一指すら動かせず、梨艶は紫藤の花房になってしまったかのように夜風に身を任せていた。

「……おい、動いている気配がないが、なにをしているんだ」

礼駿に問われても返答できない。言葉が出ないのだ。

「なぜ黙っている。なんとか言――」

ふりかえった礼駿が息をのんだ。月影にきらめきながら所在なげにさまよった瞳を、梨艶はきれいだと思った。さながら銀の滴りをふくんだ宝珠のようで。

見惚れていると、なにかが飛んできた。膝の上に落ちたのは龍文の手巾だ。

「おまえは道袍だけでは飽き足らず、手巾まで奪うつもりか」

「はい？」

「『はい』じゃない。顔を拭け」

「はあ……」

「『はあ』じゃないだろ。自覚ないのか？」

梨艶が小首をかしげると、礼駿は舌打ちしてこちらに歩み寄った。襴袍の裾を払って屈みこみ、手巾で梨艶の目もとを拭う。ぎこちなくもやさしいしぐさが梨艶をますますぼんやりさせる。花の香に酔ったのだろうか。微睡むような気分で彼を見つめる。

「……なぜ俺を見る」

「殿下がとてもお美しいので」

夢うつつに答えると、礼駿はむっとしたふうに顔をしかめた。

「軟弱な男だと言いたいのか」

「そんなことは申しておりません。お美しいと申しました」

「それは軟弱という意味だろう。たしかに女の涙を拭ってやるなど、男のすることではない。だが、俺だって好き好んでこんなことをするわけじゃないんだぞ。女どもを懐柔するにはやさしくしてやるのがいちばん手っ取り早いから、この手のことに慣れているだけだ。言うまでもなく、おまえのように取るに足らない女を手なずける理由などないが、おまえが恥ずかしげもなくみっともない面をさらしているから、見るに見かねてだな……」

鈴なりに実った紫の房が由ありげに揺れている。たおやかな色彩が月明かりと戯れるのを眺めているうちに、ここが水底であるような錯覚に陥った。はるか頭上に金波がたなびく月光の海の底で、礼駿とふたり、花の夜襲を受けているような。

「聞いてるのか？　やけにぼーっとしているが、熱でもあるんじゃ……熱はないな。単にぼやっとしているだけか。まったく、もうすこしましな表情をしろ。それでは――」

殿下、とつぶやく。目じりにあてがわれた手巾が熱い。

「私……はじめてです。あなたのようなかたにお会いしたのは」

礼駿は「あたりまえだ」と強く言いかえした。

「俺ほどの男がそのへんにごろごろしているはずがない」

尊大な手柄顔は褒められて得意になった少年そのもので、梨艶は唇をほころばせた。

「おい、なぜ笑う」

「殿下がお可愛らしいので」

「ふざけるな。可愛いのは俺ではなく……おまえのほうだ。なんだ、そのふわふわした顔は。いい年をした女が愛らしく笑うとは変だぞ。年増は年増らしく笑え」

「年増らしく……というのがわかりません。どうすればよいのでしょう？」

「俺が知るか。自分で考えろ」

ぞんざいに言って、礼駿はふいと横をむいた。

「いい加減に衣を着ないか。感冒をひくぞ」

「そうします。あ、あの、手巾をお借りしてもよろしいでしょうか。髪をまとめておかないと、胸に布を巻くときに邪魔になるんです」

礼駿が投げてよこした手巾を帯状にして、手櫛でまとめあげた髪をくくる。

「あっ、困ったわ、どうしたら……」

「今度はなんだ」

「道袍を肩にかけておくとやりにくいので、どこかに置きたいのですが、殿下のお召し物を地面に置くわけにはいかないし……」

「俺が持っておく。ほら、こうすればいいだろう」

礼駿はひったくるように道袍をとりあげた。梨艶と自分のあいだにひろげてみせれば、新緑色の生地にとぐろを巻いたいかめしい五爪の龍がふたりを隔てる牆となる。

「ありがとうございます、殿下」

「礼はいいから早くしろ。俺の腕を疲れさせたら承知しないからな」

乱暴な語調も、いまとなってはちっとも怖くない。

——私、一生分の幸せを使い果たしてしまったみたいね。

天に感謝しなければ。嫁ぐ相手がほかのだれかではなかったことを。

第二齣　恋人たちの茗宴

端午節が近づくと、宮中の女人は長命縷を作る。長命縷は五色の糸を編んで手鐲にしたもので、五綵線とも呼ばれる。これを身につけると、邪毒を避けられるという。

「ねえ、この厭勝を知ってる？」

緑豆の甜湯を食べながら、彩蝶がきらきらと瞳を輝かせた。

「自分の髪の毛七本と五色の糸で紐を作って、意中の人を念じて足首に結んで眠れば、夢のなかにその人が出てくるんですって」

長命縷を編んでいた秀女たちは興味深そうに「まあ素敵」とあいづちを打った。

「でも、夢のなかで仲良くしちゃだめなの。そっけない態度で拒絶しなきゃいけないのよ。そうすれば、近いうちにその人に溺愛されるようになるんだって。曲酔では大流行らしいの。実際、この厭勝のおかげで意中の人に落籍された妓女が何人もいるそうよ」

「くだらない話はおやめなさい、李秀女」

てきぱきと長命縷を編みながら、貞娜が彩蝶を睨んだ。

「くだらなくないわよ！　子業兄さまから聞いた話だもの。子業兄さまは曲酔の常連よ。花街の事情にはだれよりも通じてるわ」

「汚らわしいことだわ。大魁としてその名を天下に轟かせた権門出身の翰林官が人目もはばからず紅燈の巷に通いつめるなんて」

「褒められたことじゃないのは認めるわ。子業兄さまは天性の浪子だから結婚に乗り気じゃないのよ。寿英公主との縁談が持ちあがったときも、困った顔をしていたくらいだもの。寿英公主とは学友だったから、てっきり喜んで受けると思ったけど」

「え？　李修撰と寿英公主がご学友というのは、どういうことですか？」

梨艶は長命縷を編む手をとめて問うた。

状元は翰林院修撰なる官職に任じられるのが慣例だ。官品は従六品にすぎないが、翰林官を経験しないと内閣に入れないことを考えれば、栄達の第一歩としては最上のかたちといえる。閣老の座が約束された若手官僚と、後宮一の寵妃を母に持つ公主の縁談はいかにもありそうな話だが、ふたりが学友というのはいかなる仔細あってのことか。

「それがね、芝居みたいな筋書きなのよ！　状元になる前、子業兄さまは国子監に在籍してたんだけど、監生になって最初の大課で一等の第二位になったの。あ、大課って知ってる？　試験のことよ。大課は毎月一回、望日に行われる、うんと難しい試験でね、成績は四等級にわけられてて、一等には第一位から第十位まであるの。自信があったのに首席になれなくて、子業兄さまったら本気で悔しかったみたい。で、自分を負かしたのがだれなのか気になって、一等の第一位になった監生と会ってみたわけ。最悪の出会いだったみたいよ。大嫌いな銀耳並みに憎たらしいやつだって、子業兄さまがぼやいてたわ」

にこやかにあいさつした子業を、その人物は値踏みするような目で見やった。

「『李家の六男は君か』って訊かれたからそうだって言うと、『下馬評はあてにならぬな。李六郎は麒麟だと聞いていたが、ただの乳臭い駑馬じゃないか』だって。ふふふ、子業兄さまって童顔なのよ。そのせいでいつも年齢より若く見られちゃうの。当時は十六だったのに、三つくらい幼く見えたみたい」

むっとした子業が「私は二八だ」と言えば、相手はひどく驚いたという。

「五尺の童子にしてはなかなかやるなと思っていたが、私と同年でそれなら、先は知れているな。まあ、せいぜい励みたまえ。三魁には遠くおよばずとも、進士になるだけで、君には十分すぎるほど名誉なことなのだから」

子業を鼻先で笑ったこの人物こそ、男装した寿英公主・淑鳳だった。

「第一印象はひどかったみたいだけど、お互いに競争心を燃やして勉学に励んでいるうちに仲良くなったんだって。女人だってことにずっと気づかなかったっていうから、寿英公主の男装は堂に入っているわね。わたくしも最初にお目にかかったときは皇子さまだと思っちゃった。女官たちが騒ぐのも無理はないわ」

「公主さまだということには、いつお気づきになったのです？」

「杏園の宴でだって。寿英公主から直々にお声をかけていただいたとき、御簾のむこうからお詠みになった詩の押韻が、試験勉強の合間にふたりで戯れに作った諧謔詩の押韻とそっくりおなじだったから同一人物だってわかったみたい」

「意気投合していらっしゃったのに、縁談には気が進まなかったのですか」

「子業兄さま曰く『駙馬になったら浮気できないだろう』だって」

「嘆かわしい」

　とげとげしく言い捨てたのは貞娜だった。

「李修撰の不行状は随所で耳にするけれど、聞くにたえないものばかりだわ。いくら有能でも徳操がそなわっていなければ君子とはいえなくてよ。そもそもの間違いは、一人前の殿方が妻帯していないことではなくて？　ふつうは冠礼をすませたら妻を迎えるのに、二十一にもなっていまだに独り身でいるのは不健全だわ。挙句の果てに浮気できないからという不届きな理由で公主さまのご降嫁を拒むなんて、正気の沙汰ではなくてよ。殿方は色を好むものだけれど、節度を守らなければ禽獣と変わらないわ」

「ちょっと！　たしかに子業兄さまは年がら年じゅう孑孑みたいにふらふらしてる女たらしだけど、いくらなんでも禽獣は言いすぎよ。撤回してよね！」

「事実を言っただけよ。いつまでも妻妾を持たず、青楼遊びにうつつを抜かしているのは、不道徳であるだけでなく親不孝だわ。兄君のことを想うなら、放蕩癖をあらためてまっとうな生きかたをすべきだと諫めてさしあげなさい」

「余計なお世話よ。子業兄さまだって馬鹿じゃないんだから、将来のことくらい、ちゃんと考えてるわよ。いつか素敵な花嫁を迎えて、頼もしい一家の主になるわ」

「どうかしらね。悪女に騙されて身を持ちくずすのではなくて？　漁色もほどほどにしないと、末代まで恥をさらすことになるわよ。手遅れになる前に改悛すべきだわ」

嚙みつくように口論するふたりの前で、梨艶はおろおろしていた。

「あ、あの、そ、そういえば、端午節の競渡では親王さまたちが御自ら龍舟にお乗りになるとうかがいました。楽しみですね、冷秀女」

偶然となりに座っていた冷秀女に微笑みかける。新鮮な話題に同調してくれることを望んだが、冷秀女は長命縷を編む手をとめずに「さあ」と言っただけだった。

「競渡はお好きじゃないんですか？」

「好きでも嫌いでもない」

「わ、私は好きですよ。なんというか……見ているだけで楽しいんですよね」

「ふうん」

「そ、それに端午節といえば粽子ですよね。私、粽子が大好きで」

「へえ」

まったく会話にならない梨艶と冷秀女をよそに、貞娜と彩蝶の口争いはつづいていく。

「聞いたわよ、李秀女。あなた、宦官に変装して皇宮から抜けだそうとしたそうね。錦衣衛に捕まって連れ戻されたんですって？」

「錦衣衛って融通がきかないのねー。賄賂をあげたのに見逃してくれなかったわ」

「気はたしか？　東宮選妃から逃げ出そうとするなんて信じられないわ」

「逃げ出そうとしたわけじゃないわよ。芝居の稽古もなくなったし、毎日暇でしょ。退屈しのぎに市井に遊びに行こうと思ったの」

「正気ではないわね。秀女が市井に出かけられるわけないでしょう。いいえ、東宮選妃が終わったとしても軽々に皇宮から出ることはできないわ。わたくしたちは皇太子殿下の御子を産む身なの。無断で出奔すれば、不貞を疑われて罰せられるわよ」

「不貞なんかする気はないわよ。ただ、気晴らしをしたかっただけ。皇宮の暮らしってしきたりばっかりで窒息しそう。市井の自由な空気が恋しいわ」

「わたくしたち秀女に自由などないわ。身も心もすべて殿下に捧げなければならないの。不貞を疑われるような行為は、どんなささいなことでも避けなければならないわ」

「出たわね、『なければならない』！　尹秀女、あなた自分で言ってて息がつまらない？　礼儀だの分別だの、黴くさいものに縛られて息苦しそう。いったいなにが楽しくて生きてるの？　生まれてきてよかったーって思ったことある？」

「己のつとめを果たすことがわたくしの生まれてきた意義よ」

「わーくだらない。そんな人生、ちっとも楽しくないじゃない」

「自分の楽しみを優先するのは頑是ない童女の行いよ。わたくしたちは笄礼を経た大人で、それぞれの家名を背負って儲君にお仕えする身なの。感情のままにふるまってはいけないわ。己の心を律して、いついかなるときも道理にかなった行動をしなければ」

「さすがですわ、尹秀女。如意にもっとも近いかたはお心構えがご立派です」

程秀女が拍手せんばかりに称賛すると、尹家と親しい家筋の秀女たちが追従した。

「あたりまえのことを言っただけよ。あなたたちも自分が殿下のものであることを忘れないで。さもなければ、いつの日か、破滅の道をたどることになるわよ」


五月五日、九陽城の西に位置する遥天池。

湖の南岸にならび立つ金殿玉楼が梅雨晴れの空に明黄色の甍を焦がされつつ、貴人たちに豪奢な緑陰を提供していた。青玉の杯に注がれた菖蒲酒、玻璃の皿に盛られた粉団や粽子や五毒餅、七宝の器には肥亀の煮つけ、黄地緑彩の鉢には糯粟の羹。天下の名産物を用いて作られた節日の嘉饌が紫檀の卓子を埋め尽くしていたが、美食に慣れた貴人たちはそれらに目もくれない。金碧山水の扇子をひらめかせる彼らが熱心に眺めているのは、勇ましく水上を駆ける龍頭の舟だ。

北向きに湖面にのぞむ臨水殿の眼下を、十艘の龍舟が疾走する。打ち鳴らされる戦鼓が雷のごとく轟くなか、それぞれ五十人の水主を乗せた龍舟は、砕け散る白翡翠のような波しぶきをあげながら猛然と湖面を切り裂いていく。

十頭の蛟龍が目指すのは、殿前の水中に立てられた一本の標竿。そこにかけられた綵帛を奪い取った者が勝者となるのだ。競渡の起源は神迎えの儀式とも水戦の教練ともいわれるが、当世ではもっぱら夏の遊興としてもてはやされている。ことに崇成年間より宗室の子弟が水主として参加するようになってからは、なおいっそうその傾向が強くなった。勝負が白熱しすぎて怪我人が出ることもしばしばだったが、当人たちは廟堂から遠く離れた気楽な覇権争いを大いに楽しんでいる。

立太子される前は、礼駿も水主をつとめる武官たちに混じって櫂を握っていた。たいして面白いものでもなかったが、父帝と尹皇后に自分を印象づける手段としては役に立った。立太子されてから参加をひかえるようになったのは、兄弟たちに無用の気遣いをさせないためだ。皇太子が出場すれば、みな礼駿に勝利を譲らなければならなくなる。

「見たか、八弟！　俺の勇姿を！」

臨水殿の一室に、夏虫色の大袖衫姿の青年が意気揚々と入ってきた。日に焼けた武骨な手には、先刻まで湖上でたなびいていた綵帛が誇らしげに握られている。

皇四子、登原王・高鋒士。北狄鬼淵の王女を母に持つ齢二十の兄は癖のない白金の髪と碧玉の瞳だけでなく、底抜けにあかるい人柄も母から受け継いだ。鋒士が入ってくるや否や、室内にわだかまった暑気が増した気がするのも、おそらくそのせいだろう。

「しかと見届けましたよ。見事な戦いぶりでしたね」

礼駿は席を立ち、鋒士に揖礼した。つづいて入室してきた三人の兄たちにも同様にあいさつする。皇太子になっても悌心を忘れていないと印象づけるためだ。

「そうだろうとも！　この日のために修練に修練を積んだんだ！　十六のときに二等になったのを最後に、ここ数年は三等どまりだったが、とうとう二兄と三兄を打ち負かしたぞ！　父皇もたいそう褒めてくださった！　俺の櫂さばきは目にもとまらぬ速さだと！まるで飛矢のようだったと最高の賛辞をいただいたぞ！」

「おい馬鹿弟、熊みたいな声でわめくなよ。頭に響くだろうが」

慶全は痛そうにこめかみをおさえた。こちらも団龍文の大袖衫を着ているが、どことなく放埒な気配がするのは、しどけない着こなしのせいか、気だるげな目顔のせいか。

「ははは、三兄は会うたびに宿酔だなあ！」

「黙れ、白熊。俺が宿酔だったおかげで勝てたんだろうが。感謝しろよ」

白熊というのは慶全が鋒士につけた愛称だ。慶全はだれにでも渾名をつける癖がある。ちなみに「白」は髪色、「熊」は筋肉の鎧をまとった巨軀にちなんでいるそうだ。

「負け惜しみはみっともないぞ！　俺は一月前から酒断ちをして茶と果汁しか飲まなかっ

た！　だから勝てたんだ！　いいか三兄、勝利の秘訣は茶と果汁だ！」

「けっ、大の男が茶だの果汁だので満足できるかよ。なんといっても男の楽しみは酒と博奕と美女だ。酒を浴びて博奕を打って美女と戯れなきゃ、男として生まれた値打ちがない。というわけで、八弟。今夜あたり曲酔に付き合え。来年はおまえも妻妾の顔色をうかがう窮屈な凡夫になるんだ。独り身のうちに遊んでおかないと後悔するぞ」

「お誘いはありがたいのですが、私は酒色が苦手でして」

「苦手ならなおさら場数を踏んでおくべきだ。宦官どもの講義なんか、実戦じゃ糞の役にも立たねえぞ。曲酔には床あしらいに長けた妓女が大勢いる。初夜で恥をかく前に経験を積め。なんなら俺が紹介してやろうか。どういう女が好みか言ってみろ。風にも耐えられぬようなほっそりとした女か？　肉置きの豊かな抱きがいのある女か？　おまえみたいな初心者には年上の女がおすすめだな。二十歳をひとつふたつ越えたくらいの――」

「三弟、やめろ。八弟が困っている」

　助け舟を出してくれたのは皇二子、整斗王・高秋霆だった。

「困ってるだあ？　興味津々って顔つきをしてるじゃねえか」

「そんなふうに見えるのはおまえだけだ。八弟はおまえみたいに色事に執心しておらぬ」

「おいおい、秋霆。男が色事に関心を持たなくなったらおしまいだぞ。後無きをなんとやらっていうだろう。子孫繁栄のためにも女色にはどっぷりつかっておかなきゃあな」

「子孫繁栄というなら、妓女ではなく妻妾を可愛がれ。前々から思っていたが、おまえは花街通いが過ぎる。なぜ遊蕩に耽るのだ？　恵兆王府には美しい王妃や側妃がいるではないか。美人と楽しみたければ王府で事足りるのに、なにゆえ曲酔のような不浄な場所に足を運ぶ？　青楼遊びの果てに泥酔して悶着は起こすわ、博奕で大損するわ、おまえがだらしない暮らしをしているせいで、母妃まで非難を受けているのだぞ。仮にも親王を名乗るなら放蕩癖とはすっぱり縁を切り、官民の鑑たるべく品行を慎め」

　秋霆の生母は宣祐七年に廃妃された蔡氏だ。権門蔡家から嫁いだ彼女は身ごもった妃嬪に毒を盛り、流産させ、死産させることをくりかえしていた。皇族殺しは未遂でも死罪。殺されたのが胎児であっても同罪である。蔡氏は廃妃されたのちに賜死となるはずだったが、冷宮入りした直後、懐妊が発覚した。夜伽や月事の記録と照合した結果、皇胤であることが裏づけられたため、処刑は出産まで延期された。

　翌宣祐八年秋、出産を終えた蔡氏は鴆酒を賜った。母亡きあと、秋霆を養育したのは李皇貴妃だ。形式上、慶全とは同母兄弟になるが、その人となりは雲泥万里である。

　朝まだきから武芸の鍛錬に励み、兵法書を愛読し、酒は節日にしかたしなまず、浮き名を流したことはなく、いかなる博戯とも無縁で、贅沢を好まず、楽しみといえば道観に参詣することだと公言する、方正謹厳を絵に描いたような皇二子は、当然ながら遊蕩児の慶全と馬が合わない。顔を見るたび強意見するので、両者の仲はいつも険悪だ。

「ご高説はごもっともだがな、仙人どの。官民の鑑なんざ反吐が出るんだよ。やりたきゃ勝手におまえがやれ。俺に指図するなよ」

「言いたいことは山ほどあるが、そもそも言葉遣いがなっていない。私はおまえの兄だぞ。兄にむかって『おまえ』とは不悌のきわみ。まずは無礼な物言いをあらためろ」

「なにが兄だよ。たった二月早く生まれただけだろうが」

「孝悌なる者は、其れ仁の本たるか――二月の差でも兄は兄だ。兄を敬う気持ちを持たなければ、おまえはいつまで経ってもまともな人間になれぬぞ」

「まともな人間なんざならなくていいんだよ。俺はな、生まれてきたからには死ぬまで遊びまくるって決めてるんだ。君子面して他人の生きかたに口出しするな」

「他人ではない。兄弟だからあえて苦言を呈しているのだ」

「兄弟は他人のはじまりっていうだろ」

「兄弟は手足たりだ」

「おまえみたいに杓子定規な手足なんかいらねえよ」

「私だっておまえみたいな不身持ちでのらくらした手足など不要だ」

「いい加減にしてくださいよ。落ちついて粉団も味わえないじゃないですか」

うっとうしそうに言い放ったのは皇五子、充献王・高正望である。

「毎度毎度会うたびにくだらない口論をなさってますが、よく飽きませんね」

「おまえこそ見るたびに粉団を食ってるが、よく飽きねえな、粉団虫」

「その呼びかたはやめてください。まるで俺が粉団しか食べない変人みたいじゃないですか。俺だって人並みに寿桃や炸糕や棗泥の包子も食べますよ」

「へいへいわかったよ、包子虫」

「それも語弊があります。今度は包子しか食べないひねくれ者みたいだ。山楂糕や胡桃の汁粉や蓮容の月餅や愛窩窩や玫瑰餅や豌豆黄だって――」

「じゃあ、甘味虫でいいだろ」

　異論がなかったのか、正望は黙った。蓋碗をかたむけて一服したのち、五毒餅を食べはじめる。部屋に入るなり礼駿のあいさつも無視して席についたのが正望だった。目当ては好物の甜点心である。正望はすこぶるつきの偏食家で、主食は甘味といってもいいほどだ。そのくせ痩せぎすで、朝から晩まで甘ったるいものを食べているわりには、仇敵にでも会ったような殺気立った目つきをしている。

　年齢は十九。母である許氏は以前、十二妃の第三位麗妃だったが、正望を東宮の主にしようとして高官に賂を贈ったことで、逆鱗にふれて位を落とされた。失寵した許寧妃はせめてもの慰めに、正望に良縁を賜りたいと希った。願いは聞き届けられ、充献王府は王妃を迎えたが、花嫁の洞房に正望はあらわれなかったという。その後、許寧妃の働きかけで側妃が嫁いだが、夫婦仲は冷めきっているそうだ。

「五弟、おまえは甜点心ばかり食べすぎだ。身体を壊すぞ」

「放っておいてください、二兄。俺の身体だ、好きにしますよ」

「身体髪膚、之を父母に受く。両親から賜った大切な肉体をおろそかにしてはならぬ」

「べつにいいんです。甜点心を食べすぎたくらいで死ぬわけじゃないんですから」

「不健康にはちがいない。食事の偏りは精神の偏りだぞ。中庸を心がけねば」

「二兄のお節介焼きも中庸とは言いがたいですよ」

「そうだそうだ。もっと言ってやれ」

「三兄は二兄のお小言に耳をかたむけるべきでは。後宮一の寵妃を母に持ちながら、札付きの浪子として朝野で物笑いの種になった皇子は後にも先にも三兄くらいですよ。おとなしくしていれば東宮の主になれたのに馬鹿な人だ」

「おい甘味虫、えらそうな口を叩いてるが、おまえ、三人も妃がいるくせにだれとも同衾してねえんだってな？　美人ばかり娶っておきながら、なんで妃たちを独り寝させておくんだ？　ひょっとしておまえ、男として使い物にならないんじゃねえの？」

「逆にお訊きしますが、三兄は色事以外で使い物になることがあるんですか？　女人を口説いていないときは泥酔してるか、博奕を打ってるかのどちらかじゃないですか。しょっちゅう妃に子を産ませてますが、あれだって無駄のきわみですよ。いくら男児が生まれたってごくつぶしになるだけなのに、なんでそこらの犬や猫みたいに——」

「その発言は撤回しなさい、五弟。あまりにも非人情だ」

弟たちの口争いを黙って聞いていた仁徽が穏やかな声で割って入った。

「ですが、三兄が」

「三弟もよくないね。本は是れ同じ根より生ぜしに――兄弟を貶めることは、己を貶めることだよ。どんなにかっとなっても、矜持を踏みにじってはいけない」

「わかったわかった。俺の負けでいいよ」

「勝ち負けの問題じゃない。国を治むるには必ず先ずその家を斉う、というだろう。われわれ兄弟の不和は政道に影響をおよぼし、いずれは民心を乱す。兄弟が仲睦まじく暮らしてこそ、国が安らかでいられるんだ。おのおのに不満はあるだろうが、寛大な心で互いを赦そうじゃないか。いがみ合っても、得るものはないのだから」

温厚な長兄に諭されれば、弟たちは戦意を喪失してしまう。

「悪かったな、五弟」

「こちらこそ、生意気を言って申し訳ありません」

慶全と正望は不承不承ながら謝罪の言葉を口にした。

「では、みなで百戯を見物しよう」

仁徽に促され、慶全らが席につく。礼駿は最後に椅子に腰をおろした。

――このなかのだれかが、母妃を謀殺した黒幕と関係しているかもしれない。

船上で演じられる百戯を見物するふりをしながら、礼駿は兄たちの顔を盗み見た。十年前、兄たちはまだ少年だった。しかし、それが無辜である証拠にはならない。

九陽城ではだれもが仮面をかぶる。五尺の童子であっても例外ではない。現に礼駿は七つのときから周囲の者を騙してきた。兄たちにもおなじことができるはずだ。

節日に市井の劇班が招聘される習わしは、聖楽年間からはじまったという。風流天子とあだ名された聖楽帝は書画や音曲とともに芝居を愛好し、毎年の万寿節には数座の劇班を招いて夜通しつづく大戯を演じさせたそうだ。風流天子の御代ほどではないが、当代の宮中でも芝居が盛行しており、節日には天下の名優たちが皇宮の戯台に集う。

今年の千秋節——皇后の誕辰祝いでは、南方の晟稜地方で人気を博している飛聴班が召し出されることになった。飛聴班が錦河宮の聚鸞閣で稽古していると聞き、梨艶はいそいそと出かけた。白朝に位置する錦河宮は亡き太上皇が起臥した隠居宮だ。聚鸞閣を建てさせたのは、今上の曾祖父にあたる仁啓帝だったらしい。隆定年間に建てられた戯楼を改築するかたちで、九陽城でもっとも大掛かりな戯台は落成した。

錦河宮の内院に入ると、翠曲の歌声が聞こえてきた。なかば駆け足になりながら鋪地が敷かれた小径をとおりぬけ、月洞門をくぐる。紫薇が蒼穹を染めぬく花園に聚鸞閣はそびえていた。朱塗りの円柱に支えられた戯台は上層、中層、下層からなる三層構造。上から福台、禄台、寿台と名づけられている。各階の格天井にはとくべつな仕掛けがほどこされており、役者がのぼりおりすることも可能だそうだ。

雅やかな歌声に耳を奪われ、見えない糸で手繰り寄せられるように回廊をわたっていたせいだろう。円柱に寄りかかっていた人物に気づかず、素通りしてしまった。茜雪に袖を引っ張られなければ、そのままとおりすぎていたはずだ。

「あっ……松月王殿下」

道袍姿の青年に気づき、梨艶はあわてて万福礼した。皇長子仁徽は柔和に微笑んだのみで、梨艶の非礼を咎めなかった。

「君もひと足先に聴きに来たのかい」

「はい。あ、あの……松月王殿下もですか？」

「芝居と聞けば、駆けつけなくては気がすまない性分でね」

旦の歌声が夏の木漏れ日を打ち震わせる。飛聴班は男性だけで組織された劇班だ。この生糸でつむいだようなたおやかな高音も男性の喉から発せられたものである。

「悪くはないが、どこか心ここにあらずだね」

「そう……ですね」

華やいだ音をつらねる唱腔は曲譜どおりだが、役柄にこめられた情が希薄だ。役者と配役に幾分か距離があり、役者の心は戯台の上にはないように聞こえる。

「緊張しているのでは？　宮中で芝居を演じるなんて一世一代の大仕事ですから」

「緊張で声がぶれるようでは、一流ではないな。まだまだ技量が足りないんだろう。晟稜で評判が高いというから期待したが、あれでは唱とも呼べない」

　黎江以南の地域を晟稜地方という。国内有数の穀倉地帯であると同時に、学問、詩賦、書画、音曲、芝居などの豊かな文化の苗床として知られている。

「歌えない役者は朽木と変わらない。帝位につけない皇長子とおなじだ」

　突如、青嵐が垂柳の枝をざわめかせた。

「朽木は……言いすぎではないでしょうか。たしかに唱なくして芝居は成立しませんが、唱だけでは芝居になりません。念や做、打や舞だって重要です」

「しかし、役者の命は唱だろう。歌えない役者は綺羅をまとった屍だよ」

「いいえ、役者が屍になるのは歌えなくなったときではなく、観客を恐れたときです」

　戯台を見つめたまま、梨艶は力強く言いかえした。

「観客の目を、耳を、舌を恐れてなにもできなくなったとき、役者は舞台に立つ屍になります。批判への恐怖が役者を殺してしまうんです。でも、観客を恐れなければ、役者はなんにでもなれます。英雄にも、悪女にも、神仙にも、俠客にも、女傑にも、妖魔にだって。きらびやかな衣装を着ていなくても、身体さえあれば演技はできます。喉からほとばしる音で、ささいなしぐさで、軽やかな身のこなしで、あたかも百杯の美酒をあおったように観客を酔わせることができるんです。役者の命は唱だと殿下はおっしゃいますが、私は心だと思います。観客を恐れない強い心こそ、役者を役者たらしめる唯一のものです」

梨艶がはじめて舞台に立ったのは三つのときだ。比氏が妾たちを招いてひらいたごく内輪の宴でのことだった。簡単な台詞を言うだけだったのに、幼き日の梨艶は舞台にのぼったとたん、石のように固まってしまった。比氏たちの冷ややかな視線が、失敗を聞き漏らすまいとそばだてられたいくつもの耳が、無慈悲な舌から放たれたとげとげしい言葉が、梨艶の四肢を見えない鎖でがんじがらめに縛りつけたのだ。

「その夜、師傅に叱られました。役者が恐れるのは天だけでいいのだと。観客はただの人間だ、いくらでも騙せる。そんな相手を天のように恐れるのは馬鹿馬鹿しいって」

「いくらでも騙せる、か。まるで詐欺師の言い草だね」

「師傅は役者を『戯衣をまとった詐欺師』と呼んでいました。ありもしない作り話をさも実話であるかのように演じ、観客にひとときの夢を見せるのが役者の本分だと」

舞台で語られる嘘八百も、観客が信じれば真実になる。役者は偽りから真をつくりだす詐欺師で、観客はわざわざ好き好んで騙されに来ている鴨。なぜ怖気づくのだ。相手は騙されたがっているのだから、その願いを叶えてやればいいだけのこと。

「詐欺師は人を欺けば憎まれるけれど、役者はうまく騙せば騙すほど称賛されます。唱も、念も、做も、打も、舞も、おしなべて騙しの手口にすぎません。肝要なことは、観客に怯まないこと。弱みを見せず、尻込みしないこと。観客を恐れない役者は舞台で生きることができます。芝居が終わるまでの短い命ですが、その生きざまで観客の心になにがしかを残すことができれば、役者は舞台をおりたあとも輝きつづけます。役者自身の声が嗄れ、四肢が動かなくなっても、生きつづけるんです。だから役者は……」

　しゃべりすぎたことに気づき、梨艶は青ざめた。

「……申し訳ございません、松月王殿下。出過ぎたことを申しました」

「興味深く聴いていたよ。私は役者を軽視していたようだ。なるほど君が言うように、役者は芝居を構成する道具ではなく、生身の人間だ。芝居を生かすも殺すも、彼らの技量と情熱しだい。文士は傀儡師よろしく役者を操ろうとしがちだが、舞台の上はあまねく役者の領分であり、役者はすでに文士の手から離れている。そう考えると、文士というのはひどく非力だな。自分の物語を自分で演じることができないのだからね」

「演じられなくても、役者に仮面を与えるのは文士です。役者は仮面をかぶらずに舞台に立てません。仮面なくして生きられないのです。いわば文士は役者たちの生みの親。非力であるはずがないと思います。生みの苦しみを味わわずして親にはなれないのですから」

　生が歌いはじめた。たくみな裏声で愛しい女人への恋慕をつむいでいく。

「八弟がうらやましいな」

　仁徽はやさしげな目もとをゆるめ、梨艶を見おろした。

「君とはさぞ話が合うだろうね。八弟も芝居好きだから」

「えっ……皇太子殿下が、芝居をお好きなのですか？」

「知らないのかい。八弟は幼いころから翠劇や覇劇を習っていて、母后の御前でよく披露していたよ。一聴の価値はある腕前だから、一度聴かせてもらいなさい」

どんな歌声なのか尋ねようとしたとき、仁徽は「さて」と視線をそらした。

「そろそろ私はお暇しよう。君の女官がやきもきしているようだからね」


「私……無礼なことを言ったのかしら」

錦河宮の大門をくぐりつつ、梨艶は首をかしげた。飛聴班の稽古を見物していたときには忘れていたが、仁徽が会話の途中で立ち去ってしまったことが気にかかる。

「失言があったのなら、謝罪をしたほうがいいわよね？　でも、松月王府まで訪ねていくわけにはいかないし……あ、そうだわ。文を出せば」

「おやめなさい。迷惑ですわよ」

梨艶のそばを歩く茜雪があきれかえったと言わんばかりにため息をついた。

「おわかりになっていないようですから教えてあげますけど、松月王は汪秀女の名節を汚すまいと配慮なさり、立ち去ってくださったんですよ。秀女であるあなたと、親王であらせられる松月王がふたりきりで親密におしゃべりなさっているところをだれかに見られたら、どんな噂が流れるか想像してごらんなさい。醜聞になりかねませんわよ」

「ふたりきりじゃなかったわ。私のそばにはあなたがいたし、松月王は太監を連れていらっしゃったでしょう」

「女官や宦官は奴婢なんですよ？　奴婢は言葉を話す調度。いてもいないのと変わりません。あの場には汪秀女と松月王しかいらっしゃらなかったと見なされるのです。逢引きと勘繰られても文句は言えない状況ですわよ。廃皇子の事件をおぼえていらっしゃるでしょう。不義密通は大罪なんです。疑われる行為は避けなければ」

　そこまで考えがおよばなかったことに恥じ入り、梨艶はうつむいた。

　汪府ではひとりで行動することも多かったので注意していたが、宮中では四六時中、女官や宦官がそばにいるから、気を抜いていた。

「皇太子殿下以外の殿方とは適切な距離を保って接してください。たとえば先ほどのような場合では、あいさつをしたのち、二言三言、お話をして立ち去るのが無難ですわ。会話の内容がどうであれ、長話は危険です。とくに松月王と恵兆王には気をつけなければ。松月王はいまだ独り身で、恵兆王は宗室一の女たらしですから」

「松月王は独り身でいらっしゃるの？　皇長子なのに？」

「理由は知りませんが、縁談が持ちあがるたびに松月王がお断りになっているとか」

「女人がお嫌いなのかしら」

「同少監によれば、断袖余桃がお好きだという話は聞かないそうですわ」

「淫芥が知らないなら、龍陽家ではないのでしょう。なにか事情が……」

あるのかしら、とつぶやいたときだ。外廷と内廷をつなぐ銀凰門のほうから、騒がしい声が聞こえてきた。

「早く早く！　門を開けてちょうだい！」

彩蝶の声である。見れば、輿の上から門衛たちを急かしている。

「急いで皇太后さまにお会いしなきゃいけないの！　とっとと開門して！」

「なにかあったんですか？」

ただならぬ様子なので声をかけると、彩蝶が泣きそうな顔でこちらを見た。

「子業兄さまが廷杖に処されそうなのよ！」

廷杖とは、皇帝が朝臣に下す杖刑である。震怒を被った官僚は九陽城の正門たる午門に引っ立てられ、錦衣衛の校尉に杖で打ちすえられる。この酷烈な責め苦によって命を落とす者もすくなくないという。

「どうして李修撰が廷杖に……？」

「子業兄さまは言官の身代わりになったのよ！　怨天教への弾圧が……もう行かなきゃいけないから、あとで話すわ！」

軋り音をあげて口をひらいた銀凰門に、彩蝶を乗せた輿が吸いこまれていった。

その日の夕暮れ時、彩蝶が息せき切って流霞宮を訪ねてきた。

「ねえ聞いてよ、汪秀女！　わたくしが一生懸命お願いしたのに、皇太后さまったら子業兄さまを助けてくださらなかったの！　ひどいと思わない!?」

客庁に駆けこんできた彩蝶はぷりぷりしながら椅子に腰かけた。

「あたりまえでしょう。皇太后さまは名君と誉れ高い先帝にお仕えになった賢夫人なのよ。外朝のことに軽々しく容喙なさるはずがないわ」

つづいて入ってきた貞娜が彩蝶の向かいの席に座る。

「主上もひどいわ！　忠実にお仕えしている子業兄さまを廷杖になさるなんて！」

「言葉を慎みなさい。一秀女がご宸断に意見するなど、あってはならないことよ」

「文句くらい言いたくもなるわよ！　だって子業兄さまはなにも悪くないのよ!?　科道官をかばったから、代わりに杖刑を受ける羽目になったの！」

百官の監察機関たる都察院と、六部の監察機関たる六科の官員を科道官という。不正の告発だけでなく、皇帝を諫める職責も負うので、言官とも呼ばれる。

「なんとかっていう科道官が『怨天教への弾圧は度が過ぎる、いますこし寛容になって慈悲をお示しになるべきだ』って諫書を奉ったの。主上は激怒なさり、科道官を呼びつけておっしゃったそうよ。『大凱に仇なす賊子どもを次代に受け継がせるつもりか』って。それでも科道官が主上をお諫めしようとするから、主上は廷杖三十をお命じになったの」

致仕に手が届こうという老齢の科道官は、長患いのせいで足腰が弱いため、今上よりとくべつの聖恩を賜って宮中で輿に乗ることが許されている人物だった。

「よぼよぼの老人が廷杖三十に処されたら、十を数える前に死んじゃうわ。だから子業兄さまが身代わりを買って出たのよ」

子業は御前に進み出、怨天教への弾圧がきびしすぎるという諫疏はもともと自分がしたためたものだと言った。

「半金烏を持っているというだけで酷刑に処される若者を見ました。かの罪人があまりに不憫でしたので、身の程知らずにも主上に諫言申しあげる心づもりだったのです」

若さゆえの短慮を老科道官にたしなめられたものの、子業があくまでも諫死すると言い張るので、見かねた老科道官が子業の代わりに命を賭して諫書を奉ったのだという。

「主上をお諫めするのは言官のつとめでしたね」

「そうよ。言官以外の官僚が諫言すると、なんとかの罪になっちゃうの」

「越俎の罪よ、李秀女」

「いちいち訂正しなくていいわよ、尹秀女。とにかく、子業兄さまは自分が言いだしたことだから罰せられるべきは自分だって、主上に訴えたのよ」

今上は子業の軽挙を咎め、老科道官の代わりに杖刑六十を受けるよう命じた。

「余計な口出しをするからいけないのよ。李修撰の落ち度だわ」

「あのね、その科道官は子業兄さまの恩師なの。恩師が廷杖に処されるっていうのに知らん顔はできなくて、子業兄さまは身代わりになったのよ。落ち度どころか徳行でしょ」

「徳行どころか愚行だわ。翰林院に籍を置きながら、李修撰は保身の術すら身につけていないの？　宮中ではだれもが身を守るために必死よ。ほんのささいな過失が命取りになるのだから。他人のために危険を冒すなんて愚かとしか言えないわ」

「子業兄さまはね、不真面目に見えて案外、義理堅いのよ。逆鱗にふれるとわかっていても、恩人を見捨てられなかったんだわ」

「たとえそうだとしても、越俎の罪を犯したなんて言わなくてもいいでしょう」

「ほかに方法がなかったのよ。単に助命を嘆願したって廷杖はとめられないもの」

　彩蝶は茘枝茶をぐびぐび飲んで、わっと泣き出した。

「李修撰のご容体は……そんなに深刻なのですか」

「瀕死の重傷なんですって！　死んじゃうかもしれないわ！」

「大げさね。李府で治療を受けているのなら、大丈夫でしょう」

「大丈夫じゃないわよ！　命は助かったとしても、骨が折れてたら一生歩けなくなるかもしれないのよ！　寝たきりになって、床から起きあがれなくなるかも……。せめてお見舞いに行きたいのに、皇太后さまも殿下も許してくださらなかったわ」

「当然だわ。親族の葬儀に参列する場合を除き、秀女は宮中から出られない規則だもの」

「規則にはうんざりよ！　兄妹の絆を断ち切るのが規則なの⁉　馬鹿みたい！　許可をいただけないなら、こっそり抜け出して子業兄さまに会いに行くわ！」

「冷静になりなさい。あなたが軽はずみな行動をとれば、李氏一門にも累がおよぶわよ」

「ばれなければいいんでしょ。宦官に変装して抜け出せば、気づかれないわ」

「気づかれるわよ。あなた、先日だって錦衣衛に捕まって連れ戻されたでしょう」

「うるさいわね！　さっきからわたくしに文句ばっかり！　だいたい尹秀女、あなたはなんでここにいるのよ⁉　一緒に来たわけでもないのに勝手についてきて！」

「わたくしは汪秀女とおしゃべりしようと思って訪ねてきたの。あなたとは関係ないわ」

貞娜はすまし顔で蓋碗をかたむけた。

「他人事とはいえ、おなじ秀女が愚挙で東宮を乱すのは看過できなくてよ。身を慎むことね、李秀女。これ以上、震怒を被らないためにも、おとなしくしておくほうが得策よ」

　あくる日、梨艶は彩蝶の様子が心配だったので会いに行くことにした。

「昨夜、寿英公主がひそかに李府に見舞いを遣わしたそうですよ」

　供をしている淫芥が春宮画を眺めながら言った。

「どうして『ひそかに』なの？」

「李修撰に執心していると思われたら、李家がつけあがるからでしょうね。そもそも、寿英公主と李修撰の縁談は李閣老の悲願だったわけで。立ち消えになったときは皇太后さまや李皇貴妃に泣きついて、なんとかご降嫁を賜りたいと懇願してましたよ」

なぜそこまで、と問いかけて、やめる。

「殿下の立太子で李家は尹家に機先を制されたから、寿英公主のご降嫁で——不敬な言いかたをすれば——埋め合わせをしようとしたのかしら」

「立太子とご降嫁ではつり合いがとれませんがね。李修撰が主上の愛娘であらせられる寿英公主の駙馬になれば、ひとまず李家の面目は立つでしょう」

「でも、李修撰がお断りになったのよね」

「いやいや、断ったのは寿英公主ですよ。なんでも『顔が好みじゃない』そうで。ま、寿英公主のご配慮だって噂もありますけど。ほんとは李修撰が断ったんだけど、そうすると宗室が面子を失うので、寿英公主のほうから断ったことにしたんだって。後宮女官の話では、寿英公主がいまだに未婚なのは李修撰をお慕いなさっているせいだとか。でもね、この縁談にいちばん乗り気じゃなかったのは皇太后さまらしいんですよ。なんでかって、寿英公主のご降嫁で李家がいっそう勢いづくのを警戒していらっしゃるからで。皇太后さまは李一族の増長に苦慮なさっているみたいです。栄家や呉家の轍を踏まぬように」

相手が李氏一門と聞けば、奴婢は機嫌を損ねまいと縮みあがり、妓女は馴染みにしようと秋波を送り、商人は勝機が来たと目の色を変え、下吏は出世の足掛かりにすべくもみ手すり手で媚びへつらう。官民の心胆を寒からしめる錦衣衛ですら、李姓の者を連行するのには二の足を踏むというほどだ、その権勢は亢龍と呼んでさしつかえない。

「李家といえば、知ってます？　少年時代の恵兆王は神童って呼ばれてたんですよ」

「優秀だったの？」

「松月王や整斗王よりもね。睿宗皇帝の幼少期に似てるともいわれてましたよ」

睿宗とは、崇成年間および義昌年間に君臨した亡き太上皇の廟号である。

「当時から主上は李皇貴妃を格別に寵愛なさってましたので、いずれは恵兆王――三皇子が立太子されるんだろうと、だれもが思ってたんです。なのに、いつからか酒色や博奕の味をおぼえちまいましてねえ。いまじゃ、あのありさまですよ。ま、ご本人は一親王としてのんきに暮らしていらっしゃるので、これでよかったのかもしれないですけどね。皇位についても、ろくなことはないですし、気苦労ばっかで……」

淫芥の駄弁を聞き流していると、小宮門のそばでひとりの女官を見つけた。女官はひらかれた門扉の陰に身を隠している。身なりから察するに、秀女付きのようだ。困ったことでも起きたのだろうかと思い、声をかけてみて驚いた。

「尹秀女……。ここでなにをなさっているのです？」

「……これは、その……ちょっとした趣向です。李秀女の真似をしてみただけですの」

貞娜は目を白黒させた。側仕えに似せているのだろうか、交領の短衫に粧花紗で仕立てた馬面裙という女官の夏服で、頭の両側に棒状の髱を作る双丫髻を結っている。

「李秀女の真似……ということは、皇宮の外に出たいのですか？」

「ま、まさか！　そんなわけがないでしょう！」

力いっぱい否定するも、強張った瞳は頼りなく揺れている。

「皇宮から出たいなんて夢のなかですら思ったことはありませんわ。わたくしは太子妃になるために入宮したのです。うかつな行動は断じて許されません」

「では、なぜ女官の扮装をなさっているのです？」

「……ですから、先ほど申したでしょう。単なる気晴らしですわ」

「李秀女ならともかく、尹秀女がこのような気晴らしをなさるとは思えません。なにか事情があるのでしょう。私でよろしければ、お話をうかがいます」

「ご親切には感謝しますが、けっこうですわ。ご相談したいことなどありませんから」

冷たく言い捨てて立ち去ったものの、寸刻もせずに駆け足で戻ってきて梨艶の背後に隠れる。どうしたのかと問いかけようとしたとき、貞娜が行こうとしていた方向から宦官の一団がやってきた。筆頭は紅緋の蟒服をまとった美貌の宦官――冥内監だ。

「汪秀女」

冥内監は梨艶の前で立ちどまり、慇懃に揖礼した。

「そちらの女官は……」

「私の側仕えです。忘れ物をしたので取りに行かせようとしたのですが、たいしたものでもないので、呼び戻したのです」

これから彩蝶に会いに行くところだと言ってごまかす。

「さようですか。それでは失礼いたします」

女のような細面にいささかの表情も刻まず、冥内監は配下を引きつれて去っていく。

「危なかったですね。もう大丈夫ですよ」

ふりかえると、貞娜はうなだれていた。白い目もとから珠玉のような涙がこぼれる。

「あ、あの、もしよければ近くの園林でひと休みしませんか」

「……いいえ、わたくしは」

「行きましょう。さあ」

なかば無理やり貞娜を連れて園林の大門をくぐる。蜀葵が赤紫の槍で夏空を衝く小径をとおりぬけ、池に面した亭に入った。貞娜に瓷墩を勧め、梨艶は彼女のとなりに座る。貞娜はうつむいたまま手巾で顔を覆っていた。細い肩が小刻みに震えている。

落ちつくまで待とうと、梨艶は黙って池の水面を見ていた。

「……汪秀女は、恋をしたことがありますか？」

「えっ、いえ……」

「ではおわかりになりませんわね……わたくしの気持ちなんて」

「尹秀女は恋をなさったことがあるのですか？」

ええ、と貞娜は涙まじりにうなずく。意外に思った。太子妃になるべく女訓書（じょくんしょ）から抜け出してきたような深窓の令嬢が恋に身を焦がしていたなんて。

「お相手は……殿下ではないのですね」

来年には夫になる礼駿が相手なら、ここまで思いつめないはずだ。

「……この気持ちが罪だということは重々承知しております。なれど、心を抑えられなかったのです。あのかたを想うと、居ても立っても居られなくなって……」

「女官に変装して皇宮を抜け出そうと？」

「……愚かなことだとわかっていました。きっとうまくいかないと。……わかっていたのに、かような軽挙を……あのかたのことが心配で心配で、つい」

「心配？　そのかたになにかあったのですか？」

「大怪我（おおけが）をなさったとうかがいましたの。とある事件にまきこまれて半死半生になり、臥（ふ）せっていらっしゃると……。もしかしたら数日のうちに息絶えてしまうかもしれないと耳にしたので、せめてひと目だけでもお会いしたくて……」

「それはお気の毒に……。そのかたもきっと尹秀女を待ちわびていらっしゃるでしょう」

いいえ、と貞娜は蟬時雨（せみしぐれ）をふりはらうように首を横にふった。

「あのかたはわたくしのことなど、おぼえていらっしゃいませんわ。幼いころ、何度か会っただけの仲なのですもの……。その証拠に、あのかたからは文をいただいたことがありませんし、皇宮の宴で同席したときもお声をかけていただいたことがありません。きっと忘れていらっしゃいます。だから曲酔で浮名を流していらっしゃるのですわ。あのかたの色めいた噂を聞くたび、わたくしの心が千々に引き裂かれているとも知らず」

「お話をうかがっていると、お相手はずいぶん非情な人柄のように感じます。なぜそのかたに恋をなさったのですか？」

「なぜと問われても……わかりませんわ。気づいたときにはもう、手遅れでしたもの」

彼とはじめて出会ったのは、八年前の端午節だという。

「わたくしは父に伴われて遥天池の賜宴に出席していました。皇太后さまにごあいさつしたのち、競渡や百戯を見物しておりましたが、高貴なご婦人がたがお集まりになった場所はひどく気づまりでしたので、すこし席を外しましたの」

園林を散策していると、小さな池を見つけた。

「池のほとりで空想にふけっていました」

「空想？」

「想像力を働かせて考えてみるのですわ。たとえば、わたくしは尹家の娘ではなく、弱きを助け強きをくじく女俠客の弟子で、師傅とともに天下にはびこる悪人を懲らしめるため各地を流浪していると……というふうに。もしくは、わたくしは妖狐で、いろいろな悪戯をして人間を困らせているのだけれど、ある日、危ないところを素敵な殿方に助けられたことで彼に恋をしてしまう……とか。芝居の女主人公になったつもりで物語を作ることもありましたわ。あこがれていたのです。自分以外の何者かに」

「尹家のご令嬢であることがいやだったのですか？」

「いやだなんて不遜なことは申せませんわ。父も母も、わたくしを至宝のように大切にしてくださいました。おふたりから受けた大恩は、一生かかってもかえせないでしょう」

両親は貞娜を溺愛した。そして並々ならぬ期待をかけた。

「おまえは太子妃になるために生まれてきたのだと、父は口癖のように申しました。家名に恥じぬ淑女となって東宮にあがり、皇太子殿下にお仕えしなければならないと」

美貌、才気、品格。すべてを兼ね備えた淑女として東宮に嫁ぐ。それこそが貞娜に課せられた天命であり、生きる意味なのだと、両親はくりかえし言い聞かせた。

貞娜は両親が思い描く理想の娘になるべく努力した。つねに正しい立ち居ふるまいをしなければならない。不平不満を口にしてはならない。褒められても自慢してはならない。目上の者には従順でなければならない。軽薄な芝居や小説に親しんではならない。妬んではならない。怨んではならない。己を律し、あらゆる欲を抑えなければならない。

必死でおぼえた女訓は、貞娜を縛る桎梏になった。

「お転婆な従姉や、わがままな異母妹をうらやましく思いましたわ。だって彼女たちは太子妃になれない代わりに、思うさま庭院を駆けまわったり、欲しいものをねだったりすることが許されていたのですから。……それでも尹家の栄誉のため、父母のために努めていましたが、ときどき、どうしようもなく息苦しくなることがありました。そういうときは空想したのです。わたくしは尹宝珠ではないだれかで、胸躍る冒険をしたり、金蘭の友と語らったり、甘くせつない恋をしたりして……ここではない場所で生きていると」

宝珠とは貞娜の幼名であろう。

「あのかたと出会ったときも空想の世界にひたっていましたの。でも、ふしぎですわ。あんなに夢中になっていたのに、どんな空想をしていたのか、まるでおぼえていません」

幼き日の貞娜――宝珠は「なにを笑っているんだい」とうしろから声をかけられた。

「思いがけないことに驚いて、持っていた扇子を池に落としてしまいました。その扇子は端午節のお祝いに父からいただいたものでしたから、真っ青になりましたわ」

侍女が拾おうとしたが、彼がそれをとめた。

「あのかたは池に入って扇子を拾ってきてくださったのです。お召し物がすっかり濡れてしまいましたが、気にするそぶりもなく、微笑んでいらっしゃいました」

そのかみ、彼は齢十三の少年であった。

「お顔立ちはわたくしと同年のようにお見受けしましたが、とても背丈が高くていらっしやって。冠礼をおすませになった殿方かと思いましたわ」

彼の名は侍女の口から語られたという。

「あのかたの一族は尹氏一門と犬猿の仲なのです。賜宴などで両家が顔を合わせても、よそよそしいあいさつをするのみで、親しく付き合うことはありません。ですから、もう二度とお会いすることはないだろうと、あきらめておりました」

宮中でもよおされた乞巧節の宴で、ふたりは再会した。

「宴席を離れてぼんやりしていたわたくしに、あのかたがお声をかけてくださいましたの。『退屈な宴だね』とおっしゃるので、わたくしは『ええ』と答えてしまったのです。とんでもないことでしたわ。親族以外の殿方と口をきくなんて。わたくしがあわてて口もとを手のひらで隠すと、あのかたはふしぎそうに『どうしたの』とおっしゃいました」

宝珠は困ってしまい、その場にしゃがみこんで、瓔珞草の葉叢に残った洗車雨の名残を墨代わりにして石敷きの小径に文字を書きつけた。

――わたくし、男の人とおしゃべりしてはいけないのです。

「どうしてだい」

――だって、あなたはわたくしの未来の夫ではありませんもの。

「未来の夫が相手なら話してもいいの？」

宝珠がうなずくと、彼は端整な口もとに華やいだ笑みを浮かべた。

「じゃあ、私に嫁げばいいよ。そうすれば私は君の未来の夫になるから、話もできるよ」

――わたくしは東宮に嫁ぐと決まっているのです。

「つまらないね。そんなに幼いのに、もう君の人生は決まっているのか」

――名家の生まれですもの、当然ですわ。

「名家の生まれ……か。窮屈なものだね、お互いに」

彼は笑った。ひどくうつろな玉のような声で。

「もし……と考えたことはないかい？　自分が尹家の娘じゃなかったら、どんな生きかたをしただろうって。私は李家に生まれていなかったら、まず科挙は受けないな。官界での立身出世に興味がないからね。そんなことより、芝居を書きたいよ。史隠先生に弟子入りして、海内を旅しながら三百の劇種を学び、死ぬまでに千の作品を書くんだ」

流浪の文士・周余塵の号を慕わしげに口にしながら、彼は熱っぽく語った。

「まあ、千のうち二割は駄作で、二割は凡作だろうが、残りの六割は名作として後世に語りつがれるだろう。官人として得られる名声はこの命とともに消えるけれど、私の筆墨から生まれる文声は千年轟きつづける。これこそが本物の栄華だよ」

君はどうだい、と彼は問うた。

「いまの身分ではなかったら、どんな生きかたをする？」

――わたくしは……いいえ、言えません。言えば軽蔑されますから。

「軽蔑なんかしないよ。だれもが夢を見るべきだ。それが現実になるかどうかはたいした問題じゃない。大切なのは前を向くことだよ。うしろを向いたまま夢を見ることはできない。だから、だれだって、いつだって、夢見ることを忘れてはいけないんだ」

宝珠は彼に見惚れていた。妖物に魅入られたかのごとく。

——もし、尹家の生まれでなければ、わたくしがなりたいのは……役者ですの。

「へえ、役者に。どうしてだい？」

——舞台ではどんなことでもできるからですわ。妖狐になって人を化かしたり、女武将になって祖国を救ったり、男装して天子さまの側近になったり、恋しい殿方と駆け落ちしたり。さまざまな生きかたを経験できたら、きっと面白いと思うのです。生まれる前から決められた道を、ただひたすら踏み外さずに歩むだけの毎日よりもずっと。

「思わず本心を語ってしまい、恥じ入りましたわ。役者になりたいなんて、戯れにも口にしてはならないのに……。両親が聞いたら卒倒するでしょう」

はるかな昔から、役者は賤業である。芝居が時代の寵児となった昨今、良家の子女でさえ翠曲を習うが、あくまで手すさび。生業とするなど、考えられないことだ。

「決まりが悪くて立ち去ろうとしたとき、あのかたに呼びとめられましたの」

いい夢だね、と彼は朗らかに言った。

「とてもいい夢だ」

弾むような、あたたかい声。その響きがいつまでも宝珠の胸にこだました。

「わたくしたちは宴のたびにこっそり会いました。あのかたはくさぐさの芝居をご存じでしたわ。抱腹絶倒の背劇、庶民夫婦が主役の野劇、豪傑たちが活躍する覇劇、奇妙な仮面を用いた西域の祝劇……わたくしは雑劇や翠劇しか観たことがなかったので、夢中になって話を聴きました。そうしているうちに、いつの間にか直接、言葉を交わすようになっていましたの。そのことに気づいたときはうろたえましたわ。あのかたは朗らかに笑っておっしゃいました。『こうなったら私に嫁ぐしかないね』と……」

戯言だとわかっていた。氷炭相容れぬ両家に縁談が成立する道理はない。それでも宝珠の心は翼を得たようにふわふわと浮ついた。

「これが芝居だったら……と空想しましたわ。苦難に見舞われても、あのかたとわたくしは結ばれ、大団円になる。……けれど現実は、芝居のようにはうまくいきません。李家の御曹司と会っていることが父の耳に入り、わたくしとあのかたのことを秘密にしてくれていた侍女が暇を出されました。あたらしい侍女は厳格で、四六時中わたくしを見張っているので、あのかたにはもう……お目にかかることができなくなったのです」

会えなくなってはじめて、貞娜は彼――李子業に恋していると自覚した。

「夢見ることを忘れてはいけないとあのかたはおっしゃいましたが、わたくしは夢を見ることが恐ろしくなりました。だって、たとえ夢の世界であのかたと結ばれたとしても、現世に戻ればなにもかも幻だと知るのです。喪失感に胸を焼かれてしまいますわ。ですから、わたくし……あのかたを忘れようと努めましたの。わたくしは尹家の娘、皇太子殿下に嫁ぐさだめなのだから、ほかの殿方のことで心乱れてはいけないと……。努力のおかげで表向きは平然としていられるようになりましたが……この胸の奥底には、変わらずあのかたが……李修撰がいるのです。李修撰の色めいた噂が耳に入るたび、かっとなってしまいますもの。まるで許嫁が自分以外の女人と親しくしているのを見たかのように……。おかしな話でしょう？　わたくしとあのかたは許嫁でもなんでもないのに……」

打ち鳴らされる太鼓のような蟬の声が貞娜の嗚咽をかき消す。

「東宮選妃に参加している身でありながら、あのかたが瀕死の重傷を負ったと聞いて、居ても立っても居られなくなりました。もしかしたら、今生では二度と会えないかもしれない、遠くからあのかたの姿を見ることすらできなくなるかもしれないと……衝動のままに、こんな馬鹿なことをしました。あのかたにひと目会いたい一心で……。さぞや愚かな女だとお思いでしょう。自分のことをなんとも思っていない殿方のために、皇宮を無断で抜けだそうとするなんて……軽蔑されて当然ですわ。わたくし、ほんとうに……」

貞娜が手巾におもてをうずめた刹那、同様に手巾で顔を覆った者がいた。

「……どうしてあなたまで泣いてるのよ、淫芥」

「俺、弱いんですよ。この手の話に」

　熱心に話に聴き入っていた淫芥が女物の手巾片手にしきりとむせび泣いている。

「なんて言うんですかね、こういうの。幼き日の無垢な初恋ってやつですかね。純愛いいなあ、あこがれるなあ。俺なんか爛れた色恋しかしてないですもん。やれ角先生だー、やれ勉鈴だー、美人椅だー、玩蓮だーって、房事のあれこればっかですよ。あ、知らない人のために説明しますと、角先生ってやつはですねー」

「せ、説明しなくていいわよ。べつに知りたくないから」

　梨艶がどぎまぎして遮ると、淫芥はぐずぐずと鼻をすすった。

「はあ、恋かあ。いい響きだよなあ。敵対する家に生まれた男女が偶然めぐりあい、惹かれ合うなんて、芝居の筋みたいじゃありませんか」

「惹かれ合っているわけじゃないわ。わたくしが一方的にお慕いしているだけ。李修撰はきっとわたくしのことなど忘れていらっしゃるわ。色恋の相手には事欠かないご様子で、次々と持ちこまれる縁談を断るのに苦慮なさり、寿英公主にもお目をかけていただいているのですもの。わたくしのことをおぼえていらっしゃるはずがないわ」

「それでもひと目、お会いになりたいのでしょう？」

「……会ってどうなるというわけではありませんわ。わたくしにも李修撰にも、立場がありますから。でも、万一、あのかたの怪我が思わしくなくて、これが今生の別れになるのなら、最後に気持ちだけでも伝えられたらと……」

「では、会いに行きましょう」

「無理ですわ。たとえ東宮を出られても、皇宮からは出られません。錦衣衛に捕まったら……いいえ、門衛にすら見抜かれるでしょう。あきらめるしかないのです」

「あきらめるには早すぎます。試みてみれば、うまくいくかもしれません」

「……なにか秘策を授けてくださるのですか？」

貞娜が濡れた瞳で見あげてくる。梨艶はしばし考えて、うなずいた。

「秘策というより、唯一の打開策です」

礼駿は左手で弓をとった。弝の中心に虎口をあてがい、矢を静かに送りこんで矢筈を弦に嚙ませる。腰を落とし据え、前に出した左足を杭のようにのばし、うしろに引いた右足を大きく曲げて、後方に重心をかけた。中平架と呼ばれる武射のかまえだ。

弓手を強く押し出しながら、虎の尾を握って離さないように握り固めた馬手を引けば、怒張した黒漆塗りの弓が澄明な重さを孕み、弓手の指先が鏃の冷ややかな肌にふれた。正視しているのは、百歩（約一六〇メートル）先に立てられた鞀子。左右に赤々と燃える巨大な松明を従えたそれは、まだらな炎色に染まり、夜闇に沈んでいる。

鞀子のもっとも外側に位置する八尺四方の方形を侯という。侯よりも内側は四尺四方の鵠。さらに内に二尺四方の正が、鞀子の中央には一尺四方の的がある。命中すれば的場にいる宦官がそれぞれ一本、二本、三本、四本の松明を灯す手はずになっている。

夜風が凪ぐのを待ち、礼駿は弦を断ち切るように矢を離した。弦音が耳をつんざくことしばし、的場に三本の松明が灯る。的を狙ったが、惜しくも外したようだ。

「首尾は？」

中平架のかまえをといて問うと、暗がりにひかえる宦官が答えた。

「うまくいきました。……たぶん」

「たぶんだと？　聞き出せなかったのか？」

「いえ、話はお聞きしたのですが、くわしいことは紀淑人もご存じないようで……」

宦官――若葉色の貼里を着た汪梨艶は申し訳なさそうにうつむいた。

梨艶が女官姿で礼駿の書房に入ってきたのは、十日ほど前のことである。

「尹秀女が李修撰のお見舞いに行くことをお許しください」

何事かと思えば、梨艶は突拍子もないことを言ってのけた。

「『未来の花嫁がほかの男の見舞いに行くのを許せ』だと？」

「はい、そのとおりです」

「東宮選妃の最中に、軽々しく秀女を外に出すわけにはいかぬ。しかも、男に会いに行くなど言語道断だ。不貞行為以外の何物でもないぞ」

「不貞行為であればこそ、殿下は尹秀女をお助けになるべきなのです」

やけに確信した様子で断言する。いささか興味をひかれ、つづきを促した。

「文綾閣で殿下はおっしゃっていました。尹秀女と李秀女のどちらにも如意を下賜なさるおつもりはないと。ですから、これは好機です。尹秀女の不貞行為を見逃せば、殿下は尹家と李家に貸しをつくることになります。たとえ李修撰が尹秀女に情を抱いていなかったとしても、東宮選妃の最中に皇宮を抜け出してきた尹秀女と密会したことは事実。どんな言い訳をしようが、赦されることではありません。こたびの一件、尹家は娘の名節を守るため沈黙します。そして李家もまた、沈黙せざるを得ないでしょう。将来を嘱望される李修撰の官途を閉ざしてまで、尹秀女の不貞を暴く道理がありません。李修撰は李閣老最愛のご子息、大事な跡継ぎに密夫の汚名を着せたくはないはずです」

「なるほど、妙策だ。尹秀女の不貞を種に両家を脅迫するわけだな」

狡猾な女狐め、と礼駿は声高に冷笑してみせた。

「おまえは尹秀女に情けをかけ、俺にも恩を売るつもりか。目的はなんだ？　尹秀女と李秀女を退ける見返りに、自分を太子妃にしてくれと？」

「そ、そんなつもりは……」

「よもや、純然たる親切心で申し出たと言うのではあるまいな？」

梨艶は肩をすぼめて黙りこむ。先ほどまでの豪胆さはどこへやらだ。

「なんの見返りも要求せず他人のために危険な橋をわたるやつは、だれよりも信用ならぬ。

善人ぶる輩には、決まって裏の顔があるからな」

貞娜が幼少のころに子業と親交を持っていたことくらい、調べはついている。それが恋情であるか否かは、この際、問題にならない。いざとなれば、ふたりの旧交を利用して醜聞を流すこともできるのだ。梨艶に取引を持ちかけられなくても――。

「純然たる親切心などではありません。私にも我欲はあります」

梨艶はおもてをあげた。ゆらめく灯燭がその花顔につややかな化粧をほどこす。

「兄の文を受け取りたいのです」

「汪副千戸の？」

「先日の事件で、入宮時に持ちこんだ兄の文はほとんど引き裂かれてしまいましたので、あたらしい文を持ちこむことをお許しください」

原則として、東宮選妃の期間中は実家からの書簡を受けとれない。

「数日前に参内した兄嫁……義姉から、兄が汪府に私宛ての文を寄越したと聞きました。文の受け取りを許可していただくことが、この取引における私の利益です」

「兄の文だと？　くだらぬ。どうせ出まかせを言うならもっとうまくやれ」

「出まかせじゃありません！」

思いがけず強い口調で言い放ち、梨艶は懐から藤紙をとりだした。

「ごらんください、薄秀女の手下に破かれた兄の文です。無数の紙片をつなぎ合わせて貼りつけましたが、いくつかの紙片は――下手人が逃げる際に衣の裾につけたまま部屋の外に出たせいでしょうが――内院に落ちていてだめになっていました。あの日の夕刻に降った雨が地面を湿らせていたため、文字が読めなくなっていたんです。ところどころ欠けた兄の手蹟を見るたび、文が引き裂かれたときのことを思い出して胸が痛みます」

「あたらしい兄の文を手に入れれば、その痛みが消えると？」

「痛みは消えませんが、心が慰められます。兄は私の杖柱ですから」

まるで金冊でも抱くように、つぎはぎの文を大事そうに胸に抱く。

「不遜なやつだな。夫になる男よりも兄を慕うとは」

「兄は長年、汪府で立場の弱い私を守ってくれました。恩義を感じています」

「汪府でおまえを守っていたのは汪副千戸だが、東宮でおまえを守っているのはだれだ？変装して皇太子の部屋に忍びこむという無礼を咎めずにいてくれているのは？」

「……殿下のご恩情には感謝しています」

「だったら、俺の役に立て。それがおまえの謀に乗ってやる条件だ」

「なにをすればよいのでしょう」

「その前に厄介事を片づけるぞ。――朽骨、軒車を手配しろ。帰真観へ行く」

煌京のはずれに位置する帰真観には怨霊祓いで有名な覚玄女という道姑がいる。ここ数日、不吉な夢を見ているので悪夢祓いに行くと言えば、不審には思われない。

貞娜と梨艶には宦官の変装をさせ、随従させる。いったん帰真観へ入ったのち朽骨の配下が貞娜を李府まで連れていき、病床の子業と面会できるよう取り計らう。面会が終わりしだい、貞娜は帰真観に戻る。あとは礼駿が彼女たちを連れて皇宮に帰るだけだ。

「私も尹秀女のお供をしたいのですが……」

「だめだ。おまえにはべつの仕事がある」

貞娜と子業の密会だけが目的なら、梨艶を連れていく必要はない。礼駿が彼女を同行させたのには、べつの狙いがあった。

「数日のうちに覚玄女を演じてもらう。今日はそのための下準備だ」

梨艶は芝居の人物だけでなく、他人を演じるのも得手だ。争監丞になりすましたときは邪蒙でさえ騙された。ならば覚玄女にもうまくなりすませるはずだ。

「なんのために覚玄女を演じるのですか?」

「紀淑人から話を聞き出すためだ」

十年前の火難当日、母は紀氏と話しこんでいた。当時、六侍妾の最下位・楚人であった紀氏とは入宮当初から昵懇の仲で、実の姉妹のように親しく付き合っていたので、会話が弾むのはいつものことだったが、この日は様子がおかしかった。母は人払いをして紀氏と部屋にこもり、出てきたときにはふたりして幽鬼にでも出くわしたかのように青ざめていた。どういう話をしたのか気になって尋ねてみたが、母はぎこちなく話頭をずらしてごまかした。殿舎が炎上し、母が猛火にのまれたのは、その晩のことだ。

爾来、月娘と礼駿は、紀氏と疎遠になった。紀氏は母の葬儀にも顔を出さなかった。母をなつかしんでこちらから訪ねていくと、病を口実に面会を拒まれた。宴の席で顔を合わせても始終よそよそしく、実の甥姪のようにふたりを可愛がってくれた紀氏は、もうどこにもいなかった。むろん、事件当日の母との会話の内容について訊いてみたけれども返答は得られなかった。紀氏は沈黙を貫いた。まるで強いられているかのように。

――母がだれに謀殺されたか知っているのではないか。

紀氏の行動は宮人が保身に走るときのそれである。彼女はあきらかに決定的な手掛かりを握っており、そのために脅されているのだ。いままで幾度となく紀氏から事情を聴き出そうと手を替え品を替え試みたが、警戒心が強い彼女はけっして秘密をもらさず、不首尾に終わった。ゆえにこたびは、趣向を凝らすことにした。

母の死の翌年、紀氏は皇十九女を産んだ。出産の折に身体を損ない、以来懐妊が見込めなくなってしまったためか、紀氏の溺愛ぶりはひとしおである。かすり傷やかるい感冒でも右往左往してしまうのだ、十九妹が重病に臥せば紀氏はかならず取り乱す。

「……毒を盛るんですか？　異母妹であらせられる公主さまに？」

「分量は加減してある。しばらく苦しむが、一晩も経てばよくなる」

紀氏は太医を呼ぶ。しかし、主治医は所用で出払っている。代わりに診察した太医は、対処のしようがないと言う。もちろん、代理の太医は礼駿の手の者だ。

「紀淑人は信心深い。原因不明の病といわれれば、呪詛のたぐいが原因だと思いこむ」

紀氏が玉梅観に駆けこんだとき、たまたま玉梅観を訪ねてきていた帰真観の覚玄女が経をあげている。紀氏は公主を助けてほしいと覚玄女に泣きつく。

「ここでおまえの出番だ、汪梨艶」

帰真観に梨艶を連れていくのは、覚玄女と引き合わせ、彼女の声色、言葉遣い、立ち居振る舞いをおぼえさせるため。

「なぜ私が？　覚玄女に事情を説明して、協力していただいたほうがよいのでは……」

「覚玄女は徳望が高い。こちらの都合が悪くなったとき、おいそれと始末できないのが難点だ。その点、おまえは使い勝手がいい。いつでも切り捨てられるからな」

しまった、うっかり本音をこぼしてしまったのは悪手だった。こういう場合、「おまえを信頼しているから」などと甘言を弄して懐柔しておくのが良策だというのに。

「あくまで最悪の場合だ。万全の備えをした計略だから、その必要はないだろう」

怯えられては面倒なので、口調をやわらげてみた。梨艶はうなだれている。頼りない肩が震えていた。いまにも泣き出すぞと頭を抱えかけたとき、彼女はひざまずいた。

「もし、不測の事態が起きて、私の口を封じなければならなくなったら……汪家には累がおよばないように取り計らってくださいますか。流霞宮の婢僕たちにも……。私のせいでみなが災難に見舞われては不憫ですから……どうかお願いします」

平伏した梨艶を見おろすと、錆びた錐で胸裏を突かれるような心地がした。

——いったいなんなんだ、この女は。

礼駿に軽んじられ、飼い狗のようにあつかわれても抵抗しないばかりか命乞いすらせず、親族と側仕えの行く末を案じてみせる。本心からの行動か、それとも芝居か、礼駿には区別がつかない。いっそ後者であってくれとさえ思う。これが演技であれば、騙されたふりをしていればよいのだ。なれど、偽りなき言葉だとしたら、どうすればいい。足蹴にはできない。非力な女を蹂躙して悦に入るほど、下劣ではないつもりだ。

——慣れすぎているんだ。物あつかいされることに。

梨艶が令嬢ではなく、家班の女優として育ったことをいまさらながら思い出した。家班の女優の身分は家妓や家婢とおなじ奴婢。主の機嫌しだいで折檻され、殺される身だ。文字どおり〝物〟として譲渡され、転売されることもままある。二十数年も物あつかいされて生きてきたら、わが身を軽んじる悪癖がしみついているのも無理はない。

「前言を撤回する」

逡巡したのち、礼駿は床にかがみこんだ。彼女の両手を握って立たせてやる。

「なにがあっても、おまえを切り捨てはしない。だから、安心していろ」

不用意な台詞を口走ってしまい、当惑した。出まかせにしては熱がこもりすぎていた。

偽りにしては真に迫りすぎていた。さながら本心がつむいだ言葉のように。

「感謝します。そこまでおっしゃっていただけるなんて、嘘だとしてもうれしいです」

「嘘だと？　俺の言葉を疑うのか」

「殿下の前言が道理だからです。私は宗室にとっても汪家にとっても取るに足らない存在。問題が起きたとき、事態収拾（しゅうしゅう）のため真っ先に始末されるのは当然です」

梨艶は顔をあげたが、静けさをたたえた瞳に涙はにじんでいなかった。

「それで、私はどのように紀淑人から話を聞き出せばよいのでしょう？」

面食らいつつも手順を説明すれば、梨艶は一度で理解した。

「公主さまのご病気の原因は呪詛だと言って、紀淑人の不安をあおればいいんですね？」

混乱した紀氏に「呪詛している人物に心当たりはないか」と問う。

「相手がわからないと解呪（かいじゅ）は難しいと言えば、俺が聞きたいことを話すはずだ」

梨艶は覚玄女を一個時辰（にじかん）ほど観察しただけで、声色や話しかた、しぐさを写し取り、彼女の言行録を読みこんで言い回しの癖を学んだ。ただし、覚玄女は梨艶より二回りも年上で、顔立ちもずいぶんちがう。何度か覚玄女と会ったことがある紀氏を騙すには、不注意でやけどを負ったという体（てい）で、頭巾でおもてを隠さなければならない。

事は計画どおりに運んだ。紀氏は梨艶を覚玄女と思いこんだ。

「……あ、あのかただわ……！」

人払いをしたあと、紀氏はいたく怯えた様子で言った。

「十年前、親しくしていた侍妾から聞いたのです。侍妾は見たと言っていました。後宮で、ある人物が半金烏を持っているのを……。そのかたに気づかれ、口外したら殺すと脅されたそうです。翌晩、侍妾は火難に見舞われ、帰らぬ人に……。表向きは失火ということになっていますが、あれは放火ですわ。妹妹は……万氏は口封じされたのです」

宮正司に訴えなかったのかと尋ねると、紀氏は首を横にふった。

「訴えても無駄ですわ。万氏が言うには、半金烏を持っていたのは高位のかただったそうですから。わたくしのような一介の侍妾が訴えても、うやむやにされるに決まっています。それどころか、わたくしが半金烏の秘密を知っていると知られたら、恐ろしいことになりますわ。だからずっと黙っていたのです。万氏のようになりたくなくて……」

半金烏を持っていた人物とはだれなのか、紀氏は知らないと言っていた。

「わたくしが万氏から聞いたのは、高位のかたということだけです。名前までは聞いておりません。でも、あのかたはわたくしがあのかたのお名前まで存じているとお思いなのですわ。怨天教徒が自在に操るという鬼道で、わたくしを見つけだしたのですわ。それでわたくしを……わたくしの公主をかような目に……！」

梨艶はもっともらしい呪詛祓いの儀式を行って紀氏をなだめた。明日の朝には、十九妹はけろりと元気になっているだろう。

——やはり口封じか。

熱湯のような確信が胸にひろがり、礼駿は弝を握りしめた。母の死は不慮の事故ではなかった。謀殺だった。半金烏の持ち主が秘密を守るために母を葬り去ったのだ。

——だれだ？

後宮の高みにいる人物。侍妾の証言をたやすく握りつぶすことができる者。疑わしい顔が次から次に脳裏をかすめては消えていく。

「大儀であった。さがってよいぞ」

箙から矢を引きぬき、矢番えをする。中平架のかまえをとろうとしたとき、一礼して立ち去ろうとした梨艶がこちらにむきなおった。

「殿下は……母君の仇を討つおつもりなのですか？」

「おまえには関係ないことだ。本件は他言無用だぞ。だれかにもらせば」

「だれにも話しません。……ただ、私……殿下が心配なのです」

「心配だと？　おまえごときが、俺を？」

「……差し出口であることはわかっています。ですが、復讐はきっと、殿下の御心を削りとってしまいます。母君の無念を晴らしたいお気持ちはお察ししますが、仇敵が高位のかたとなれば、なおさら危険です。失敗すれば殿下はすべてを失ってしまいますし、たとえ復讐を果たしたとしても禍根を残すでしょう」

どうかご再考ください、と梨艶はひざまずいた。

「殿下は儲君であらせられ、ゆくゆくは大凱を統治なさる御方。孝道は人の道ですが、君道は天子しか歩めぬ無二の道です。私怨に身を投じるのではなく、将来、践祚なさった折、億万の民をお救いになり、四海を安んずることで母君の御霊をお慰めに――」

夜陰に轟く弦音がつづく声を断ち切った。

「秀女の分際で言官を気取るな」

百歩先の的場に四本の松明が灯る。

「さがれ」

「それでそれで？　子業兄さまは臥室に入ってきたあなたを見てなんて言ったの？」

彩蝶が玻璃鶏蛋糕を頬張りながら身を乗り出した。黄色い鶏蛋糕生地の上に白い淡雪羹をのせたこの甜点心は残暑にぴったりの甘味だ。淡雪羹からあざやかな色彩をのぞかせる菴羅や番木瓜などの南国の果物が口にふくむたびに常夏の香気を放ち、さっぱりとして食べやすいせいか、彩蝶はしきりにもぐもぐと口を動かしている。

「もう話したでしょう。何度おなじことを言わせるのよ」

「何度聞いたって飽きないわ。恋の話は」

「わたくしはそろそろ話し飽きたわ。三度も話したんだもの」

貞娜はすまし顔で玻璃の蓋碗をかたむけている。

「汪秀女だって聞き飽きたでしょう」

「えっ……私は、あ……い、いえ！　私ももっと聞きたいです」

空気を読んで、梨艶はふたりが望む答えを言った。

「李秀女はともかく、汪秀女がそこまでおっしゃるなら、仕方ありませんわね」

もったいぶったしぐさで蓋碗を置き、貞娜は玻璃鶏蛋糕をひと口食べた。

「わたくしが臥室に入ったとき、李修撰は牀榻に臥せていらっしゃいましたの。おいたわしいご様子でしたわ。なにせ、杖刑六十をお受けになったのですもの。わたくし、李修撰のお姿をひと目見るだけで胸が締めつけられて……」

牀榻のそばに立つ宦官姿の貞娜を見て、子業は驚愕のあまり言葉をなくした。

「しばし、お互いに黙りこんでいましたわ。わたくしはなにから話し出せばよいのかわかりませんでしたし、李修撰は目を疑っていらっしゃるようでしたの」

なぜあなたがここに、と子業は寝床から起きあがって問うた。

「〝あなた〟と呼びかけたってことは、子業兄さまは尹秀女だってすぐわかったのね」

「ええ、ひと目でおわかりになったわ。わたくしのことをおぼえていてくださったの」

再会の喜びとせつなさがないまぜになって、貞娜は泣きじゃくってしまった。

「このようなかたちで押しかけてきて、さぞや驚かれたでしょう……。廷杖をお受けになって大怪我をなさったとうかがい……居ても立っても居られなくなって、皇宮を抜け出してまいりましたの。もしかしたら、今生ではもう、お会いできないかもと……」

「今生では？　そんな大げさな」

「李秀女がおっしゃっていましたわ。李修撰は瀕死の重傷だと」

「妹が早とちりしているんでしょう。たいした怪我ではありませんよ」

「ですが……とても具合が悪いように見えますわ」

「まあ、すこしは痛みますが。家族が騒いでいるほど、重傷ではありません。私を廷杖に処した錦衣衛の校尉がだいぶ手加減してくれたので」

「手加減？　ひょっとして、李閣老が錦衣衛に付け届けを？」

「さしもの父も錦衣衛を買収することはできません。その場はしのいでも、あとが怖いですからね。すべてはご宸意ですよ。杖刑にはいろいろな叩きかたがあり、傍目にはたいそう痛めつけているように見えるが、叩かれているほうにはさして苦痛がない方法もあります。私の刑を執行した校尉は熟練の者で、たくみに膂力を抑えていました。錦衣衛の校尉が手心をくわえたということは、それが主上のご宸意であるということです」

　錦衣衛は皇帝直属の特務機関たる東廠に属する。東廠は皇威をうしろ盾として強権をふるう組織なので、皇上の意向に逆らうことはまずない。

「どうして廷杖をお命じになった主上が情けをかけてくださるのです？」

「私に廷杖をお命じになったのは、私自身以上に李家を戒めるためなんです。近頃、李家の横暴が目立ちますからね。尹閣老を陥れるため権謀術数に明け暮れている父や、皇太后さまのご威光を笠に着て世間を騒がせている兄たちだけでなく、李家につらなる者たちは日に日に驕慢になっており、その権勢たるや昔日の呉家や栄家に勝るとも劣りません。かねてより、お龍顔にこそあらわされないものの、主上はわが一族に憤懣やるかたないご様子でした。本来なら李家当主である父が廷杖に処されてしかるべきでしたが、閣老を午門に引っ立てるのははばかられるので、私にお命じになったんでしょう」

だからこそ軽傷ですんだのだと、子業は笑みすら交えて語った。

「さもなければ手加減などしてくれませんよ。錦衣衛に翰林院の権威は通用しませんからね。翰林官であろうとなんだろうと、彼らにとってはみな平等に罰すべき匹夫です」

「では、あなたは、今日明日の命というわけでは……」

「ありません」

子業がはっきり否定すると、貞娜はへなへなと床にへたりこんだ。

「私が死ぬかもしれないと聞いて、禁を破って皇宮から出てきたんですか？　あなたらしくもない。どうしてそんな危険なことを」

「……あなたのせいですわ、李修撰。あなたのせいで、わたくし、生きた心地もしませんでしたのよ。今生では二度とお会いできないかもしれない、お姿を遠くから見つめることすらできないかもしれないと思うと、じっとしてはいられなくて……」

つむごうとした言葉は袖時雨でかき消されてしまう。

「それは……どういうことです」

「ひどいかた。女のわたくしにかようなことを言えとおっしゃるのですか」

熱いしずくに溺れた瞳で、貞娜は力いっぱい子業を睨んだ。

「あなたはきっと、わたくしのことなんて、なんとも思っていらっしゃらないのでしょう。幼き日の誼も忘れていらっしゃるんだわ。愚かなわたくしがあなたを忘れられず胸を痛めているなんて、夢にも思われないのでしょう。東宮選妃のために入宮してからも、心の奥底であなたを想いつづけているなんて……。あなたの浮名を聞くたび、わたくしがどれほどお相手の女人を妬んだか、どれほどあなたを恨んだか、ご存じないのだわ」

ふたりのあわいに、引き絞られた弓のような沈黙が落ちた。

「……まいったな。どうやら私は、夢を見ているらしい」

ひとりごとめいた台詞に耳朶を打たれ、貞娜はぱっと顔をあげた。

「夢ですって⁉　なんて非情な。わたくしは決死の覚悟でここまでまいりましたのに」

「だってありえないでしょう。じき太子妃になるあなたが寝間に忍んで来て、さらには私を恋慕していると涙ながらに語るなど。あまりに私に都合がよすぎる。だからこれは、夢にちがいない。私が常日ごろから夢想していたことが現実の仮面をかぶって眼前に迫ってきたんだ。それにしても精巧な夢だな。あなたの泣き顔はまるで本物だ」

　子業は牀榻からおりて、貞娜のそばに片膝をついた。

「しかし、これが夢なら——あなたを抱きしめても、罪にはならないでしょうね？」

「……でも、あなたは、わたくしのことなんて……」

「なんとも思っていなかったら、夜ごとあなたの夢を見ますか。あなたを忘れようとして恋の真似事(まねごと)をくりかえしますか。どうせあなたと結ばれることはないと知りながら独り身を貫き、あなたが尹家に、私が李家に生まれたことを恨むでしょうか。それだけではない。私は恐れ多くも皇太子殿下に修羅(しゅら)を燃やしています。殿下はあなたを娶(めと)ることができる。あなたとふたりきりで過ごすことができる。あなたにふれることができる。私はあなたにふれることはおろか、あなたを見つめることすら許されない立場だというのに……」

　思いもよらない告白に、貞娜は視線をさまよわせた。

「……夢を見ているのはわたくしのほうですわ。あなたがわたくしを想っていてくださったなんて、ありえないことですもの」

「なぜありえないと？」

「だって、あなたには寿英公主(じゅえいこうしゅ)との縁談も……」

「縁談はお断りしました。実は寿英公主に申しあげたんです。私にはどうしても忘れられない女人がいるので、駙馬(ふば)となってお仕えすることはできないと」

「……その女人が、わたくしだとでも？」

「ほかにだれがいるんです？　ありていに言えば、縁談をお断りしたのはあなたと親族になりたくなかったからだ。寿英公主は殿下の姉君でいらっしゃる。あなたが東宮妃になり、私が駙馬になれば、私はあなたの義兄になってしまう。たとえ義理でも兄妹の関係にはなりたくなかった。私は――あなたを妻にしたいんです。妹ではなく。それが叶わぬ夢だと知っていても、罪深い願いだとわかっていても、あなたへの想いを抑えられなかった。だから寿英公主との縁談を受けることはできなかったんです」

手を握られ、貞娜は怖気づいた。貞娜の手をすっぽりと包んでしまう大きな掌は、記憶のなかに残る少年のものではない。

「東宮選妃がはじまる前にあなたをさらうことを何度も考えましたが、行動には移せませんでした。そんなことをすれば、宗室の面目をつぶすことになり、尹家と李家には天誅がくだってしまう。けれど、いちばんの理由は、あなたの心が私のほうをむいていないと思っていたからです。あなたは太子妃になることを望んでいるとばかり……」

「いいえ……！　わたくし、太子妃になりたいと願ったことなどありません。わたくしの願いは……ほんとうの願いは、あなたの妻になることですもの」

両親の、尹家の期待を一身に背負ってもなお、恋心は消えない。

「かようなことを願ってはいけないと、何度も自分に言い聞かせましたわ。わたくしは東宮に嫁がなければならないのだと、それが天命なのだと……でも、どうしても」

あなたが恋しくて、と言いたかったけれど、言葉にはならなかった。

「そしてふたりは甘い口づけをかわしたのねっ！」

「ち、ちがうわ！」

貞娜は真っ赤になって彩蝶を睨んだ。

「……だ……抱きしめられただけよ」

「嘘だあ！　あの子業兄さまが抱きしめるだけですませるわけないわ。ちょうどいい具合に牀榻がそばにあることだし、ふたりはそのまま……」

「なっ、そ、そんなこと、ありえなくてよ！」

「いまさら隠さなくてもいいじゃない。思い切って白状しちゃいなさいよ」

「は、白状することなどないわ。李修撰は誠実なかたなの。わたくしのことを大切に思ってくださっているのだから、軽率な行いをなさるはずがないでしょう」

「わー驚いたぁ。いままでとずいぶん言うことがちがうのねえ」

李府で子業と会ったあと、貞娜はいったん帰真観に戻り、梨艶とともに礼駿に随行して皇宮へ帰った。そののちは何食わぬ顔をして過ごしていたが、別れの印に子業からわたされた香嚢を彩蝶に見られてしまい、根掘り葉掘り聞き出されてしまったそうだ。

「わ、わたくしの話は十分でしょう。李秀女、あなた、自分の話をしたら？　わたくしはいやというほど聞かされたけれど、汪秀女はまだご存じなくてよ」

「なんの話ですか？」

梨艶が首をかしげると、彩蝶は貞娜と顔を見合わせて由ありげに笑った。

「実はねー、わたくしにも好きな人がいるの」

「ええ、それは知っています。殿下のことでしょう」

「ううん、殿下じゃないわ」

「え？　でも、以前は殿下のことをお慕いなさっていると……」

「あれは鬼話。これでもいちおう秀女だから、殿下以外の殿方に恋してるなんて言えないでしょ。とっさに出まかせを言ったのよ」

「殿下でないなら……どなたを？」

ふふふ、と彩蝶は気恥ずかしそうに唇をほころばせた。

「監生よ。とっても優秀なの。今年の郷試ではきっと解元になるわ」

科挙を受験するには、国立学校――中央の太学、地方の府学、州学、県学――に在籍していなければならない。それらの学校に入学するための試験を童試といい、第一の試験を県試、第二を府試、第三を院試という。晴れて院試に及第した者は生員と呼ばれ、なかでも成績優秀者は太学、すなわち最高学府・国子監への入学を許される。

監生とは、このような難関をくぐりぬけてきた国子監の学生のことだ。各学校では科試という試験が行われるが、これに及第して挙子とならなければ、科挙の第一試験・郷試へ進めない。郷試が挙行されるのは三年に一度、八月九日から十六日まで。通常は本籍地の省都で受験するが、監生は北直隷にて受験することが許されている。

「彼ね、子業兄さまみたいに三元になるって意気込んでるの。彼が三元になれば、わたくしたちは結婚できるから」

首席で及第した者を、郷試では解元、第二試験・会試では会元、最終試験・殿試では状元という。すべてを首席で及第した者は三元と呼ばれ、末代までの誉れとされている。

「三元になればおふたりが結婚できる……とは？」

「伝臚――殿試の成績発表の儀式のことね――の翌日にもよおされる杏林の宴で、三元はとくべつに褒賞をいただくのよ。そのとき、わたくしを賜りたいって彼が主上に申し出るの。主上が許可なされれば、尹閣老だって反対できないわ」

「どうして尹閣老が出てくるんです？」

「だって、彼――卓詠さまのご父君だもの」

「え？　その卓詠さまという殿方は、尹閣老のご子息なのですか？　つまり……」

「わたくしの弟ですの。はじめてうかがったときは仰天しましたわ。あの四角四面で潔癖な卓詠に秘密の恋人がいたなんて。しかも、それがこともあろうに李秀女だなんて」

「なによー、わたくしじゃだめなのー？」

「卓詠は昔から堅物なのよ。朝な夕な書物を読んで、賢人の教えを乞うて、敬虔な道士のように身を慎んでいたの。巷の遊興とは無縁で、燕楽も聞かず、姉のわたくしとすら他人行儀で打ち解けない弟が李秀女のような奔放な女人に惹かれるとは思わなかったわ」

「あなたが見ていたのは、卓詠さまの一面にすぎないのよ。わたくしが知ってる卓詠さまはとっても楽しいかたよ。唱はお世辞にも上手とは言えないけど、そこが可愛いの」

彩蝶は蓋碗をかたむけつつ、はにかんでみせた。

「昨年の春だったわ。わたくしたちはね、戯楼からの帰り道で出会ったの。卓詠さまったら、人気のない場所でこっそり芝居の唱を歌ってたのよ。稽古してるみたいだったから、わたくしはこっそり聴いていたわ。面白いくらい調子はずれでね、戯楼で聴いた唱とは似ても似つかないんだけど、ふしぎといやな感じはしなかったの。舞台を駆け回った乱世の英雄になりきってたせいね。芝居好きな人だって、すぐにわかったわ」

卓詠は庶民に身をやつしており、商家の息子だと名乗った。

「わたくしは駆け出しの女優だって名乗ったの。いつも戯楼に行くときは庶民の恰好をしてたから、疑われなかったわ。卓詠さまは芝居が大好きなんだけど、厳格な父親が翠曲を習うことを許してくれないって言ってたわ」

「そうなのですか？　でも、尹秀女は翠曲を学んでいらっしゃいましたよね？」

「父は娘たちには教養として翠曲の清唱を習わせましたが、兄弟たちには勉学がおろそかになると言って芝居を禁じていましたの」

「だから人目につかないところで稽古してたのね。卓詠さま、わたくしに翠曲を教えてほしいって言ってきたの。わたくしは二つ返事をしたわ。だって駆け出しとはいえ女優ですもの、翠曲くらい教えられて当然じゃない？　まあ、わたくしが知ってる曲はそう多くないんだけど、卓詠さまはもっとご存じないから、なんとかごまかせたわ」

女優のふりをして卓詠に会うのが楽しみになったという。

「はじめは退屈しのぎだったの。数回会えば、どちらともなく飽きて、おしまいになると思ってた。でもね、卓詠さまは一度も約束を破ったことがないの。土砂降りの日も、季節はずれの雪の日も、高熱を出したときだって、わたくしに会いに来てくれたわ。卓詠さまが来てるかもって思うと、わたくしも結局、会いに行ってしまうの」

逢瀬をかさねるにつれて、彩蝶は心苦しくなっていく。

「ほんとうは女優じゃないのに、卓詠さまを騙してるんだもの。かるい気持ちでついた嘘だけど、だんだん重荷になっていったわ。いつか打ち明けなきゃって思ってるうちに……卓詠さまにわたくしの正体がばれちゃったの」

ある日、彩蝶は別れ際に荷包を落とし、卓詠がそれを拾った。

「荷包には龍鳳銭が入ってたの。龍鳳銭って知ってる？　吉事があったときに下賜される金幣で、表にはなんとか皇宝って刻まれてて、裏には鋳造年が刻まれてるのね」

宣祐皇宝、八年。宣祐八年に鋳造された龍鳳銭は、李家にのみ下賜された。

「恵兆王と寿英公主のご降誕を記念して、主上がくださったものなの。李家の人間しか持ってないから、わたくしが李一族の者だってばれたわ」

彩蝶は事実を打ち明けて謝罪したが、卓詠は激怒して取りつく島もない。

「そこまで怒ることないじゃないって思ったわ。たしかに嘘はついたけど、李家の令嬢だって名乗って城肆をうろつくわけにはいかないんだから、仕方ないでしょ。それにわたくし、まだ知らなかったのよ。卓詠さまが尹家のご子息だってこと」

卓詠はここではじめて自分が尹閣老の嫡男であることを明かした。

「なあんだってほっとしたの。卓詠さまも嘘ついてたんじゃないって。でも、卓詠さまはますます怒ったわ。『私たちの仲が主上のお耳に入ったら、私は皇太子殿下の花嫁の名節を汚した密夫と後ろ指をさされ、尹家は外戚でありながら天顔に泥を塗った不義不忠の輩とそしられることになる』って。『これは李閣老の奸計なのか』とも言われたわ。娘を使って尹氏一門を陥れるつもりかって。そんなことありえないわよ。お父さまはわたくしに甘いけど、尹家の人間とかかわることは絶対に許さないもの。一生懸命、説明したんだけど、卓詠さまは全然わかってくれないから、もうやけになって、わたくし……あなたのことが好きなのって言っちゃった。東宮なんか入りたくない、あなたの妻になりたいのって。卓詠さまはぞっとするような怖い声で言ったわ。『私は君が嫌いだ』って……」

今日ここで友誼を断つと宣言して、卓詠は立ち去った。

「何日も泣き暮らしたわ。卓詠さまに嫌われてしまったと思うと、胸が引き裂かれたみたいに痛むの。つらくてたまらないのに、入宮の日はだんだん迫ってきて……」

東宮選妃にむけて李府では着々と支度が進められていた。騒がしい日々に急き立てられて断腸の思いをつのらせ、彩蝶はとうとう邸を飛び出してしまう。

「ほかに行くところもないから、卓詠さまといつも会ってた古い廃廟に行ったの。ふたりで唱の稽古をしてたときはちっとも怖くなかったのに、ひとりで来てみるとこんなに薄気味悪い場所だったんだってびっくりしたわ。ちょっと怖かったけど、邸に帰る気にはなれなくて、ぼろぼろの祭壇のそばでぼんやりしてたの。卓詠さまのことを考えてたら、いつの間にか寝入ってたみたい。だれかに揺り起こされて、やっと目を覚ましたわ」

血相を変えて彩蝶の顔をのぞきこんでいたのは、ずぶ濡れの卓詠だった。

「わたくしね、思わず『あっちへ行って』って言ったの。夢だと思ったのよ。恋しさがつのりすぎて、卓詠さまが会いに来てくれる夢を見てるんだって。夢のなかで会えてもなんの意味もないわ。だって現実では会えないんだもの。だから夢を追い払おうとしたの」

雷鳴のような怒声が彩蝶をしたたかに打った。

「君は大馬鹿者だ！　こんな人気のない場所に女人がひとりでいるなど、襲ってくれと言っているようなものだぞ！　自分がどれだけ危険にさらされているかわからないのか！」

激しく怒鳴られ、彩蝶はようやく目の前にいるのが本物の卓詠であることに気づいた。

「うるさいわね！　わたくしがどこでなにをしようと、あなたには関係ないでしょ！」

放して、と卓詠の手をふりはらおうとしたが、逆に強くつかまれてしまう。

「わたくしのことが嫌いなら、わたくしにさわらないで！」

渾身の力で彼から離れようとした瞬間、腰からぐいと引きよせられた。

「嫌いだったら、雨のなか君を捜しまわるわけがないだろう」

李府の前を偶然とおりかかった卓詠は、李府の奴僕たちが行方知れずになった彩蝶の捜索に出るのを見て、方々駆けまわったすえ、やっとここにたどりついたのだった。

「……じゃあ、どうしてわたくしのことを嫌いだなんて言ったのよ」

「あのときは……君は李閣老の回し者かもしれないと疑っていたんだ」

「いまはちがうの？」

「……わからない」

「わからない？　まだ疑ってるの？　なによ、大馬鹿者はあなたじゃない！　わたくしのことが信じられないくせに、わたくしを捜しまわって濡れ鼠になるなんて馬鹿よ！」

「ああ、そうだとも！　私は大馬鹿者だ！」

卓詠はいっそう強く彩蝶を抱きすくめた。

「君が李閣老の愛娘だと知りながら、遠からず東宮に嫁ぐ身だと知りながら、君を忘れられない。入宮など、してほしくない。いや、させたくない。私の妻になってほしい」

やはり夢を見ているのだと思った。何度も夢のなかで聴いた台詞だったので。

「君をさらえたら、どんなにいいか……。しかし、わかっているんだ。そんなことはできないと。李家と尹家を逆臣一族にするわけにはいかない」

「わたくしは太子妃になんかなりたくないわ。あなたに嫁ぎたいの」

父の悲願は彩蝶が如意を賜わること。卓詠との恋を許すはずがない。

「ひとつだけ、方法がある」

三元になって、杏林の宴で彩蝶を賜りたいと言上すると、卓詠は言った。

「皇太子殿下はたいへん英邁であらせられるとうかがっている。皇太后さまの御心をくんで、賢明なご判断をなさるはずだ」

李太后が寿英公主・淑鳳と子業の縁談に難色を示していたということは、彼女は李家の権勢がより強まることを望んでいないということ。

「皇太后さまは君を太子妃になさりたくないんだ。しかし、尹家令嬢――わが姉を太子妃にして、君を良娣にすれば、両家の確執はますます深まる。君とわが姉をともに良娣にしても諍いの火種は消えない。両家は太子妃の鳳冠をめぐって争うに決まっている。これまで李家が栄家や呉家の轍を踏まずにすんだのは、ひとえに皇太后さまのおかげだが、皇太后さまはご高齢だ。不測の事態が生じれば、李一族は重石を失ってしまう」

李家の養女にすぎない李皇貴妃には、李太后の代わりはつとまらない。

「皇太后さまの千秋万歳ののちも両家が栄華を分かち合うには、君とわが姉を東宮から下賜していただくのが最善の策だ」

「両家……？　わたくしが尹家に嫁いで、あなたの姉君はどこに嫁ぐの？」

「むろん、李家だ。私が君を娶れば、わが姉だけが東宮に残る。李閣老は不満だろう。両家の均衡を保つため、君は尹家に、わが姉は李家に嫁ぐべきだ。尹家と李家が通婚すれば、両家は対立できなくなる。どちらかがどちらかを滅ぼせば、滅ぼしたほうにも火の粉が飛んでくるんだ。いかに野心があっても、うかつな行動には出られない」

「だけど、李家のだれがあなたの姉君を……あ、もしかして子業兄さま？」

「李修撰しかいない。将来を嘱望された翰林官で、いまだ独り身。あつらえむきだ。それに、皇太子が三元に妃を下賜した前例はある」

波業帝の皇太子・含秀太子は波業十二年の三元に自身の妃を下賜した。その三元はのちに東宮に仕え、監国として政を担っていた含秀太子の股肱となった。

「杏林の宴がもよおされるのは来年の四月よ？　そのころには東宮選妃も終わってるし、わたくしは殿下の妃になってるわ」

「殿下のご婚儀は一月末だ。杏林の宴まで三月。そのあいだ、君は夜伽を避けるんだ」

一度でも龍床に侍ってしまえば、皇宮から出られなくなる。

「そういうわけでわたくし、勝手気ままな騒がしい令嬢を演じてたのよ。殿下に嫌われるためにね。わたくしがわがままで騒々しかったら、殿下もいやけがさすでしょ。如意を回避して、婚礼後の夜伽をできるだけ先延ばしにするには、それしかないと思ったの」

「とても演技には見えなかったわよ。てっきり、生まれつき傍若無人なのかと」

「失礼ね！　わたくしだって、やる気を出しさえすれば、しとやかな令嬢になれるわよ。だけど、そんなことをして殿下に気に入られちゃったらまずいじゃない。含秀太子が下賜した妃は夜伽をしていなかったから、すんなり東宮を出られたのよ。来年の杏林の宴までは、なにがなんでも貞操を死守しなきゃいけないの。多少わたくしの評判に傷がついたとしても、厄介な令嬢だと思われて疎んじられたほうがいいのよ」

「それはそうと、卓詠の思惑どおりに事が運ぶかしら？　あなたを卓詠に下賜してくださらなければ、わたくしだって李修撰には嫁げないのでしょう？」

「その点は大丈夫かと。殿下も尹家と李家の如意争いを避けたいとのご意向ですので」

　梨艶が言うと、ふたりは胸をなでおろした。

「順当にいけば、おふたりとも来年には東宮から出てしまわれるんですね。尹秀女と李秀女のお気持ちを考えれば喜ぶべきことですが、すこし……さびしいです」

　せっかく打ち解けられたのに、東宮で一緒に暮らせなくなるのは残念だ。

「深刻に考えないでよ。今生の別れじゃないんだから。いつでも東宮に会いに来るわ」

「そうですわよ。汪秀女は殿下の寵妃になるおかたですもの、李秀女と連れだってご機嫌うかがいにまいりますわ」

「えっ……わ、私が……な、なんですか？」

「やーねー、隠さなくていいのに。殿下から喜相逢の荷包をいただいてたじゃない。『絶華姻縁』を演じたときは、殿下はあなたばかりごらんになってたわ。尹秀女から、帰真観でもひどく親密そうにしてたって聞いたわよ。いままで殿下は特定の女人と親しくなさったことはないから、よほどあなたにご執心なのねえ」

「ま、まさか……。私は殿下の逆鱗にふれてしまって……疎まれているんです」

「殿下と喧嘩したの？　べつにいいじゃない。喧嘩くらい、だれだってするわ」

「よくないわよ。寛容な殿下がお怒りになるなんてよほどのことだわ。汪秀女は慎重なかたですから、不用意な発言はなさらないはずですが……」

気遣わしげな視線から逃げるように、梨艶はうなだれた。

——私の言葉なんて、お聞き届けになるはずがないのに。

汪家の令嬢として入宮したものの、その実、梨艶は汪家の下婢にすぎない。本来ならば自分の考えを口にするだけで処罰される立場なのに、身の程もわきまえず、礼験を諫めようとした。賤しい者にとって容喙は死に値する罪だということを、失念していたわけではない。自分の言葉が鴻毛よりも軽いことは、己自身がだれよりもよく知っている。

あえて差し出口をしたのは、礼駿に怨讐の道を歩んでほしくなかったからだ。かの道は彼の心を怨みの汚泥に沈め、やがて彼自身を内側から破壊してしまう。
梨艶の亡き母——荷氏がそうであったように。

「もうじき万充華の忌日ね」

老婦人らしいおだやかな声が礼駿の耳朶を打った。

皇太后の寝宮、秋恩宮。いくつもの月洞門をとおりぬけた先にある内院の水榭に、ささやかな宴席がもうけられていた。宴席といっても、用意されたのは円卓一台のみ。席についているのは、秋恩宮の主たる李太后と、和慎公主・月娘、礼駿だけだ。

「今年は鏤氷観から石梁真人を招いて追福すると聞いたわ」

「ちょうど十年の節目ですので、父皇に許可をいただきました」

嫡母が健在の場合、妾室の子女は亡母の供養をひかえめにするのが世の習いである。儲君も例外ではなく、尹皇后が存命である以上、亡き母のために盛大な追福の儀式を行うことはできない。毎年、母の忌日には玉梅観の道姑に経をあげさせているが、今年は高名な道士を招くことを父帝に許された。ただし、儀式自体はこぢんまりとしたものになる予定で、当然ながら父帝や后妃は出席しない。

「手厚く供養してあげなさい。この世でただひとりの産みの母なのだから」

はい、と孝子の顔でうなずきつつ、礼駿は思考をめぐらせていた。

——だれが半金烏の持ち主であってもふしぎではない。

東廠により摘発された怨天教徒は、食うや食わずの生活を強いられている窮民だけではなかった。罪人名簿には金衣をまとった貴人の名も多くつらねられていた。その筆頭が廃皇子こと粛戒郡王・爽植だ。后妃の名はなかったが、それは彼女たちが無実である証拠にはならない。まだ摘発されていない邪教徒がいる可能性は十分にある。

主だった顔ぶれだけでも、尹皇后、李皇貴妃、程貴妃、薄麗妃、桐賢妃、賈荘妃、安徳妃、凌順妃、許寧妃……いや、后妃に限らない。李太后は言うにおよばず、後宮に出入りする皇族はみな嫌疑者だ。一刻も早く黒幕を暴きたいが、急いてはいけない。手掛かりをつかんだことを先方に気取られてはならないのだ。復讐のために東宮位を狙ったと知られたら、母の仇を討つ前にこちらが陥れられてしまう。これまで以上に慎重に事を運ばなければ。まずは、めぼしい后妃の周辺に探りを入れて——。

「母妃は九泉でお喜びになっていますわ」

金襴手の碗に花菇の湯菜をよそいながら、月娘が訳知り顔で微笑した。

「礼駿が東宮に美しい秀女たちをむかえたばかりでなく、とうとう恋をしたのですから」

「まあ、それは喜ばしいこと。相手はだれ？」

「『絶華姻縁』で丑と生の二役を演じた汪秀女ですわ」

「あの慎み深い子。たしか礼駿より年上だったわね？」

「五つ年上ですわ。冠礼から二年経つとはいえ、礼駿はまだまだ若輩ですもの。臈長けた女人と睦むのはよいことですわ。きっと男子としての成長を促してくれるでしょう」

「そうね、年上の女子は頼りになるわ。けれど、人となりをしっかり見極めなくてはね。悪い影響を受けては困るから。礼駿、近いうちに汪秀女を連れてきなさい。あなたが見初めた令嬢とゆっくり話してみたいわ」

「ちょっと待ってください。なぜ私が汪秀女を見初めたという話になっているんです」

「あら、汪秀女に喜相逢の荷包を贈ったと聞いたわよ」

「気まぐれです。たいした意味はありません」

まあ、と月娘は蛾眉をつりあげた。

「気まぐれで女心をもてあそんだの？　なんて悪い子なのかしら」

「もてあそんだとは、人聞きの悪いことを。汪秀女が蛇に襲われそうになっていたので、蛇除けの護符を贈っただけです。親切心からしたことですよ」

「わざわざ喜相逢の荷包に入れて？　聞けばそのあと、汪秀女の部屋が薄秀女の配下に荒らされて、荷包が切り刻まれていたそうじゃない。あなたは親切心からだと言うけど、あなたの気まぐれのせいで汪秀女は妬まれたのでしょう。厚意にせよ好意にせよ、あらわにするときは慎重になさい。あなたの言動は秀女たちに大きな影響をもたらすのだから」

「ご忠告、胸に刻みます」

殊勝な弟らしく首を垂れながらも、礼駿は内心むっとしていた。

——この俺があんな女に惹かれるはずがない。

梨艶を便利な道具だとは思っているが、それだけだ。好意どころか、嫌悪を抱いていると言ってもいい。ふだんは鼠のようにおどおどしているくせに、礼駿の復讐心を知るや、言官気取りで諫言してくる。辛気臭くて生意気な女だ。

そもそも礼駿には、色恋にかまけている暇などない。母を謀殺した怨敵に天誅を下すまでは、だれにも心を許すわけにはいかないのだ。

にこやかな仮面で夕餉をやりすごし、礼駿は李太后の御前を辞した。月娘は秋恩宮に一泊するというので、朽骨を連れて秋恩門の外に出る。

「あの女は秘密を守っているだろうな?」

礼駿はかたわらを歩く朽骨に問いかけた。日ごろから鶴輦(皇太子の輿)はあまり使わないので、今宵も徒歩である。

「いまのところは」

「ならばよい。今後も監視をつづけろ」

「……始末なさらなくてよろしいのですか」

朽骨が手にした彩灯が女のような細面にひっそりと翳を落としていた。

「どこまで信用できるかわかりません。秘密をもらす前に口を封じるべきでは」

「時期尚早だ。東宮選妃が終わるまでは、下手に動かぬほうがいいだろう。春正司ならまだしも、東廠が乗り出してくれれば厄介だからな」

「しかし、様子を見ているあいだに殿下を裏切るやも……」

「心配性がすぎるぞ、朽骨」

「殿下の御身が第一ですから。お志が果たされるまで不安材料はできる限り排除せねば」

「志か……」

礼駿は小さく息をついた。金砂子をまいたような藍染の夜空を見あげる。

「ときどき思うんだ。俺が東宮の主となったことを、母妃は喜んでくださっているのかと」

「誇りに思っていらっしゃるに決まっています」

「母妃は無欲なかただった。寵愛を争わず、物静かで慎ましく、婢僕の粗相も咎めぬほど慈悲深い婦人だった。姉上と俺が平穏に暮らすことだけを望み、お召しがなくとも父皇を怨まず、はるかな高みに在る寵妃を妬むことなく、傲慢な妃嬪に侮られても恨み言すら口になさらず、じっと耐えていらっしゃった」

「おつらいときは戯曲を読んでいらっしゃいましたね」

「そうだな。母妃はなによりも芝居がお好きだった。少女時代、母方の祖母の誕辰祝いで翠劇を観て、芝居の世界に魅入られたとおっしゃっていた」

うら若き乙女であった母は芝居に魅了されたが、昔気質の祖父に戯楼へ出入りすることを禁じられていたため、戯曲に傾倒した。古いものから新しいものまで片っ端から読みあさり、入宮時には軒車に書物を満載して家門を出たそうだ。

「ふたりの子に恵まれたこと以外で入宮してうれしかったのは、芝居を聴けるようになったことだと笑っておっしゃっていたな。戯台に足を運び、稽古を聴いていたと」

東宮に嫁いだものの、母の身分は低く、宴には招かれなかった。ただし、稽古を見物することは許されていたので、母は戯台に足しげく通ったという。

月娘を産んでからは、末席ではあるが宴席に侍ることも許され、宴の日が楽しみで仕方なかったと少女のように語っていた。

「芝居のお話をなさるときは、お花顔がひときわ輝いていらっしゃいました」

ああ、と礼駿は吐息まじりに首肯した。

「なんと欲のないかたであったろうか。三千の美姫が寵を奪い合う後宮に在って、いちばんの関心事が、次回の宴ではどんな芝居が演じられるかということだったとは」

礼駿自身は芝居というものにさして興味を持てなかったが、芝居について熱心に語る母を見るのは好きだった。平生はひっそりとたたずむ池の水面のように静かな母が瞳を輝かせると、天成の美しさが大輪の花さながらに咲きにおうのだった。

「在りし日の母妃をつぶさに思い出すたび、苦い感情が胸にひろがる。母妃は俺が東宮の主になることを希望していらっしゃっただろうか、と。政の渦中に身を投じるのではなく、一親王として安逸な日々をおくることを願っていらっしゃったのではないだろうか。俺は、母妃がお望みにならなかった道を歩んでいるのではないだろうか……」

ゆくりなくも臆病風に吹かれ、来し方をふりかえりたくなった。

──汪梨艶のせいだ。

梨艶に諫められたとき、どうしてあれほど癇に障ったのか、ようやく理解した。彼女のたたずまいが母と似ているからだ。人がよすぎるほどに温柔で、危なっかしいほどに慎み深く、あふれんばかりの情熱を芝居にかたむけている。

梨艶が口にする言葉は、母の口から発せられたもののようだった。かるがゆえに激情をおぼえたのだ。母のために、やっていることなのにと。

「殿下がお志を果たされることこそ、万充華の悲願ではありませんか」

「そう思うか、おまえは」

「当然です。それが人の道ですから」

朽骨は手弱女のような顔に似合わぬ武張った口ぶりで言った。

「ところで、おまえには親しくしている女官や宮女はいないのか」

「おりませんが……なにゆえ、そのようなことを？」

「日ごろの忠勤に報い、懇意にしている女人がいるなら娶らせてやろうと思ったんだ」

「殿下にお仕えするだけでも過分な誉れです。これ以上の褒賞などお受けできません」

「それでは俺の気がすまぬ。受けるべきときに褒賞を受けるのも忠節のうちだぞ。娶りたい女人ができたら、真っ先に知らせろ。俺が月下氷人になってやろう」

おそれいります、と朽骨が首を垂れる。

「そういえば、邪蒙も義妹がいるという話は聞かないな」

「失太監は女色にご興味がありませんので」

「孌童でも囲っているのか？」

「分桃のご趣味をお持ちとも聞きませんが……師父である削太監に心酔なさっているようで、削太監の手蹟を集めていらっしゃいます」

「手蹟？　文を盗んでいるのか」

「いえ、削太監は悪筆らしく、ふだんは代筆させています。以前は失太監が代筆なさっていたようです。削太監はごくまれにしかご自分で筆をおとりにならないのですが、そのときに書き損じたものを譲り受けていると失太監がおっしゃっていました」

「変人だな。まだ美女を囲っているほうが健全だ」

そんな話をしながら東宮に帰ると、寝殿たる青鶴殿の外院で邪蒙に出迎えられた。師父の書き損じを蒐集する変人とは思えぬ涼しい顔で、邪蒙は如才なくあいさつした。

「留守中、変わりは？」

「粛戒郡王が東宮に侵入しているとの報告を受けましたので、鶴衣衛に身柄を拘束させ、つい先刻、寒亞宮に送り届けました」

鶴衣衛は東宮における錦衣衛だ。皇太子が自由に動かせる唯一の禁衛軍だが、言うまでもなく錦衣衛のような強権は持たない。主な任務は東宮の警備である。

「なんだと、七兄が？　いったいどうやって……いや、その前にどうやって寒亞宮を抜け出したのだ？　寒亞宮は厳重に警備されているはずだが」

「ご本人曰く、『魏金玲が連れ出してくれた』そうです」

「馬鹿な。乱心している七兄が寒亞宮を脱出しただけでなく、鶴衣衛の目を盗んで東宮に侵入するなど、ありえぬことだぞ。だれかが手引きしない限り」

「目下、春正司が捜査しております。それから流霞宮に太医を遣わしました」

「流霞宮？」

「汪秀女です。李秀女の寝宮から帰る道すがら、粛戒郡王に襲われてお怪我をなさったそうで。汪秀女のご名節のために申しあげますが、〝襲われた〟というのは不埒な行為をされたということではなく、首を絞められたということです。粛戒郡王は汪秀女を魏金玲と思いこみ、無理心中を図ったようでして。偶然とおりかかった冷秀女が粛戒郡王を取り押さえました。汪秀女は昏睡しておりましたが……殿下？　どちらに？」

「流霞宮だ！　汪秀女を見舞ってくる！」

礼駿が流霞宮の内院に入ったとき、ちょうど冷秀女が出てくるところだった。冷秀女はそつのない所作で万福礼したが、礼駿は彼女の口上を遮って問うた。

「汪秀女の様子は？　目覚めました。太医によれば、軽傷だということです」

「そなたは怪我をしなかったか？　粛戒郡王を取り押さえたと聞いたが」

はい、と冷秀女は女らしい華やぎに乏しい硬質な美貌でうなずく。

冷秀女をねぎらい、礼駿は足早に臥室へ向かった。臥室から出てきた女官がこちらを見て万福礼する。室内から女人たちの話し声が聞こえてきた。貞娜と彩蝶だろう。ふたりに混じって梨艶の声もするが、会話の内容までは聞き取れない。

臥室に一歩足を踏み入れるや否や、奇妙な居心地の悪さが踵からこみあげてきた。来年には婚儀を挙げるとはいえ、正式には自分の妻妾ではない女人の寝間に踏み入ってよいものだろうか。未婚の男女として礼節をわきまえ、別室で会うべきでは？　さりとて、怪我人を移動させるのは忍びない。太医は大事無いと言ったそうだが、乱心した男に襲撃され、さぞや動揺しているだろう。無理やり引っ張り出すのは酷だ。

逡巡した挙句、礼駿は套間をとおって寝間に入った。

「……殿下」

真っ先に足音に気づいたのは梨艶だった。すぐさま牀榻からおりようとする。

「あいさつはよい。そのままで」

貞娜と彩蝶が目交ぜして席を立ち、礼駿に万福礼して退室する。蘭灯がしっとりと明かりを滴らせる閨に、礼駿と梨艶のふたりが残された。

「起きていてよいのか。寝ていたほうがよければ、横になっていろ」

「いいえ、大丈夫です」

梨艶ははっきりと否定したが、顔はうつむけたままだ。身につけているものは白い夜着である。髪は結わずに垂らし、化粧も落としている。見慣れない姿にどぎまぎして目のやり場を探した。とりあえず、牀榻の支柱でも見ておくことにする。

「あわてて駆けつけたので、事件の経緯を聞きそびれたんだが……おまえに尋ねてもかまわぬか？　もし話したくなければ、ほかの者から聞くことにするが」

「かまいません。ええと……李秀女の寝宮を出たあと、供をしていた淫芥に……急用ができたので、私ひとりで先に流霞宮まで帰ろうとしたのです。しばらく歩いていると、路灯の陰からいきなり人が飛び出してきました。それが粛戒郡王で……」

爽植は梨艶を魏金玲と思いこみ、ともに逃げようと熱心にかき口説いた。

「魏金玲ではありませんと申したところ、粛戒郡王は逆上なさって、私の首を……」

金玲が心変わりしたと勘違いしたのだろうか。爽植は梨艶を紅牆に追いつめ、首を絞めあげた。助けに来た冷秀女が視界の端に映った直後、梨艶は失神した。

「妙な感じがしました。手が……ちがうような。後宮ではじめてお会いしたとき、粛戒郡王に手をつかまれたのですが、あのときはもっと文人らしい手だったように記憶しています。でも、今夜は長年、武技を習ってきたような、筋張った手で……」

　礼駿が近づいたせいか、梨艶はつづきを打ち切った。

「ほんとうに軽傷なのか？」

「はい。太医が念のためにと処方してくださった膏薬(こうやく)をぬっていますが……」

　梨艶が首もとにそっと手をあてる。ほっそりとした首には包帯が巻かれていた。

「申し訳ございません。私がひとり歩きなどしていたせいで、かような騒動を」

「おまえのせいじゃない。七兄の侵入を許した東宮の警備に問題がある。金輪際(こんりんさい)、このような事件が起きぬよう、原因を究明しなければならない」

「……申し訳ございません、殿下」

「おまえが謝るべきことではないと言っているだろう」

「いえ、こたびの件ではなく、先日……出過ぎた物言いをしたことです。母のことが思い出されたものですから、つい……あのようなことを」

　梨艶は衾褥(ふとん)に沈めた手をきつく握りしめた。

「母？　家班の女優だったという、産みの母か」

「母は嫡母……正妻の比氏をひどく怨んでいました。最初に身ごもった子――私の兄にあたるらしいのですが――を流産させたというのです」

「事実だったのか？」

「わかりません。証拠はありませんから。母が頻繁に流産していたのは事実です。七度孕んだのに六度も流れたと、晩年、母は申しておりました」

「生まれたのはおまえだけだったのか？」

「私を身ごもったとき、母は父に随従して西辺におりました」

比氏の目が届かないところにいたので、無事に産むことができたのだろう。

「とんだ悪妻だな。女優の胎に宿ったとはいえ、夫の子を害するとは」

「……どちらかといえば、比氏は寛容な婦人でした。父の妾たちはおのおの子女を産んでいますし、婢僕への懲罰が度を越えたこともありません。かつては妃嬪を輩出した家筋の出身ですから、気安い女主人ではありませんが、四徳をそなえた賢夫人です」

「賢夫人がなぜ夫の子を産ませぬ？」

「母は父の寵愛をかさに着て傲慢にふるまい、事あるごとに比氏を軽んじました。見かねた妾たちに叱られると、父に讒言して妾たちが罰せられるように仕向けたほどです。道理から言えば正室である比氏が母を処罰してよいのですが、母が表立って罰せられたことはありません。嫡妻の権限がおよばないほどに、父の愛寵が深かったのです」

梨艶の母荷氏は男児を産んで正式な妾となり、ゆくゆくはわが子を跡継ぎにして、自分は正室におさまるつもりでいた。

「私を育ててくれた家班の女優たちが申すには、母は身ごもる前から野心を隠そうともしなかったようです。比氏に警戒されるのも無理はありません」

先代の汪家の主が荷氏に「おまえの子を跡継ぎにする」と口約していたという。

「七度目の……最後の懐妊は八年前のことでした。前回の流産から日が浅く、体調も万全ではないのに、母は懐妊を急ぎました。身ごもってからは異常なほど神経質になって流産を防ごうとしましたが、結局、子は流れたのです」

今度こそ男児を産もうと意気込んでいた荷氏は、そのまま寝付いてしまう。

「やはり比氏のしわざだったのか?」

「ええ……。比氏付きの侍女がそう話しているのを聞きましたから。堕胎薬は度重なる流産を経験している母の体調を考慮して、かなり加減されていたようですが……。侍女は『どうせなら毒を盛ればいいのに』と陰で申していました」

もはや再起はかなわぬと悟った荷氏は梨艶を枕もとに呼んだ。

「あたしが死んだら母の仇を討つんだよ。うんと苦しめて比氏を殺すの。いいえ、比氏よりも息子がいいわ。あの女が命よりも大事にしている成達を殺してやりなさい。最高の復讐になるわよ。成達が死んだとき、比氏はさぞや惨めな声で泣き叫ぶでしょうねえ。ああ、悔しい、口惜しい。あの女の無様な泣きっ面を拝めないなんて」

荷氏は具体的な殺害方法まで指示した。

「……そんなことはできないと言いました。お兄さまはやさしいかただからと……。母は鬼女のような形相になり、『おまえは不孝者だ』と私を罵りました」

荒れくるう悪鬼羅刹のごとく、荷氏は梨艶に罵声を浴びせた。

「おまえが生まれたとき、あたしがどんなに落胆したかわかる？　あたしは息子が欲しかったのに、おまえは役立たずの娘だった！　十月も胎のなかで養って、苦しみ抜いて産んだものがなんの使い道もない石ころだったんだよ！　ああ、いやだ。なんて親不孝な娘だろう。この世に生まれるや母を失望させて、死にゆく母の願いすらも叶えようとしない。狗だって主には恩をかえすっていうのに、おまえは狗にももとる禽獣だ！」

ごめんなさい、ごめんなさい、と梨艶は地べたに這いつくばって謝罪した。

「母は再三にわたって兄を殺すように命じました。私がそれだけはできないと言うと、母は茶杯や碗を手当たりしだいに投げつけてきて……。あのときの常軌を逸した顔つきが、喉を裂くような声音が、目に、耳に、焼きついて離れません」

ある日、荷氏は梨艶を怒鳴りつけて化粧具を持ってこさせ、身づくろいをした。

「今度こそ息子を産むわ。おまえみたいな木偶じゃない、ちゃんとしたわが子をね」

華麗な宮装をまとって翠曲を歌っている途中で、荷氏は事切れた。

「本音を言えば、私は比氏よりも母が恐ろしかったのです。比氏への憎しみをあらわすとき、母は人ではない〝何者か〟になりました。もともとやさしい母親だったわけではありません。私を育てたのは家班の女優たちで、母は私に無関心でしたから。それでも、戦慄するほど母を恐ろしいと感じたのは……兄を殺せと命じられた、あのときでした」

痩せこけた荷氏の手につかまれた腕が、いまも痛むような気がするという。

「母が言うとおり、私は不孝者です。女に生まれたせいで、母に惨めな思いをさせました。死の床に伏した母の末期の願いを叶えませんでした。それどころか、母の怨敵である比氏の養女になって入宮しました。鬼籍に入った母がどれほど私を怨んでいるか、考えるだけで悪寒がします。でも、もし、ここに母の怨霊があらわれて仇討ちを命じたとしても、私は平身低頭して赦しを乞い、兄を殺すことはできないと言います。兄に大恩があるからだけではなく、これ以上、母の魂が怨憎に焼かれることを望まないからです。たとえ母の望みどおり兄を害したとしても、母は救われません。だって、母の苦しみは外ではなく、母のなかに在るのですもの。母は比氏に殺されたと言うでしょう。けれど、それはちがいます。母は比氏ではなく、自分の非業を怨んでいたのです。己の悲運を憎む気持ちが母を内側から蝕んだのです。……怨望は時として己を奮い立たせる妙薬となるのかもしれません。けれど、それが劇毒であることを忘れてはいけません。わが身を奮起させる代わりに、最後にはわが身を焼き滅ぼしてしまいます。ですから、どうか、殿下には……」

長い沈黙を勘気と解釈したのか、梨艶は黙りこんだ。

「……ある皇子がいた」

礼駿は牀榻のそばに置かれた座灯の光を見ていた。

「彼は侍妾の子で、玉座から遠い場所にいたが、自分の処遇に不満は抱かなかった。やさしい母と姉がいたからだ。睦まじい母子だった。皇子は親子三人の平穏な暮らしがずっとつづくのだと思っていた。しかし、ある晩、日常は一変した」

殿舎が火事になった。寝入っていた礼駿は母に抱き起こされて目をさました。

「部屋じゅうが炎に蹂躙されていた。侍妾は必死に逃げ道を探したが、どこもかしこも火の海で、母子が逃げられるわずかな隙間さえなかった。そのとき、外側から格子窓がひらかれた。侍妾に仕えていた宦官がふたりを助けようとしたんだ。大人の腰の高さにある狭い窓だ。ふたりいっぺんには出られない。侍妾は先に皇子を窓から外に出した。皇子が内院で姉と再会したとき、宦官が大声で主人を呼んだ。はっとしてふりかえると、窓のむこうは紅蓮に染まっていた。地獄の業火がそこに出現していた。皇子は母上と叫んだ。見ひらいた目のなかに、母の姿が映った。炎にまかれる母の姿が」

礼駿を外に出したあと、窓のそばの多宝格が母めがけて倒れてきたのだ。母はとっさに後ずさったので下敷きにならずにすんだが、そのせいで窓から遠ざかってしまった。

「死を覚悟した侍妾は皇子の名を呼んだ。これが今生で聞かせられる母の最期の声だと、皇子の耳に刻みつけるかのように」

　痛切な叫喚は炎の咆哮にかき消された。

「のちの調べで、火元は皇子の臥室に置かれていた火鉢だとわかった。季節は晩秋、早くも冬の気配がただよっていた。皇子はかねてから寒がりで、晩秋になると火鉢を出すのが習慣だった。宮正司は不幸な事故と結論づけたが、皇子は納得しなかった」

　毎年、同時期に火鉢を出していたが、なんの問題もなかった。母の命令で宦官が念入りに調べることになっており、内院には火難にそなえて水がめいっぱいに水がためてあった。さりながら、当日は担当の宦官が別件で出払っていたばかりか、水がめにひびが入っていたため、水はほとんど残っていなかった。そのうえ、絨毯には油がしみこんでいた。陰謀の残滓としか思えないそれらを、宮正司は偶然の産物と片づけた。

「事件が起きたのは九月十日。昼間、外廷と内廷でそれぞれ小重陽の宴がひらかれている。皇子は外朝でもよおされた宴に出席していたので後宮の宴については知らなかったが、姉公主から宴の最中に母の様子がおかしくなったことを聞いた。侍妾は芝居の直前に更衣に立ち、帰ってきたときにはひどく青ざめていたという。彼女はたいへんな芝居好きで、役者がひとたび唱を歌い出せば、まばたきもしないほど聴き惚れるのだが、この日は花形役者の美声も耳に入らないようで、怯えたふうに身をかたくしていた」

　月娘の証言と、母の不可解な言動。謀殺と断じるには十分だった。

「皇子は母が口封じされたのではないかと疑った。そして誓ったのだ。かならずや事件の真相を暴き、母の仇を討つと。その日から皇子は一念発起して勉学に打ちこんだ。面倒な礼儀作法を身につけ、世辞を言うことをおぼえ、他人の顔色をうかがう技を磨いた。すべては東宮の主となるためだ。母の死に歴然とした陰謀のにおいがただよっていても、一侍妾が産んだ庶皇子にできることはない。宮正司が事件を事故として処理したということは、権力のある高位の人物が本件の背後にいるということだ。もし、母とおなじ侍妾のしわざなら、宮正司が真相を暴くのに遠慮はいらぬのだからな。黒幕は后妃のだれかだろうと皇子は見当をつけた。后妃の罪を糾弾するには権力が不可欠だ。皇子が権力を得るには、東宮の主となるしかない。よって皇子は――俺は、皇太子になった」

腸を焼く怨憎。それなくして、いまの礼駿はない。

「健全な感情ではないことは承知している。首尾よく怨敵を討ったところで、母が生きかえるわけじゃない。俺がやろうとしていることは、母の望みではないのかもしれない。これがどれほど不毛な行為か、俺自身がよくわかっているが、憎しみを手放すことはできぬ。野望も悪意もなく、わが子の幸せを祈って暮らしていた母を業火の海に沈めた卑劣な黒幕に天誅をくださねばならぬ。母のためだけではなく、俺のためにも、そうしなければならぬ。宿怨を晴らすまで、この身体は借り物だ。頭も四肢も腸も、身体じゅうを流れる血の一滴すらも、復讐の道具にすぎない。宿怨を晴らすまで、この命はうつろだ。俺は高礼駿という名の復讐者であって、それ以上でも以下でもない」

不倶戴天の敵を討たなければ、礼駿は自分の人生を生きられない。

「怨望は己を焼き滅ぼすとおまえは言ったな。それに反駁する言葉を、俺は持たない。たしかに怨憎は劇毒だ。この怨みはいつの日か俺を殺すのかもしれない。だから俺は、怨憎に殺される前に母の仇を討つ。そして復讐者の衣を脱ぎ、高礼駿として生きていく。敵を憎むよりも強く、他人をいとおしんで。亡き母の教えのとおりに」

人をいたわる気持ちを持ちなさいと、母は口癖のように言っていた。母がかくあれかしと望んだ仁者になりたいものだ。九泉にいる母が礼駿を誇りに思うことができるよう。

「殿下はすでに仁者であらせられます」

見れば、梨艶はふんわりと微笑んでいた。かたい結び目がほどけたように。

「私などのために、わざわざお見舞いに来てくださいましたもの。君子たるにふさわしい仁徳をそなえていらっしゃるからでしょう」

「『私など』という言いかたはよくないな。おまえは自分を軽んじすぎるところがある」

「申し訳ございません」

「反射的に謝るのも悪い癖だ。まるで手ごたえがない。すこしはやりかえせ。女は従順であるのがよいと古の聖人は言うが、俺に言わせれば、従順なだけの女は人形と変わらぬ。血の通った人間の女なら、人間らしく、ときには歯向かってみせろ」

「で、殿下に歯向かうなんて、とても……」

梨艶がおどおどしはじめるので、礼駿はからかってみたくなった。

「なっ、なにをなさっているのです⁉」

「見てわかるだろ。道袍を脱いでるんだ」

「……な、なぜ、お召し物を」

「寝るからだ」

「お、おやすみに？　ど、どこで、ですか？」

そこで、と牀榻を指さすと、梨艶はびくりと飛びあがった。

「……殿下は青鶴殿で御寝なさるのでは」

「興が乗った。今夜はおまえと寝る」

「いけません。最初の床入りは太子妃と決まっています。太子妃が七日間、殿下のおそばに侍ったら、その後、良娣以下の妃妾が順番に夜伽をするしきたりで……」

「しきたりがなんだ。東宮では俺の意向が絶対だぞ」

脱いだ道袍を衣桁にかけ、牀榻に歩みよる。梨艶は褥からおり、床にひざまずいた。

「牀榻をお使いになりたければどうぞ。私は別室でやすみます」

「伽をしろと命じているんだ」

「なにとぞ、ご容赦くださいませ。規則に反します」

「俺の意向よりも規則のほうが大事だというのか？」

「規則を守らなければ、殿下のご英名に傷がつきます。伽の相手をお望みなら、秀女である私ではなく、婢女をお召しくださいませ」

「俺はおまえと寝たいと言っているんだ。おとなしく従え」

「そういうわけには……で、殿下！」

かたくなに拒む梨艶を無理やり抱きあげて牀榻に組み敷く。黒い波のようにひろがった緑髪から、人を酩酊させる甘い香がたちのぼった。

「腕ずくでおまえを手に入れることもできるぞ」

「私は全力で抵抗します」

「この細腕でなにができる」

「腕力はなくても、引っかいたり嚙みついたりできます。野良猫に襲われたみたいに傷だらけになっても知りませんから」

「上等だ。やってみるがいい」

礼駿が夜着の帯をほどこうとすると、梨艶は手足をじたばたさせて暴れた。予想以上に抵抗が激しい。たおやかな指がしきりに邪魔をする。なかばむきになって、抗う両手をまとめて押さえつけようとした、まさにその刹那。礼駿の左頰で乾いた音が炸裂した。

「見た目ほど力は弱くないな」

火がついたように痛む頬をゆがめ、礼駿は笑った。梨艶は自分の平手が放ったけたたましい鳴き音に驚いたのか、大きく目を見ひらいている。

「その調子だ」

「……え？」

「ときには歯向かえと言っただろう。たまにはそうやってやりかえしてくれれば、こちらとしても手ごたえがあって面白い」

「て、手ごたえ……ですか」

「弱々しいふりをしているが、案外おまえは鼻っぱしが強い。そちらのほうが本性なのだろう。俺の前では素顔をさらせ。さもないと今日みたいに手弱女（たおやめ）の仮面をはぎとるぞ」

「……仮面なんて、私――」

抵抗する暇を与えず、礼駿は梨艶の左頬に口づけを落とした。

「なっ、なにをなさるのです……！」

「平手打ちの仕返しだ。唇のほうがよかったか？」

「よくありません！　どちらもだめです」

「へえ、おまえも赤くなることがあるんだな。いつも青ざめてばかりいるが」

「殿下！　ふざけないでください！　私は、赤くなんか……」

まなじりをつりあげていた梨艶がやにわに顔をしかめた。両手で喉（のど）もとをおさえ、雪を欺く柔肌に苦悶の表情を刻む。

「どうした？　首が痛むのか？　ああ、やめろ、しゃべるな。話さなくていい。苦しいんだな？　わかった、太医を呼んでくる。じっとしていろ。動くなよ」

礼駿は牀榻から飛びおり、大急ぎで套間へ向かおうとした。

「――殿下」

襦袍姿で駆けだした背中に投げかけられたのは、声だけではなかった。

「お忘れ物です」

ふりかえりざま、飛んできた道袍をつかむ。梨艶はつづけて縄帯まで投げてよこした。

どうやら芝居を打ったらしい。衣桁のそばに立つ彼女の花顔に怪我人の気色はない。

「騙したな、女狐め」

口をついて出た言葉が弾んでいるのは、小気味よく騙されたせいか。つねづね手弱女の仮面で武装している彼女の、一糸まとわぬかんばせを垣間見たせいだろうか。

「お互いさまです」

梨艶は平然と言いかえした。つとめて取り澄ました頰には、ほのかな朱が残っている。その可憐な色彩に溜飲をさげ、礼駿は身をひるがえした。

第三齣　謀略家たちの夜宴

「半音ずれているわよ」

「あ、すみません。またやっちゃいました」

梨艶が指摘すると、淫芥はにやにやしながら心のこもらない謝罪をした。稽古のために胡琴を弾かせているのだが、幾度となく音をとりちがえている。

「何度まちがえるのよ。これでは稽古にならないわ」

「いやー面目ない。例のことを思い出してにやけちまうんで、ついつい指がおろそかになっちゃうんですよねえー」

「……そのことは忘れてちょうだい」

「無茶言わないでくださいよ。殿下と汪秀女が閨でいちゃついてたーなんて面白いこと、忘れられるわけがないでしょう」

礼駿が見舞いに来た夜、淫芥は套間にひそんで様子をうかがっていたらしい。

あれから一月近く経っているのに、いまだに話の種にされている。

「……い、いちゃつくとか、そういうことはしてないって言ってるでしょう。殿下は私をからかっていらっしゃっただけ。あなたが勘繰るような行為ではないわ」

「そうかなあ？　本気で春情をもよおされてたんじゃないですかねえー？」

「殿下は幼少のころから後宮で暮らしていらっしゃるのよ。華やかな美女を見慣れていらっしゃるのだから、私のような地味な女には見向きもなさらないわ」

「汪秀女みたいな女人が殿下のお好みなのかもですよー？　いやはや、汪秀女をお選びになるとはお目が高い。こうなったらさっさと床入りなさることです。秘技を駆使して殿下の御心をがっちりつかめば、だれが如意の持ち主になろうとかまいやしません。寵妃の座は汪秀女のものですよ」

「寵妃になりたいなんて思ってないし、なれるとも思わないわ。もういいわね。この話は終わりよ。稽古をつづけるわ」

　荒っぽく話を打ち切って、扇子をかまえる。演じたいのは『玉蟾秋』の嫦娥だ。

　英雄后羿と美女嫦娥は愛し合って結ばれた夫婦だった。しかし、嫦娥に横恋慕した副官逢蒙の奸計により、后羿は妻の不貞を疑うようになる。妻が姦通を犯したと思いこんだ后羿は彼女を殺そうとするものの、殺しきれずに出奔する。嫦娥は健気に夫の帰りを待つが、逢蒙に手籠めにされそうになり、貞操を守るため川に身を投げてしまう。旅先で嫦娥の亡霊と出会った后羿は愛妻の無実を知り、逢蒙を射殺す。復讐を果たした后羿が嫦娥の亡骸を抱えて崑崙山にのぼり、妻を生きかえらせてほしいと西王母に懇願すると、西王母は后羿に反魂酒を与えて、これをひと口飲ませれば死者はよみがえると言った。

気がはやりすぎたか、后羿は嫦娥に反魂酒をふた口飲ませてしまう。嫦娥は生きかえったものの、身体が人のものよりも軽くなってしまい、地上では暮らせなくなる。ふたりを憐れんだ西王母は嫦娥を広寒宮に住まわせる。かくして嫦娥は月の女神となり、天にのぼれない后羿は夜ごと月を見あげ、愛しい妻への想いをせつなく歌う。

科挙に五度落第して腐っていた周余塵が文道の大家・双非龍に才筆を見出され、苦心惨憺して書きあげた処女作『玉蟾秋』はそのまま彼の出世作となった。悲劇ではあるが、宮中でも好まれており、来月の中秋節では飛聴班が演じる予定だ。

梨艶は后羿に己の貞潔を訴える嫦娥の唱を歌った。嫦娥は夫以外の男にこの身を汚されるくらいなら命を絶つと言う。嫋々たる旋律はくるおしいまでに彼女の激情を際立たせ、あやをつけた情熱的な唱腔は夫への燃える恋心を繊細につむいでいく。

――殿下には御心を癒してくださるかたがいらっしゃるのかしら。

礼駿は母親の仇を討つために生きている。人知れぬ苦悩や葛藤も多いだろう。志を果たすための峻厳な道の途中で、彼が骨休みできる場所になってくれる人がいればいいのにと思う。怨望に急き立てられ、疲れ果ててしまわぬように。

――私が心配することではないわよね……。

ふいにうしろめたさを感じて恥じ入った。礼駿は貴い身分であるだけでなく、仁者であり、男性としても魅力的だ。梨艶が案じずとも、彼を支える女人はいるだろう。

有力だった貞娜と彩蝶を候補から外しても、太子妃にふさわしい秀女は大勢いる。彼女たちのだれかが如意を賜り、来春には太子妃の鳳冠をいただいて婚礼に臨むのだ。

梨艶には手鐲が下賜され、下級妃妾のいずれかに封じられるのだろう。できれば下位すぎないほうが兄の面目を立てられるのでありがたいけれども、分不相応な要求ができる立場ではないので、なりゆきに任せるしかない。

淫芥と茜雪は寵妃になれと無責任にあおりたてるが、それこそ不可能というものだ。梨艶が貞娜や彩蝶のように若く、華やいだ美貌を持っていれば寵愛を受けることもあるかもしれないが、梨艶は礼駿より五つも年上で、容姿もぱっとしない。崑崙山の女仙もかくやという美姫を見て育った礼駿の目にとまる道理がないのだ。

東宮選妃が終わっても、梨艶の日常は変わらない。太子妃の顔色をうかがいながら、上位の妃妾の機嫌を損ねないよう肺肝を砕きながら、汪府でそうしていたように、東宮の片隅でひっそりと生きていく。貞娜や彩蝶が胸に抱いているような恋情のほとばしりを感じることなど一生ないまま、戯衣をまとって舞台に立つときだけ、恋に身を焦がす作中人物になりすまして、さも恋を知っているような顔で、観客を騙すのだ。

それを悲運だと思ってはいけない。己を憐れんで、母のように怨みの道を歩んではいけない。他人とおなじものを得られなくても、平穏に生きられればよい。下位の妃妾として礼駿に仕えられればよい。幸いなことに、礼駿は仕えるに値する主だ。口調や物腰など、当初の印象とは様変わりしてしまったが、彼の人となりは粗野な言動を反映していない。やさしい人だから、梨艶が容喙しても赦してくれた。やさしい人だから、心配して見舞いに来てくれた。彼が夫になってくれるのだから、梨艶は十分恵まれている。

「来るべき夜伽のために、いろいろ準備したほうがよさそうですねえ」

　戯台からの帰り道、淫芥が彩灯をぶらぶらさせながら言った。

「……『金閨神戯』なら目をとおしたわ」

『金閨神戯』は宮女向けの夜伽指南書である。秀女にも入宮時に配られている。

「あんなので勉強した気になっちゃだめですよ。あれは基本中の基本、いちばんつまんないやりかたしか載ってないですから。秘技というのはもっと多種多様なものでしてね、『金閨神戯』に載ってない、えぐい方法のほうが実践にはずっと役に立つんで――」

「ね、ねえ、松月王はいまだ未婚でいらっしゃると聞いたけれど、なぜかしらね」

　話がきわどい方向に行きそうなので、話題を変える。

「松月王？　あー……松月王かあ……大きな声じゃ言えませんが、お身体に欠陥があるんじゃないかって噂を聞きますねえ」

「欠陥？」

「おみ足を怪我なさったときに、俺たちみたいな騾馬になってしまわれたんじゃないかって話です。立太子が見送られたのも、そのせいじゃないかって」

生殖能力を持たない騾馬は、宦官の比喩に用いられる。

「花嫁をお迎えにならないのも、そのせいということ……？　だけど、あなたたちだって義妹や菜戸を持つんだから、親王さまだって妻帯なさってもよいのでは」

「そりゃあ親王殿下なんですから、たとえ騾馬同然だったとしても、王妃や側妃を大勢お持ちになるのは大いにけっこうですよ。実際、主上は何度も縁談を勧めていらっしゃいますし。でも、松月王ご本人がお受けにならないんですよね」

「ひょっとして……遠慮していらっしゃるのかしら」

男としてつとめを果たせないことを、恥じているのか。

「かもしれないですねえ。まあ、無理もないですよ。皇長子であり、なおかつ嫡男でもあるのに、肉体の欠陥のせいで皇太子になれないって、相当こたえますよ。恵兆王みたいな能天気な性格だったらまだしも、松月王は真面目なかただからなあ……」

歌えない役者は朽木だと仁徽は言っていた。帝位につけない皇長子とおなじだと。

――皇族のかたがたは、幸せに暮らしているのだと思っていたわ。

金枝玉葉の悲劇を描いた芝居は数あれど、梨艶が現実味を感じたものはなかった。きらびやかな衣装に身を包み、華やかな宴の席で美食に舌鼓を打ち、綾錦の衾褥にくるまれて巫山の夢を見る。それが彼らのすべてだと思っていた。

知らなかったのだ。

人の世にあふれる苦しみや悲しみが、禁城にも存在するということを。

「なにかしら……」

流霞宮の門前に不審な人影を見つけ、梨艶は眉をひそめた。月明かりが陰っているので見えづらいが、蟒服姿の宦官が数人立っているようだ。

蟒服を着られるのは太監、内監、少監の三監のみ。秀女付き首席宦官はおしなべて少監であり、流霞宮に仕える少監は淫芥だけだ。貞娜や彩蝶が訪ねてきたのかと思ったが、なかには紫紺や紅緋の蟒服姿もいる。

「うわー、ありゃ春正司ですね。いやーなご面相がちらほら……」

会いたくない顔でもいるのか、淫芥は小憎らしそうに舌を鳴らした。

「春正司があんなところでなにをしているのかしら」

「さあ？　とりあえず、訊いてみますか」

気乗りしないふうの淫芥が話しかけるより早く、春正司の宦官がこちらに気づいた。

「お待ちしておりました、汪秀女」

紫紺の蟒服を着た宦官が揖礼した。春正司の長、坐太監であろう。

「何事でしょうか」

「さる事件の捜査のため、流霞宮を調べております」

「事件……？」

なにがあったのか、と尋ねようとした瞬間、坐太監を呼ぶ声が飛んできた。開け放たれた門扉のむこう、外院のほうから群青の蟒服を着た宦官が駆けてくる。

「書房にこんなものがありました」

宦官は文書の束を坐太監にさしだした。

「なるほど……おおむね、まちがいなさそうだな」

配下からさしだされた文書をさっと一読し、坐太監は梨艶にむきなおった。

「あなたと汪副千戸が道ならぬ仲だという密告がございましたが、事実でしょうか？」

「み、道ならぬ仲……？　私と……お兄さまが？」

「入宮前の調査によれば、おふたりはたいへん仲睦まじい兄妹でいらっしゃるとか」

「兄を慕ってはいますが……」

「男女の仲ということですか？」

「えっ……!?　ま、まさか、そんなことは絶対にありません」

「さようですか。しかし、流霞宮からはかようなものが見つかりました」

「それは……？」

「汪副千戸がお書きになった、あなた宛ての文です。内容を読みあげましょうか？」

「いえいえ、けっこうです、坐太監。主に代わり俺が確認しますので」

どうぞ、と答えようとした梨艶を押しのけ、淫芥は坐太監の手から文の束を引っ手繰った。路灯の明かりにかざして文面に目をとおし、愉快そうに口笛を吹く。

「やられたな。今度はこの手で来やがった」

「どういうこと？　お兄さまの文がなにか……」

梨艶は淫芥の手もとをのぞきこんだ。払いがかすれがちな癖の強い手蹟はまぎれもなく兄のもの。されど、卑猥な単語をつらねて閨房の秘事を赤裸々に語る文章は艶本のそれである。ざっと見てみたが、問題の文は十通で、全部同様の内容だった。

「あなたと汪副千戸は深い仲でいらっしゃるようですね。この文面からはおふたりが何度も褥をともにしていらっしゃることが推測されますが、いかがで？」

「これは兄の文ではありません。兄の文にはくりかえし目をとおしていますが、かような内容のものは、はじめて見ました」

「お認めにならないというわけですね」

「事実ではないことを事実とは申せません」

「あくまで白を切るとおっしゃるなら、それもけっこうです。ともあれ、本件は殿下にご報告いたします。本日ただいまより、流霞宮は春正司の監視下に置かれます。殿下のご沙汰がくだるまで、外出や面会はいっさい許されませんので、そのおつもりで」

「いったいどうしてこういうことになるんですか⁉」

部屋に戻るなり、茜雪に怒鳴られた。

「いきなり春正司の宦官がどやどやとやってきて、勝手に殿舎内を家探しして！　挙句、汪秀女が老爺と私通しているですって⁉　そんな馬鹿な話があるものですか！」

「えーないんですかぁー？」

「ないんです！　あるわけがないでしょう！　老爺は兄として汪秀女を庇護なさっているだけですし、汪秀女だって兄君として老爺を敬慕なさっているだけです！　あたしは十二のころから汪府に仕えてますけど、おふたりはずっと兄妹の別を守っていらっしゃいましたわ！　老爺と汪秀女のあいだには肉親の情を超えるものはありません！」

「じゃ、文に書いてあった春本顔負けの艶事描写は嘘っぱちなんで？」

「嘘八百です！　老爺は実の妹と情を通じるような不埒な殿方ではございません！」

「でもなー、汪副千戸だって男ですよー？　血を分けた妹とはいえ、汪秀女ほどの美女を前にしたら、兄も糞もなくなるんじゃないかなあ。ましてや、汪秀女は生まれてからずっと汪家の令嬢としてあつかわれてなかったんでしょ？　兄妹って感覚も薄いんじゃないですかねえ。茜雪どのが知らないだけで、実は……」

「〝実は〟なんてありませんわ！　老爺は節義を重んじる廉潔な君子なんです！　内乱の罪を犯すなんて、絶対に絶対に絶対にありえませんから！」

内乱は十悪のひとつで、近親相姦をさす。

「茜雪の言うとおりよ。お兄さまは私を大切にしてくださっているけれど、あくまで妹としてよ。男女の情ではないわ」

「女人を見る目で見られたことはないんですか？」

「ないわよ、一度も。いつも慈父のようなあたたかい目で見てくださるわ」

梨艶自身も兄を異性として見たことはない。兄は兄だ。汪家で唯一、梨艶を家族としてあつかってくれる肉親だ。兄に対して邪な情を抱くなど、想像したこともない。その証拠に、兄が妻を娶ったときはわがことのように喜んだし、兄嫁が子を産んだときも心から祝福した。兄と兄嫁の睦まじい様子を見るのは、梨艶の楽しみでもある。

「へー、そんな聖人君子がいるなんざ信じられませんけど、まあ汪秀女が黄花女だってことはまちがいないと思うんで、あの文が偽物だってことは疑う余地がないですね」

「だれかが私を陥れようとしているのよ。問題はそれがだれなのかということだけど……」

「なに頓珍漢なことを言ってるんですか。目下の急務は犯人捜しじゃありませんよ。絶体絶命のこの難局をどう乗り切るかってことです」

「殿下は英邁なおかたよ。偽の文に騙されるはずがないわ」

「そうですわよ。殿下なら、これが陰謀であることをひと目で見抜かれるでしょう」

「はああ、なーんにもわかっちゃいないんだよなぁ、黄花女さんがたは」

聞こえよがしにため息をつき、淫芥は甘ったるい困り顔を作った。

「あなたがたね、男ってものを信用しすぎですよ」

「殿方全般ではなく、殿下を信用しているのよ」

「おなじことですって。男が女のことを考えるとき、どこを使うか知ってます？」

「『考える』のなら、頭を使うでしょう」

「はずれです。手がかりをあげましょうか。俺になくて、殿下にあるもの」

「やはり頭ですわね。あなたのそれは空っぽだから、あってなきがごときですもの」

「ひどいこと言うなあ。これでもすこしは中身入ってますよ。じゃ、もっとわかりやすくいきましょうか。宦官になくて、男にはあるものは？」

「良識、分別、才知、人徳、恒心、廉恥、品格、義気……」

「やだなあ、茜雪どの。そういうのは男どもだって持ってないじゃないですか」

老爺はお持ちですわ、と茜雪は胸を張って答える。

「簡単なことですよ。あれです。騾馬が浄身するときに切っちゃうもの」

「浄身するときに……？」

梨艶は淫芥のにやけ顔をまじまじと見、はっとして目をそらした。

「なっ、なにを言うの。そんなところでものを考えられるわけがないでしょう」

「考えるんですよ、それが。とりわけ好きな女のことはね」

どういう意味なのかと尋ねると、淫芥はにんまりとした。

「ここ最近、殿下は汪秀女にご執心でしたね。先日は御自ら見舞いに来てくださり、その後はたびたび遣いを寄越して汪秀女の具合をお尋ねになっていました。汪秀女の稽古を見物にいらっしゃることもすくなくなく、決まって汪秀女と親密にお話をなさった」

「芝居についてご下問なさったから答えていただけよ。親密……というほどではないわ。それに殿下はほかの秀女もお訪ねになっているわよ。聞けば、かならず贈り物をお持ちになるとか。程秀女は西域の書物をいただいたそうだし、許秀女は殿下に賜った耳墜を自慢していたわ。それにくらべて、私はなにもいただいていないもの……。べつに贈り物が欲しいわけじゃないけど……。とにかくご執心なんてありえないわ」

貞娜や彩蝶もなにかしら賜っているという。礼駿が手ぶらで会いに来るのは、どうやら梨艶だけらしい。

「贈り物をくださらないことがご執心なさっている証拠なんですよ。思い出してみてください。喜相逢の荷包をいただいたあと、汪秀女は秀女たちに妬まれて爪弾きにされましたよね？　薄秀女は人を遣って汪秀女の部屋を荒らさせた」

「汪秀女が妬まれないよう配慮して、贈り物を避けていらっしゃると？」

「そのとおり。殿下はあきらかに汪秀女を特別視なさっています。そういう状況で、春正司が今回の事件を言上したら、殿下は相当がっくり来ますよ。好きな女が実の兄と慇懃を通じてるなんて大打撃ですね。はいはい、事実無根なのはわかってますって。でもね、春正司は証拠として例の文を出しますよ。もしかしたら、おあつらえむきの証人も出てくるかもしれない。なお悪いことに、汪秀女は事あるごとに兄君への思慕を口にしています。汪副千戸の文を後生大事にしていることは殿下もご承知だ。これらの純然たる事実に、春正司が持ってきた〝密告〟と〝証拠〟が合わされば、内乱疑惑は成立します」

さらにさらに、と淫芥は講釈師のように畳みかける。

「再度秘瑩を行って、汪秀女が黄花じゃないってことが証明されれば陰謀は完成。汪梨艶は実の兄と私通した淫婦の烙印を押され、東宮から追放されます」

「私は黄花よ。もう一度、秘瑩を受けても結果はおなじだわ」

「能天気ですねー。今回の秘瑩を行うのは春正司ですよ？　意気揚々と証拠品を持って行った春正司がまっとうな結果を出すと思います？」

「汪秀女を陥れようとしているのは春正司なのですか？」

「春正司そのものに動機はないでしょうね。連中は使いっ走りにすぎません。汪秀女を罠に嵌めた張本人が鼻薬をきかせたんでしょう」

はじめから陥れることが目的なら、秘瑩を受けたとたんに梨艶は名節を失う。

「たとえ春正司が偽りの結果を出しても、殿下は……」

「殿下に期待しちゃいけません。殿下だって男です。好きな女が兄と通じていた、内乱を犯しているくせに黄花と偽って自分を騙していたと知れば、かーっと頭に血がのぼりますよ。逆上した人間に陰謀を見破れってのは、どだい無理な話です」

「……そんな。殿下が信じてくださらないなら、私はどうやって潔白を証明すれば……」

内乱の濡れ衣を着せられれば、梨艶のみならず、汪家も一巻の終わりだ。

「主が内乱秀女になったら、俺は浄軍落ちして、死ぬまで地面を這いつくばって生きる羽目になるんだろうなあ。それでもましなほうか。下手すりゃ獄死か刑死かも。ま、いいけどさ。いつ死んでもいいように悔いのない人生を送ってきたし」

「あなたはよくても、あたしと汪秀女はごめんですわよ！　打開策はないのですか？」

「ありますよ。汪秀女を春正司の手が届かないところに持っていけばいいんです」

「春正司の手が届かないところって？」

東廠ですよ、と淫芥はうさんくさい笑みを浮かべた。

「宮正司や春正司だけじゃなく、東廠は三法司――刑部、大理寺、都察院――が管轄する案件でもかっさらえます。東廠が出てくれれば、春正司なんか用なしですよ」

「ちょっと待って。春正司は黒幕の手先だって言ったわよね。じゃあ、東廠だって黒幕と通じている可能性があるんじゃないの？」

「ないない。そもそも黒幕が東廠を動かせるなら、最初から鴉軍が来てますよ。秀女の内乱疑惑は殿下が冷静に対処すれば、空振りに終わるかもしれない案件だ。殿下の裁量でどうとでもなる春正司より、殿下が手を出せない東廠を使うほうが確実です」

東廠は宦官二十四衙門の首・司礼監の下部組織。司礼監に籍を置く三監は烏黒の蟒服を着ているので、その色にちなんで鴉軍と呼ばれる。

「黒幕は春正司を動かせるが、東廠は動かせないんでしょう。つまり、東廠を本件に引っ張りこめば、俺たちの首はつながります」

「でも、そう簡単に東廠が出てくるかしら。内乱はたしかに大罪だけど、春正司が捜査しているのに、東廠がわざわざ介入してくるもの？」

「ふつうはきませんね。春正司の仕事をいちいち横取りするほど、連中も暇じゃないんで。東廠を引きずり出すにはひと工夫必要です。ま、手っ取り早いのはこれでしょう」

淫芥は指先で空中に半円を描いた。それが半金烏だと気づくのに、寸刻かかる。

「『汪秀女が半金烏を持っている』という話を東廠の耳に入れます。半金烏とくれば鴉軍が黙っちゃいません。東廠は怨天教徒を殲滅せよと主上に命じられてますからね」

「半金烏なんて論外ですわ！　内乱より悪いでしょう！」

「大丈夫ですって。ひととおり調べてなにも出なければ、鴉軍は引きあげますよ」

「半金烏の件だけ調べて帰ってしまうなら、内乱疑惑は晴れないままでは？」

「東廠ではね、嫌疑をかけられている人物がべつの疑惑も抱えていた場合、そちらも併せて捜査することになってるんです。鴉軍が出てきた時点でこちらの勝ちですよ」

「理屈はわかったけど……どうやって東廠に半金烏の件を伝えるの？　流霞宮は春正司の監視下に置かれていて、だれも外に出られないのよ？」

「小火騒ぎを起こせばいいんですよ。水がめの水がもれていたせいで消火が間に合わないってことにすれば、門を開けざるを得ない。春正司の騾馬どもも急いで駆けつけるはずだ。消火作業のどさくさにまぎれて俺が外に出て、ひと働きしてきますよ」

「ひと働きって……東廠まで行ってくるの？」

「そんな遠出はしません。東宮内にいる褐騎に伝えれば、すぐ督主の耳に入ります」

東廠の長は司礼監の次席太監たる司礼監秉筆太監。別名を督主という。

「褐騎って、東廠がそこらじゅうにばらまいているという密偵よね？　任務のため、つねに正体を隠していると聞いたことがあるわ。だれが褐騎なのか、わかるの？」

お任せください、と淫芥は茶目っ気たっぷりに言った。

「じゃあ、お願いするわ。できればあなたの配下を借りたいんだけど、信頼できる者はいる？　尹秀女と李秀女にこの件を知らせてほしいの」

「おふたりを味方につけて春正司をけむにまくんですね？」

「小火騒ぎのあと、私は動揺してわれを失ったふりをするわ。子どものころに遭った火難を思い出したと言ってね。それでも春正司は強引に秘瑩を行おうとするでしょうから、尹秀女と李秀女に錯乱(さくらん)した私をかばってもらって、時間を稼(かせ)ぐわ」

東廠が駆けつけるまで、秘瑩を回避しなければならない。

「正気ですか、汪秀女！　半金烏(はんきんう)なんて持ち出したら――」

「ほかに方法がないのよ。じきに坐(ざ)太監が戻ってくるわ。再度、私に秘瑩を受けさせよという殿下のご下命を携(たずさ)えてね。春正司は私の身体を調べ、私が黄花ではないと判定するでしょう。一度、罪人と見なされれば、潔白を証明するのは至難(しなん)の業(わざ)。春正司の手で淫婦の烙印を押される前に、東廠主導の秘瑩を受けるのが最善の策よ」

「でも……」

蒼白になった茜雪に、梨艶は微笑(ほほえ)みかける。

「腹をくくりましょう。お兄さまのためにも、負けるわけにはいかないわ」

「なにを考えているか当てようか」

太く弾んだ声が降り、礼駿は危うく碁石(ごいし)を落としそうになった。

「汪秀女のことだろう」

碁盤のむこうで、父帝が人の悪い笑みを浮かべている。

中朝(ちゅうちょう)、暁和殿(ぎょうわでん)の内院(なかにわ)。梧桐(あおぎり)の葉が明黄色(にちりんいろ)に染まる孟秋(もうしゅう)の庭院(にわ)で、礼駿は父帝と碁を打っていた。六角宝形造の屋根をいただく亭の外はからりとした秋晴れである。ちぎれ雲を浮かべた高い空が春陽のような光で風物を照らしているが、そのうららかなきらめきも礼駿の胸裏にわだかまった愁いを拭い去ってはくれない。

「なぜ私が汪秀女のことを考えているとお思いで？」

「顔に書いてある。汪秀女はほんとうに黄花なのか、と」

「例の件については、東廠による秘瑩で汪秀女の潔白が証明されております」

「それを信じきれないんだろう、おまえは」

容赦なく礼駿の石を攻めて、父帝は蓋碗をかたむけた。

「東廠の捜査に不満があるのか？」

「不満などありませんが……いささか不可解な事件でした。汪秀女が内乱の罪を犯しているという密告があったかと思えば、今度は半金烏を所持しているという密告が……」

「前者は誣告だったという結論が出ている。汪副千戸の艶書はおまえに寵愛される汪秀女を妬んだ女官が偽造したものだったと」

「女官は獄中で自害しました」

「よくあることだ」

半金烏の疑惑は、褐騎の早合点ということで落着した。

「秘瑩で汪秀女の潔白が証明されてから女官が自害するまで、ものの半日。唐突な幕引きでした。それだけに違和感が残っています」

「汪秀女が女官の口を封じたとでも?」

「そこまでは申しませんが……」

言葉を濁しつつ、礼駿はからくも白石を助けた。

「汪秀女が汪副千戸と非常に親しい仲であることは私も存じています。兄の文を後生大事に持っていることも。これから嫁ごうという女人が兄とはいえ夫以外の男を過度に慕っているというのは、褒められたことではないでしょう。ましてや東宮選妃の最中なのですから、不貞を疑われかねない言動は極力避けるべきです。姦計を弄した女官が悪辣であることは言うまでもありませんが、みずから隙を見せた汪秀女当人にも責任があります」

春正司がさしだした汪副千戸の艶書を見たとき、わが目を疑った。梨艶が金冊のように胸に抱いていた兄の文とは、淫本じみたものだったのかと。

愕然としたのち、腸を焼くほどの怒りがこみあげてきた。梨艶は兄と私通しながら、生娘のようにふるまって礼駿を騙していたのだ。そうだ、彼女は役者だ。舞台の上で中年女と青年を見事に演じわけるのだから、礼駿の前で男を知らぬふりをするくらい造作もないだろう。彼女は仮面のひとつを見せていたにすぎない。にもかかわらず礼駿は、彼女の素顔を見ていると悦に入っていた。なんと愚かなことだろうか。

これは薄秀女がくわだてたような謀ではないかと考えなかったわけではない。春正司が一枚噛んでいる可能性もあった。皇宮には謀略が渦巻いている。どれほど身を慎んでいても、標的にされることはある。梨艶は陥れられたのかもしれないと案じながらも、内乱疑惑を否定しきれなかったのは、彼女がたくみに仮面を使いわけるせいだ。梨艶の表情が読めない。読めたと思えばまちがっている。その至妙な演技が礼駿を混乱させる。

――それだけだろうか？

梨艶は密偵ではないかという疑いは、いつしか、べつのものにすりかわった。

生まれてはじめて知る愉快な予感がじわじわと礼駿の心肝を侵していた。それは傀儡師が糸を手繰るように礼駿を誘導し、幾度となく梨艶を訪ねさせた。ほかの秀女を訪ねるときとは足どりがちがった。芝居の稽古を見物するという名目で彼女を垣間見ていると時が経つのを忘れ、その場を立ち去るのが名残惜しく感じられた。

乞巧節の宴ではあえて声をかけなかった。人目のある場所で会話をして秀女たちの嫉視を招きたくなかった。訪ねるときはかならず手ぶらで行くという配慮までしたのは、梨艶を守るため。彼女が悪意にさらされぬよう、気をまわしたのだ。

どうしてそんなことをした。梨艶が秀女たちに妬まれ、憎まれようと、礼駿には無関係ではないか。会う回数はほかの秀女たちとおなじでよかったはずだ。手土産を持っていってもかまわなかったはずだ。宴席で声をかけても問題なかったはずだ。どうして無用の気遣いをしてしまったのか。

——俺は……汪梨艶に惹かれているのか？

ありえないと即座に否定するも、しこりのような感情が残る。梨艶が内乱の罪を犯しているかもしれないと知ったとき、あれほど瞋恚に燃えたのは、彼女にとくべつな情をおぼえていることの証左ではないのか。彼女を路傍の石と思っているなら、内乱が事実であろうと憤慨することはなかったのではないか。堕落した女と蔑むことはあっても、打ちのめされることはなかったはずでは……。

「つまるところ、自分の女がほかの男と親しいのが気に入らぬのだろう」

父帝の一手が礼駿の大石に迫った。

「狭量な男だな、おまえは」

「……そうでしょうか」

「まあ、それも若さの特権か。馬齢をかさねれば、いやでも寛大になる」

「徳を積むからでしょう」

「限界を知るからだ。己の手でつかめるものは、さほど多くはないと」

金風が梧桐の枝をわたり、ひとひらの黄葉がはらりと落ちる。

「その一方で、求めても手に入らぬものは山のようにある」

「九五の位におわす父皇が手に入れられぬものなど、この世に存在するのですか？」

「おまえもいずれわかる。玉座にのぼれば、否が応でも」

礼駿の石をとり、父帝はふたたび蓋碗をひきよせた。

「話を戻すが、おまえは汪秀女の最初の男になり損ねたことが癪なのだろう」

「……やはり、汪秀女は内乱の罪を犯しているということですか」

「汪秀女の純潔についてては問題にしておらぬ」

「では、なぜ〝最初の男になり損ねた〟などとおっしゃるのです」

「おまえはこの先、どうあがいても汪秀女の最初の男にはなれぬからだ」

「……おっしゃっていることの意味がわかりません」

「おまえが不満なのは、汪秀女が幼いころから全幅の信頼を寄せ、敬慕してきた男が存在することだろうと言っているのだ。その男はおまえが知らない汪秀女の素顔を知っている。戯衣をまとわず、化粧をせず、唱を歌わず、台詞を吐かない、汪秀女の偽らざる生身の姿を。おまえはそれが妬ましくてたまらぬのだ。まるで奪われたように感じているのだ。はじめから自分のものなどではなかったという事実を、受け入れられぬのだ」

礼駿は無言で、父帝が打つであろう次の一手から逃げた。

「女優の娘と蔑まれ、嫡母に虐げられる汪秀女を、汪副千戸は兄として長らく庇護してきた。汪秀女が兄を慕うのも道理だ。なにしろ、ともに歩んできた年月がちがう。あちらは二十余年、おまえが汪秀女と過ごしたのは半年ほどだ。あとから出てきたおまえがふたりの絆を断とうとしても徒労に終わる。あきらめて事実を受け入れろ」

「……内乱の罪を赦せと？」

「汪秀女の潔白は東廠が証明した。蒸しかえすな」

天子の爪牙たる東廠を疑うことは、聖裁に疑問を呈することにひとしい。

「失言でした。どうかお赦しください」

礼駿が立ちあがって謝罪すると、父帝は目線で「座れ」と命じた。

「世人は恋しい女の最初の男になりたがるが、余に言わせれば浅薄な考えだ。大切なのは順序ではない。その女にとって唯一の男であるか否かということだ」

「唯一の……ですか」

「最初の男になるのはたやすいが、唯一の男になるのは難しいぞ。替えがきかない存在になるということだからな」

「李皇貴妃にとっての父皇のような存在ということですか」

そうだな、と父帝は誇らかに笑う。

「在りし日の先帝がおっしゃっていた。『緋燕がいなければ、わが人生は空疎な芝居であった』と。今わの際には皇太后さまの腕に抱かれ、眠るように登霞なさった。ああ、これこそが最高の幕引きだと思った。余もかくありたいものだ」

十二年前、先帝睿宗は皇太后・李緋燕に看取られて崩御した。

宝算八十六。仁君と名高い光順帝の嫡子に生まれ、齢二十五にして宗廟社稷を受け継いだ。一度目の治世である崇成年間には酷烈な粛清を行って廟堂に血の雨を降らせるかたわら、善政を敷いて恤民につとめた。永乾年間、豊始年間、紹景年間には太上皇として皇上を助け、二度目の治世である義昌年間には大鉈をふるって冗費を節減し、官紀を粛正して、つづく宣祐年間の基盤をつくった。

波乱に満ちた睿宗の生涯において、欠くことのできない存在が李太后だった。

李太后は齢十七にして睿宗の後宮に入り、並々ならぬ寵愛を受けて、のちに皇貴妃にのぼった。男児を産めなかったために立后されなかったが、天寵は衰えることなく、睿宗が重祚した際には皇后に冊立された。皇太后となってからも睿宗に寄り添い、挙案斉眉してともに春秋をかさねた。晩年、老病に侵されて床に臥した睿宗が李太后の同席なくして食事をとらなかったことは、夫婦の情愛の深さを示す逸話のひとつだ。

「緋燕がそばにいたから、余は天子を演じつづけることができたのだ」

いつだったか、先帝が惚気話のように語っていたのをおぼえている。李太后がいなければ、とうの昔に経略に倦んで、昏君になり果てていただろうと笑っていた。百年先でも賢主と称えられるであろう偉大な祖父が、嫡妻とはいえ一婦人にすぎぬ李太后を己の半身のように語るのがひどくふしぎに思われた。

「一天万乗の君と崇められていても、玉座をおりてしまえば、ただの男だ」

父帝は梧桐の葉を照らす秋陽に目を細めた。

「最期のときは愛する女の腕に抱かれて迎えたい。先帝のように」

〝愛する女〟とは、李皇貴妃のことであろう。父帝は後宮に大勢の后妃侍妾を持ち、順繰りに夜伽をさせているが、もっとも寵愛しているのは慶全と淑鳳を産んだ李皇貴妃だ。李皇貴妃は五十路。后妃侍妾は齢五十を過ぎれば夜伽をしない。寵を受けても懐妊する見込みがないからだ。後宮の規則にのっとり、敬事房は李皇貴妃の夜伽の札を処分したが、いまでも父帝はときおり李皇貴妃が住まう芳仙宮に泊まる。

「その願いが叶うのは先のことでしょう。父皇はご壮健であらせられますから」

「わからぬぞ。死生命ありだ」

父帝はかるく笑い、礼駿の大石を殺した。

「だれしも己の命数を知ることはできぬ。かるがゆえに、一日も早く見つけねばならぬのだ。人生が終わるそのときに、わが身をゆだねたい相手を」

月を愛でることを古くは玩月といったが、当世では賞月と称している。

八月十五日、中秋節。一年でもっとも美しい月が輝くこの夜に、官民は思い思いの酒宴をもうけ、名月を仰いで一家団欒のひとときを楽しむ。

巷間のにぎわいもさることながら、中朝の楓林でもよおされた賞月の宴は、紫微宮の遊宴もかくやという絢爛豪華なものだった。

大きな池のほとりに築かれた百尺の月見楼は千種の綵帛で飾られ、金糸銀糸の刺繡が月光をとらえてまぶしいほどだ。彩色蠟燭が照らしだす祭壇には太陰星君たる嫦娥に捧げる果物や菓子がそなえられ、月兎文の繻子をかけた宴卓には、玻璃の杯に注がれた桂花酒や初物の蟹の蒸し物、玩月羹や月餅など、節日の美食がならぶ。

見目麗しい楽師たちが雅趣に富んだ燕楽を奏で、一糸乱れぬ宮妓たちの群舞が薄闇を極彩色に染めあげるなか、練り絹のような月明かりをまとった貴人たちは珠なす咳唾を吐き、望月に似せた宝鏡を贈答し合って、忘憂の物を酌み交わしている。

──殿下はまだ疑っていらっしゃるんだわ……。

秀女の座席の末座で、梨艶は小さくなっていた。

あの事件以来、礼駿は梨艶を訪ねなくなった。ほかの秀女は訪ねているらしいから、梨艶だけが冷遇されているのだろう。東廠が出した秘瑩結果では彼を納得させられなかったようだ。こうなったら自分の言葉で釈明するしかないと思い立ち、皇太子が政務をとる清寧殿を何度か訪ねたが、礼駿は多忙を理由に会ってくれなかった。直談判できないのならやむを得ないと、文を届けてもらったけれども、いまもって返信はない。

賞月の宴がはじまってからも、礼駿は梨艶に一瞥さえ投げない。記憶から消し去ってしまったかのように、梨艶を視界から追い出してしまっている。

完璧な貴公子の顔で秀女たちと談笑する彼を盗み見ていると、自分が道端の石ころにでもなったような心地がする。

──『ような』じゃないわ。もとからそうじゃないの。

生まれたときからずっと、梨艶は路傍の石だった。母にとっては孕んだ価値のない子で、父にとってはあまたの下婢のひとりで、比氏にとっては下賤な女優の娘で、汪氏一門にとっては親族の頭数に入らない虫けらだった。梨艶がなにがしかの価値を帯びるのは、戯衣を着ているあいだだけ。舞台からおりれば、取るに足らない存在に逆戻りだ。

華侈の限りを尽くした宴席から締め出されるように、梨艶は中座した。淫芥を連れて、とぼとぼと鋪地を踏みながら小径を歩く。あたりには烏桕が思うさま枝をひろげ、婚礼衣装に袖をとおしたかのごとく赤く色づいている。

はらはらと舞い散る濃艶の葉を見るともなしに見ていると、来春には自分も深紅の花嫁衣装を着るのだということを思い出した。嫁ぐ娘ならばもっと華やいだ気持ちになるべきなのだろうが、梨艶の心は沈むばかりだ。あでやかな新婦の装いをしたところで、梨艶を見る人はいない。花婿たる礼駿は太子妃に選ばれただれかと共寝する。華燭の典から七日が過ぎれば、妃妾たちも龍床に召されるが、梨艶はいつまで経っても召されないだろう。捨て置かれ、忘れ去られて、東宮の片隅で無為に老いていくのだろう。

──こうなるって、はじめからわかっていたはずよ。

今日まで生きてきて、恋というものにまったく憧れなかったわけではない。芝居で語られるような恋がいつか自分にも訪れるのだろうかと夢見たことはある。少女ならだれでも抱くであろう淡い期待は、一年ごとに薄れていった。

汪府では、奴僕が下婢や家班の女優を口説くことはめずらしくなかったが、梨艶に色めいたまなざしを向ける者はひとりもいなかった。奴僕たちは梨艶がそこにいることにすら気づかないふうで、ほかの女優とは談笑しても、梨艶とはろくに言葉もかわさないのだった。どうやら自分には異性をひきつける魅力がないらしいと理解するのに、さほど時間はかからなかった。

娘盛りだったころですらそうなのだから、世間では行き遅れと言われる年齢になったいまならなおさらだ。そもそも礼駿に気にかけてもらっていたこと自体が身分不相応だったのだ。いまの状況こそ、梨艶にふさわしいといえるだろう。

「いっそ夜這いでもしたらどうです？」

淫芥が彩灯をぶらぶらさせて名月をふりあおいだ。

「汪秀女が閨に忍びこめば、万事解決ですよ。殿下も男ですからねえ、むらむらーっとして、わだかまりなんかどっかに吹き飛んじゃいますよ」

「それは魅力的な女人の場合でしょう。私のような地味な女は……」

右手側にひろがった紅の疎林から、かすかに煙が立ちのぼっている。もしや火事ではと目を凝らすと、木立の陰に人影を見つけた。その人は地面にひざまずき、幾度となく拝礼しながら、紙切れのようなものを焼いていた。

「整斗王ですよ。蔡氏を供養なさってるんです」

「蔡氏って、ご母堂の？　でも、あのかたは……」

賜死された廃妃。罪人の供養は禁じられている。

「今日が蔡氏の忌日なんですよ。整斗王は経籍が衣を着たような人だから、母親が死んだ日に宴に出るのは苦痛でしょうが、欠席してはあらぬ疑いを招きますからね。いちおう宴には出て、折を見て中座して、こっそり供養なさってるわけです」

「お気持ちはわかるけれど、宮中では個人的な供養は……」

「禁止されてます。主上が見て見ぬふりをなさってるんで、俺たちも見なかったことにするんですよ。ま、なかなかの妙策ではありますね」

「妙策？　どういうこと？」

「整斗王が皇宮で蔡氏の供養をなさることですよ。主上の目と鼻の先でご尊母の霊を慰めていれば、怨天教とのつながりを疑われずにすみます」

「え……？　整斗王は怨天教とのつながりを疑われているの？」

「整斗王だけじゃなく、皇族はみんな疑われてますよ。廃皇子の事件があってからずっとね。東廠は手当たりしだいに褐騎を放って、天下に巣くう邪教の痕跡をたどろうと躍起になってます。だからこそ、王府でこそこそ供養するより、東廠の足もとで母親を弔うほうがいいんですよ。蔡氏の件で主上を怨(うら)んではいないと示すにはね」

怨みをつのらせているなら、禁を破って宮中で供養するとは考えにくい。むしろ人目をはばかるだろう。復讐(ふくしゅう)を果たす日にそなえ、ひそかに怨念の爪をとぐはず。

――だれが殿下の仇敵(きゅうてき)であってもおかしくないんだわ。

怨天教に帰依(きえ)する人は例外なく深い怨みを抱いている。人びとの胸を焼く呪詛(じゅそ)のような怨憎が邪神に捧げる信仰心の源なのだ。この九陽城にはいたるところに怨みの火種が存在する。それが大火となって周囲をのみこむか、埋火(うずみび)のまま徐々に衰えていくか、両者を分かつ岐路(きろ)はいったいどこにあるのだろう。

「酔い覚ましの散策ですか？」

唐突にうしろから声をかけられ、梨艶はふりかえった。

「汪秀女にごあいさつを」

すらりとした長軀(ちょうく)を紫紺(しこん)の蟒服(ぼうふく)で包んだ失太監(しったいかん)が如才(じょさい)ない笑顔で揖礼(ゆうれい)した。

「ええ、紅葉が見事でしたので」

梨艶はぎこちなく視線をふせた。どうにも三監(さんかん)は苦手だ。底抜けにあかるい淫芥には慣れたが、彼以外の高級宦官(かんがん)を前にすると緊張で身体がこわばる。男のようでもあり女のようでもある作り物めいた端麗(たんれい)な容姿や、過剰(かじょう)なほどに慇懃(いんぎん)な立ち居ふるまいと言葉遣い、他人を値踏みする目つきが梨艶を怖気(おじけ)づかせるのだ。

「あ、あの、もしかして、殿下が私にお言伝を……？」

「いえ、なにも承っておりません」

「え……？　では、どうして私にお声をおかけになったのですか」

「汪秀女が中座なさるのを見て、あとを追いました。このあたりは人気がございませんので、ご令嬢のおひとり歩きはおすすめしませんよ」

ひとりではない、と言いかえそうとしてやめた。淫芥は宦官なので頭数に入らないということか。あるいは一度、不貞の疑惑をかけられた身なので、宦官とはいえ、密通を疑われかねない相手とふたりきりになるのは避けよ、との忠告か。

「わかりました。宴席に戻ります」

「お供しましょう」

どうぞ、と失太監が彩灯で足もとを照らした。梨艶は光のしずくを踏んで、来た道をひきかえす。まるで連行されているみたいだと思い、一歩一歩が重くなる。

「こたびの一件は主上のお耳にも入っております」

失太監はやんわりと梨艶に視線を投げた。

「ご案じなさいますな。主上は汪秀女の潔白を信じていらっしゃいますよ」

「……でも、肝心の殿下が……」

「主上が信じていらっしゃれば、殿下とてあなたを罰することはできません。恥じることがないのなら、胸を張って堂々としていればよいのです。うなだれているほうがかえってよくありません。やましいところがあると勘違いされるもとです」

「……殿下はまだお怒りなのでしょうか」

「どちらかといえば、戸惑っていらっしゃるようです。殿下は色事の経験がないので、女人に対して潔癖なところがあるのです。時間が経てば、ご理解くださいますよ」

「私などを気にかけてくださるなんて、失太監はおやさしいのですね」

実は、と失太監は苦笑いした。

「あるかたにあなたを気にかけるよう頼まれました。そのかたは今回のような密通疑惑で知り合いの女人を亡くしていらっしゃるので、あなたを心配なさっているのです」

「亡くされたって……」

「自害です。密通はまったくの事実無根でしたが、いったん疑惑が持ちあがってしまうと、疑念が完全に払拭されるまで不遇をかこつことになりますから……。そのご婦人は家名を汚す不名誉な噂に耐えきれず、身の潔白を証明するために自死なさいました」

転落死した彼女の遺体を最初に見つけたのが「あるかた」であったという。

「『あるかた』とはだれなのかとお尋ねにならないでください。秘密にするよう頼まれています。あなたのためのご配慮なのです。あなたは内乱の濡れ衣を着せられたのですから、ほとぼりが冷めるまで殿下以外の異性とかかわりを持たぬほうがよい」

失太監は理知的な面輪に人づきのよい微笑を浮かべた。

「密通疑惑は、後宮ではよくあることです。李皇貴妃も不貞の濡れ衣を着せられて失寵なさっていたことがありますが、いまでは後宮一の寵妃としてその地位をたしかなものにしていらっしゃいます。疑惑を晴らすには、身を慎んで時を待つよりほかありません。どうか短慮を起こされぬよう。九陽城で最後に物を言うのは、忍耐力ですよ」

芝居の時間になり、一行は聚鸞閣に移動した。

聚鸞閣は星の数ほどの宮灯で飾りたてられていた。燦然と輝く名月の下、さながらもうひとつの月のごとくきらめきわたっている。

聚鸞閣と相対するかたちでそびえているのは疑星楼。黄琉璃瓦が月光を弾く三層建ての楼閣に、皇族たちの客席がもうけられている。秀女たちは礼駿に従って二階にのぼった。こちらは皇太子、秀女、親王、親王妃、公主、駙馬の席のようだ。内閣大学士を筆頭とした高官たちと、その令夫人たちは広場に用意された座席に腰かけている。

席順は家格で決められているので、梨艶の席は礼駿からほど遠い場所にあった。

——殿下以外に私を案じてくださる殿方って……どなたかしら？

梨艶を気にかけているのが礼駿なら、失太監が名を伏せるはずはない。失太監が言っていた「ほとぼりが冷めるまで殿下以外の異性とかかわりを持たぬほうがよい」は、男性である「あるかた」が梨艶の立場を慮(おもんぱか)って直接話しかけることを避けたということ。また、その人物は失太監に頼みごとをできる身分である。皇太子付き首席宦官がおいそれと頼みごとをできる相手ではないことを考えれば、彼も高位の人物であろう。

　そして、濡れ衣を着せられて自死したという婦人。彼女は後宮の住人ではないだろうか。身の潔白を証明するために命を絶つ選択をせざるをえない過酷(かこく)な状況は、王府や高官の邸でも生じうるけれども、失太監の「密通疑惑は後宮ではよくあること」という言葉から推測すれば、婦人は妃嬪侍妾(ひひんじしょう)である可能性が高い。

　妃嬪侍妾を知人に持つ高貴な男性。思考はここで壁にぶつかってしまう。

　――私を気にかけてくださる理由がわからないわ。

　彼が非業の死を遂(と)げた妃嬪侍妾の親族だったとして、なにゆえ梨艶を案じてくれるのだろうか。接点があるとは思えないが……。

「妃嬪侍妾で転落死なさったかたを知っている？」

　梨艶はかたわらにひかえた淫芥にこっそり尋ねた。

「ああ、さっきの話ですか。後宮の事件はうやむやにされることが多いので、正確なところは知りませんが、五、六人はいるんじゃないですかね」

「そんなに？」

「当代はすくないほうですよ。俺の師父(しふ)の師父の師父が言うには、十人や二十人が身投げしたくらいで驚いていたら、後宮勤めはつとまらないって話なんで」

「……じゃあ、失太監がおっしゃっていたご婦人がどなたなのか、わからないわね」

「いや、目星はつけられますよ。転落死した妃嬪侍妾のなかで密通の疑いがあったのは三人。そのなかで汪秀女と関係があるのは……」

淫芥の声は打ち鳴らされた銅鑼の音でかき消された。

「本日上演いたしますは、『玉蟾秋』にございます」

道袍姿の副末が舞台に登場し、独特の唱腔をつけて芝居のあらましを語る。

「英雄后羿は地上を食い荒らす邪悪な六頭の獣を退治し、地上を焦がす九つの太陽を射て万民を救いました。帝堯はたいへんお喜びになり、絶世の美姫と名高い妹御の嫦娥を后羿に賜ります。かねてより后羿を慕う嫦娥は婚礼の日をいまかいまかと……」

副末が退場すれば、入れかわりに上場門から正旦が姿をあらわす。

『玉蟾秋』の正旦は言うまでもなく嫦娥だ。嫦娥は牡丹と蝴蝶が戯れる深紅の長衣をまとい、喜鵲文様の雲肩を身につけている。片子でふちどった玉のかんばせはあでやかな化粧で華やぎ、頭にかぶった鳳冠の真珠がせわしなく灯籠の光を弾いた。

今宵は婚礼。嫦娥は恋しい后羿に嫁ぐ喜びを歌う。なよやかな歩みと、恥ずかしそうに扇子で顔を隠すしぐさは、晴れがましい日を迎えた初々しい新婦そのものだ。

やがて花婿衣装に身を包んだ武小生がやってくる。小生は色男や英雄役の意。后羿は武将なので武の文字を冠する。翠劇では、小生は満髯をつけないのが慣例だが、后羿は例外で、弓の妙手たる威厳を表現するため、獅子のような力強い目を強調する紅の臉譜をほどこし、たっぷりと腰まで垂れた満髯をつけることになっている。

后羿は誇らかに嫦娥の美しさを歌い、彼女と偕老同穴の契りを結ぶことを誓う。

華燭の典はつつがなく進行するが、祝福の声あふれる華やかな席でただひとり暗い面持ちをした男がいた。浄の逢蒙だ。

逢蒙は嫦娥をひと目見るなり心奪われてしまった。しかし、彼女は上官の花嫁。どれほど求めようとふれることさえできない。逢蒙は奸悪の象徴である白の臉譜をほどこした顔を激しくゆがめ、嫉妬の炎を喉からほとばしらせる。

見つめ合う后羿と嫦娥は、自分たちが矢のような嫉視を浴びていることに気づかない。愛しい人と結ばれる喜びに満ちた新郎新婦の唱と、ひそかに修羅を燃やす逢蒙の唱が混ざり合い、複雑にからまり合って、音の錦を織りあげていく。

相反する声がぶつかりながらも、ふしぎに調和するこの響きは、だれかの喜びの裏には何者かの怒りが、だれかの幸せの裏には何者かの怨みがあることをあらわしている。

婚礼から一夜明けて、甘い夢から覚めきれぬ后羿の耳に逢蒙が言葉の毒を注ぐ。

「嫦娥さまには、あなた以外に情を通じた男がいるそうです」

夢見心地の后羿は気にもとめないが、奸智に長けた逢蒙の罠は足音もなくじわじわと后羿を猜疑に駆り立てる。ときには思わせぶりな文で、鴛鴦模様の香嚢で、並頭花の髪飾りで、后羿の心に疑いの種をまく。

姦計が動き出しているとも知らない嫦娥は無邪気に夫を慕う。だが、天真爛漫な彼女の言動はかえって后羿の疑心をあおってしまう。そしてあるとき、逢蒙の邪謀によって后羿は愛妻の不貞を確信し、激情に駆られて嫦娥を射殺しそうになる。

緊迫した場面で梨艶が気になっていたのは物語の展開ではなかった。

──音が安定しないわね。

主役ふたりをはじめとして、唱の音律が不安定だ。台詞では安定しているのだが、唱になると、とたんに音がぶれる。ごく微細なゆらぎで、工夫を凝らしたあいやのようにも聴こえるけれども、よく聴き耳を立てれば、音のふらつきだとわかる。

飛聴班の稽古は何度も聴きに行っているので、役者たちの喉の癖もある程度わかっているが、今夜ほど音がずれたことはないと思う。しかも緊張して委縮しているというより、音のひとつひとつが不穏な高揚を孕んでいるのだ。

──まるで殺気立っているような。

皇族たちも気づいているだろうかと、さりげなく周囲を見まわす。数名をのぞき、ほとんどの観客はとびきりの美酒に酔ったように聴き惚れていた。〝数名〟とは、松月王・仁徽、登原王・鋒士、充献王・正望、寿英公主・淑鳳のことだ。

たびたびずれる音に苛立ってか、仁徽は指先で卓子を叩いている。鋒士は話の展開についていけなくなったらしく、隣席の秋霆を質問攻めにしている。正望は芝居そっちのけで玩月羹を食べている。淑鳳は舞台ではなく、広場の一点を見おろしている。

「恵兆王と和慎公主のお姿が見えないけれど……」

梨艶は淫芥に耳打ちした。

「おふたりとも芝居の前に退座なさいましたよ。恵兆王は懐妊中の恵兆王妃が心配だそうで王府にお帰りに。和慎公主は気分がすぐれないので、後宮でやすむそうです」

「身重の妻のために芝居も観ずに退座なさるなんて、恵兆王は愛妻家なのね」

「というより、恐妻家ですね。産み月の恵兆王妃を放って宴席で羽目を外せば、あとで大目玉を食らうんで、あわててお帰りになったんですよ」

恵兆王妃とは端午節の宴で会っているが、はきはきした物言いの勝気そうな婦人だった。宗室一の遊蕩児といわれる慶全が悍馬のような王妃に手を焼いているさまを想像すると、微笑ましさとともに、苦い羨望が呼び覚まされる。

――私には無理だわ。

恵兆王妃の出自は知らないが、親王である夫を従わせるくらいだから、宗室とひけをとらない権門の令嬢であろう。また、彼女は夫に愛されているのだろう。高貴な血筋と夫の寵愛があればこそ、夫に対して強い影響力を持つことができる。貴い生まれでもなく、寵愛も賜っていない梨艶が礼駿の顔色をうかがって縮こまっているのとは正反対だ。

——ときには歯向かえと、殿下はおっしゃったけれど……。

あの夜、礼駿は夜伽を迫られてうろたえる梨艶を面白がっていた。あれはいわば、みじめな小動物が弱々しく抵抗するのを笑って眺めていたようなもの。梨艶を対等にあつかいたいから、自分の意見を主張しろと言っていたわけではない。

当然ながら、梨艶は礼駿と対等ではない。彼にとっても、梨艶は一介の下婢にすぎない。だからいまも、礼駿は梨艶を拒んでいる。これは無言の譴責だ。濡れ衣とはいえ、あらぬ疑惑をかけられたのはおまえの落ち度だと暗に非難しているのだ。

釈明の機会さえ与えられないのなら、梨艶にはなにもできない。失太監の助言に従い、礼駿の勘気がやわらぐまで待つしかないのだろう。

そっと礼駿を盗み見たが、彼は芝居に没頭しているようで、こちらには一瞥も投げなかった。あの様子では、梨艶のことなど、もはや眼中にないのかもしれない。

それも仕方のないことだとあきらめて、梨艶は舞台に視線を戻した。

物語は筋書きどおりに進行していた。貞操を守るため自害した嫦娥が亡霊となって后羿の眼前にあらわれ、不貞疑惑の真相を語る場面だ。生前の嫦娥が涙ながらに無実を訴えても、逢蒙に惑わされた后羿は聞く耳を持たなかった。さりながら亡霊になった嫦娥がすべては逢蒙の奸計だったのだと訴えると、后羿は彼女を憐れみ、逢蒙を怨む。死者の言葉は生者のそれよりも重んじられる。嫦娥は死ぬことで夫の信頼を勝ち得たのだ。

后羿は弓矢を手に憤怒のまなこを見ひらいて逢蒙を捜す。復讐の旅は十数年つづき、黒々としていた鬚髯は真っ白に変わってしまう。苦難の果てに逢蒙を見つけた后羿は、劫火のような怨憎を荒々しく歌いあげ、長弓を引き絞る。

その鏃が客席に向けられたとき、梨艶はえっと声をあげそうになった。巷間で上演される『玉蟾秋』では、后羿が逢蒙を射る前に客席に鏃を向ける演出が好んで用いられる。戯楼に満ちた緊張感をより高め、観客を興奮させるためだ。

鏃は見た目だけの拵え物で、勢いよく飛んだとしても当たった瞬間に砕け散る。危険はないにひとしいと言えるが、今宵の観客は凱帝国の貴人たちである。万にひとつの間違いも許されない天子が臨御する宴席で、鏃を客席に向けるのは、あまりに向こう見ずな行為だ。下手をすれば不敬罪で厳罰を受けかねない。

周囲の反応をうかがうと、幾人かは不快そうにしていたものの、大多数の観客は面白がっていた。宮中では見られない演出だから、物珍しいのだろうか。

しかし次の瞬間、無責任にはやし立てる彼らの表情が凍りついた。后羿が疑星楼を向いたまま矢を放ったからだ。弾け飛んだ鏃は目にもとまらぬ速さで月光の薄絹を切り裂いた。

狙いはこちらではない。三階の客席だ。

須臾ののち、鏃がなにか硬いものに突き刺さる音と、甲走った叫び声が降ってきた。広場は小石をばらまいた水面のようにざわめきだす。三階にいるのは今上と后妃たち。彼らにかすり傷でも負わせたら、ましてやそれが今上であれば、これは単なる事故ではすまない。だれもが当惑していた。互いに顔を見合わせ、言葉を探している。

「伏せろ！」

礼駿が叫ぶや否や、鋭いものが空を切った。

一本や二本ではない。百千の矢がつづけざまに暗がりを射貫く。秀女たちはかわるがわる悲鳴をあげた。椅子から転げ落ちるようにして卓子の下に身を隠す。矢は次々に飛来した。松鶴文の壁に、朱塗りの柱に、和璽彩色の斗栱に矢羽根を突き立てる。

だれかが射られた。宦官だろうか。あるいは女官か。親王や公主かもしれない。確認している余裕はない。梨艶は淫芥にのしかかられて床に伏せていた。

ほどなくして矢の襲来がとまる。とたん、金属音が耳をつんざいた。怒号が飛び交い、剣戟の音が鳴り響く。戯楼にひかえていた錦衣衛の武官たちが、なおも矢を射かけようとしていた賊徒たちに襲いかかったのだ。

その様子を目視し、礼駿はみなに動かぬよう言いつけて三階へ駆けあがった。

「ご安心ください。父皇と皇太后さま、后妃のかたがたはご無事です」

ものの寸刻で戻ってきて報告する。親王や公主はそろって胸をなでおろした。

「これから退避をはじめます。まずは三階から父皇と皇太后さま、后妃のかたがたをお連れしなければならないので、兄上がた、姉上がたはそののちということに」

「退避だと？」

正望が不満そうに片眉をあげた。飛矢から守ったのか、両手に月餅を持っている。

「錦衣衛が賊徒どもを制圧するまで、ここでおとなしく待つべきじゃないのか」

「それは危険な策です。疑星楼が占拠されてわれわれが人質にとられたら、錦衣衛は身動きできなくなります。火を放たれる恐れもありますし、疑星楼のどこかに火薬を仕掛けられている可能性もある。一刻も早くここを離れ、安全な場所に退避すべきです」

「安全な場所ってどこだ？」

「後宮です。白朝からいちばん近いので。父皇には許可をいただきました。二兄、四兄、五兄はみなを誘導してください」

よしきた、と鋒士は勇ましげに胸を叩いた。

「秀女は兄上がたの指示に従いなさい。側仕えも同様だ。——怪我をした者はいないか？」

「私の女官が頭を射られた。幸い、矢は髻に刺さっただけだが、射られた拍子に転んで足をひねったようだ」

淑鳳が女官の髻から矢をひきぬいた。今夜はめずらしく女装姿である。

「重傷を負った者は？　いないな？　みな、軽傷だね。では、近くにいる者と二人ずつ組をつくってほしい。三階のかたがたの退避が終わりしだい、兄上がたが先導なさる。かならず二人組で移動するんだ。足を怪我している者は相方が助けてやりなさい」

「うまく脱出したとして……白朝を出たとたんに再度襲撃されるのではないか？」

秋霆は緊迫した面持ちで問うた。

「賊どもは役者になりすまし、ひそかに武器を持ちこんでいた。周到に用意された奸計だ。九陽城全体がすでにやつらの手中に落ちているのかもしれない」

「もし連中が皇宮を占拠しているなら、戯台で事を起こす必要はありません。中朝にもうけられていた宴席で襲撃すればよかったはずです。そちらでも、いまとおなじ顔ぶれが一堂に会していたのですから」

礼駿は足もとに落ちている矢を拾い集めている。

「賊徒どもが聚鸞閣で牙をむいたのは、戯台が閉鎖的な空間だからです。楓林にもうけられた宴席なら逃げ道は多数あるが、疑星楼におさまったわれわれの逃げ道は片手で数えられるほどしかない。狩りをするなら、なんの囲いもない草原よりも四方を柵で囲った場所のほうが簡単です。しかし、逆に考えれば、連中はそうしなければわれわれを襲えなかったともいえます。武器も人数も九陽城をのっとるには到底足りないから、われわれが楓林に散らばっていたときではなく、聚鸞閣に移動するのを待って蜂起したのです」

「なるほど、道理だな。おまえは父皇を追ってすぐ退避したほうがよいだろう。儲君に何事かあってからでは遅い」

「私はここに残って錦衣衛に加勢します。父皇の護衛のため、錦衣衛のうち十数名が聚鸞閣を出ますので、彼らの埋め合わせをしなければ」

これ以上議論している暇はありません、と礼駿は一同を見まわす。

「騒がず、落ちついて行動しよう。うろたえれば敵を利するだけだ」

聚鸞閣は錦河宮の内院に位置している。疑星楼は錦河門に対して東面しているため、広場を横切らなければ外に出られない。

広場は阿鼻叫喚の巷と化していた。逃げ惑い、泣き叫ぶ人びとの声、声、声。石敷きの地面のそこかしこに血まみれの人が倒れている。錦衣衛に斬られた戯衣姿の役者もいたが、大半は補服や宦官服の者たちだ。賊徒は弓矢だけでなく、刃物も所持していたらしい。大勢の賊徒が腰刀をふりかざして飛魚服の武官と切り結んでいた。

中秋の名月と星の数ほどの灯籠が敵味方の区別なく、激しく交わる干戈をとらえて、鋼鉄の飛沫をあげさせている。

梨艶は茜雪と組になって広場を横切っていた。倒れている人のなかにはうめき声をあげている者もすくなくないが、駆け寄って介抱する余裕はない。うしろめたさを引きずりつつ、東回廊をとおりぬけ、垂花門をめざす。

いくつもの月洞門をくぐり、ようやく垂花門の屋根が見えてきたときだ。後方で悲鳴があがった。淫芥と組になっていた宦官がうしろから斬りつけられたのだ。

宦官に駆け寄ろうとした淫芥に賊徒が腰刀をふりかぶる。梨艶はとっさに足もとの石を拾って投げた。石は思いがけず白い臉譜の顔に命中し、賊徒はひるんであとずさる。その隙に淫芥が宦官を抱えて素早くこちらへ駆けてきた。

――だめだわ、これでは逃げきれない。

負傷者を連れていたのでは、垂花門をくぐる前に追いつかれてしまう。

「茜雪、淫芥と一緒に行って。私が囮になるから」

「なっ……なにを言ってるんです⁉」

「垂花門の外に出て、門扉を閉めるのよ」

「馬鹿なこと言わないでください！　そんなことしたら汪秀女が……」

「いいから早く行って！」

梨艶は垂花門にむかって茜雪を押しやった。右手側にぱっと身をひるがえし、粉牆に沿って植えられている槐の木下闇を駆けぬける。あたりには宮灯がないので、月影だけが頼りだ。四肢にまとわりつくような濃密な闇の腸で、自分を追ってくる賊徒の足音が頭を叩き割らんばかりに反響する。

この先は行きどまり。月洞門以外にとおりぬけられる場所はない。逃げるなら上だ。しかし、粉牆をよじのぼる前に追いつかれてしまうだろう。

どうしようと思考が空転する。賊徒の息遣いが迫り、恐怖で心の臓が張り裂けそうになった刹那、背後で賊徒がつんのめった。地面に転がっていた骸につまずいたらしい。石で片目をつぶされたため、足もとがおぼつかないのだ。

賊徒が立ちあがるより早く、梨艶は左手側の粉牆に駆け寄った。築山を足場にして牆上によじのぼり、むこう側に飛びおりる。着地の衝撃で息がつまったが、すぐさま片方の繍鞋を脱いで、西側の粉牆のそばにある築山にひっかけておく。目を傷めている賊徒は粉牆をのぼらずに迂回して月洞門をくぐってくるはず。築山にひっかかった繍鞋を見れば、梨艶がさらにもうひとつ粉牆を越えたと思うだろう。

梨艶は物陰で息をひそめ、賊徒が駆け去るのを待ってから来た道を引きかえせばいい。急いで身を隠さなければならない。最適な場所を探していると、梨艶は何者かの視線に頭を射貫かれた。はっとしてふりかえるや否や、呼吸がとまる。

月明かりのただなかに、大柄な役者が立っていた。片目をつぶされた賊徒とは別人だ。彼は黒い満髯をつけていたが、眼前に立つ男は赤い満髯を腰まで垂らしている。ただし、それは斜めに断ち切られて、無様な姿をさらしていた。

屈強な長軀は金糸の龍がとぐろを巻く黒い靠に覆われている。背中ではためく同色の四本の小旗、絨球をつけたきらびやかな盔、獅子のような猛々しい目つきを際立たせる紅の瞼譜。その両眼は血走りながらも、はっきりと梨艶をとらえていた。

——ちがうわ。赤い満髯じゃない……。

賊徒がひっさげている腰刀から、鮮血が滴（したた）っていた。その鮮烈な色彩に目を射られ、はたと気づいた。これは后羿（こうげい）の戯衣。この男は后羿を演じていたのだ。ならば、彼の満髯は雪のように真っ白だったはず。返り血で紅蓮（ぐれん）に染まってしまうまでは。

彼我の間合いは一丈（じょう）（約三メートル）足らず。

相手にとってはもっと短いかもしれない。背をむけた瞬間に斬られると直感した。漆黒（しっこく）の靠からにじみ出る殺気に押しつぶされそうだ。

いっそ懐（ふところ）に入って戦うか。血染めの腰刀相手に、身に寸鉄も帯びず。

勝負にならない。いや、武器の問題ではないのだ。たとえ梨艶が腰刀を持っていたとしても、結果は変わるまい。梨艶があつかったことがあるのは舞台でふるう見せかけだけの剣や槍。人の命を奪うためにつくられた干戈には、ふれたことさえない。

殺される。抗（あらが）いようのない予感に全身の血が凍りついた。

わけもなくこぶしを握りしめ、梨艶はあとずさった。生じたわずかな距離を賊徒はやすやすと飛び越え、間合いは五尺ほどになる。けたたましく膝が笑い、かかとが長裙（ちょうくん）の裾（すそ）を踏んだ。あっと声をあげる間もなく尻餅（しりもち）をついてしまう。

気づいたときには、目の前に黒地の長靴（ちょうか）が迫っていた。梨艶はおそるおそる頭をもたげた。月を背負った男は小さくみじめな生き物を襲う寸前の肉食獣のように巨大だった。斜めに切られた赤い満髯の奥、はだけた胸もとにいびつな半円をかたどった木片がぶらさがっている。半金烏だと一瞬でわかった。以前、実物を見たことがあるのだ。

持ち主は若い娘だった。彼女は刑場に引っ立てられ、凌遅に処された。熱狂する群衆のかたわらで、梨艶は自分と同年代の娘があげる断末魔の声を聞いた。彼女は息絶える寸前まで叫びつづけていた。いつの日か衆生を救うという、彼女が信じる神の名を。

では、梨艶は？　死に際して、だれの名を叫べばいいのだろうか。北辺にいる兄だろうか。いましがた別れた茜雪や淫芥だろうか。それとも……ほかのだれかだろうか？

賊徒が腰刀をふりあげた。血塗られた刃が月光に洗われ、冷酷なきらめきを放つ。まばたきもできないまま、梨艶は自分へふりおろされる殺意を見ていた。

「汪梨艶！　さがれ！」

突如、飛来した声に緩慢な思考を断ち切られた。間髪をいれず飛びしさる。ほとんど同時に賊徒が絶叫した。右肩に矢が突き刺さったのだ。

賊徒は野獣のように咆哮し、射られた衝撃に耐えられず前のめりに倒れた。その手を離れた腰刀が方塼敷きの地面に転がる。左手で身体を支え、なんとか体勢を立てなおそうとする背中を何者かが蹴りつけた。

「……れ、冷秀女……？」

疾風のごとく飛矢を追いかけてきた冷秀女が賊徒の左手をねじりあげる。透きとおるような玉の膚はかすかに上気していたが、切れ長の目もとはあいかわらず涼しげだ。

「大丈夫か、汪秀女」

遅れて駆けてきた礼駿が梨艶のそばに片膝をついた。琥珀色の龍袍はところどころ切られ、袖には血のりが飛び散っている。宴席でかぶっていた豪奢な翼善冠はなくなって、鉢巻状の網巾をつけた髻があらわになっていた。

「殿下は？　お顔に血が……」

「俺のじゃない。そんなことより、なぜこんなところにいる？　側仕えはどうした？」

梨艶が事情を話すと、礼駿は色をなして怒鳴った。

「馬鹿が！　側仕えを助けるためにおまえが犠牲になってどうする!?」

「犠牲になったというほどのことでは……」

「俺がこいつを射らなければ斬られていたんだぞ！」

「……私になにかあっても、茜雪や淫芥が助かるならよいかと……」

「よくない！　おまえは俺の秀女だ！　勝手に死に急ぐことは許さぬ！」

力任せに両肩をつかまれ、梨艶は思わず顔をしかめた。

「あ……すまない。肩を怪我していたか？」

「い、いえ……驚いただけです」

そうか、と礼駿は心底安堵したふうに息をついた。

「早く退避しろ。鶴衣衛を護衛につけるから……」

「俺のものだと？　笑わせるな、偽帝の私生児が！」

冷秀女に左腕をねじりあげられた恰好で、賊徒が礼駿を睨んだ。

「高奕佑！　貴様のものなど、この世になにひとつありはしないぞ！　高一族は玉座を簒奪しているだけだ！　四海の主たるにふさわしい聖明天尊から貴い御位を盗んだにすぎないのだ！　いずれ正統な主が天下に君臨する。下生なさった聖明天尊が簒奪者一族を排除し、貴様らがもたらした虐政をあらためてくださる。そのときが来れば、高氏一門はひとり残らず戮されるぞ！　偽帝の血は天下から消え去るのだ！」

「気がすむまで吼えていろ、逆賊め。その舌が動くうちに」

礼駿が吐き捨てたとき、錦衣衛の武官たちが駆けてきた。冷秀女から賊徒の身柄を引きとり、縛りあげて引っ立てていく。

「貴様こそ、いまのうちに五爪の龍の着心地を満喫しておくんだな」

紅の瞼譜を憎しみで波立たせ、賊徒は礼駿をふりかえった。

「貴様は廃太子されるぞ。今年最初の六つの花が九陽城に罪人の衣を着せる前に」

「呪詛なら獄中で吐け。東廠の拷問官がいくらでも聞いてやる」

「呪詛ではない」

不気味な嗤笑が夜陰を引っかいた。

「これは讖言だ！」

「父皇は無事、後宮に退避なさったのか？」

礼駿は地面に転がった賊徒の骸を見おろしていた。

時ならぬ干戈の爪痕を残す聚鸞閣の広場。望月は中天からややかたむいた場所でわななくように輝いている。

「いえ、主上は暁和殿にいらっしゃいました」

朽骨がつねと変わらぬ口調で答えた。

「暁和殿？　なぜ中朝に？」

「白朝を出たあと、待ち伏せていた賊徒が襲いかかってきたのです。間一髪で易太監が主上をかばい、代わりに斬られました。易太監は重傷を負われ、主上は一刻も早く太医の治療を受けさせるため、ご自身とともに暁和殿に運ぶようお命じになりました。後宮に入ってしまえば、太医が到着するころには手遅れになりかねませんので」

皇帝付き首席宦官の易太監は父帝の即位当初から仕えている腹心だ。

本来、宦官は閹医と呼ばれる宦官専門の医者が診る。閹医が浄身手術の専門家たる刀子匠の別称であり、彼らの仁術がつたないことを考えれば、宦官の命がいかに軽んじられているかわかるというものだ。しかし父帝は、皇族以外を診ない太医に易太監の治療を命じた。太医院は外朝に位置する。外朝には後宮よりも中朝のほうが近い。

「易太監はまだ持ちこたえているのか？」

「いまのところは、なんとか。今後のことはわかりませんが……」

朽骨はめずらしく眉を曇らせた。易太監は朽骨の師父なので、心配なのだろう。

「捕らえた逆賊は全員、怨天教の信徒でした。今宵の宴のために招聘された飛聴班の役者になりすまして、皇宮にもぐりこんだようです。皇宮内にもあらかじめ内通者が入りこんでおり、多くは下級宦官に扮していた模様です」

うっとうしそうに死体をまたいで来た邪蒙が報告した。

「白朝の外で待ち伏せて父皇を襲った賊も怨天教徒か？」

「錦衣衛が捕らえた限りではそのようですが、取り逃がした者が数名いるとか」

「鶴衣衛からも人員を割いてひとり残らず捕縛せよ。尋問せねばならぬから、生かして捕らえたほうがよいが、敵が投降せず、抵抗する場合はためらわず殺せ」

先刻の戦闘で錦衣衛にも死傷者が出ている。その穴を埋めるため――鶴衣衛の職務からは外れるが――東宮からも叛徒の追跡に人員を割くことにした。

「父皇が襲撃されたと聞いたが、まさかお怪我をなさったのか？」

西回廊のほうから秋霆が駆けてきた。

「ご無事だそうです。代わりに易太監が斬られたとか」

「なに、易太監が？」

秋霆が意外そうに問いかえすのも無理はない。

易太監は悪名高き銅臭宦官。皇上の威を借りて甘い汁をすすってきた老獪な騾馬がわが身を犠牲にして主君を守るとは、思いがけないことだ。

「後宮組はいかがです？　みな、無事に退避しましたか」

「全員、後宮に入った。親王や公主は秋恩宮、后妃は恒春宮、秀女は芳仙宮に退避させた。皇太后さまがめまいを起こされたので太医を呼んだ。大兄は足をくじかれ、五弟は腕を負傷している」

「二兄は？　お召し物が血まみれですが」

「ほとんど返り血だ。賊徒を数人斬った。できれば生かして捕らえたかったが、こちらも大兄がたをお守りするので精いっぱいだったから、やむをえなかった」

秋霆はあたりを見まわし、痛ましそうに顔をしかめた。

「見るに堪えぬ惨状だ。皇宮がここまでおびただしい流血で汚されたのは、灰壬年間以来であろうな。怨天教徒の怨みは、かくも深いのか……」

月に濡れる骸たち。夜風に混じる死のにおい。半金烏の怨念が生み出したむごたらしい情景は、戦いの勝者であるはずの礼駿に、漠とした敗北感をもたらした。

――怨天教徒だけの怨みではない。

賊徒の総数は判明していないが、百名はゆうに超えている。それだけの人間が凱室への憎しみを握りしめ、九陽城襲撃という凶行におよんだ。

彼らとて、この奸計が不首尾に終わることくらい予想していただろう。錦衣衛を首とした親軍二十二衛が守りを固める皇宮を、百名程度の凶漢で制圧するのは不可能だ。逆賊にくわわると決意した時点で、彼らは自身を死地に追いやったにひとしい。みずから命を捨ててまで勝算のない戦いに身を投じたのは、もはや彼らに失うものがないからだろう。すべてを……己の命以外のなにもかもを、奪われたので。

彼らには凱室への怨嗟以上に、腸を焼く苦しみがあったはずだ。そしてそれは、賊徒たちだけのものではない。おそらくはここに転がっている骸の数十倍、数百倍、ともすればさらに多くの民が絶望にさいなまれている。かるがゆえに怨天教は人びとの憎悪を食らって肥え太り、いまやその禍々しい肉体で王朝に濃い翳を落とすまでになった。

怨天教徒の怨みが深いのではない。大凱を蝕む業病が重すぎるのだ。

「そういえば、後宮に退避する途中で汪秀女が怪我をしたらしい。尹秀女と李秀女が太医を呼べと騒いでいた。様子を見に行っては？」

「のちほど行きます。まずは父皇にお目通りしなければ」

父帝の安全を確認し、今後の指示を仰ぐ必要がある。梨艶の怪我が気になるが、いまは非常時だ。彼女はあとまわしにするしかない。はなはだ不本意ではあるけれども。

「太医はまだなの⁉　なにをぐずぐずしてるのかしら、遅すぎるわ！」

彩蝶がぷりぷりして足を踏み鳴らした。

「太医は先に秋恩宮へ行ったのよ。こちらはあとまわしにされているんだわ」

やはり苛立っているふうの貞娜が落ちつきなく扉のほうを見やる。

ここは李皇貴妃の住まいである芳仙宮の奥まった一室。後宮まで護衛してくれた鶴衣衛の武官から秀女たちは客庁に集まっていると聞いたので、梨艶もそちらに行こうとしたが、待ちかまえていた貞娜と彩蝶に連れ去られるかたちでここに入った。

ふたりによれば、ここは李皇貴妃が居室として使っている部屋だそうだ。どうりで玉石の花卉を象嵌した囲屏や、螺鈿の瑞鹿がきらめく紫檀の榻、七宝で装飾した多宝格など、目もくらむばかりの美々しい調度がならんでいるわけだ。気おくれした梨艶は部屋の隅で小さくなっていたが、後宮に来る道すがら怪我をしたことをふたりに知られると、無理やり榻に座らせられてしまった。

「皇族がたが優先されるのは仕方ないけれど、汪秀女だって殿下の御子を産む貴い女人なんだから、ないがしろにするなんて許せないわ。もう一度、催促しなくちゃ」

「だ、大丈夫ですから。怪我といってもすりむいただけですので」

「すり傷だって立派な怪我ですわよ。早く治療を受けなければ悪化するかもしれません」

「傷口は洗いましたし、放っておけば治るでしょう」

梨艶は長襖の上から両膝にそっと手を置いた。後宮に入ったところで、うっかり転んでしまったのだ。流血の巷から逃れられてほっとしたせいかもしれない。

「放っておいたら傷痕が残るかもしれないじゃない。急いで太医を呼ばなくちゃ」

「傷痕くらい残っても平気です」

「平気ではないでしょう。肝心なときに困りますわよ」

「肝心なとき？」

梨艶が首をかしげると、ふたりは互いに目交ぜした。

「もちろん、殿下と床入りするときのことよ。傷痕を見られたくないでしょ？」

「……その心配はしなくてもよいかと。殿下は私をお召しにならないでしょうし」

「まだそのようなことをおっしゃっているのですか。宴の最中もずっと、殿下は――」

部屋に駆けこんできた足音が貞娜の声を蹴散らした。

「汪秀女！　無事か⁉」

屏風の陰から飛び出してきたのは礼駿だった。

「やめろ、だめだ。足を怪我しているんだろう？　立つな、座っていろ」

あいさつをしようとしたが、血相を変えた礼駿にとめられる。

「太医には診せたか？　まだか。そんなことだろうと思って太医を連れてきた」

礼駿が呼ぶと、四十がらみの女人の太医が屏風のうしろから出てきた。太医院には女人の太医が何人かいると聞いていたが、会うのははじめてだ。梨艶が治療を受けているあいだ、礼駿は背をむけていた。見苦しいものを視界に入れたくないのだろう。

手当てが終わると、太医は退室した。いつの間にか貞娜と彩蝶もいなくなっており、室内には礼駿と梨艶だけが残された。ふたりきりになってからも礼駿は梨艶を拒むように背中を見せている。重苦しい沈黙に耐えかね、梨艶は必死に話題を探した。

「あ、あの……易太監が主上をかばって斬られたと聞きました。淫芥の……私に仕えている少監の師父なので案じていたのですが、具合はいかがでしょうか」

「よくないな。いましがた暁和殿を訪ねたついでに見てきたが、傷が深すぎる。太医は二日ともたぬだろうと言っている。幼い娘がいるのに、気の毒なことだ……」

「え？　易太監には娘御がいらっしゃるのですか？」

「易太監は捨て子を引きとって育てていた。赤子のとき、邸の門前に捨てられていたらしい。実の娘のように鍾愛していてな、今年で八つになる。年ごろになったら後宮に入れて寵妃にするつもりではないかと噂されていたが、易太監本人は娘に宮仕えはさせないと公言していた。宮中はまともな人間が生きる場所ではないからと冗談めかして……」

せめて死に目には会えるよう、今上は易太監の邸に娘を迎えに行かせたという。

横領や賄賂で私腹を肥やし、皇威をかさに着て政を左右する太監が捨て子を養い、主をかばって凶刃に倒れる。ふしぎな感慨をおぼえたが、彼らにも人の情があるのだろう。

話の接ぎ穂を見失うと、たちまち沈黙が満ちた。あれほど欲していた釈明の機会が訪れたのに、どのように切り出していいかわからず、黙りこんでいるしかない。

「……まだ腹を立てているのか」

礼駿がぼそりとつぶやいた。

「無理もないが。誣告され、内乱の罪を着せられそうになったんだからな。そのうえ、俺はおまえを信じなかった。おまえが兄をいたく慕っていたから、もしやと……」

「いまも私を疑っていらっしゃいますか？」

「……正直言って、よくわからぬ。俺は後宮で生まれ育ち、いろんな女の嘘や悪意を見てきた。それらの大半は憎らしいほどにたくみで、真実と見分けがつきにくい。見たままの印象を真に受けていると、騙されてしまう。だから、おのずと疑う癖がついた」

身を守るためだ、と吐息まじりの声が落ちる。

「皇宮において猜疑心は重要な武具だ。とりわけ俺のようなうしろ盾のない庶皇子は、疑心で武装するしかない。己は己で守らねばならぬ。だれも守ってはくれぬのだから」

蘭灯の滴りに濡れる広い背中は、ひどくさびしそうに見えた。

「騙されるものかと気を張れば張るほど、邪推深くなった。今回の件もまだ半信半疑だ。もし騙さ
おまえを信じきれない。恥を忍んで告白すれば……信じることが恐ろしいんだ。

れていたら、と考えてしまう。俺はおまえにいいようにあしらわれているんじゃないか。愚鈍な青二才よと、陰で笑われているんじゃないかと……」

　短い間を置き、礼駿は苦笑した。

「これも青さゆえなのだろうな。俺が若輩で、経験に乏しく、己の限界を知らぬから、絶対に騙されまいと肩に力が入りすぎてしまうんだ。騙されることもあるだろうと割り切ることができない。その狭量さこそが、未熟さの証明だというのに」

物憂い光をまとう琥珀色の龍袍をなかばのみこんだ夜陰。暗鬱な色彩はいまにも彼の全身を塗りつぶしてしまいそうだ。

「ともあれ、おまえには悪いことをした。春正司が本件を持ってきた時点で冷静に判断していれば、ここまで事態がこじれることはなかったはずだ。おまえが目をつけられぬよう気を配ったつもりだったが、配慮が足りなかったんだろう。そのせいでおまえは女官に嫉妬され、誣告される羽目に……。俺の落ち度だ。すまなかった」

　梨艶が黙っていると、礼駿はため息をついて片手で頭を抱えた。

「わかってるよ。むかっ腹がおさまらないんだろう。おまえの性格なら、秘瑩のあとですぐにでも俺に会いに来るだろうと踏んだが、一度も来なかったしな。文はおろか、言伝すらも寄越さなかった。さぞや腹に据えかねているんだろうと、予想はしていたが……おい、なにをしてる。立ちあがるなと言ったはずだぞ」

礼駿が声をとがらせたが、梨艶はかまわず榻から離れた。背中をむけたままの彼に近づき、うしろから抱きしめる。若い鋼のような逞しさと少年の繊細さをあわせ持つ長軀は梨艶の腕のなかにうまくおさまってくれない。それでもできるだけ強く抱きしめたくて、目いっぱい腕をのばした。暗澹たる夜が彼をのみこんでしまわぬように。

「お許しいただきたいことがあります」

なんだ、と低い問いが響く。

「これからは私に殿下を守らせてください」

「……おまえが、俺を？」

「馬鹿なことを言うなとおっしゃりたいお気持ちはわかります。私は一介の……いえ、もっとも取るに足らない秀女ですから。賤しい生まれで、抜きんでた才幹も美貌も持ちあわせておりません。でも、それでも、持てる力のすべてで殿下をお守りしたい。どうしても放っておけないんです。信じることが怖いとおっしゃる、あなたを」

役者は舞台にのぼって他人になりすまし、舞台をおりれば自分に戻る。されど、礼駿にとってはこの皇宮自体が舞台だ。彼は四六時中、仮面をつけていなければならない。ひねもす戯衣をまとい、観客に見せるための表情をつくり、用意された台詞を読んで、役柄にあわせたしぐさで求められる役を演じつづける。それが彼にどれほどの緊張をしいて、どれほど心を摩耗させるか、想像するだけで背筋が寒くなる。

「以前、私におっしゃいましたね、あなたの御前では素顔をさらせと。その言葉、そっくりおかえしします。私の前では仮面を外してください。どんな名優だって、朝から晩まで舞台に立ちつづけることはできません。ときおり舞台をおりなければならないんです。仮面をとって、戯衣を脱いで、自分自身に立ちかえらなければなりません。嘘を演じるには真実が必要です。ありのままの自分がそこにいるから、他人の衣を着られるんです」

配役にのまれてはいけない。師傅は梨艶にそう教えた。役にのめりこむあまり己というものを忘れてしまったら、もう二度と演じられなくなる。

「あなたがあなたでありつづけるために、どうか、私を使ってください。舞台からおりたあと、仮面を外して素顔をさらす場所として。舞台にあがる前、身じまいをする場所として。殿下が思うさま芝居を演じられるよう、心を尽くしてお仕えします」

おまえの出る幕ではないと突き放されるかもしれないけれど、どうしても抑えられないのだ。彼が信じられるもののひとつになりたいという気持ちが。

「不要になったら、いつでも捨ててくださってかまいません。殿下が信じることを恐れなくなるまで、私よりももっとこの役目にふさわしい人があらわれるまで、汪梨艶をあなたの楽屋としておそばに置いてください。きっとお役に立ちますから。あなたを――」

守りますから、とつづくはずの言葉が途切れる。

「だめだ」

強く響いた声音にびくりとした。同時に胸にまわした手を握られて、どきりとする。

「まあ……実のところ、案外悪くないんだが、最善とは言いがたい」

「どういう意味ですか……？」

「言葉では説明しづらい。行動で示したほうが早いと思う」

やってみてもいいか、と尋ねられ、梨艶は背中越しにうなずいた。すると、目いっぱいのばした腕がうつろになった。礼駿が抜け出してしまったのだ。

梨艶は落胆し、それ以上に恥じ入った。とんでもないことをしてしまったものだ。皇太子を抱きしめるなんて、不敬きわまりない妄挙ではないか。のみならず、めまいがするほどはしたない行為だ。相手が来春には夫になる人とはいえ、まだ夫婦ではないのだから、未婚の女子として節度あるふるまいを心がけなければならないのに、自分から抱きつくなど言語道断だ。梨艶はひざまずいて謝罪しようとしたが、できなかった。

「こちらのほうがいい」

目の前にあるのは琥珀色の錦。身体がなにか大きなものに包まれていると感じてから、抱きしめられていることに気づくまで、しばし時間を要した。

「おまえが、俺の楽屋か……」

吐息まじりのつぶやきが耳朶をかすめる。

「悪くないな」

安堵したような声に誘われて、梨艶は彼の背中に腕をまわした。十七歳という年齢から想像するよりはずっと逞しいけれど、大人の男というには荒削りなこの肉体で幾多の苦難に耐えてきたのかと思えば、衣服越しに伝わるぬくもりがいじらしく感じられる。

「これからはなんでも私におっしゃってください。お怒りのときも。どんな感情でも受けとめます。先日のように門前払いなさらないで。沈黙ではなく、言葉で……」

「門前払い？　いつ俺がそんなことをした？」

「秘瑩のあとで何度もお訪ねしましたが、お会いできませんでした。文だって、何通もお送りしたのに、返信をくださらなかったでしょう」

「は？　何度も訪ねてきていたのか？　文も送っただって？」

かるく身体を離し、礼駿は首をかたむけた。

「そんな報告は受けていないぞ」

「え？　でも、私、ちゃんと……」

そのとき、だれかが駆け足で部屋に入ってきた。

「殿下……っ！　急ぎ報告しなければならないことが……あっ」

彩蝶がこちらを見て固まった。梨艶はあわてて礼駿から離れる。

「やだ、わたくし、お邪魔虫になっちゃったわ！　ごめんなさい！　でも、しょうがないんです。事は一刻を争うんですから」

なにがあったんだい、と礼駿は平生の表情に戻って問う。

「くわしいことは本人からお聴きになって。こちらにとおしますわ」

彩蝶が屏風のむこうに顔を出してだれかを呼ぶ。貞娜に伴われてやってきたのは若い宦官だった。年のころは礼駿とおなじくらいだろうか。しなやかな長躯を若葉色の貼里で包み、無地の三山帽をかぶっている。見たところ中級宦官の装いだが、貼里はやや丈が短く、三山帽は大きすぎるようだ。要するに寸法が合っていない。

「……そなたは李修撰じゃないか？」

ひざまずいてあいさつした宦官がおもてをあげると、礼駿は目を見張った。

「なぜそんな恰好をしている」

「後宮に入るために変装を……。どうかお赦しください」

子業はかしこまったふうに首を垂れ、室内を見まわした。

「失太監と冥内監は……？」

「邪蒙は私に先んじて秋恩宮に、朽骨は恒春宮に行っている」

李太后や尹皇后の様子を見に行くより先に、礼駿は梨艶のもとへ来たのだ。

「官僚たちは中朝に退避したはずだが、なにか問題でも起きたか」

「いえ、われわれの退避は無事にすみました。問題が起きたのは暁和殿です」

「暁和殿だって？」

「いまがた、中朝で暁和殿から逃げてきたという宦官を見つけました。ひどく殴打されたらしく、虫の息でした。その者が言うには、暁和殿のほとんどの宦官が怨天教徒だそうです。あるいは、怨天教徒が宦官になりすましているのか……。子細はわかりませんが、その連中が主上を襲っているということでした」

「馬鹿な！　錦衣衛はなにをしている。暁和殿を警護しているはずだぞ」

「暁和殿を警護している錦衣衛も賊徒の一味と思われます。宦官の証言を確認するために外から様子を見てきましたが、たしかに変です。見覚えのない者が飛魚服を着て暁和門の前に立っています」

飛魚は翼と魚の尾を持つ龍頭の大蛇。これが縫い取られた官服は錦衣衛のものだ。

「奇妙なのは、賊徒の得物が棍ということです」

「棍だと？　腰刀ではなく？」

礼駿は愁眉をひらいた。

「だったら父皇が返り討ちになさっているだろう。父皇は毎日、武芸の鍛錬を欠かさない御方だ。腰刀ならともかく、棍を持った賊など敵ではない」

「それが……逃げてきた宦官が言うには、主上はしびれ薬を飲まされていらっしゃるため、ふだんのようにはお身体が動かないと」

「しびれ薬？　毒ではないのか？」

「すくなくとも、ただちに死に至る猛毒ではないようで」

「毒見役はどうした？　そいつも……いや待て、そうか。だから賊どもは……」

言いかけて、礼駿は派手に舌打ちした。

「先ごろ私が暁和殿を訪ねたとき、側仕えの顔ぶれがすっかり様変わりしていた。易太監とその配下たちが死傷したので、敬事房があらたに三監を送ってきたのだろうと気にもとめなかったが……それこそがやつらの狙いだったんだ。賊徒が白朝から出た父皇一行を襲ったと聞いて、父皇が狙われたのだと思った。しかし、連中の標的は、はじめから父皇の側近くに仕える宦官たちだった」

「欠けた人員を賊徒で埋め、主上を孤立させるため……ですね」

混乱の真っ只中である。宦官の人事をつかさどる敬事房から臨時の三監が派遣されてきても、彼らの素性をいちいち調べている余裕はない。同様に、飛魚服をあらかじめ用意しておけば、錦衣衛の武官になりすますことも容易だ。

「そもそも今夜の襲撃自体が妙です。役者に扮していたのは賊徒の一部にすぎません。ほかの者は下級宦官に扮していたようですが、下級宦官がいくら束になってもここまで大それたことはできません。腰刀などの武器も芝居の小道具にまぎれこませることが可能な数だけでは到底足りないので、余分に用意していたはず。入念に準備し、今日まで逆謀の気配を隠しとおした。そんな芸当ができるのは、九陽城の上層部にいる内通者でしょう」

「その者は父皇に襲いかかれば易太監が盾になること、易太監が重傷を負えば父皇が後宮ではなく暁和殿に退避することを知っていた。そのうえ、賊徒に三監の扮装までさせている。浄軍の官服ならまだしも、蟒服はやすやすと手に入るものではない。しかも臨時の三監は十数名いた。それだけの蟒服をそろえられるのは、三監以外にはいない。……なるほど。それで邪蒙と朽骨の不在をたしかめたんだな」

「三監に内通者がいるのなら、油断はできませんから」

「外にいた少監はふたりとも殴って気絶させておきましたわ」

彩蝶がこぶしで殴るそぶりをする。思わぬところで武技が役に立ったらしい。

「私は鶴衣衛を連れて父皇救出のため暁和殿に向かう。李修撰、そなたもついてこい。尹秀女、李秀女、汪秀女。そなたたちは後宮に残り、騒ぎを起こせ」

「騒ぎ？　どんなことですか？」

「三監が対処しなければならなくなるような大騒ぎであれば、なんでもよい。私が暁和殿に向かっていることを内通者が知ったら、なにか仕掛けてくるかもしれないからな。こちらが暁和殿襲撃に感づいたことは、連中に悟られてはならない。やつらの注意をそらし、後宮に足止めするため、騒動を起こすんだ」

「殿下のことを聞かれたら、どうしましょう」

「東宮に賊が出たと聞いて青朝に向かったと言え」

いいな、と礼駿は梨艶たちひとりひとりに視線を投げた。

「それぞれが己のつとめを果たせ。頼んだぞ」


紅牆の路は延々とつづいている。まるで終わりがないように。

礼駿は鶴衣衛を引きつれて中朝へ急いでいた。薄ぼんやりと光る路灯が火矢のごとくうしろへ流れていく。

——急がなければ、手遅れになる。

賊徒はあえて刀剣を用いず、棍を得物に選んだ。猛毒を盛ることもできたのに、しびれ薬を盛った。その不可解な行動の理由はひとつしかない。

——連中は父皇を嬲り殺しにするつもりだ。


往々にして、怨みは火にたとえられる。怨憎が腸を焼き、憎しみの炎が燃えさかるという。さりながらそれは、本物の怨みとはいえない。火のような激情はあくまで怨望の導入にすぎない。

まことの怨みは水である。いずことも知れぬところから雨だれのようにぽたぽたと滴り落ち、はじめは水たまりを、徐々に池をかたちづくり、ゆくゆくは湖となり、やがて大河をなして、ついには大海原と化す。そのどす黒く禍々しい水面は、傍目には死んでいるように見えるけれども、ひとたび嵐が巻き起これば、獰猛な唸りをあげて荒れくるい、石つぶてのような飛沫をあげながら、周囲のものを容赦なくのみこんでいく。

そうだ、怨みとは海嘯だ。私の怨念はとうに海となり果て、殷々と轟きわたる地鳴りを伴い、殺人者に襲いかかる呪わしい返り血のごとく逆流している。

――今日という日をどれほど待ちわびたことか。

暁和殿の内院には殺気が満ちていた。降りしきる月影の下、鈍い打撃音とうめき声がかわるがわる響く。三監姿の賊徒たちが棍をふるって今上に襲いかかっているのだ。

今上は賊徒から棍を奪い取って反撃してきたが、しびれ薬のせいで足もとがおぼつかず、幾度となくふらついている。立っているのがやっとであるはずなのに、力強く棍をかまえて賊徒の攻撃をかわし、その腹や背をしたたかに打ちつける。知命に達してもなお、鍛えぬかれた筋骨は衰えを知らぬようだ。

さりとて、寡は衆に敵せず。いくら今上が強靭な肉体を誇っていても、ひっきりなしに殴りかかってくる敵を一手に引き受けていれば限界が来る。ましてや、しびれ薬で身体の自由を制限されている状況では、すべての猛打は回避できない。現にいまも、背中に受けた一撃で大きく体勢を崩した。時を移さず降りかかってきた左方からの攻撃は打ち払ったものの、前方から迫りくる猛攻はよけきれず、腹部に打撃を食らってしまう。

――もっと苦しめばいい。

私は今上が賊徒たちに囲まれて攻め立てられているさまを眺めていた。私もまた、宦官の恰好をしている。聚鸞閣の奇襲がつくりだした混乱のおかげで、今上のそばにもぐりこむのは造作もなかった。腰刀を使うこともできたのにあえて賊徒たちに棍を持たせたのは、今上をすぐに死なせないためだ。嬲り殺しにするには、一撃で死ぬ武器はいけない。そんなものでは私の怨みを晴らせない。徹底的に痛めつけ、血反吐を吐かせ、帝王の面目を完膚なきまで叩き潰して、みじめな肉の残骸と化すまで打ちのめさなければ。

「すこし休憩しましょうか」

今上が地面に片膝を落としたので、私は攻撃を中断させた。

「簡単に死なれては困りますからね」

私が見おろすと、今上は地面についた棍にすがるようにして血まみれの顔をあげた。

「……おまえは」

龍眼が見ひらかれる。さも驚愕したふうに。

「べつに驚くようなことではないでしょう。私にはあなたを怨む理由がある」

「……弁解はせぬぞ」

苦悶を嚙み殺し、今上はせわしなく肩を揺らした。

「天下の秩序を守るため、五倫五常を乱す者を罰した。それだけのこと」

「天下の秩序！　そんなくだらないもののために、あなたは私の大切なものを奪ったのですか。天子なら、なんでも思いのままになるはずなのに。私たちを赦すことだって！」

「天子であればこそ、何事も思いのままにはならぬのだ」

「嘘だ！　ほんとうは私たちを赦せたのに、赦さなかったんだ！　私に憤っていたのでしょう！　あなたが手に入れるはずだったものを奪ったと！」

　ああ、憎い。憎くてたまらない。際限なく湧き出てくる怨憎で溺れ死にしそうだ。

「おまえが奪ったのは余のものではない。おまえ自身の前途だ」

　愚かなことをしたな、と吐息まじりの声が落ちる。

「聖宗皇帝の皇長子は父帝の妃嬪を王妃に賜っている。前例はあったのだ。おまえが自制心を保ち、うまく立ち回っていれば、あのような事態には――」

「私のせいだとおっしゃるのですか!?　彼女が凌辱されたことも!?」

「逆に尋ねよう。あの娘と慇懃を通じる前に、おまえはすこしでも考えなかったのか？　自分の軽率な行動がどのような結果を招くかということを」

　ふらつきながら立ちあがり、今上は静かな侮蔑をふくんだ双眸で私を射貫く。

「みずからの行動がみずからの行く末を決定する。おまえは悲運だったのではない。己の意思で、邪恋に身をゆだねるという浅はかな決断によって、その道を選んだのだ。おまえがあの娘を騾馬の慰み物にし、自死させたのだ」

「ちがう、私じゃない！　父皇のせいだ！　あなたのせいで金玲は――」

「ふりかえってみれば、おまえの恋情とやらが真正なものであったかどうかも怪しいものだな。真実あの娘を大切に想うなら、軽々に情を交わしはしなかったはずだから」

「私はほんとうに金玲を愛していた！」

「だったら、なぜ自制できなかった？　龍床(りゅうしょう)に侍(はべ)らずに孕(はら)めば、魏承姫(ぎしょうき)が窮地(きゅうち)に陥(おちい)ってしまう。そんなことはわかりきっていただろう。より重い罰を受けるのは親王であるおまえではなく、一侍妾(じしょう)にすぎない彼女であることも容易に予測できたはずだ。にもかかわらず、魏承姫と関係を持ったのは、愛していたからか？　悦(えつ)に入(い)りたかったからではないのか？　天子の――父のものをかすめ取ってみたかっただけでは？」

「ちがうちがうちがう！　私は金玲を愛していた！　金玲も私を愛してくれていた！　私たちは結ばれるさだめだった！　父皇さえ、あなたさえいなければ……！」

「笑止(しょうし)！　おまえと魏承姫が出逢(であ)ったのはどこだ？　後宮だろうが。だれの後宮だ？　余の後宮だ。余がいたからこそ、おまえたちはめぐり会ったのだ」

　腸にしみわたる太い声が私の膝をわななかせた。

「怨む相手をまちがえているぞ、爽植(そうしょく)。おまえが憎むべきは父ではない。おまえ自身だ。魏承姫に出逢ったことが罪なのではない。魏承姫に恋着したことが罪なのではない。しかるべき手順を踏まずに邪淫(じゃいん)を貪(むさぼ)ったことが罪悪なのだ。その罪を犯したのはおまえだ。なぜ早い段階で余に打ち明けなかった？　魏承姫を賜りたいと申し出なかった？　聖宗皇帝は妃嬪でさえ息子にさげわたしたのだぞ。たかが侍妾ごときを、余が物惜しみすると思ったのか？　おまえが欲しがりさえすれば、すぐにでもくれてやったのに」

「……嘘だ嘘だ嘘だっ！　父皇は、あなたは……！」

「愛していたと言いながら、おまえは魏承姫を正式に娶るためになんの行動も起こさなかった。畢竟、おまえの恋情はその程度だったということだ。侍妾をねだって余の勘気を被る気はさらさらなかったのだろう。秘密の恋にのぼせあがっていただけなのだろう。迫りくる破滅の足音に情炎をかきたてられただけなのだろう。不憫なのは魏承姫だ。おまえに目をつけられたばかりに姦婦になりさがり、好色な騾馬の餌食となって、親族に未来永劫、消えぬ恥辱をもたらした。全部おまえが生みだした結果だ」

恥を知れ、と今上は——父帝は怒号を放った。

「皇子として贅沢を享受しながら、私怨をつのらせ淫祀の走狗になり下がった愚物め。聖明天尊だと？　そんなものが存在したとして、おまえのなにを救ってくれるというのだ？　魏承姫を生きかえらせてくれるのか？　おまえの罪過をなかったことにしてくれるのか？　馬鹿者が、怨みをつのらせたところで失ったものは戻らぬ。余を弑したところで、おまえの罪状が増えるだけだ。おまえがやっていることは、すべて徒爾なのだぞ」

「黙れえっ‼　黙れ黙れ黙れ黙れっ‼」

私は渾身の力で棍をふりまわして父帝に殴りかかった。頭を狙ったつもりだったが、得物を弾き飛ばされ、足を蹴り払われる。

「なおも恥をかさねる前にさっさとこの馬鹿騒ぎを終わらせよ。いまなら恩情をかけて自害させてやる。これが最後の機会だ。従わねば、おまえを凌遅に処す」

地面に尻餅をついた私を、父帝は見おろしていた。土くれでも見るような表情のない目つきが私のなかで逆巻く怨みの海を煮え滾らせた。

「殺せ殺せ殺せぇっ！　天下を腐す偽帝を叩き殺せぇっ！」

私の叫喚を合図に、賊徒たちがいっせいに父帝に襲いかかった。

屍肉に群がる禽獣のごとく、彼らは血に餓えた牙をむき、縦横無尽に得物をふりまわす。父帝は獅子奮迅の勢いで応戦したが、足に背に腹に、酷烈な打撃を食らって、獣じみたうめきをもらし、炎のような鮮血を吐く。

「楽しみですね、父皇！　この出来事が青史にどう記されるか！　こんなことは大凱はじまって以来初の椿事でしょう！　一天万乗の君が、わが子に嬲り殺されるなんて！」

私の口から哄笑が羽ばたいた。やっと、やっとだ。ようやく金玲の仇を討てる。彼女の、私の怨みを晴らすことができる。早く早く早く、いや、もっと長くいたぶって、嬲りつくして、地獄を味わわせて、長年にわたって明黄色の龍袍に守られていた肉を、臓腑を、骨を、粉々に叩き潰すのだ。私の身体に巣くった怨憎の荒海が枯れ果てるまで。

「賊を討て！」

突如として無数の足音が内院になだれこんできた。

垂花門のほうから抜き身の腰刀をひっさげた武官たちが猛進してくる。紺碧の曳撒に縫いとられたのは麒麟。東宮を守る鶴衣衛の文様だ。鶴衣衛の武官たちは鬼神のごとく腰刀をふるう。棍しか持たない賊徒たちは木偶のように斬り捨てられていく。

形勢は逆転した。このままでは一刻もしないうちに制圧されてしまう。だめだだめだだめだ。まだ終われない。宿怨を晴らさなければならないのだ。

私は屈強な賊徒に命じて父帝を取り押さえさせた。両腕をねじりあげられ、身動きができなくなった父帝の喉首に匕首の切っ先を突きつける。

「動くな！　すこしでも動けばこの首を掻き切る！」

鶴衣衛の武官たちが瞬時に動きをとめた。

「武器を捨ててさがれ！　さもなければ、貴様たちはそろって天子殺しになるぞ！」

「やめよ、爽植。もう終わりだ。かようなことをしても意味がない」

父帝が一瞥も投げずに言う。私は笑い飛ばした。

「まだ終わりませんよ！　鶴衣衛の眼前であなたの喉笛を掻き切ってやるまでは！」

父帝の侍妾を姦し、父帝を殺した大罪人の皇子。後世の人は爽植をそう呼ぶだろう。

それがなんだというのだ。魏氏がいない世界になんの未練があるというのか。彼女がいなければ、この世には毫末の値打ちもないのに。

「とくと見るがいい！　天子の血の色を！」

私が鋭い刃を父帝の喉笛に埋めようとした刹那。なにかが空を切った。次の瞬間、視界が反転する。気づいたときには、私は何者かの手で地面に組み伏せられていた。それが父帝のものであると知り、頭のなかを踏み荒らされたように混乱した。いったいなにが起こったというのか。もうすこしで父帝の血飛沫を浴びるところだったのに。

動転する私のそばに、聞き慣れた足音が近づいてきた。

「父皇……もっと早く駆けつけるべきでした。申し訳ございません」

「いや、十分だ。よくやった、礼駿」

視界の端で地面に転がっているのは、先ほどまで父帝をうしろ手に拘束していた賊徒。そのひたいには深々と矢が突き刺さっていた。

「八弟！　なぜだっ！　なぜ私の邪魔をした⁉」

私が睨み据えると、八弟は目をそらした。鬼でも見たかのように。

「粛戒郡王は恵兆王と共謀したと話しています」

司礼監掌印太監の色太監が憔悴したおもてを礼駿にむけた。

「もっとも、恵兆王は無実を訴えていらっしゃいますが」

慶全は恵兆王府から皇宮に連行され、東廠で鞫訊を受けている。

「恵兆王府からは半金烏など怨天教とのつながりを思わせる証拠品が出ており、王府の奴婢に複数の怨天教徒がいたことも確認ずみです。また、粛戒郡王だけでなく、聚鸞閣で捕らえた賊徒のなかにも恵兆王の支援を受けたと話す者がおります」

聚鸞閣の惨劇から一夜明けた。雞人が拍子木を叩いて暁を告げてからしばらく経つが、車軸を流すような大雨が降っているせいで、官房の格子窓はほの暗い。

「七兄はともかく、三兄には父皇を襲う動機がないはずだが」

「粛戒郡王によれば、恵兆王の狙いは玉座だそうです。主上を弑し、のちに殿下も亡き者にして、みずからが皇位につくつもりだったと。粛戒郡王は恵兆王から謀略を持ちかけられ、主上への怨みから賛同したと話しています」

「そなたはどう思う？」

「突飛な話ではないでしょう。松月王が事故に遭われたあと、恵兆王はだれよりも玉座に近い親王でした。生母は後宮一の寵妃である李皇貴妃で、皇太后さまにも鍾愛されていらっしゃった。李家のうしろ盾もあり、立太子の条件はそろっていたといえます。にもかかわらず、立太子されなかった。怨みを抱いていてもふしぎではないかと」

慶全が立太子されなかった原因は、当人の自堕落な気質だけではない。李太后は李家がいま以上に増長することを警戒して、李氏一門ゆかりの皇太子を立てることに消極的だった。たとえ慶全が品行方正だったとしても、立太子は望み薄だったわけだ。玉座を手に入れようとするなら、強引な手段に訴えるよりほかない。

「理屈はとおっているが……どこか腑に落ちないな」

「恵兆王が謀反をたくらむとは思えぬと？」

「賊徒たちが口をそろえて『恵兆王の支援を受けた』と言っていることが気にかかる。三兄は遊蕩児でいらっしゃるが、けっして愚昧ではあらせられない。成功するかどうかもわからぬのに、賊徒にそう易々と自分の正体を明かすだろうか？　失敗すれば、捕縛された賊徒の口から自分の関与が明るみに出てしまうのに」

「その点は私も不審に思いました。こちらをごらんください」

色太監は爽植の供述書を礼駿に手わたした。

慶全と密会する際、互いに覆面をつけていたと爽植は語っている。いたるところにひそんでいる褐騎の目を避けるためだ。

「……七兄は三兄の顔を見ていないのか」

「声や所作が三兄のものだったとしても、顔を見ていないのなら替え玉の可能性は否定できないな。腕利きの役者なら、そっくりまねることもできる」

「粛戒郡王のご様子から拝察するに、嘘をついていらっしゃるとは思われません。もし替え玉だとしたら、粛戒郡王はお気づきにならなかったのでしょう」

爽植が寒亞宮から脱出したのは、梨艶が東宮で襲われた事件のときだという。あの夜、梨艶を襲った爽植は別人がなりすました偽者だった。偽の爽植が寒亞宮に連行されたとき、本物の爽植と入れかわったのだ。寒亞宮の大門は年に一度、徐英姫の忌日にしかひらかれないので、こうでもしなければ外に出られなかったのだろう。

「幽閉されていた七兄がぬかりなく手はずをととのえて賊徒を引き入れたというのは現実的ではない。共犯者がいると思っていたが……ひょっとすると、七兄は共謀しているつもりで、一方的に利用されていただけかもしれぬな」

黒幕は慶全を首謀者に仕立てあげようとしている。それが彼にとって都合のよい筋書きなのだろう。爽植の役割が慶全の名を出すことにあったとすれば、哀れなる廃皇子はこの陰謀劇を彩る配役のひとりにすぎないということになる。

「すくなくとも賊徒に着せる蟒服を手配した者は三監と見てまちがいない。易太監が父皇をかばって斬られることを予測できたのも、その近辺にいる者だ」

「私も疑わしい者のうちに入りますね。易太監は私の兄弟子の弟子。長年つきあいがありますし、軽薄でありながら主上に忠節を尽くす気性も存じております」

五万人を超える宦官の頂に立つ司礼監掌印太監。東廠を従える強権をもってすれば、天子の弑逆をくわだてることなど、嚢中の物を探るようなもの。

「ああ、そうだな。実際、真っ先にそなたを疑った」

暁和殿の変事で父帝は重傷を負った。太医の治療を受けているものの、現在は昏睡しており、予断を許さない状況だ。

意識を失う前、父帝は礼駿に監国を命じた。監国は太子監国ともいい、皇帝が京師にいないときや、病などで政務につけない場合に、皇太子が皇帝の代わりに政事を行うことである。監国を拝命した瞬間、大凱のすべてが礼駿の支配下に置かれたわけだ。

さっそく高官たちに指示を仰がれ、礼駿は戦慄した。

これまでは父帝が彼らに命令するのを聞いているだけだったが、今後は礼駿がその役目を負わねばならない。だれかに判断をゆだねられない。万にひとつの間違いも許されない。ささいな過失で無実の人を殺すかもしれない。天下に戦乱をもたらしてしまうかもしれない。自分の口から出る言葉が——たとえ意図したことではなかったとしても——王朝の行く末を決めてしまう。

あらためて天子が担う責任の重さを思い知らされた。皇太子が担うそれとはくらべものにならない。東宮の主となって二年。堅調に経験を積んできたつもりでいたが、いざ危急存亡の秋に直面してみると、自分の未熟さに狼狽させられるばかりだ。

「疑念を抱かれた根拠をお尋ねしても？」

「言うまでもない。そなたには動機がある」

七年前のことだ。父帝は芳仙宮で食事をした。李皇貴妃から、皇貴妃付き首席女官・恵惜香が体調をくずしていると聞くと、父帝は食卓にならんだ料理から燕窩の羹を選んで彼女に下賜した。羹には毒が盛られていた。毒味に不備があったことが東廠の調べでわかった。下手人は芳仙宮に仕えていた婢女。動機は父帝への復讐。宣祐十九年に起きた彭羅生の乱で、彼女は許婚を亡くしていた。許婚は怨天教徒ではなかったにもかかわらず、功を焦った官兵に賊兵と誤認されて殺されたのだ。

　李皇貴妃の恩情で惜香は太医の治療を受けたが、毒の作用が強すぎたために手のほどこしようがなく、半日と経たないうちに息を引きとった。

　彼女の夫は当時、司礼監の長に就任して間もなかった色太監。急報を聞いた色太監が芳仙宮に駆けつけたときには、彼の愛妻は鬼籍に入っていた。折悪しく、公務で九陽城を離れていたことが、二世を契った宦官夫婦から最後の逢瀬の機会を奪った。

「あれは事故でした。主上をお怨み申しあげる理由にはなりません」

「父皇に直接の責任があるとは言わぬ。だが、彭羅生の乱の折、父皇は賊兵の投降をお許しにならず、殲滅をお命じになった。それゆえ官兵は怨天教徒の首級の数を競い合い、無辜の民を殺して邪教徒に仕立てあげ、粉飾した軍功により褒賞を賜る者さえいた」

　論功行賞の不正が糾されたのは、芳仙宮の悲劇から一年後のことである。

「討伐がもうすこし穏便に行われていたら、婢女が怨みをつのらせることもなく、そなたの愛妻が死ぬこともなかったかもしれない。そう考えることもできる」

「お疑いなら私を投獄なさいませ。監国どのにはその権限がありますよ」

「投獄などしない。黒幕をあぶりだすには、そなたの協力が不可欠だ」

「協力？　主上を弑す動機がある者を頼るとおっしゃるので？」

「私は一介の豎子にすぎぬが、身のほどはわきまえている。宮中に精通した重臣の力を借りずして、こたびの謀反の真相を暴くことはできない」

「わざわざ疑わしい私をお使いにならずとも、内閣や東廠をお使いになればよいのでは」

「内閣は後宮の事情に通じていないし、東廠には敵方の内通者がいるかもしれない」

「私こそが内通者かもしれませんよ」

ありえないな、と礼駿は断言した。

「これは異なことを。先ほどは私に動機があるとおっしゃったのに」

「動機があるからこそ、そなたは父皇を弑さない。父皇はあの不幸な事件のあともそなたを重用しつづけた。怨まれる理由があることを自覚しながらそばに置き、司礼監掌印太監として宮中の諸事を仕切らせた。父皇はそなたが背信しないことを知っていたんだ。父皇がそなたを信任していらっしゃったのだから、私もそなたを信任する」

「真っ先に疑った者を信じるとおっしゃる」

「私は皇太子だぞ。疑うのも仕事のうちだ。だれもかれもを無条件に信用していては生き残れない。まずは、疑う。それから疑念を検証する」

「その結果、私を信用なさると？　危険な賭けではありませんか」

「賭けとは確信がないときにするものだ」

勝算はある。色太監はいまも持っているはずだ。菜戸が死の床でしたためた遺書を。

「……主上より司礼監掌印太監の位を賜っておきながら不遜ではありますが、私は忠心の篤い騾馬ではございません。良心とやらとも無縁です」

かるくため息をつき、色太監はわずかに表情をくずした。

華麗な刺繡がほどこされた三山帽をいただく白頭は、かつて月光で染めたような金髪だったという。色太監——色亡炎は西域の小国で商人の息子として生まれ、戦にまきこまれて凱の俘虜となり、宮刑を受けて入宮した。それが十二のときだそうだから、かれこれ五十余年も九陽城に仕えてきたことになる。

異国の皇宮で宦官として生きることがどれだけの艱難を伴うか、想像もつかないが、塵労の日々のさなかに出会った恵惜香という女人が彼の半生に安息をもたらしたであろうことは、疑いようのない事実だ。確信をもって明言できる。なぜなら、色太監が菜戸を亡くした日、礼駿も芳仙宮にいたからだ。

当日、礼駿はご機嫌とりのため李皇貴妃に芝居を披露した。立太子には皇后だけでなく、寵妃の支持も入用だからである。芝居の途中で父帝がやってきた。父帝は礼駿を褒め、李皇貴妃とともに昼餉の席につくことを許した。食事中に惜香が毒にあたって倒れたという一報が届いてからは、めまぐるしく事態が変化した。

色太監が駆けつけたのは夜明け前だったと記憶している。昼過ぎから降りつづく大雨が方塼敷きの地面を洗っていた。礼駿が危昭儀の殿舎に帰らず、芳仙宮に一泊したのもまさに荒天のためだった。寝つかれなかった礼駿は内院に出た。そして見たのだ。傘もささず、わき目もふらず内院を駆けていく色太監を。篠突く雨に射られる烏羽色の蟒服姿は惜香の亡骸が安置されていた後罩房の方角へすいこまれていった。

九陽城を打擲する雨音がすべてをかき消した。伴侶を喪った騾馬の慟哭さえも。

「あの事件から今日まで、私が怨みを抱かずに生きてこられたのは、忠心や良心のせいではなく、ひとえに亡き妻のおかげです」

今わの際、惜香は遺書をしたためた。すでに起きあがることも困難な状態になっていたが、代筆しようという李皇貴妃の厚意を断り、みずから筆をとった。

「わたくしの手蹟でなければ、あの人はわたくしの最期の言葉を信じないでしょう。どうしようもなく疑り深い人ですから」

遺書には「だれも怨まないでほしい」と記されていた。

「自分の死を怨みの種にしないでほしいというのが妻の末期の願いでした。私に怨憎を遺して死にたくない、幸福だったころの思い出だけを遺していきたいと……」

心から愛した、唯一の女を喪う。その痛みがどれほどのものか、礼駿はまだ知らない。

「妻の記憶に翳を落とさぬため、私は毒を盛った婢女も、毒味を怠った宦官も、怨天教徒の殲滅をお命じになった主上も――天でさえも、けっして怨むことができないのです」

「尊い生きかただ。そなたたち夫婦に心から敬意を表する」

礼駿が畏敬の念をこめて揖礼すると、色太監はかすかに苦笑した。

「昔話はこれくらいにして密談に移りましょう。私はなにをすればよろしいので？」


秋社――立秋から数えて五番目の戊の日は、土地神を祀り、五穀豊穣に感謝する節日だ。民間でさかんに行われる祭りだが、宮中でも秋社にちなんだ食べ物がふるまわれることになっている。

外朝は東街路に位置する甜食房。精緻な宮廷菓子が生み出されるその厨で、女官たちが環餅を作っていた。環餅はもち米粉と小麦粉を混ぜ合わせ、長く引きのばしてひものようにひねり、油で揚げた甜点心だ。庶民は果物の煮汁につけて食べるが、貴人たちの口に入るのは希少な枇杷蜜をからめた、艶めかしい香りの環餅である。

いま女官たちが作っているのは、自分たちのぶんだ。貴人たちのものは身分に応じた器に盛られ、紫檀描金の食盒におさめられている。余った食材でちょっとした午点をこしらえることは、数すくない役得として黙認されていた。

「ねえ、聞いた？　主上は快復なさったようよ」

「ほんと？　よかったわあ」

「ずいぶんうれしそうね。もしかして主上をお慕いしているの？」

「女官が主上をお慕いしたって不毛よ。妃嬪になんかなれやしないから」

「わかってるわよ。お慕いしているとかそういう色っぽいことじゃなくて、主上にもしものことがあったら、一か月も毎日味気ないお粥ばっかり食べなきゃいけないじゃない？　服喪中にはお酒も飲めないし、肉や魚も食べられないし。やだなあって」

あなたは色気より食い気よねえ、と女官たちがどっと笑う。

「私は婚礼が延期になったら困るわーって思ってたわ。でも、もう大丈夫ね。昨日から主上は易太監のお見舞いのために泰青殿までお出ましになっているんですって。一時は床に臥したままお目覚めにならないって聞いたけど、金烏殿から泰青殿までいらっしゃるんだもの、だいぶ回復なさったんだわ」

「易太監？　もう亡くなったんじゃなかったの？」

「聞いてないの？　案外もちこたえているらしいわよ。さすが易太監はしぶといわ。あのがめつい人があっさり死ぬなんてありえないわと思ってたのよ」

「ありえないといえば、易太監が主上をかばって斬られたって聞いたときは唖然としたわよ。あの銅臭宦官にそんな殊勝な忠心があったなんて、驃馬は見かけによらないのね」

「忠心じゃなくて金勘定でしょ。主上を賊からかばって怪我をすれば、一生安泰じゃない。主上はますます易太監を信頼して恩賜をはずんでくださるもの」

「悔しい！　あたしもおそばにいたら主上をお守りしたのに」

「賭けてもいいわ。あなたなら主上を盾にして一目散に逃げていくわよ」

揚げたての環餅をかじりながら、女官たちは肩を揺らした。

「ひどい事件だったわね。逆賊の侵入を許すなんて、錦衣衛はなにしてたのかしら。ふだんはあんなに威張り散らしてるくせに、肝心なときに役に立たないんだから」

「廃皇子と恵兆王が一枚上手だったのよ。錦衣衛を出し抜くんだからたいしたものだわ」

「恵兆王が主上の弑逆をくわだてたなんて信じられないわ。すごくいいかたなのに」

「それこそ、『皇族は見かけによらない』でしょ。あたしは驚かなかったわ。李家の後押しもあるんだもの、玉座に色気を出さないほうが不自然よ」

「じゃあ、今回の事件は李家の陰謀？　李家も族滅されるの？　蔡家みたいに？」

「李家が関与している証拠は出ていないみたいだけど、主人の御心しだいね。皇太后さまと皇貴妃さまも李家の出身だから、どこまで真相を暴くのかは微妙なところよ」

「そういえば、皇太子殿下のご命令で色太監が投獄されたって聞いたわ。司礼監のお偉がたも色太監と共謀したんじゃないかって疑われて、鞫訊中だって」

「鴉軍が賊軍に内応していたってこと？」

「色太監は菜戸を殺されてるもの。主上を逆恨みして陰謀に加担したんじゃない？」

女官たちは訳知り顔でうなずき合った。

「いやねえ、近ごろ悪いことばっかりで。あの日は二度の襲撃にくわえて、後宮では大火事だもの。白朝から逃げてきてやっと一息ついたってときに消火に駆り出されてさんざんだったわ。いまでも身体のあちこちが痛くて。もうあんな思いはこりごり」

「なにそれ、あたし知らないわ。火事まで起きてたの？」

「そうよ。秀女たちが賊を捕まえようとして蛍琳宮に無断で入って、うっかり油壺をひっくりかえしたらしいの。持ってた彩灯を落としたものだから大炎上。宦官たちが総出で消火作業したけど、近場の水がめがことごとく壊れていたせいで、遠い水場から水を運ばなきゃいけなかったのよ。もたついてるうちにどんどん燃えひろがって、周辺の殿舎まで焼けたんだから。おかげで私たちまで消火作業に駆り出されたってわけ」

「でも、なんで蛍琳宮に油壺があったの？　あそこ、だいぶ前から使われてないでしょ」

「どっかの手癖の悪い宦官がこっそり備品をくすねてためこんでいたのよ。そのなかに油壺があったの。後宮の油は高く売れるらしいわよ。妃嬪の香りがするんですって」

「秀女たちは賊を追いかけて蛍琳宮に入ったのよね？　賊徒は後宮にも侵入してたの？」

「それは秀女たちの勘違い。油壺を持ってきた宦官を賊徒とまちがえたの。まったく、人騒がせな秀女たちよ。たしか、尹秀女と李秀女、それから汪秀女だったわ。三人とも皇后さまにこっぴどく叱られたそうだけど、李秀女は全然こたえてなくて……」

　おしゃべりが中断された。鬏髻姿の女官たちが厨に入ってきたからだ。

身にまとう交領の短襖や馬面裙の色はまちまちだが、銀線で編んだ鬏髻の上部に花をかたどった簪、中央に楕円形の簪、底部に帯状の簪をつけていることから、后妃に仕える中級女官であるとわかる。

甜食房の女官たちは食べかけの環餅を皿に放ってひざまずいた。こちらは従八品、あちらは正七品。おなじ女官でも位階がちがう。

「まあ、見苦しいこと。口もとを油まみれにして」

貴妃付き次席女官が意地悪く唇をゆがめた。

「〝役得〟もほどほどにしたら？　官服が破れるわよ」

中級女官たちはくすくす笑いながら、それぞれの主のために用意された食盒を手にとっていく。食盒には毒味がすんだことを示す銀朱色の封条が貼られている。

気取ったうしろ姿が見えなくなるまで、甜食房の女官たちは肩をすくめていた。

垂れこめる鈍雲の下、私は食盒をさげて紅牆の路を歩く。

向かう先は芳仙宮だ。

今上は金烏殿で療養し、昨日からは暁和殿に隣接する泰青殿に出かけていると噂されているが、それは故意に流された偽りの事実。泰青殿で易太監が療養しているという話自体が真っ赤な嘘だ。易太監は聚鸞閣の変事の翌日に逝去している。見舞いに出かけるほど今上が復調したと喧伝する口実として、易太監の名が使われたにすぎない。

今上のほんとうの居所は芳仙宮だ。芳仙宮には太医が出入りしている。表向きは李皇貴妃が過労により体調をくずしたことになっているが、女官たちは以前、主が病を患ったときよりもはるかに浮足立っている。調薬に用いられる生薬に婦人向きではないものがふくまれていることも、推測を裏づける材料になった。

今上はかねがね李皇貴妃に最期を看取ってほしいと話していた。重篤な状態だった今上のたっての希望で、暁和殿の襲撃後に金烏殿ではなく芳仙宮に運ばれたものと思われる。なぜなら金烏殿には女人の立ち入りが禁じられているからである。

容体が快方にむかっているという話は、診籍を盗み見た限り嘘ではないようだが、泰青殿に出かけられるほどではない。せいぜい小康を保っている程度だろう。

——下手な小細工を。

皇太子のしわざだ。いまだ内通者が城内に潜伏していると睨んで罠を仕掛けたのだ。こちらの狙いが今上の命だと気づいたのだろう。わざとらしく今上の快復をふれまわり、泰青殿に出かける今上——その替え玉を囮に、われわれをおびきよせようとしている。

見え透いた罠に嵌められてやるつもりは毛頭ないが、今上には早急にとどめを刺さなければならない。わが主は今上のすみやかな崩御をお望みだ。

折よく、皇太子は色太監をはじめとした司礼監の幹部に嫌疑をかけ、彼らを投獄した。

生来の邪推深さが災いして、菜戸の件で色太監が今上に私怨を抱き、大逆に加担したのではと疑ったのだ。おもだった太監たちが投獄され、鴉軍の指示系統が乱れているいまが千載一遇の好機。態勢を立て直される前に目的を達成しなければならない。

後宮に入り、私は芳仙門をくぐった。取り次ぎの女官に環餅を届け、出ていくふうを装って茶房をうかがい見る。

茶房では湯釜がぐらぐらと煮えたっている。この湯釜は奴婢用だ。皇帝には皇帝専用の、后妃には后妃専用の湯釜があり、沸かす水もそれぞれに異なっている。私は茶房に入り、湯釜に薬を入れた。解毒薬だ。毒味役はその日に毒味する食事や飲み物以外のものを口にすることが禁じられているが、決まった時刻に茶杯一杯ぶんの白湯を飲むことは許されている。もうすぐその時刻なので、毒味役は湯釜から湯をすくって飲むはずだ。

次に薬房をのぞく。薬房では宦官が薬を煎じていた。薬房の外でちょっとした騒ぎを起こし、宦官が薬房を離れた隙に煮出した湯薬に毒物を混ぜる。

毒味役が白湯を飲むのを見届ける。解毒薬のせいで毒味をしても作用は出ないので、毒入りの薬はそのまま女官の手で李皇貴妃の部屋に運ばれていく。私は部屋のそばに身をひそめて聞き耳を立てた。

しばらくして、室内から甲高い女の声がほとばしった。李皇貴妃だ。今上が血を吐いたのだろう。太医を呼べと、喉が張り裂けんばかりに叫んでいる。

太医を呼ぶために皇貴妃付き次席宦官がこけつまろびつして駆け出していくのを見ながら、私は何食わぬ顔で芳仙宮をあとにする。

小雨が降りだした。私は足早に紅牆の路をとおりぬけ、恒春宮へ向かう。恒春門の門衛には「手違いがあって、べつの宮に届けるはずの環餅が届けられてしまったので、引き取りに来た」と話して開門してもらう。

私は迷わず主の部屋に行き、事の首尾を報告した。

「主上は血を大量に吐いたようです。李皇貴妃は必死に太医を呼んでいましたが、あのぶんではまず助かりません。じきに吉報が届くかと」

「ご苦労だった」

主は見るともなしに扇子を眺めながら、気だるそうに言った。私は尊崇のまなざしで主をふりあおぐ。なんて麗しいかただろう。胸が早鐘を打つのをとめられない。

出会ったときからそうだった。当時は芳しい足もとを視界にとらえるのが精いっぱいだったが、雲の上の貴人だということは瞬時にわかった。

「いよいよ殿下の悲願が叶いますね」

「そう言えるのはまだ先のことだ。これは通過点にすぎない。父皇が崩御なさってから、私の復讐はようやく第一歩を踏み出すのだ。私を見限った母への……見限るという表現は適当ではないな。母は私にひとかけらの期待もかけなかった。私を存在しないもののようにあつかった。それゆえに私は母の悲願を叶え、そののちに踏みつぶしてやるのだ。母が愛すべき子はほかのだれでもなく、私だったのだと思い知らせるために」

「ええ、そのとおりです。母君は殿下を愛すべきでした。殿下こそが母君の夢をたくすにふさわしいかただったのですから」

　早く今上崩御の一報が届いてほしい。崇拝する人の野心が実を結ぶさまを、わが目で見届けたい。そのために私は今日まで生きてきたのだ。血塗られた天子の箱庭で。

「明黄色の龍袍をお召しになった殿下を拝見しとうございます」

「それは不可能だ。私は明黄色の龍袍をまとうことができない。この欠けた身体では」

　主は榻の肘掛けを握りしめた。その美しい手は憎しみにわなないている。

　なんて理不尽なのだろう。皇族のなかでもっとも儲君にふさわしいかたが、たったひとつの瑕瑾のせいで立太子されないとは。いや、瑕瑾ともいえまい。欠けているからなんだというのだ。そんなものがなくても、主は立派に皇太子をつとめられる。玉座にのぼり、天下蒼生を済うことができるのに、その可能性すら付与されないなど、まちがっている。欠陥があるのは主ではなく、大凱そのものだ。

「弑逆の罪は恵兆王と粛戒郡王のものです。殿下の未来は日輪のごとく輝いております。これからはどうかなにものにも縛られず、万事、殿下の御心のままになさいませ」

「当然そのつもりだ。三弟と七弟には死を賜わることになろう。三弟ともども李家を始末してやる。尹家も邪魔だが、さしあたっては――」

背後で足音がして、主は言葉を打ち切った。私はふりかえる。女官がそうするようにゆるりと。そして片眉をつりあげた。

「黒幕は……あなただったのですか」

屏風の陰から出てきたのは、そこにいるはずのない皇太子――礼駿だった。

「……姉上」

「まあ、礼駿。わたくしを心配して会いに来てくれたの？」

月娘は仮面をつけかえるように表情を変えた。

「見てのとおり、わたくしは元気よ。あなたは？　立てつづけに事件が起こって、さぞ憔悴しているでしょう。ろくにやすんでいないのではなくて？　身体をいとわなければだめよ。あなたは東宮の主。父皇にもしものことがあったら、あなたが即位しなければならないの。心の準備をしておきなさい。いつなにが起こるのかわからないのだから」

「……姉上は、父皇にもしものことが起こってほしいのですか？」

「子が親の不幸を願うはずはないでしょう。でも、先の襲撃で父皇は大怪我をなさったわ。病状が急変するかもしれない。不測の事態にそなえておかなければ」

「不測の事態？　芳仙宮にこの者を遣わして毒を盛らせたかたがよくもそんなことを」

「なんの話かしら。わからないわ」

月娘が首をかしげると、礼駿は「とぼけないでください」と声を荒らげた。

「俺は黒幕の手先がふたたび父皇を狙うと踏んで、芳仙宮に替え玉を置いて網を張っていたんですよ。この者が……女官に扮した朽骨が湯薬に毒を盛る一部始終を見ました。だれの指図かと思ってあとをつけてみれば……まさか姉上だったとは」

「わたくしは母后のお見舞いに来たのよ。事件からずっと体調をくずしていらっしゃるでしょう。心配でおそばについていたの。あなたもごあいさつに行きなさい。監国を仰せつかってからあなたがなかなか顔を見せないと、母后が案じていらっしゃったわよ」

「母后に拝謁する前に、本件に決着をつけなければなりません」

礼駿が月娘を睨みつける。己を正義だと信じて疑わない、愚劣なまなこで。

――青二才が小賢しい真似を。

月娘が嗅ぎまわっていたのに、父帝の居所をたくみに隠した。監国を拝命したばかりの礼駿にそれだけの手回しができるはずはない。司礼監の協力なしには。

色太監ら司礼監幹部の投獄は、こちらを油断させるための策だったのだ。

「すべては姉上の指図だったんですね。姉上が怨天教徒と七兄に謀反を起こさせ、弑逆の罪を三兄に着せようとしたんだ」

「おかしなことを言うのね。そんな証拠がどこにあるの」

「思えばはじめから変だった。聚鸞閣の襲撃で大兄も二兄も五兄も怪我をしたのに、俺だけが無傷だった。怨天教徒は凱を――高一族を憎んでいる。皇長子をはじめとした皇子たちを攻撃して、皇太子たる俺を見逃すなど、道理がとおらない」

「混乱のさなかだったのよ。見落としたんでしょう」

「俺は五爪の龍を身につけていたんですよ。宗室を憎む怨天教徒が見落とすわけがない。現に父皇には念入りに邪謀をめぐらせ、孤立させて大勢で襲いかかっている。なぜ俺にもおなじことをしなかったのか。たとえ首尾よく父皇を弑し奉ったとしても、儲君たる俺が生きていれば、王朝は存続する。彼らの目的が王朝の転覆なら、父皇のみならず俺も始末しなければならない。だからわかったんです。黒幕の目的は凱の滅亡ではないと」

月娘は扇面に描かれた西王母に目を落としていた。

「黒幕の……姉上の狙いは父皇の崩御で、宗室の破壊ではなかった。父皇が崩御し、俺が践祚することが、姉上の望みだった。五爪の龍を身にまとっていたからこそ、俺は襲われなかったんだ。俺が大怪我をしたり、死んだりしたら、姉上が困るから」

「困る以上に悲しいわ。あなたはたったひとりの同腹の弟ですもの」

「俺は皇太子ですよ。時が来れば玉座にのぼります。弑逆になど手を染めなくても――」

「あなたは純粋すぎるのよ、礼駿。考えてみなさい。自分がいつまでも東宮の主でいられると思う？　皇太子はしょせん皇太子。父皇がその気になればいつだって廃太子にできるのよ。あなたの代わりはいくらでもいる。若い妃嬪が何人でも皇子を産むわ。あなたより優秀な皇子が出てきたらどうするの？　父皇が心変わりしない保証がどこにあるの？　皇太子になったくらいで満足していてはだめなのよ。確実に天下を手に入れるには、一刻も早く即位するのが最善の策。父皇の崩御をのんびり待ってはいられないの」

「そんな理由で……そんな身勝手な理屈で父皇をあんな目に遭わせたのですか⁉」

「激さないで。冷静になれば理解できることよ」

月娘は立ちあがって礼駿に歩みよった。吐き気がするほどくりかえしてきたように、やさしい姉の顔で微笑みかけ、弟の手をそっと握る。

「時が来れば玉座にのぼると言ったわね？　いまがそのときよ。生母の身分が低いあなたの最大の敵は李家が後押しする三弟だけれど、今回のことで七弟ともども三弟を消し去れるわ。三弟だけではない、李家も葬り去れるわよ。皇太后さまがご存命のあいだは李家を抑えられるけれど、皇太后さまが崩御なされば李家はあなたの手に負えなくなる。後顧の憂いを断つため、この機会に始末しておくべきだわ。蔡家のように族滅するのはどう？　弑逆の罪を着せるなら厳罰に処さなければかえって不自然だわ。父皇と李家がいなくなれば、あなたの治世は安泰よ。尹家はしばらく残しておいて利用しましょう。あたらしい朝廷を安定させるのに使えるわ。邪魔になったら切り捨てればいいのよ。歴代の皇帝たちはみな、そうしてきたわ。賢主と名高い先帝だって――」

「もうたくさんだ！」

礼駿は月娘の手をふりはらった。

「これ以上、話しても無益だ。申し開きは東廠になさってください」

「まあ、ひどい。実の姉を罪人あつかいするつもり？」

「あつかいじゃない、姉上は罪人です。見損ないましたよ。かくも愚かなことをなさるなんて、いまだに信じられない。信じたくもない。母をおなじくするたったひとりの姉が、断腸の案を引き起こした高姿瑜のような愚婦だったとは」

「……なんですって？」

「あなたは高姿瑜とおなじですよ。高姿瑜は実の甥に邪な恋情をつのらせ、甥を玉座にのぼらせるために、昭宗皇帝と睿宗皇帝を弑逆しようとした。甥が実弟に変わっただけで、あなたのやっていることはまるで――」

「えらそうな口をきくようになったものだな、奕佑」

月娘は弟の名を呼んだ。

奕佑。嘔気をもよおす怨めしい名だ。字輩の「奕」は皇子が賜るもの。宗室が繁栄し、世代をかさねていくという意味がこめられている。

片や、公主が賜る字輩は「徽」。美しいという意味しか持たない空疎な文字だ。

「おまえが東宮の主になれたのは、だれのおかげだと思っている。よもや、己の実力で勝ちとった位だと自惚れているのではあるまいな？」

「……父皇が俺を後継者と認めてくださった。それだけのことです」

がらりと変わった姉の口調に気おされてか、礼駿はわずかに視線をそらした。

「なぜだ？　おまえは皇八子なのだぞ。尹皇后が産んだ大弟がいるのに、なにゆえ侍妾の胎から生まれたおまえが立太子されたのか、その理由を考えたことがあるか？」

「大兄が事故に遭われなければ、俺が立太子されることは……」

亡母の目もとを受け継いだ端整な面輪から、ゆるゆると血の気が引いていく。

「十年前、大弟は不注意で足を負傷した。ゆえに皇長子が立太子される可能性はなくなった。おまえにとって都合のいいことにな。これがまったくの偶然だとでも？」

「……姉上が大兄を突き落としたのですか？」

「その必要はなかった。大弟の主治医を抱きこんで、偽の診断をさせるだけでよかったのだ。大弟には生まれつき欠陥がある、男としては役に立たないと」

仁徽が立太子され、のちに玉座にのぼれば、世継ぎをつくれない皇帝が誕生することになってしまう。できるだけ早くこの事実を尹皇后に伝えなければならないが、不興を買うだろうからとても伝えられない、どうしたものか、と太医に悩むふうを装わせ、仁徽が話を立ち聞きするように仕向けたのである。

「大弟は驚愕し、わが身を恥じた。本件は絶対に口外してはならないと太医に厳命したそうだ。噂になれば、尹皇后は欠陥品の皇子を産んだと陰口を叩かれる。母に恥をかかせてはならないと、孝心の篤い大弟は考えたわけだ」

順当にいけば、嫡子であり皇長子である仁徽が立太子される。しかし、そうなれば忌まわしい秘密が白日の下にさらされ、尹皇后の名誉を汚してしまう。立太子を避けなければならない。あえて素行を悪くして評判を落とすこともできたが、仁徽はそうしなかった。自分の評判が落ちれば、国母たる母の面目をつぶしてしまうからだ。

「宗室一の孝子どのはどうしたと思う？　自分で階から転がり落ちたんだよ。怪我をするために。不慮の事故による負傷が原因で立太子を避けることができれば、母の名誉に傷はつかないから。ああ、涙が出てくるな。芝居の筋書きのような美談ではないか？」

月娘は袖口で目じりの涙を拭うふりをした。

「大弟にはなんの欠陥もなかった。少々、気がやさしすぎるくらいで、ほかには汚点などなかったのだ。それなのにあれは自分が生まれついての駑馬だと思いこんで、いまだに王妃も娶っていない。不憫だと思うか？　理不尽だと言いたいか？　しかし、そのおかげでおまえが東宮の主におさまったんだ。ありがたいことだな？」

皇二子秋霆は母が大罪人なので端から皇太子候補にはならない。皇三子慶全も立太子の脅威ではなかった。李家の増長を警戒する李太后は、李皇貴妃が産んだ慶全の立太子を避けるよう父帝に進言したのだ。皇四子鋒士は母が蛮族出身なのでけっして立太子されない。

皇五子正望は生来魯鈍で、生母が父帝に疎まれていることから敵ではない。

「目障りなのは七弟だ。あれは幼いころから聡明で慎み深く、父皇に目をかけられていた。生母の身分は低いが、それはおまえとおなじだ。なお悪いことに、七弟はおまえより一つ年上。長幼の序でいえば、おまえよりあれが優先される。やつを始末する策をひねりだすのにいささか骨が折れたよ。なにせ、手っ取り早く殺すわけにはいかないからな。皇子の死は東廠が徹底的に調べあげる。ささいな痕跡から連中に目をつけられては厄介だ」

「……もしかして、七兄の不祥事は」

「私がお膳立てしてやったのさ。魏金玲と出会って恋に落ちるよう」

　脚本どおりに芝居を演じる役者のごとく、爽植は魏氏と道ならぬ恋に落ちた。

「魏氏は憐れな娘だった。家族と引き離されて後宮に入ったものの、あたらしい環境に馴染めず、同輩たちにいじめられて孤立していた。心やさしい七弟は、徐英姫のご機嫌うかがいで後宮を訪ねた際、園林の隅に倒れている魏氏を見つけ、介抱してやる。それが破滅のはじまり。ふたりは秘密の逢瀬をかさね、やがて魏氏は身ごもる」

　不義密通が発覚する経緯も、月娘の筋書きどおりだ。

「その後の顛末はおまえも知っているな？　魏氏は堕胎させられたうえで浣衣局送りになり、好色な浣衣局太監に辱められて自害する。これも偶然ではないぞ」

　魏氏を追いつめて自死させるため、漁色家と悪名高い宦官を浣衣局の長にすえた。

「魏氏の死によって七弟は完全にわれを忘れた。父皇を、天を怨んだ。あとはたやすいことだ。怨天教徒を七弟に接触させ、甘言を弄して入信させる。その後、三弟の偽者と密会させ、周囲の目をくらますため錯乱するふりをすべきだと提案させた。錯乱していると思われれば、だれからも警戒されずに父皇の弑逆をくわだてることができる」

偽の慶全にはこう言わせた。「父皇を弑したあと、八弟を殺す。そうすれば俺が新帝だ。即位した暁には、大赦しておまえを自由の身にしてやる」と。

「約定を果たすつもりはなかった。弑逆さえうまくいけば、七弟は用済みだ。三弟に濡れ衣を着せるための証人として使い、処刑するつもりだった。計画は順調だった。私は錦衣衛を、東廠を出し抜いた。うまくいっていたんだ。おまえが余計なことをするまでは」

礼駿が暁和殿で父皇を助けたせいで、再度、暗殺を謀らなければならなくなった。

「なぜおまえは私の邪魔をする？　おとなしくしていれば、明日にでも践祚して二十四旒の冕冠をかぶることができるのだぞ」

「玉座への道筋をつくってほしいとあなたに頼んだ覚えはない」

「あたりまえだ。だれがおまえなどのためにここまで肺肝を砕くものか」

「では、どうしてかようなことを……」

「まだわからぬのか。不孝者め」

月娘は閉じた扇子の先を礼駿の喉もとに突きつけた。

「母妃に頼まれたからだ。おまえをかならず皇位にのぼらせてくれと」

礼駿を帝位につかせること。それこそが、月娘が生まれてきた意味だと母は言った。

「あなただけが頼りよ、徽婕。わたくしを天子の母にしてちょうだい」

母は皇后になりたがっていた。金龍珠翠鳳冠をかぶった尹皇后をひと目見たときから、絢爛華麗な国母の玉姿にとりつかれてしまったのだ。いつかわたくしも鳳冠をいただいてみたい、と口癖のようにつぶやいていた。

さりとて、母は名門出身ではない。父帝の寵愛も得ていない。一侍妾にすぎない母が星の数ほどいる妃嬪侍妾をとびこえて立后される見込みなど、皆無だった。

「でも、天子の母になれば立后されるわ。わたくしが産んだ皇子が皇帝になれば、わたくしは皇后になれる。天下でもっとも尊い婦人になって、万民の尊崇を受けるのよ。わたくしの名は史書に記されるわ。皇帝を産んだ女として、永遠に名が残る。千年後の人びとがわたくしの姿絵を見て、わたくしの人生に想いを馳せるでしょう。どんな家庭に生まれて、どういう少女時代を過ごしたか、どのような経緯で入宮したか、どうやって寵愛を受けたか、のちの皇帝を身ごもったときはどれほど幸せだったか。どこかの文士がわたくしを題材に戯曲を書くかもしれない。きっと書くわ。芝居になるのよ。いろんな戯楼で演じられるの。当代一の役者がわたくしの役を演じて喝采をほしいままにするんだわ」

乳飲み子であったころの礼駿を胸に抱き、母は少女のように夢を語った。

実のところ、母の人生は平凡極まるもので、とても芝居の題材になるような代物ではなかった。下級官人の娘に生まれ、美貌に恵まれたため、一族の期待を一身に背負って当時、皇太子だった父帝に嫁いだ。母が夜伽をしたのは数えるほど、身ごもったのは運がよかっただけ。東宮で月娘を産み、後宮で礼駿を産んだが、その過程にもさしたる波乱はない。寵愛されなかった代わりに、嫉妬もされなかった。嫉妬されなかった代わりに、存在を忘れられがちだった。名前のない端役。それが母に割り当てられた配役だった。

母のような女人は、後宮には掃いて捨てるほどいる。

「なればこそ、あこがれたのだろう。芝居の題材になるようなとくべつな人間に」

「鬼話をおっしゃらないでください。母妃は野心のない女人でした。母親として、俺と姉上の幸せだけを望んでいた。皇后の鳳冠なんて……」

「物を知らないやつだな、おまえは。野心は男の特権だと思っている。いいか、おぼえておけ。女も野心を持つのだ。わが身を焼き尽くすほどの激しい野心を。ときには男よりも苛烈な野望を抱くのだ。とりわけ九陽城では」

「後宮に野心家の女人がいることは知っています。しかし、母妃は」

「母妃は人間だぞ。俗世を離れた女仙ではない。心がある以上は欲がある。母妃の場合は息子を皇帝にすることだった。言っておくが、おまえのためではないからな。自分が天子の母になるためだ。後世にわが名を遺すため、息子の即位を望んだのだ」

そのために母は月娘を利用した。礼駿が生まれるまで見向きもしなかった娘に「あなただけが頼りよ」などと、ぬけぬけと言ったのだ。

「おまえは知るまいが、母妃は私を抱いてくださったことがなかった。幼い私が病で臥せっていたときも、転んで怪我をしたときも、母妃が私をいたわり、慰めてくだったことなど一度もない。私は捨て置かれた。ないものとしてあつかわれた。母妃にとって、私は無用の長物だったからだ。だってそうだろう？　私では母妃を〝天子の母〟にしてあげられない。私は明黄色の龍袍をまとえない。どれほど経学に励んでも、武芸を身につけても、徳を積んでも、公主は二十四旒の冕冠をかぶることができないのだ」

どうして月娘は公主に生まれてしまったのだろう。もし月娘が皇子として生まれていたら、きっと立太子されていた。母の身分が低くても、持って生まれた才幹を磨いて東宮の主の座を勝ち取っていた。月娘はそれだけの気概と能力を持っているのだから。

「おまえが生まれるまで、母妃にとって私は用なしだった。しかし、おまえが生まれたことで状況が変わった。母妃は急に私をわが子としてあつかいはじめた。おまえを即位させるには、私が必要だったからだ。自分亡きあと、おまえを守る者は私しかいないから。わかるか？　おまえを産んだとき、母妃はすでに死ぬ決意をしていたんだ」

「……いったいなんのことか」

「十年前の火事について調べていたな？　黒幕はわかったか？」

「それについてはまだ……。もしや、あれは姉上の」

「まだわからぬのか、愚弟よ。ならば、謎解きの糸口をくれてやろうか。おまえが立太子を目指したのはだれのためだ？　いったいなにをきっかけに野心を抱いた？」

礼駿は瞠目した。ひたいを飛矢で射貫かれたように。

「やっとわかったか？　そうとも。あれは母妃の自作自演だ。動機は単純。この胸に復讐心を植えつけ、おまえを尹皇后の養子にするため」

月娘は扇子の先で礼駿の鳩尾をつつき、いたぶるような笑みを浮かべた。

「大弟が立太子を見送られれば、尹皇后は庶出の皇子を養子に迎える。尹皇后本人にその気がなくても、父皇がそうさせる。そして皇后の養子となった庶皇子を立太子するだろう。尹氏が新帝に敬われ、母后皇太后として面目を保てるようにな。しかし、母妃が生きていれば、おまえは養子に選ばない。慈悲深い尹氏がおまえを生母から引き離すのは忍びないと言い出すだろうから。かるがゆえに母妃は死ななければならなかった」

万家は下級官族。母が生きていても礼駿のうしろ盾にはなれない。むしろ死ぬことで礼駿を後押しすることができる。どうせなら悲惨な死であるほうがよい。尹皇后は悲劇的なかたちで母親を喪った礼駿を憐れみ、情けをかけてくれる。礼駿が尹皇后に孝養を尽くし、聡明であれば、養子に迎えられるのは時間の問題だ。

「母妃の心配の種はおまえに野心がないことだった。ありふれた死にかたでは、おまえは悲しみにひたるだけで終わるかもしれない。それではだめだ。母妃はおまえに悼んでほしいのではない。自分を天子の母にすべく、玉座を目指してほしいのだ。ゆえに大芝居を打って死んだ。さもだれかの陰謀で殺されたかのように」

目の前で母親が炎にのみこまれるのを見ただけでなく、その死に謀略のにおいを感じとれば、礼駿は発奮して復讐を誓う。母の仇を討つため、力を得ようとする。禁城で皇子が力を得ようとすれば、玉座に近づくしかない。

「……紀淑人や、半金烏の持ち主は……」

「ただの舞台装置だ。陰謀があったとおまえに信じこませるための。小重陽の宴もな。驚いたか？　残念ながら、これが母妃の死の真相だ。おまえは母妃の筋書きどおりに復讐に燃え、学問と武芸に励み、父皇が望む息子になろうと努力した。尹皇后の養子になってからは尹氏を実母のごとく敬い、孝養を尽くした。結果、慎み深く英明な皇子だと思われるようになり、ついには立太子された。おまえは己の意思で行動しているつもりで、その実、母妃が書いた芝居の筋立てをなぞっていただけなのだ。信じられないか？　そうだろうとも。母妃はおまえの前ではわが子を愛することよりほかに望みを持たない健気な女を演じていたからな。芝居好きなだけあって、あのかたはたいした女優だったよ」

手もなく騙されたな、と月娘は憫笑した。

「おまえは母妃がかぶっていたやさしい母の仮面しか見ていなかった。母妃の本性を知っているのは私だけだ。あのかたはわが子を愛したことなどない。あのかたが愛していたのは己ひとり。平凡な人生にいやけがさして、自分が芝居の主役になることを夢見た。母妃の胸裏では、私もおまえも、舞台を飾る端役にすぎなかったのだ」

「……それを承知で、母妃の謀略に加担したと？」

「母妃を憎んでいたからな。母と呼ぶに値しない利己的で冷血な女に一矢報いてやりたかった。玉座に据えたおまえを傀儡にし、暴政を敷かせて大凱を滅亡へ導くことで」

母の名を、凱を滅ぼした暴君の生母として歴史に刻むのだ。芝居の主役になど、させるものか。母は万民に憎まれ、千年後の人びとには暴君を産んだ女と罵られるのだ。

「……俺は、あなたの傀儡にはなりません。ましてや暴君になど」

「ご立派なことだな。では訊こう。これからどうするつもりだ？　私を東廂に引きわたしてそのあとは？　おまえは怨天教と結託して弑逆をくわだてた公主の同母弟なのだぞ。東廂が私の罪状を調べれば、母妃の罪も表沙汰になる。十年前の悲劇は自作自演であったことが公になり、おまえの立太子の根拠自体が揺らぐ。父皇が快復したのち、おまえは東宮の主のままでいられるかな？　皇后の鳳冠を得ようともくろんだ侍妾から生まれ、大逆人を姉に持つおまえに、父皇が玉座を譲るだろうか？」

礼駿が返答に窮する。月娘はさっと扇子をひらいて嗤笑した。

「私が捕えられれば、私の手の者がこたびの事件の顛末を市井にばらまく手はずになっている。おまえの姉が首謀者であると天下に知れわたれば、おまえは私と同罪と見なされるぞ。百官はおまえを皇太子とは認めない。ましてや新帝とは断じて認めぬ。百官の支持を得られぬ皇太子に未来はない。即位など夢幻だ。皇子はほかにいくらでもいる。あるいは傍系から養子をとってもいい。父皇が先帝の養子になったように。それでも私を東廠に引きわたすか？　愚策だ。己の首を己の手で刎ねるのと、なにがちがう？」

　弟の長い沈黙を、月娘は逡巡と解釈した。

「玉座が欲しいだろう？　廃太子になりたくないだろう？　いや、廃太子ならまだいいほうだ。最悪の場合は私に連座されて処刑されるかもしれない。そうなったら好きな女も娶れぬぞ？　だれだったかな、おまえが気に入っている女は。ああ、そうだ。汪梨艶だ。あの娘をそばに置きたいなら、子どもじみた正義感は捨てて父皇にとどめをさせ。父殺しの罪は三弟と七弟がかぶってくれる。おまえは何食わぬ顔で天子を名乗り、後宮で汪梨艶を寵愛すればよい。政事がわずらわしければ、私が肩代わりしてやろう。先ほどはおまえを暴君にするつもりだったと言ったが、おまえが私とおなじ道を歩んでくれるなら、宿怨は捨てよう。すべてを水に流し、ふたりで天下を睥睨するんだ。私たちは同胞、栄辱をともにする仲だ。どうせ分かち合うなら大逆人の汚名ではなく、栄耀栄華にしないか。おまえは玉座と寵姫を、私は天子の同母姉という身分を得る。悪くない話だろう？　互いに欲しいものを手に入れられるのだから」

出まかせだ。礼駿と分かち合うものなどない。あるはずがない。

礼駿こそが月娘の怨敵なのだ。

――自分がどれだけ恵まれているのか、おまえは知りもしないのだろう。

生まれてすぐに「奕」の字輩を与えられた。金鳳簪ではなく、翼善冠を与えられた。長裙ではなく、龍袍を与えられた。女訓書ではなく、経書を与えられた。刺繍針ではなく、武具を与えられた。化粧具ではなく、文房四宝を与えられた。

母には愛情を与えられた。利己心から生じた張りぼての情愛だとしても。母は礼駿をやさしく抱きあげた。慈愛深い微笑みをむけた。ほんのすこし姿が見えないだけで心配した。病で臥せっているときは寝ずに看病した。礼駿が文字をひとつおぼえると、大げさなほどに喜んだ。射術が上達すれば、浮かれ騒いでご馳走を用意させた。

――私のことは、一顧だにしなかったくせに。

礼駿が生まれる前のことだ。月娘はひどい感冒をひいて寝込んだ。高熱にうなされ、夢うつつに母を呼んだ。目覚めると、そばにいたのは乳母だった。母はなにをしているのか、と尋ねた。乳母は答えにくそうに言った。戯曲を読んでいらっしゃいます、と。

芝居！　それが母の世界のすべてだった。礼駿がこの世に生まれ落ちるまでは。

「わたくしはね、あなたの母になるために生まれてきたのよ」

揺籃で眠る襁褓にくるまれた弟に、母がささやいていたのをおぼえている。母は――万桃華という女は、高奕佑を産むために生まれてきたらしい。高徽婕ではなく。

だったらなぜ、月娘は生まれてしまったのだろうか。母に望まれなかったのに、なにゆえ産声をあげたのだろうか。どうして母の胎のなかで死ななかったのか?

その日からずっと月娘は思いつづけてきた。自分は生まれるべきではなかった、己の命は天の大過の産物なのだと。

母にとって、月娘は目も当てられない失敗作だった。月娘がうまく刺繍しても無意味なのだ。きれいに着飾っても無価値なのだ。礼駿より経籍に通じていても、弟たちにまじって武芸に励んだとしても、一文の値打ちもないのだ。

なぜなら月娘は女だから。女の身体では皇位にのぼれない。文武に長けていようと、人徳をそなえていようと、子を産むための軀では宗廟社稷を受け継ぐことができない。国母になりたいという母の夢を、叶えてやることができないのだ。

しかし、礼駿の誕生で潮目が変わった。実際に玉座にのぼるのは礼駿だとしても、弟ひとりの力で母の野望を達成するのは不可能だ。協力者が要る。礼駿の代わりに手を汚して障害物を排除し、母のいとし子を唯一無二の位まで押しあげる者が。

なんと皮肉なことであろうか。物心ついたころから月娘が渇望しつづけてきた存在意義を与えてくれたのが憎き弟であったとは。

幾度となく弟を殺そうともくろみながら、とうとう果たせなかったのはひとえにそのせいだ。礼駿が死ねば、月娘が生きる意味もなくなってしまう。月娘だけでは母の夢を実現できない。礼駿という使い勝手のいい傀儡が手もとになくては。

そうだ、月娘は礼駿を失うわけにはいかない。どれほど怨んでいても。

――汪梨艶を始末できなかったことがかえって効果的に働くやもしれぬ。

礼駿が汪梨艶に執心していると聞いたときは危機感を抱いた。弟がもっとも頼りにする人間は月娘でなければならない。だれよりも月娘を信用していなければならない。ほかの者から余計な影響を受けてもらっては困るのだ。実の姉より、その者に重きを置くようになれば、月娘の計画にさしつかえる。長年、自作自演であった母の死を謀殺と思いこませてきたように、今後も礼駿を操りつづけなければならないのだから。

汪梨艶を排除するため、策を講じた。春正司を使って彼女に内乱の罪を着せようとした。東廠の妨害により不首尾に終わったが、怪我の功名となるかもしれない。廃太子されれば汪梨艶を娶れなくなると脅すと、礼駿の顔色が変わった。姉を東廠に引きわたすことには躊躇しないくせに、汪梨艶を失うのはたいそうな痛手らしい。

――宗室の男子に生まれながら色恋に惑う。これほど滑稽なことはあるまい。

男子たる者、大望を抱くべきだ。皇家に生まれたのなら、玉座を目指すべきだ。女色に惑っている暇はないはずだ。なにゆえ女ごときに執着するのか、月娘には理解できない。九五の位以外に値打ちのあるものなど、この世のどこにもありはしないのに。

「どうしたの、礼駿。まだ決心がつかない？」

月娘は慈愛深い姉の仮面を礼駿にむけた。

「難しく考えなくていいのよ。わたくしとともに生きるか、わたくしとともに死ぬか。簡単な二択よ。生きてさえいれば、あなたは恋しい女人と添い遂げられる。だけど、廃太子されればなにもかも失う。東宮選妃は中止され、汪秀女は実家に帰されるわ。聞けば、汪家の女主人は汪秀女を快く思っていないんですってね。東宮から出戻ってきた養女をあたたかく迎えてはくれないでしょう。これまで以上に虐げられ、邪険にあつかわれるんじゃないかしら？　ただでさえ行き遅れの汪秀女にまともな嫁ぎ先が見つかるとも思えないし、あなたに嫁げなければ彼女の前途も閉ざされてしまうわ」

あなただけの問題じゃないのよ、甘くやさしくささやきかける。

「汪秀女のことも考えてあげて。愛しい女人を不幸にしたいとは思わないでしょう。ふたりで幸せに生きる道が目の前にあるのに、わざわざ不幸せになる道を選ぶなんて賢明とはいえないわ。あなたのためだけでなく、汪秀女のためにも最良の決断を――」

「なにをしている」

底冷えのするような声が耳をつんざいた。

「和慎公主を捕らえよ」

礼駿が命じると、屏風のうしろから飛魚服の武官たちが飛び出してきた。慣れた手つきですばやく月娘を捕らえ、身体に縄をかける。

「きびしく取り調べよ。事件にかかわった者たちの名を洗いざらい吐かせるのだ」

「馬鹿な！　すべてを捨てる気か！　玉座も！　汪梨艶も！」

月娘は叫んだ。声を限りに。こんなことは間違いだ。礼駿は月娘の言いなりになるはずだ。月娘を罰することは自身の未来をあきらめることなのだから。

「私たちは一蓮托生なのだぞ！　私が罪人になれば、おまえも――」

「『なれば』ではない。あなたは罪人です、和慎公主」

礼駿は冷然とこちらを見おろしていた。

「あなたが朽骨と通じていることには、以前から気づいていました。朽骨にだけ打ち明けた話がなぜかあなたの耳に入っていることもありましたし、おふたりのただならぬご様子を盗み見たこともあります。いったいなぜこそこそと俺の身辺を探るのか長らく疑問に思っていましたが、やっと合点がいきました。しかし俺は、あなたと同類ではない。同胞ではあっても、歩む道はちがいます」

「肉親の情よりも大義を重んじると？　くだらぬ！　とんだ笑い話だ！　いくらおまえが父皇に忠義を尽くしても、父皇はおまえを廃するぞ！　おまえから東宮を、五爪の龍を、汪梨艶を奪うぞ！　あのうらびれた寒亞宮がおまえの終の棲家になるのだぞ！」

「かまいません。そうすることであなたに――弑逆をもくろんだ大罪人に厳罰を受けさせることができるなら」

「愚か者め！」

「愚か者はあなただ、姉上」

礼駿は怨めしいほど冷徹な目をしていた。

「あなたは天子の実姉という身分が欲しいとおっしゃったが、それは嘘でしょう」

月娘が欲しいのは玉座だ。もし男に生まれていたら――。

「あなたが欲していたのは権力でも栄華でもない。母妃の情だ。みじめな幼子が自分を抱いてくれる腕を求めてさまよっていたのとなにも変わらない。あなたは童女のまま成長していないんだ。母に捨て置かれ、さびしさに凍えていた幼い少女のまま、時がとまっている。たとえ、大凱が女帝をいただく国であったとしても、策を弄して首尾よく玉座におさまったとしても、あなたのうつろは満たされなかったでしょう。なぜなら、あなたが渇望しているものは……もはや未来永劫、あなたのものにはならないから」

抗弁しようと思うのに、舌がもつれて言葉にならない。

「母妃が愛していたのは己だけだとおっしゃいましたが、そこまでわかっていて、どうして母妃の言いなりになったのです。天子の母になりたいというあさましい野望を叶えてやれば、母妃が姉上を愛してくださると思ったのですか？　いったいどうやって？　九泉からよみがえってきてくださるのですか？　夢枕に立って、姉上を抱擁してくださるのですか？　よくやってくれた、自慢の娘だと、褒めてくださるのですか？」

　ひりついた喉が憤怒とも痛嘆ともつかぬ感情を持て余した。

「死者に情愛をねだることがどれほど無益なことか、おわかりにならなかったのですか」

「……私は」

「よしんば姉上が母妃の野望を達成したとしても、生前同様、母妃は姉上を歯牙にもかけなかったでしょう。あなたはけっして捕まえられない幻を必死で追いかけていたんです。血まみれの手で荊をかきわけ進んだ道の果てに、求めるものがあると信じて」

　愚かなかただ、と礼駿は憐憫さえふくんだ声音で言った。

「母妃の罪業をあなたまでが背負う必要はなかった。母妃の背を追いかけるのではなく、ご自分の道を歩むこともできた。あなたにはあなたの生きかたがあったはずだ。永遠に埋まらないうつろを抱えたまま、罪をかさねなくてもよかったはずだ。なのに……あなたは選択を誤った。結果、なにもかもを失った。幸福を得られたかもしれない未来すらも」

　哀れなかただ、と長い嘆息が落ちた。

「姉上、あなたは呪われていたんです。あなたが渇仰してやまない――亡霊に」

　黒幕は和慎公主・月娘だった。その事実は疾風のごとく宮中を駆けめぐった。

「ねえ、ご存じ？　主上は殿下を廃されるおつもりなのですって」

「ええ、噂を耳にしましたわ。当然ですわよね。あの和慎公主の実弟なのですから」

「殿下も逆賊の一味だったということですか？」

「主上を弑して殿下を即位させるため、和慎公主は邪謀をくわだてたのですよ。殿下も加担していたと考えるのが自然でしょう」

「ですが、和慎公主を捕らえたのは殿下だという話を聞きましたわ」

「わたくしは、密談していたおふたりが錦衣衛に捕らえられたとうかがいましたわよ」

「監国の位を剝奪されたのが有罪であるなによりの証拠でしょう」

「廃太子されれば、殿下は九陽城から追放されるのですか？」

「幽閉されるでしょう。廃太子を野放しにするわけにはまいりませんわ。各地に潜伏している邪教徒と共謀して、また弑逆をたくらむやもしれません」

「殿下が廃太子されるのなら、東宮選妃は中止になるのでしょうね」

「わたくしたち秀女はどうなるのです？」

「実家に帰されるそうですわよ」

「安心しましたわ。廃太子に嫁がされるのかと、ぞっとしました」

「それはありえないことでしょう。廃太子に妻妾など不要ですもの」

「でも、婚礼前でほんとうによかったですわね。もし、これが婚礼後のことだったら……一度でも夜伽をした者は一生、廃太子の慰み物になるところでしたわ」

恐ろしいこと、と秀女たちは細い肩を震わせた。

「実家に帰ったあと、どうなるのかしら？　良縁を下賜してくだされればよいけれど」

「あら、次の東宮選妃の名簿にそのまま載せていただけるのではなくて？　殿下が廃太子されれば、ほかのかたが立太子されるでしょう。あらたな皇太子殿下のためにふたたび東宮選妃が行われるはずですわ」

「きっとそうですわ。こたびの一件はまったくの災難ですもの。わたくしたちに罪がないことは、皇太后さまもご承知なのですから、ご恩情をかけてくださるでしょう」

秀女たちは安堵したふうにうなずき合う。

「どなたが立太子されるのでしょうか？」

「恵兆王でしょう。疑いは晴れたのですから」

「整斗王かもしれませんわ。賊徒の討伐にご尽力なさいましたもの」

「穣土王ではありませんか？　程貴妃さまの御子でいらっしゃいますから」

秀女たちの噂話は尽きない。亭の外で降りつづく雨のごとくに。

「殿下は散策にお出かけになりました」

青鶴殿を訪ねた梨艶は失太監に出迎えられた。

「散策ですか？　この雨のなか？」

「主上のご聖恩により、しばしの外出が許されましたので。錦衣衛の監視付きですが」

月娘が投獄されてからというもの、梨艶は幾度となく青鶴殿を訪ねたが、そのたびに礼駿とは会えずじまいだった。失太監が言うには、礼駿は禁足を命じられ、面会も禁じられていたので、だれであろうととおすわけにはいかないということだった。

「冥内監のように私を殿下から遠ざけようとなさっているわけではないですよね?」

秘瑩のあとで礼駿を訪ねた梨艶を門前払いし、文を握りつぶしていたのは冥内監だった。月娘の命令で礼駿から梨艶を遠ざけようとしていたのだ。

「とんでもない。ほんとうに散策にお出かけになったんですよ」

「殿下が廃太子されるという噂を聞きましたが……事実ですか?」

「ご宸断はまだ下っておりませんが、おそらくは」

「どうしてそうなるのですか? 殿下は賊徒討伐に奔走なさり、間一髪のところで主上を救出なさったのでしょう。廃太子される理由なんてどこにも……」

「大逆人の同母弟という血筋が儲君にふさわしくないのです。皇統はつねに清浄でなければなりません。罪人の血で汚すことは許されないのです」

反駁する言葉を持たず、梨艶は失太監に礼駿の行き先を訊いた。失太監が聞いていないと言うので、園林を歩きまわって礼駿を捜す。啼鳥園、余絢園、灑竹園……方々を見てまわるが、目になじんだ背中はいっこうに見つからない。

「そろそろ帰りましょうよ。雨脚が強くなるばかりですし」

供をしている淫芥は面倒くさがったが、梨艶はふと思い立って漣猗閣に足をむけた。

薄秀女の策略により全焼した漣猗閣は、李太后の指示で取り壊されることなく放置されている。太子妃になるため他人を陥れようとした愚かな秀女がいたことを、のちのちまで語り継ぐためだという。梨艶が漣猗閣の跡地に足を踏み入れると、黒い白骨のような瓦礫の山が、さながら懺悔するように無言で冷雨に打たれていた。

「……殿下」

礼駿を見つけるのにさして時間はかからなかった。彼は焼け跡に立ち尽くしていた。身にまとっているのは、ややくすんだ水銀色の道袍。白い傘の下、広い背中にわだかまっているはずの五爪の龍は、どこに飛び去ったのか、影も形もなかった。

梨艶がうしろから声をかけると、礼駿はふりかえりもせずに言った。

「なにをしに来た」

「殿下にお会いしたくて」

「だったら気はすんだだろう。帰れ」

淡々とした拒絶にもひるまず、梨艶は礼駿のとなりにならんだ。

「事件のあとで……泣きましたか」

「だれが？」

「殿下です。つらいときはだれだってそうします」

母と姉に欺かれていた。いちばん信頼できる相手であるはずの肉親が偽りの仮面で彼を騙していたのだ。その事実は礼駿の胸を深くえぐっている。だから彼はここにたたずんでいる。薄秀女の野望が烏有に帰した、この場所に。

「実の姉に欺かれていたことがわかって、俺が泣きわめいているとでも思ったか」

礼駿は皮肉っぽく苦笑した。

「九陽城では騙されたほうが負けだ。親子であろうと、兄弟姉妹であろうと、皇宮ではだれもが騙し合う。騙したやつを怨んだところで敗北は敗北。騙された自分が愚かだったとあきらめるしかない」

「殿下は敗北などしていません。ご自身を犠牲にして、和慎公主の罪状を糾明する道筋をお示しになったではありませんか。これは敗北ではなく、勝利です」

「勝利？　その褒賞が廃太子か？」

唇に自嘲の笑みを刻み、長息する。

「握りつぶすこともできた。姉上から真相を聞いたとき、姉上ごと事実を葬り去ることも可能だった。だが、それでは三兄の無実を証明できない。真実を葬り去り、だれかの犠牲の上でのうのうと聖人君子の仮面をかぶりつづけることは、どうしてもできなかった」

「殿下はご立派です」

「どうだかな。十七年ものあいだ、母妃の非望にも姉上の奸計にも気づかなかった。敵は外にいると思いこんで、体よく野心の道具として使われていた。間抜けな話だ。俺のような魯鈍な男は東宮の主にふさわしくない。廃されてしかるべきだ」

「そんな……」

「もともと立太子を目指したのは母の仇を討つためだった。その必要はないとわかったいま、東宮の位に未練はない。もし、未練があるとすれば……」

短く言葉を切り、こちらを見ないままつづけた。

「おまえを娶れないことだ」

「……私を？」

「俺が廃されれば、秀女は実家に帰すことになるが……おまえは実家に帰っても居場所がないだろう。皇太后さまには俺から頼んでおいたが、おまえも得意の芝居で皇太后さまのご機嫌をとって、良縁を下賜してもらえるよう渡りをつけておけ。出戻っても歓迎されないと言って憐れっぽくふるまえば、同情して便宜を――」

「私のことはいいんです」

梨艶は礼駿に詰め寄った。

「廃太子されたら、殿下は妻を娶ることも許されないんですか？」

「許されるもなにも、廃太子に嫁ぎたい女などいないだろう」

礼駿は自明の理だろうと言わんばかりに苦笑した。

諦観の色が濃い横顔を見ていると、胸が締めつけられる。真相を解き明かすため、彼は自分の一生を棒にふった。そこまでして王朝に、父帝に忠義を尽くす皇太子がどうして位を追われ、孤独な生涯をおくらなければならないのか。どうして家族を持つことさえ許されないのか。あまりに理不尽ではないか。あまりに因業ではないか。

「私が嫁ぎます」

「……おまえが？」

「殿下をおひとりにはしておけません」

「自分がなにを言っているのか、わかっているのか？　俺は東宮から追放され、死ぬまで寒亜宮に幽閉されるんだぞ」

「私も一緒に寒亜宮で暮らします。煮炊きや洗濯には慣れていますから、殿下おひとりのお世話くらいできます」

「……世話係の奴婢くらい付けられるはずだ。おまえの仕事はない」

「あります！　話し相手にもなりますし、芝居だってお見せします。殿下が退屈なさらないように、心を尽くしてお仕えします」

「俺のために未来を捨てるというのか」

「捨てるのではなく、分かち合いたいのです。殿下と」

いつの間にか、礼駿と会うことに胸が躍るようになっていた。彼に稽古を見てもらうことが楽しみになっていた。彼と過ごす時間が心地よいものになっていた。明日からもずっとつづいていくと思っていたあたらしい日常が、突然断ち切られようとしている。

それがひどく恨めしいのはなぜだろうか。ただの愛惜か。もっとべつのものなのか。まるでわからないけれど、礼駿を守らなければならないという気持ちが熱く滾っていた。彼をひとりにしてはいけない。梨艶は彼の楽屋になると決めたのだから。

――こんなときでも、私を気遣ってくださる。

長年の信頼を裏切られ、悲憤と絶望にさいなまれているだろうに、梨艶が実家に帰ったあとのことを考えてくれる。梨艶の未来を慮ってくれる。どうして彼を放っておくことができるだろうか。これほどにやさしい人をひとりにしておくことができるだろうか。

「どうかおそばに置いてください。きっと役に立ちますから」

すがるように見あげると、礼駿はふっと笑った。

「おまえがそばにいれば、芝居見物には事欠かないな」

「見物ばかりでなく、殿下の唱も聴かせてください。松月王殿下が褒めていらっしゃったのですから、絶品の歌声なのでしょうね。それに殿下は射術が得手でいらっしゃいますから、武技もお上手でしょう。ずっと演じてみたいと思っていた武戯があるんです。一緒に稽古をしませんか。ふたりで演じれば――」

つむぎかけた言葉が逞しい胸板でつぶされる。抱き寄せられた衝撃で傘を落としてしまった。さあっと雨脚が強まる。ふたりを一本の傘に閉じこめるかのように。

「……ひどく離れがたいが」

低くかすれた声が耳朶にふれた。

「俺たちはここで別れなければならない」

「殿下」

「おまえは一介の下婢じゃない。汪家の名を背負っている。おまえが廃太子に嫁げば、汪副千戸は出世の道を断たれ、妹たちは良縁を得られなくなる。おまえの嫁ぎ先が汪一族の未来を左右するんだ。一時の同情心で、軽はずみなことをするものではない」

「同情心じゃありません。私……」

なにを言おうとしたのか、自分でもわからない。

「実を言えば、姉上から真相を聴いたあと、なにもかもが恐ろしくなった。自分が信じていたものが根底から覆されるのを感じて、目に映るものすべてが信じられなくなった。おまえのこともそうだ、梨艶。会うのが怖かった。おまえも母妃や姉上と同類ではないかと疑った。俺の前で仮面をかぶっているのではないかと」

「仮面なんてかぶっていません。殿下の御前では素顔です」

梨艶は彼にしがみついた。そうすれば、この心を捧げられるような気がして。

「殿下と離れたくないんです。ずっとおそばにいたいんです。これからもあなたのお声を聞いて、あなたのお顔を見て、こんなふうにあなたを抱きしめていたいんです。そんなことを考えるのは不遜かもしれませんが、私……あなたを」

言うな、と礼駿は梨艶を抱く腕に力をこめた。

「おまえには汪家の一員としての責任がある。俺に皇族の一員としての責任があるのと同様に。互いに賢明な選択をしよう。それがもっとも後悔がすくない道だ」

喉からもれる声が嗚咽に変わり、梨艶は礼駿の胸に顔を埋めた。

「文を書きます。何通も」

「返信は出せないぞ。あらぬ誤解を招きかねないからな」

「読んでくだされればいいんです。たくさん書いて、たくさん送りますから、捨てないで、ずっとおそばに置いていてください。……私の代わりに」

寒亞宮の暮らしはわびしいだろう。できることなら無理やりにでも押しかけたいけれど、礼駿が言ったとおり、梨艶にも立場がある。兄にあれほど世話になっておきながら、汪家の前途を断つような真似はできない。だから、廃太子となった礼駿に嫁ぐ道はない。今日この日が最後だ。彼の声を聞くのも、彼のぬくもりに包まれるのも、これが最後。

――いまごろになって知るなんて。

くるおしく胸を焼く激情。その脈打つような痛みは芝居の女主人公たちが味わう離別の苦しみとおなじものだ。けれど、ここから先はちがう。舞台の上の恋人たちに用意されている大団円は、礼駿と梨艶の行く末にはない。

「上等な文箱に入れて、枕もとに置いておく。そうすればきっと、おまえがそばにいるように感じられるだろう」

しばし、沈黙を貪った。互いの鼓動だけを聴いていると、ふたりの時間が永遠につづくような錯覚に陥る。

「縁があったら、また会おう」

名残惜しげに抱擁をといて、礼駿は梨艶のひたいに口づけを落とした。

「今生の、その先で」

宣祐二十九年九月、孝宗は皇太子・高奕佑を廃した。

翌日、しんしんと舞い降りる玉の塵が九陽城に素衣を着せた。

雪片を孕んだ風が視界を横ざまに殴りつけている。白銀に染められた甍の波が飛沫をあげるようにけぶり、ひゅうひゅうと吼えくるう風音があたりをとよもす。

——沈みゆく船のようだな、この城は。

海を渡ってきた異国の商人たちが語る難破船の情景が頭をよぎった。水飛沫のような吹雪のせいかもしれない。慶全は欄干に手を置き、白い息を吐いた。

白朝は灯影宮内の高楼。凍てつく雪風に嬲られつづけた欄干は血を塗りたくったような色彩とは裏腹に芯まで冷えきっている。その非情なまでの冷たさは、眼下にひろがる一面の銀世界をいっそう蕭条たるものに見せていた。

「どんな様子だ？　八弟は」

慶全がふりかえらずに問うと、邪蒙は無表情のまま答えた。

「おすこやかにお過ごしです。ご乱心なさるかと案じていましたが、杞憂でした。毎日、書見や写経、武芸の鍛錬に励んでいらっしゃいます。最近は芝居の稽古に熱中していらっしゃって、私に相手役をやれとおっしゃるのでほとほと困り果てております」

「いいじゃないか。おまえは元役者だろ。稽古の相手には適任だ」

「子どものころの話ですよ。それに私は芝居が嫌いですから。馬鹿馬鹿しい作り話を演じてなにが楽しいのか、さっぱりわかりません」

背中越しに、邪蒙が不快そうに顔をしかめるのがわかった。

邪蒙の前身は市井の役者である。本人は好きで芝居をやっていたのではなく、生きるためにやむを得ずやっていたのだと話す。牛馬のように酷使され、上客の閨の相手までさせられる日々にいやけがさして、十歳のころ、劇班から逃げだした。逃げる途中で追っ手に見つかったので、焦って道に飛びだした刹那、軒車にひかれそうになった。

　死を覚悟したそのとき、命を助けてくれたのが李皇貴妃付き太監の削虚獣だという。爾来、邪蒙は虚獣になついてしまった。虚獣がとめるのも聞かずに浄身して宦官になったのも、彼にあこがれてのことだ。入宮したのちに虚獣の弟子になり、師父同様、李皇貴妃に仕えていたが、礼駿が立太子された際、虚獣の推薦で東宮付き首席太監に昇進した。当初、邪蒙は東宮付きになることを渋っていたが、礼駿の動向を逐一、報告するようにと虚獣に命じられたため、己の責務を粛々と果たしていた。

「作り話と切って捨てるなよ」

　慶全は結わずに垂らした黒髪が臘月の風にもてあそばれるのを許していた。

「芝居のなかにも真実はある。現実のなかに欺瞞があるように」

　――おれが皇太子になったら、母妃はうれしいですか？

　幼き日、母にそう尋ねたことをおぼえている。母は困ったように微笑んで、「あなたが幸せに暮らしてくれれば、私はそれだけで満足だわ」と言った。

　その言葉を聞いて、慶全は母の真意を察した。母は慶全に野心を持ってほしくないのだと。李太后の意向にそむいてまで、立太子を目指してほしくないのだと。

　さりながら、李家は慶全の立太子を望んでいた。文武に秀で、後宮一の寵妃を母に持つ慶全は皇長子を圧倒するほどの有力な皇太子候補だった。慶全の意思にかかわらず、廟堂は仁徽を推す尹家と、慶全を推す李家に二分され、熾烈な政争がくりひろげられるだろうと予想できた。それは母が望まない未来だ。母は李家の養女にすぎず、李太后のように李家を抑えこむことが難しい。もし慶全が立太子されたら李家はますますもって追い風に乗り、母は李家の際限なき驕慢にふりまわされることになるだろう。

栄華をきわめるのは危険だ。高みにのぼりつめて誅滅された一族は数知れない。月満つれば則ち虧く。命を長らえたければ、栄華を貪り尽くしてはいけないのだ。

これ以上、李家が野心を抱かぬよう、自分は皇太子候補から外れなければならない。その事実に思い至り、それまで懸命に打ちこんでいた経学から遠ざかった。学業に費やすべき時間は遊興に費やし、気ままに盛り場に通って酒色にふけった。やがてだれもが噂するようになった。皇三子は道楽者だ、東宮の主にはふさわしくないと。

かくて、慶全は皇太子候補から外された。母は慶全の不行状にときどき小言をもらしたが、内心では胸をなでおろしているのが伝わってきた。いずれだれかが立太子されたとき、評判のいい有能な皇三子がいるのは具合が悪い。ために慶全は不出来な皇子でいなければならない。李家の非望が実を結ばぬように、栄華をきわめて破滅せぬように。

――まるで丑だな、俺は。

ほんとうはあのとき、母に言ってほしかった。「あなたが皇太子になったら鼻が高いわ」

と。東宮の主という重責を負い、ゆくゆくは帝業を受け継ぐ前途有望な息子だと、心から期待していると言ってほしかった。もし母がそう言ってくれたなら、慶全は迷わず東宮を目指しただろう。母を聖母皇太后に据えるため、粉骨砕身しただろう。

しかし、慶全に求められていたのは、軽佻浮薄な皇三子という道化役なのだった。

慶全は己の本分をわきまえ、求められる役柄を演じることにした。その決断に後悔はない。結果、李家の寿命はいくらかのびたのだから。

丑に徹することで母と李家を守った。歴然たる成果が目の前にありながらも、慶全は虚無にさいなまれていた。うつろなのだ、なにもかもが。緑酒も、博奕も、美姫も、腹の底に巣くった虚を満たしてはくれない。つねに索漠とした感情が渦巻いている。

それは喪失感に近い代物だ。命とひきかえに、大切なものを失ったような。

「たとえ真実がふくまれているとしても、芝居は芝居、しょせんは作り事です。あまたの欺瞞に彩られていようと、現実が現実であるように」

邪蒙は笑わない。笑うということを蛇蝎のごとく嫌っているのだ。彼が本心から微笑をこぼすのは、敬愛する師父の前だけ。それ以外の者の前では如才なくこしらえた偽の笑顔を仮面のようにはりつけている。以前は慶全にも胡散臭い作り笑いを見せていたが、すこしばかり打ち解けてからは、殺風景な素顔を見せてくれるようになった。

「汪秀女……もう秀女ではないか。汪梨艶がたびたび訪ねてきているそうだな」

「殿下に文や小物などを届けにいらっしゃいます。先日は冬着が届いたのですが、これがまたひどい出来で。どうやら裁縫は不得手らしいですね。綿をつめすぎて鎧のようになっているんですが、殿下はたいへんお喜びになって、毎日お召しになっています」

礼駿の廃太子を受けて東宮を去る前、梨艶は聚鸞閣の事件以来、鬱々と暮らしていた李太后を芝居で慰めた。いまや李太后のお気に入りで、秀女でなくなったあとも汪家令嬢として頻繁に宮中に召され、寵遇されている。

「廃太子の詔勅がくだるなり、秀女たちは八弟に見向きもしなくなった。畢竟、皇太子という位に目がくらんでいただけだったわけだ。しかし、汪梨艶はちがうようだな」

礼駿は果報者だ。偽りだらけの皇宮で、黄金よりも貴い赤心を得られたのだから。

――汪貴人のような結末を迎えないでくれればいいが。

三年前、梨艶の異母姉にあたる汪家出身の侍妾が転落死した。遺書によれば自死であった。不義を働いたので、死をもって償うと彼女は書き遺していたが、宮正司や東廠が捜査しても姦通の証拠は出てこなかった。唯一、姦夫と思しき人物として名が挙がったのが慶全だった。女官らの証言で、汪貴人は慶全に懸想していたことがわかった。

爽植と魏金玲の密通事件から間もないころのことである。またしても親王が父帝の侍妾を寝取ったのかと、後宮は騒然となった。しかも疑いをかけられた親王というのが、色めいた噂が絶えない恵兆王ときては、さもありなんとばかりに人びとは揣摩臆測した。

当の慶全にとって、密通疑惑は青天の霹靂であった。まったく身におぼえがないのだ。寝取るだのなんだのという前に、汪貴人とは言葉をかわした記憶さえ、さだかではなかった。ただ、汪貴人が紅牆から転落したとき、慶全が現場に居合わせたことは事実だ。牆上から身を躍らせる汪貴人と、ほんの一瞬だけ視線が交わった。彼女は微笑んだように見えたが、そんなことを気にかけている余裕はなかった。あわてて駆けより、方塼敷きの地面に叩きつけられた彼女を必死で助けようとした。

太医によれば、即死だったという。なぜこんなことをしたのかと汪貴人を問いただす機会すらもなかった慶全には、自分にむけられた最期の微笑がはなはだ不可解だった。

捜査の結果、東廠は慶全の潔白を奏上した。慶全は父帝に呼び出されて詰問された。慶全が包み隠さず事実を告げると、父帝は長息して言った。

「汪貴人は第二の魏金玲になりたかったのだろう」

寵妃になる見込みのない、取るに足らない侍妾だった。たとえ天寿をまっとうしても、史書に記されるのは「汪氏」という一族の名だけ。後宮という千紫万紅の大舞台において、彼女は端役ですらなく、主役たちを引き立てる背景にすぎなかった。

ゆえに彼女は、かくも愚かしい脚本を書いたのだ。侍妾でありながら親王への許されない想いに身を焦がし、罪深き恋心に殉じる悲劇の女主人公になろうとして。

密通疑惑をかけられたことは災難だったが、汪貴人の煩悶には一定の共感をおぼえた。

　だれだって主役になりたいと願うものだ。背景ではなく、端役でもなく、観客の注目を一身に集め、最高の芝居を演じて、喝采を浴びたいと。その切なる願い自体に罪はないが、いびつな願望の鋳型に力業で現実を流しこめば、それは罪咎となってしまう。

　事を荒立てぬため、汪貴人の死は病死として片づけられた。汪家に累がおよばぬようにとの、父帝の恩情であった。

「そういえば、彭誅高の処刑を見てきたぞ」

「彭誅高？」

「聚鸞閣襲撃の首魁だよ。八弟に肩を射貫かれたやつだ」

「ああ、彭羅生の養子だとかいう。聞けば、阿芙蓉の密売で極刑に処された楊義之の息子らしいですね。やはり父親の処刑を怨んで怨天教に入信したんでしょうか」

　怨天教の教主は代々「彭羅生」の名を継承する。彭誅高は当代の彭羅生の秘蔵っ子で、志願してこたびの襲撃の首魁となったという。

「東廠の調べでは、許嫁を皇族に殺されたために宗室を怨んで入信したらしい」

「はあ、それで『誅高』なんて不敬千万な名をつけたんですか」

　誅高――高一族を誅すという意味だ。

「逆賊とはいえ、同情の余地はある。やつの許婚は衍福郡王にさらわれ、慰み物にされて殺された。彼女の亡骸は溝川に捨てられていたそうだ。襤褸布にくるまれて」

衍福郡王は霜斉王・高勇博の三男で、先帝の孫にあたる。かねてから素行に問題があり、婦女子に乱暴狼藉を働くという悪評が流れていた。幾度となく悶着を起こしながら、たいした処罰を受けなかったのは、父である霜斉王が海賊の討伐で華々しい武功をあげたことが影響している。衍福郡王は霜斉王の寵児であったため、父帝は厳罰に処すことを避けた。

「衍福郡王は十年前の彭羅生の乱で殺されたでしょう。生きたまま肉を削がれ、その肉は鹿肉と一緒に煮込まれて賊兵にふるまわれたとか」

賊軍に捕らえられたとき、衍福郡王は地面に這いつくばって命乞いしたという。

「金銀でも美姫でも欲しいものはなんでもくれてやる！　命だけは助けてくれ！」

彭誅高は言った。俺が欲しいのはおまえの命だ、と。

「堂家の娘をおぼえているか？　俺の許婚だった娘だ。おまえに凌辱され、殺された。まだ笄礼前だった。十三だった。わかるか？　たった十三だったんだ‼」

衍福郡王は彭誅高の剣幕に震えあがり、「あれは事故だった」と答えた。

「興が乗って、ついやりすぎてしまったのだ。殺すつもりではなかった」

どういう意味なのかわからなかった、と彭誅高は供述している。

「やつは……あの宗室の禽獣はわずか十三の娘を手籠めにしながら、その蛮行の最中に彼女の首を絞めて楽しんでいた‼　四日間も‼　彼女が事切れる瞬間まで‼」

朝廷はどうして豺狼のような皇族を野放しにしていたのだ。どうして衍福郡王を処罰しなかったのだ。皇帝は天下万民の父ではないのか。どうして民を救ってくれないのだ。どうして民を蹂躙するのだ。どうして民の怨嗟の声を聞き届けてくれないのだ。

　苛烈な拷問を受けながらも、彭誅高は喉が破れんばかりに叫びつづけていた。

「衍福郡王は八日にわたって切り刻まれたというが、己の所業にふさわしい最期だったな」

　哀れなのは衍福郡王の妻子だ。みな、賊兵の手で嬲り殺しにされてしまった。

「己の所業にふさわしい最期といえば、彭誅高もそうでしょう」

　彭誅高に下った刑罰は凌遅。生きながらにして身体を寸刻みにされる残忍きわまりない酷刑は、弑逆や謀反などの重罪を犯した咎人に用いられる。

　襲撃に参加した多くの賊徒のみならず、首謀者であった月娘、共犯者であった爽植にも凌遅が言いわたされた。いくら犯した罪が重いとはいえ、公主と親王を市中で凌遅に処すのはやりすぎだ、宗室の体面に傷がつくのではないかと朝議は紛糾したが、大逆人に貴賤はないという父帝の一声でふたりの極刑が決まった。

　ただし、ふたりが刑場に立つことはなかった。処刑前日、両名は獄死したのだ。これについてはさまざまな流言が飛び交った。わが子を凌遅とするに忍びなかった父帝が暗々裏に死を賜ったのだとも、処刑を恐れたふたりが自害したのだとも、月娘こそが魏金玲を死に追いやった張本人だと知った爽植が獄中で異母姉を惨殺したのち、正気を失って怪死したのだとも言われたが、真相は明かされていない。

「彭誅高は死ぬ前になにか言い遺しましたか?」

罪人は刑場で最後の言葉を遺すことがある。

「妙なことを言っていたな。たしか『白き蟷螂が国土を覆い尽くすとき、北方から黒き鷲が飛来し、九陽城はあたらしい主を迎えるだろう』とかなんとか」

「負け惜しみにしても不吉な言葉ですねえ」

五行説において白は金徳を、北と黒は水徳を示す。凱は火徳の王朝である。蟷螂を民のたとえと考えれば、彭誅高の言わんとするところは——。

「怒れる民がいっせいに反旗をひるがえしたとき、凱は亡び、あらたな王朝が興る」

——おまえに言われなくても知ってるさ、彭誅高。

民を蹂躙する衍福郡王のような皇族は枚挙にいとまがない。皇族のみならず、官僚たちも、宦官たちも、我欲を満たすことに血道をあげている。弱き者は虫けらのごとく踏みにじられ、救いを求めて泣き叫ぶ声さえ無慈悲に握りつぶされる。

それが三百六十年の歴史をつむいできた大凱帝国の実態だ。

もはや、だれの目にもあきらかなように、この国は滅びの道をたどっている。滅びゆく王朝には禍事が絶えない。腐敗と退廃の土壌から途切れることなく憎悪と絶望が生み出され、人は人を怨み、呪い、殺しつづける。

これは非業であろうか。否、天命であろう。凱はすでに長く生き、繁栄の味を存分に堪能した。永遠の隆盛はない。どれほど幸運な人でもいつかは老いて死ぬように、王朝もまた、いつの日かやってくる終焉から逃れることはできないのだ。

「は？　万氏が廃太子殿下の実母じゃない証拠を見つけろ？」

いやいやいやいやいや、と淫芥はだらけた表情を上官にむけた。

「そんな無茶な。だいたい、廃太子殿下の生母が万桃華だってことは周知の……あー、はいはい、わかりました。完全に理解しました。そういうことですか」

「猶予は三日だ」

「三日!?　いくらなんでも短すぎじゃありませんかね？　俺ら、どっかの鬼畜上官が厄介事丸投げしてくるせいで、死ぬほど忙しいんですけど」

「本件が最優先だ。ほかはあとまわしにしろ」

行け、と鬼畜上官は野良狗を追い払うように手をふる。

「うまくやれば褒めてやる」

「へえ！　なにをいただけるんで？　銀子？　美女？　あ、わかった。休暇だ！」

「言っただろうが。褒めてやる、と」

つまり、なにもくれないということだ。司礼監一吝嗇な上官らしい。

「それじゃあ、やる気出ないですよ。狗を使うなら餌をくださらないと」

「餌ならとうにくれてやった。その証拠に貴様らの首はつながっているだろう？」

椅子にふんぞりかえり、上官は殺気立った笑顔をこちらにむけた。

「大いに働けよ、狗ども。血反吐を吐いて死にたくなければ」


「ちぇっ、血反吐なら毎日吐いてるっての。ここ三か月、一日も休みなしで働かされてるんだぞ。やっと終わったーと思って美人としけこもうとするとすぐ呼びもどされるし、飯食ってようが寝てようがお構いなしに呼びつけやがる。おかげでいつ飯食っていつ寝たんだか、まるっきりおぼえてねえ。俺らが仕事から離れる時機を見計らって呼び出しかけてるんだぜ。けっ、地味に利くいやがらせなんかしやがって下種上官め」

あーあ、と淫芥は官房の外の回廊を歩きながら天井をあおいだ。

「玉皇大帝お願いします。うちのくそ督主の頭に馬糞の雨を降らせてください」

「やめてくださいよ、先輩。督主のお耳に入ったら……」

「あ、馬糞じゃだめだ。督主なら拾って売っ払って銀子に替えちまう。なにがいいかなあ。魚の腸、死人の目玉、腐肉の……くそ、全部銀子に替えられちまうな」

「そもそもだれのせいでこうなったと思ってるんですか」

となりを歩く細身の宦官が女のような柳眉をひそめた。

「さあ？　俺じゃねえと思うよ。日ごろの行いがいいしなー俺」

「とぼけないでください。先輩が汪秀女の潔白を証明するために東廠を利用したから、督主に怨まれたんですよ。先輩に協力したせいで俺まで目の敵にされてるじゃないですか。まったく、いい迷惑ですよ」

「俺を責めるわけ？　聚鸞閣で汪秀女を助けたおまえが？　秀女姿で賊徒の背中に蹴り入れるなんざ、俺でもやらねえよ。下手すりゃ正体バレてたぞ」

「やむを得なかったんです。肩を矢で貫かれたとはいえ、賊徒は汪秀女を殺せる距離にいました。すばやく制圧するのが最良の策だったんです」

涼しい顔で弁明した宦官は名を独囚蝿という。まだ十九の若さで、位は淫芥とおなじ少監だ。絵筆で描いたような繊細で美しい面立ちをしており、しなやかな身体つきは女物の衣を着れば本物と見分けがつかない。実際、冷秀女と名乗って東宮選妃に参加——潜入していた。その任務は秀女たちの実情を探ること。各殿舎に探りを入れて、皇太子の御前では猫をかぶっているであろう秀女たちの本性を暴くことだった。

もっとも、この任務を帯びていたのは囚蝿だけではない。

「思うんですが、俺が秀女役をやる意味ってなかったですよね。下級宦官のふりをして各殿舎を嗅ぎまわってたんですから、女装しなくても任務に支障はなかったはずです」

「意味ならあっただろ。おまえの秀女姿、すげえ似合ってたぜ。中身おまえだってわかっててもロ説きたくなったもんなあ」

淫芥がなれなれしく肩に腕をまわすと、囚蝿は忌ま忌ましそうにふりはらった。

「女装にはうんざりです。化粧はうっとうしいし、襦裙や襖裙は動きにくいんですよ」

「そう怒るなよ。俺たち騾馬は、若いころは女装させられるもんさ。ましてや褐騎ともなればなおさらだ。女どもの領域に入るには女のなりをするのが手っ取り早いからな」

「だとしても女装必須の仕事が多すぎます。褐騎になれば出世が早いと聞いてこの道に入りましたが、来る日も来る日も女装させられていてはいやになりますよ」

淫芥と囚蝿は東廠に所属しているが、どちらの名も東廠の宦官名簿には載っていない。なぜなら、ふたりが褐騎だからだ。

褐騎には宦官だけでなく、男や女もいる。そのいずれもおもての官籍には載らない。彼らは各地に潜伏する間諜であり、東廠の耳目だ。特殊な任務ゆえ、密偵であることは極秘にしなければならない。うっかり外部の人間に正体を見破られたら、それだけで処分されることもある。この場合の〝処分〟とは降格や免官を意味しない。文字どおり、存在を消されることだ。それほど危険な立場にありながら、汪秀女の窮地を救わずにいられなかったとは、自分たちは褐騎にむいていないのかもしれない。

「ところで、先輩」

くどくどと女装について愚痴をこぼしたあとで、囚蝿は話頭を変えた。

「万氏が廃太子の実母ではない証拠を見つけろって、どういうことなんですか？」

「えっ？　おまえ、わかってなかったの？　うそ……」

「その顔やめてください。殺意がわきます」

おどけて大げさに驚いてみせると、囚蝿に睨まれた。

「ふざけなくていいので、手短に説明してください」

「じゃあ、ひと言で言うぞ。『主上の思し召し』」

「そんなことは知ってますよ。東廠は主上の走狗なんですから」

「これでもぴんと来ねえか。おまえさ、いかにも『できるやつ』って顔してるわりに案外鈍いな。もっと感覚を鍛えろよ。褐騎としていちばん大事なのが感覚だぞ。よし、今夜は曲酔にくりだすか。美女の柔肌で稽古すれば、そのうち研ぎ澄まされてくる」

「感覚を鍛えることと美女の柔肌にいったいなんの関係があるんですか」

「馬鹿め、それをつかむための稽古だろうが。おまえはいつまでも童貞だからわからねえんだよ。やることやって大人になりゃ、大人の事情もすんなりわかるようになるぞ。まずは人並みに経験を積むことだ。その道の大家である俺が手取り足取り教えてやるよ」

「……もういいです。自分で考えますから、どうぞおかまいなく」

囚蝿はぷりぷりしながら雪景色を貫く回廊をずんずん進んでいく。後輩の華奢なうしろ姿をだらだらと追いかけつつ、淫芥は煙管をくわえた。

――主上は廃太子殿下をふたたび東宮の主になさるおつもりだ。

万氏が礼駿の生母ではない証拠など、どこにもありはしない。礼駿はたしかに万桃華が産んだ皇子なのだ。そして、その事実は今上の宸意に反している。

東宮が主を失い、皇子たちは色めき立ったが、賭けてもいい、彼らの期待はほどなく裏切られる。今上は礼駿が賊徒から父帝を救い出し、黒幕であった実姉、和慎公主・月娘の罪を暴いたことを高く評価している。ために血眼になって、礼駿が事件に関与している証拠を捜させた。裏をかえせば、礼駿と月娘が共犯ではなかったことを証明しようとしていたのだ。東廠はあらゆる方面から捜査し、礼駿を共犯と見なすに足る数々の物証や証人を見つけたが、同時にそれらが弟を奈落の底まで道連れにしようとする月娘によって、あらかじめ用意されていた偽りの罪跡であることを暴き出した。

今上は礼駿の無実を確信している。だからこそ、「万氏が廃太子の生母ではない証拠を見つけよ」と命じた。

礼駿の再立太子を考えるうえで最大の障壁となるのは、彼の生母が天子の母になろうともくろんで己の謀殺を偽装した万氏であることだ。

自身の死をもって野望を月娘に受け継がせた万氏は、一連の事件の真の首謀者ともいえる。大逆人の母から生まれた皇子を東宮の主にすえることは、断じて許されない。罪人の血を皇統に混ぜてはいけない。これは皇位継承における大原則で、皇上であろうとも先祖代々受け継がれてきた掟を破るわけにはいかない。

ゆえに今上は、万氏と礼駿を切り離すことにした。礼駿は万氏の子ではなかったという新事実が明らかになれば、彼の再立太子を阻む最大の障害は消えてなくなる。

──十八年前、万氏は死産した。そこで同時期にべつの侍妾が産んだ子を盗み、あたかも自分が産んだように偽装した……ってとこかな？

むろん、協力者が必要だ。産婆、太医、女官あたりだろう。なぜ彼らが万氏の言いなりになって危ない橋をわたったのか。万氏は彼らの弱みを握り、脅迫していたのだ。謀殺に見せかけて自害するような毒婦だから、それくらいのことはしていてもおかしくない。

過不足なく証拠をそろえて、礼駿の出生の秘密をつくりあげる。それが今上の望みだ。天子がおわす皇宮において、真実ほど非力なものはない。青史が史官の筆で書き記されるように、事実もまた、綸言によってあらたに生み出される。

実の母子が赤の他人になる。そんな変事さえも、禁城では起こりうるのだ。

──再立太子か……また東宮選妃がはじまるな。

ふたたび東宮選妃が行われるとき、秀女名簿に入るであろう娘の顔を思い浮かべる。

汪梨艶。娘と呼ぶにはとうが立っているが、太子妃の最有力候補であることはまちがない。ふしぎなことに、彼女には入宮当初からはじめて会ったような気がしなかった。会うたびに奇妙ななつかしさを感じた。顔立ちではない。背格好でもない。声やしぐさでもない。人の顔色をうかがうような表情が、自信のなさそうな物言いが、それでいて芝居を前にするとあざやかに輝きだす瞳が、淫芥にある人を思い起こさせるせいだ。

救えなかった、たったひとりの妹のことを。

――生きていたら、おまえもあのかたとおなじ齢だな。

粗末な寝床で冷たくなっていたわずか九つの妹。その微笑むような死に顔がいまも淫芥を責めたてる。どうして助けてくれなかった、どうして守ってくれなかったのかと。

意気地のない兄のせいで、妹は今生の苦しみだけを味わって死んだ。

成長した妹の姿を思わせるせいだろうか。梨艶には幸福な道を歩んでほしいと願ってしまう。この世には絶望があふれているが、彼女が進む道には希望があってほしい。

「先輩！」

暗がりをかき分けるようにして囚蝿が駆けもどってきた。

「なんだ？　やっとわかったのか？」

「いえ、そのことじゃなくて。年もあらたまったことですし、近いうちに師父の墓参りに行きませんか。しばらく顔を出していませんから」

「あー、そうだな。師父のことだ、紙銭が足りねえってかんかんに怒ってるぞ。墓参しておかねえと呪われちまうな」

ふたりの師父は賞月の変で今上をかばって凶刃に斃れた易太監である。

「去る者は日々に疎しか……」

「はい？」

「死んじまったら忘れられていくんだよなあ……ってしみじみ思ったのさ。おまえに言われるまで、俺も師父のことを忘れてたからな」

「それは先輩が薄情だからでしょう。俺はおぼえてますよ。忘れられるわけがありません。襤褸切れみたいに使い倒された挙句、十五文で督主に売り払われたことは」

囚蝿が恨みがましく口をねじ曲げるので、淫芥は笑い飛ばした。

「贅沢言うなよ。おまえは高値がついたほうだろ。俺なんかたった三文だぞ。今日日、三文ぽっきりじゃ安酒も買えねえよ」

易太監は自分の配下を二束三文で督主に売ることがあった。思えば、褐騎として使い物になりそうな若手に出世の近道を歩ませてやろうという親心だったのかもしれないが、売られるほうは人遣いの荒い督主の下で地獄を見る羽目になるのだからたまらない。

「督主もひでえけど、師父もたいがいひどかったよなー。当然のように配下の上前をはねるわ、仕事ぶりにいちゃもんつけて罰金は取るわ、したおぼえもねえ借金を背負わすわ、とにかく金に汚ねえ御仁だった」

「督主とちがって吝嗇家ではなかったですけどね。むしろ浪費家でいらっしゃった」

「ぱーっと豪遊するときは俺らにもおごってくれたし、まあそういうところは悪くなかったんだけどさ、基本的に俺らのことは金づるとしか思ってなかったよなあ」

「弟子のあつかいは雑なくせに、娘さんは溺愛なさっていましたね。実の娘みたいに」

「見てるこっちが恥ずかしくなるほど猫可愛がりしてたなあ。娘が欲しがるものは、俺らから巻きあげた金でなんでも買ってやってさ」

「娘さんの遊び相手をやらされたときは、ほとほと参りましたよ。とんだお転婆娘で、木登りだの、凧揚げだの、舟遊びだのにえんえん付き合わされるんですから」

「師父は喜んで付き合ってたぞ。親馬鹿のなせる業だな」

主君を守るため犠牲になった易太監の献身にいたく感じ入り、今上は彼の愛娘を引きとって公主とした。宦官の娘が邪な志を抱いて後宮入りしたことは数あれど、宗室に迎えられて公主の位を賜ったのは、これが最初で最後の例であろう。

「まあ、だれにでも大切なものはあるってことだ」

「先輩にもあるんですか？」

「あるよー」

なんですか、と無邪気に問う後輩に、淫芥はにやりと笑ってみせる。

「おまえ」

「……は？」

「面倒くせえ書類仕事は全部おまえがやってくれるもんなぁー。ほんと助かってるぜ。もうおまえなしじゃ生きられねえよーこれからもよろしく」

「気色悪いですね、まとわりつかないでくださいよ。あと、よろしくじゃありませんよ。自分の仕事は自分でやってください。先輩の始末書の代筆させられるのには、女装以上にうんざりしてるんです。今後は絶っ対にやりませんからね」

「かたいこと言うなって。埋め合わせに、いちばんえぐい艶本(えんぽん)見せてやるからさ」

「けっこうです。興味ないので」

「またまたぁ。ほんとは見たくてうずうずしてるんだろ」

「してませんから。俺は先輩とはちがいます」

「あーそっか。おまえ、あれだ。男色家(そっち)なんだな。それならそうと早く言えよ。そっちの艶本もいろいろそろえてるぞ。ちょっとえぐいのから、すげええぐいのまで」

「あっちもそっちも興味ありませんから！　しつこい人ですね！」

おさだまりの軽口を叩きながら、宮灯(きゅうとう)に照らし出された回廊(かいろう)をわたっていく。

こうして過ごすなにげない日常の一幕も、次の瞬間には過去の一部になっている。

そうやって現世(うつしよ)の芝居は進んでいくのだ。来るべき終幕を目指して。

宣祐三十年、三月。ふたたびめぐってきた春がいましも去ろうとしていた。

「花嫁衣装の支度(したく)は進んでいますか?」

「うん、とっても順調！」

彩蝶が玫瑰花の甜点心を頬張りながら笑顔を見せた。

後宮は紅采園。黄琉璃瓦が葺かれた円屋根をいただく亭で、梨艶はささやかな茶会をもよおしていた。客人は貞娜と彩蝶。李太后のご機嫌うかがいのために参内したところ、秋恩宮でふたりとばったり会ったのだ。

「とびっきりの衣装になるわ！　蝴蝶文が好きだから、たくさん取り入れてみたんだけど、すごく素敵よ！　刺繍は半分くらい仕上がってるから見に来てね！　そうそう、繍鞋はわたくしが自分で作ってるのよ。おめでたい文様をいっぱい刺繍してるの。えーっとね、まず鴛鴦でしょ、あとね、月季花に、柘榴に、金魚に、燕に、瓢箪に、喜鵲に……」

「欲張りすぎているのではなくて？　散漫でまとまりがないわよ」

蓋碗をかたむけていた貞娜が口を挟んだ。

「なんでも刺繍すればよいわけではなくてよ。すこしは調和というものを考えたら」

「余計なお世話よ。わたくしの繍鞋なんだからわたくしがしたいようにするわ。そう言うあなたはどうなのよ。嫁入り支度は進んでいるの？」

「わたくしはもう繍鞋も完成させたし、霞披だって自分で縫ったわ。いまは紅蓋頭を作っているところよ。じきに出来あがるから、今度見せてあげるわ」

「へえ、早いわね。だったら、わたくしの霞披と紅蓋頭も作ってくれない？」

「どうしてわたくしがそんなことをしなくてはならないのよ」

「刺繍って苦手なのよねー。糸のあつかいが面倒で。あなたは刺繍が得意でしょ？　わたくしのもついでにぱーっと作ってよ」

「お断りよ。花嫁衣装を仕立てるなんて、一生に一度のことなのよ。他人任せにせず、自分の手で刺繍するべきだわ」

「やあねえ、〝他人〟だなんて水くさいわあ。わたくしたち、もうすぐ義理の姉妹になるじゃない。可愛い義妹のためだと思って、ね？」

ねえねえ、と彩蝶が貞娜の袖を引っ張る。貞娜はその手をぺしと叩いた。

「義理の姉妹になればこそ、甘やかすわけにはいかなくてよ。兄嫁として、義妹であるあなたのことはきちんと躾けさせていただくわ。まず、年長者を敬うことを知らない軽々しい言葉遣いをあらためなさい。まともな敬語も使えない義妹なんて恥ずかしいわ。それから、口に物を入れたまま話すのはおやめなさい。行儀が悪いわよ。卓子の下で足をぶらぶらさせるのもやめて。みっともなくて見ていられないわ」

「あーやだやだ。うるさいったらないわ。子業兄さまったら、こんながみがみ小言ばっかり言ってる人のどこがいいのかしら。ほんと物好きよねえ」

「物好きなのは卓詠のほうよ。あなたみたいな礼儀知らずでがさつな女人のどこが気に入ったのかしら。弟のことを悪く言いたくはないけれど、女人を見る目がないんだわ」

いつもの口喧嘩が勃発してしまい、梨艶は苦笑した。以前ならおろおろしながら止めに入ったが、いまでは放っておいても大事にはならないと知っているので聞き流す。

――おふたりの恋が叶ってほんとうによかったわ。

賞月の変と名づけられた昨年八月の事件において、暁和殿の異変にいち早く気づき、礼駿に報告した子業の機転を今上は称揚した。褒賞として昇進させると言ったが、子業は丁重にそれを断り、良縁を賜りたいと願い出た。

「尹秀女をわが妻として賜りたく存じます」

今上は快諾し、勅命によってふたりの婚約をととのえさせようとした。仰天したのは尹閣老である。尹閣老が「東宮に嫁がせるため手塩にかけて育てた愛娘を、李家の放蕩息子に嫁がせるわけにはいかない」と奏上したので、今上は再度詔勅を下した。

「李秀女を尹閣老の嫡男に嫁がせよ」

尹家から李家に娘を嫁がせ、李家からも尹家に娘を嫁がせれば、つり合いが取れるだろうという叡慮だったが、今度は李閣老が「わが娘は東宮に嫁がせるために育てたのであって、尹家の小倅にくれてやるために育てたわけではない」と不平不満を訴えた。両者が一歩も譲らぬので、今上はふたりを召して説得したという。

「余の皇后と皇貴妃は実の姉妹のように仲睦まじい。彼女たちの親族であるおまえたち尹家と李家の者は、どうしておなじことができないのか。おまえたちのいがみ合いが廟堂を二分し、余はかねがね頭を痛めてきた。ちょうどよい機会だ。互いに娘を嫁がせて姻戚となり、過去の怨みを水に流せ。野心が身を滅ぼす毒になることは、廃公主の例を見るまでもなくあきらかだ。覆轍を踏む前に、憎しみ合わずにすむ道を模索せよ」

天子にここまで言われてなおも抗弁するのは不敬である。尹閣老と李閣老はしぶしぶ息子たちの婚姻に承諾し、子業は貞娜を、卓詠は彩蝶を娶ることになった。

婚礼は今秋。花嫁となるふたりは早くも待ちきれない様子だ。

「ところで、知ってる？　廃太子殿下がふたたび立太子されるんですって」

彩蝶がさらりと言うので、梨艶は耳を疑った。

「え？　殿下が……⁉　ほんとうですか⁉」

「わたくしも父からうかがいましたわ。東廠の調べで廃太子殿下が賞月の変に関与していらっしゃらないことが証明されましたし、主上はもとより賞月の変を解決に導いた廃太子殿下の手腕を評価していらっしゃいましたから、再立太子は当然の流れだと」

「でも……殿下の母君は罪人でしょう。罪人の母親を持つ皇子は皇位につけないのでは」

「それがね、万氏は廃太子殿下の実の母親じゃなかったらしいのよ。ある侍妾から赤ん坊のころの廃太子殿下をこっそり奪って、わが子として育てたんだって」

「万氏にわが子を奪われた侍妾は意気消沈してそのまま亡くなったそうですわ」

なんて不憫なことだろう、と三人そろって哀れな侍妾に思いをはせた。

「ともあれ、殿下が復位なさるとうかがって、心から安堵しました。殿下ほどの御方が生涯幽閉されなければならないなんて、あまりにも理不尽だと思っていましたから……」

じんわりと胸が熱くなり、梨艶は涙ぐんだ。礼駿が生きるべき場所は寒亜宮ではないと思っていた。十年にわたる復讐が終わって、彼はやっと復讐者ではなくなり、彼自身として生きられるようになったのだ。一生囚われの身で終わってはいけない。己の舞台に立たなければならない。彼が演じられる最高の芝居を観客に披露するために。

「廃太子殿下が復位なさったら、また東宮選妃がはじまるみたいよ」

「……そうですか」

「こたびの東宮選妃は一日ですむそうですわ」

「一日……？　なぜですか？」

「だれが如意を賜るか、もう決まってるんだって」

「どなたなのですか？」

「さあ？　そこまでは知らなーい」

梨艶が思わず身を乗り出すと、ふたりは由ありげに目交ぜした。

「わたくしも存じませんわ」

「……変ですね。殿下が再立太子される話、東宮選妃がふたたびはじまる話、如意を賜る女人が決まっていることまでご存じなのに、その女人がだれなのかご存じないなんて」

不審に思って疑いのまなざしをむければ、ふたりは不自然に視線をそらした。

「えっ、えーと……ひょっとしたら聞いたかもしれないけど、おぼえてないわー」

「やっぱりお聞きになっていたんですね。思い出してください」

「あなたね、余計なことをしゃべらないで。知らないと言えばいいのよ」

「『言えばいい』？　もしかして、知っているのに知らないふりをしていらっしゃるんですか？　どうしてそんなことを？　意地悪なさらないで教えてください」

「べ、べつに意地悪してるわけじゃないわよ。ねえ？」

「そ、そうですわよ。わたくしたちは口止めされているだけで……」

「ちょっと！　あなたこそ余計なこと言ってるじゃない！」

貞娜がはっとして口もとを両手で覆ったときだ。間延びした声が割って入った。

「あのー、ご歓談中、申し訳ないんですが」

耳に馴染んだ軽薄な声に誘われ、梨艶は亭の入り口に向きなおった。

朱塗りの円柱のそばに長身の宦官が立っている。身にまとう蟒服の色は群青。女好きのする容貌には、すっかり慣れ親しんだ愛嬌たっぷりの笑み。

「淫芥！」

どうも、と淫芥は昨日も会ったかのような気楽なあいさつをした。

「半年ぶりかしら。後宮にはたびたびあがっているけど、全然顔を見ないから、その後どうしているのかしらって心配していたのよ」

「いやあ、秀女付きから外れたもんで、あちこちで使いっ走りをさせられてるんですよ。はあ、これなら秀女付きのほうが楽でしたねえ」

「それはそうでしょう。東宮ではあなた、ほとんど仕事してなかったもの。肝心なときは役目を果たしてくれたけど、それ以外は怠けてばかりで」

「俺は肝心なときだけ働くのが性に合ってるんですよ。毎日こつこつ働くのはなあ……」

久方ぶりに聞くちゃらんぽらんな口ぶりが愉快で、梨艶は頬をゆるめた。

「元気そうで安心したわ。茜雪もあなたのことをなつかしがっていたわよ」

「へえ、茜雪どのが？　俺のこと、いったいなんて……ってのんびり昔話したいところなんですが、あいにく勤務中でしてね」

「あ、そうよね。ひきとめてごめんなさい。声をかけてくれてありがとう。ひさしぶりに話せてうれしかったわ」

「実はですね、汪秀女を呼びに来たんですよ」

「あなたったら、癖が抜けていないのね。私はもう秀女じゃないわよ」

「現時点ではね。来月になれば……まあ、とにかく一緒に来てください」

「どこへ？」

秘密です、と淫芥は思わせぶりににやにやする。

「わたくしたちはここでお待ちしていますわ。どうぞごゆっくり」

「いってらっしゃい。あとでどうだったか聞かせてね」

「え？　どういうことですか？」

尋ねてみたが、貞娜と彩蝶はくすくす笑っているだけだ。早く早くと淫芥に急かされるので、梨艶は釈然としないまま亭をあとにした。

「行先くらい教えてくれてもいいでしょう？」

「すぐそこですよ」

へらへら笑う淫芥に連れられて小径を歩いていくと、日ざしに照り映える黄琉璃瓦の建物が見えてきた。昨年の春、秀女たちを集めて宴がひらかれた迎喜斎だ。

「迎喜斎へ行くの？　なにか用事でも……」

春風が運んできた歌声に、梨艶は足をとめた。はじめて耳にするひびきなのに、記憶をかき乱すような慕わしさを感じる。やみがたく心惹かれ、立ちどまった淫芥のそばをとおりすぎた。満開の枝垂れ緋桃が紅の花びらをはらはらと散らしている。そのあでやかな雨をかきわけるようにして先を急げば、徐々に歌声が近くなる。

『春園記』の唱だ。大団円の一歩手前、小生の謝賀成が黄泉路から舞いもどった愛しい陶玉娟を迎え、再会の喜びを高らかに歌う。

「……殿下」

「梨艶」

爛漫たる枝のむこうに琥珀色の龍袍を認め、梨艶はわれ知らずつぶやいた。五爪の龍が躍動する大袖袍、金泥を散らした扇子、装飾がきらめく翼善冠。しなやかな青い威厳をまとった凜々しい立ち姿に、胸の奥が甘い軋り音をあげる。

こちらに気づいた礼駿が扇子をひらりとひるがえして足早に歩いてきた。昨年よりも歩幅が広い。心なしか、背丈も伸びたようだ。面立ちは精悍さを増しており、かすかに残っていた少年の面影がなりをひそめている。別人のよう、とまではいかないけれども、記憶のなかの雰囲気とはずいぶんちがっていて、たじろいでしまった。

「……で、殿下に拝謁いたします」

梨艶がぎくしゃくした動作で万福礼すると、礼駿は鷹揚に笑った。

「よせよ。ふたりきりのときは、面倒なあいさつは抜きだ」

落ちついた深みのある低音が降り、怖いほどに鼓動が跳ねる。

「存じませんでした。殿下が寒亞宮からお出ましになっていたなんて……」

「先月末に父皇のお許しをいただいて東宮に戻ったんだ。おまえに早く知らせようと思ったんだが、驚かせるほうが面白いだろうと今日まで黙っていた」

「ひどいです。私、今日も文を持ってきたのに」

悪かった、と礼駿は悪びれもせずに微笑する。

「再立太子のこと、つい先ほど、うかがいました。お慶び申しあげます」

「やけによそよそしいな。もっと喜んでくれないのか」

「もちろん、喜んでいます。……太子妃のことも聞きました。再立太子にくわえ、ご婚礼まで。喜びが二重ですね。心からお祝いいたします」

見目麗しい妙齢の令嬢が礼駿から如意を賜る。燦然と輝く鳳冠をいただき、深紅の花嫁衣装に身を包んで、太子妃として彼のとなりにならぶのだ。

　ふたりの幸せな門出を、梨艶ははるか遠くからふりあおぐのだろう。

　――妬ましいなんて思ってはいけないのに。

　気づけば、礼駿のかたわらに寄り添うだれかをうらやんでいる。彼と仲睦まじく暮らすであろう女人を妬んでいる。自分は彼女になれないことを怨んでいる。

　梨艶はもう二十三だ。秀女になれるのは二十二までの女子だから、今年の東宮選妃には参加できない。最下位の妃妾として礼駿に仕えることも許されないのだ。礼駿の復位はたいへん喜ばしいことだが、彼の婚姻は素直に祝福できない。秀女ですらない梨艶には嫉妬する資格などないのに、焼けるような胸の痛みが執拗に存在を主張する。

「そうだ、まさに二重の喜びだ」

　礼駿は梨艶の両手を大切な宝物のように握った。

「今月中に再立太子式をすませて、来月には納采を行う。本来なら婚約期間として半年は開けねばならないが、そうすれば婚礼が十月になってしまう。そんなに待てないと父皇にお願いして、婚礼を八月にしていただいた。ほんとうは夏にしたかったんだが、鳳冠と衣装の支度にはある程度の期間が必要らしいのでやむをえない。支度といえば、目下の急務は採寸だ。せっかくだから、今日すませてしまおう。一日でも早く尚工局が仕事にとりかかれるようにしたいんだ」

「……ご随意になさいませ。殿下のご婚礼なのですから」

梨艶は手を引っこめた。この大きくあたたかな手のひらは梨艶のものではない。太子妃となる女人だけが細やかな愛情をこめてふれられるものだ。

「ずいぶん機嫌が悪いな。東宮に戻ったことをふせていたのが気に障ったか？」

「機嫌が悪いわけではありません」

「じゃあ、なんで喜ばないんだ？　うれしくないのか？」

「……喜んでいると申しました」

「嘘をつくな。ちっとも喜んでいるようには見えぬぞ。いったいなにが不満なんだ？」

「私の意向など、殿下には関係ないでしょう」

「なにを言っているんだ？　関係あるに決まっているだろう。おまえが喜んでくれないと、俺もうれしくない。まるで俺のひとりよがりみたいじゃないか」

「……ですから、喜んでいますと」

「だったら、なぜ泣く？」

頤をとらえられ、顔を上向かされた。涙でゆがんだ視界に礼駿の苦い表情が映る。

「泣くほどいやなのか……？」

「……いやです」

強い瞳に射貫かれ、知らず知らずのうちに唇が本音をこぼした。

「なぜだ……？　おまえは何度も文をくれただろう？　冬着だって縫ってくれた。香嚢や手巾だって。あれはどういう意味だったんだ？　俺はてっきり……」

感情が焦げついて、呪わしいにおいを発する。礼駿を責めてはいけない。彼が自分を選んでくれないことを怨んではいけない。そんなことはわかっているのに。

「もしかして……俺のことを弟のように思っているのか？　男ではなく」

礼駿は苛立たしげに梨艶の両肩をつかんだ。

「俺はおまえの弟じゃない。おまえのことを姉のようだと思ったこともない。それなのにおまえの目に映る俺は、弟のような存在なのか？」

「殿下のことを弟のように思ったことなんてありません」

「じゃあ、なぜ太子妃になりたくないなんて言うんだ？　まさか、ほかに慕う男がいるのか？　だれだ、そいつは。俺が知ってるやつか？　どこで知り合った？」

「ちょっと待ってください。殿下は混乱なさっています」

「混乱しているとも。半年ぶりにおまえに会えて、婚礼のことを話したのにおまえは全然喜ばないばかりか、俺に嫁ぐのはいやだと言う。どういうことなんだ。廃太子されるときには俺に嫁ぎたいと言ってくれたのに、なぜ復位するというときには俺を拒む？」

「あ、あの……私、殿下に嫁ぐのがいやだなんて、申しておりませんが……」

「いま言ったじゃないか」

「言っていません」

「は？　自分でおぼえてないのか？　『いやです』と断言したぞ」

「あれは……殿下が太子妃をお迎えになるのがいやだという意味です」

「その太子妃がおまえでも？」

つかまれた肩が熱い。やけどしそうなくらいに。

「おまえに太子妃になってほしいんだ。俺とともに、禁城で生きてほしい」

「……な、なにをおっしゃっているのか」

「単純な話だ。俺の妻になってくれるのか、くれないのか、それだけを言えばいい」

「……私は殿下より五つも年上ですし、今年で二十三ですから、もう東宮選妃には」

「その点は心配するな。敬事房の記録に手違いがあった。おまえの年齢をひとつ多く記録していたんだ。だからおまえは今年で二十二。東宮選妃には問題なく参加できる」

「それは……嘘です」

「ああ、そうだとも。おまえを太子妃に迎えるための嘘だ」

礼駿は梨艶のおもてをのぞきこんだ。

「おまえが俺のとなりにならんでくれるなら、天を欺くこともいとわぬ」

「……私は、女優の娘で」

「生まれなど関係ない。年齢とおなじように些末な事柄だ。俺はおまえを選んだ。汪梨艶を太子妃にすると決めた。おまえは俺を選んでくれないのか？　苦楽を分かち合う伴侶として、二世を契る相手として、俺では不足か？」

真摯なまなざしを注がれ、めまいがするようなせつなさに襲われた。

「俺を――高礼駿を、おまえの唯一の男にしてくれないか」

昼からはなにも出てこないのに、まなじりからは涙があふれてとまらない。

「頼むから、返事を聞かせてくれ」

肩を抱きよせられ、やさしくささやかれると、言葉は嗚咽になってしまう。

「殿下……」

どうすればいい。どうすれば伝えられるのだ。

このあたたかい腕のなかから出たくないという気持ちを。

あとがき

本作はコバルト文庫から刊行されている後宮シリーズの新作です。舞台となる凱帝国はおもに明王朝をモデルにしています。宗室高家を軸に後宮という場所を読み切り形式で描くシリーズですので、どこから読んでいただいてもかまいません。毎回ヒロインの特技をテーマに組みこんでいます。今回は芝居でした。

秀女たちとの初顔合わせで礼駿がそらんじていた詩は岩波文庫の『唐詩選』より、丘為の「左掖梨花」を引用しました。訳はそちらでごらんください。

作中で描写した服飾の大半は明代のものをベースにしています。私は明代の漢服が大好きなのですが、日本ではなじみが薄いのが難点です。道袍、蟒服、貼里、曳撒、馬面裙、飛魚服……たぶん、「?」となったかたが多いと思います。作中ではくわしく説明できなかったので、気になるかたは検索してみてください。后妃や秀女など高貴な女性の衣装は明風だけでなく、中華ファンタジーで定番の唐風衣装も取り入れています。

作中では外戚が権勢を誇っていますが、明王朝は外戚政治を警戒して、皇族は大臣一族から推薦された娘を娶らないという制度でした。貞娜や彩蝶のような高官の令嬢はペケですね。梨艶のようなほどほどの官位の武官の娘はある程度の人数が宗室に嫁いでいます。ただし、リアル明だと梨艶は年齢制限に引っかかってしまいます。

怨天教は白蓮教を、賞月の変は清代に起きた癸酉の変（白蓮教の一派による紫禁城襲撃事件）を、彭羅生の乱は李自成の乱と太平天国の乱を参考にして作りました。

作中に書きそびれましたが、牢夢死は仁徽の筆名です。高姿瑜は『後宮麗華伝』の黒幕の名（字ではなく）です。コバルト文庫版ではわかりやすさを優先して名と字を明確に区別していませんが、こちらではきっちりと区別しています。

本作は『後宮饗華伝』のオレンジ文庫版として書きました。いろいろな要素をリンクさせていますので、ぜひそちらと合わせてごらんください。なお、『後宮饗華伝』はデジタルマーガレットさまでコミカライズ版が連載中です。

『後宮染華伝』につづいて美麗なカバーイラストを描いてくださったSay HANaさま。遅筆に次ぐ遅筆、おぞましいほどふくれあがる枚数にも寛大な対応をしてくださった担当さま。おふたかたに感謝しきりです。ほんとうにありがとうございました。

最後になりましたが、本作をお手に取ってくださった読者のみなさまに心からの感謝を。すこしでも楽しんでいただけますよう、切に願っております。

はるおかりの

※この作品はフィクションです。実在の人物・団体・事件などにはいっさい関係ありません。

集英社オレンジ文庫をお買い上げいただき、ありがとうございます。
ご意見・ご感想をお待ちしております。

● あて先
〒101-8050　東京都千代田区一ツ橋2-5-10
集英社オレンジ文庫編集部 気付
はるおかりの先生

後宮戯華伝

宿命の太子妃と仮面劇の宴

集英社
オレンジ文庫

2021年10月25日　第1刷発行

著　者　はるおかりの
発行者　北畠輝幸
発行所　株式会社集英社
〒101-8050東京都千代田区一ツ橋2-5-10
電話【編集部】03-3230-6352
【読者係】03-3230-6080
【販売部】03-3230-6393（書店専用）
印刷所　株式会社美松堂／中央精版印刷株式会社

ISBN 978-4-08-680411-0 C0193